강남길의 명화와 함께 후루룩 읽는

그리스 로마 신화

3권

DELPHI
STUDIO

강남길의 명화와 함께 후루룩 읽는

그리스 로마 신화

3권

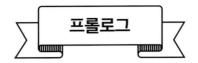

안녕하세요, 미남 탤런트 강남길입니다! 2000년부터 4년 동안 아이들 유학 관계로, 영국에서 생활한 적이 있었습니다. 그때부터 지금까지 영국부터 시작해 프랑스, 독일, 러시아, 오스트리아, 그리스, 터키까지 여러 차례 여행할 기회가 많았는데, 유럽 여행을 하다 박물관이나 미술관에 가면 거의 50%가 그리스 로마 신화에 관련된 조각과 회화인 것을 보며, 새삼 놀랄 때가 많습니다.

그러니까 그리스 로마 신화를 모르고 유럽 여행을 하면, 그 유명한 대영 박물관이나 루브르 박물관, 상트 페테르부르크 박물관 등의 세계 3대 박물관을 비롯해, 이탈리아와 그리스 대부분의 미술관과 박물관 관람은 거의 무의미하고 불가능합니다. 멀고 먼 유럽 여행에서 남는 것은 몇몇 유명 관광지와 높게 솟은 교회뿐이고, 수박 겉핥기 식 관광이 되기 쉽습니다. 서구인들이 수천 년 역사에서 찬란하게 내세우는 회화는 차치하고라도, 수많은 조각 작품들은 그저 돌덩이로 보일 뿐이지요.

비싼 돈 주고 유럽까지 여행하고 왔는데, 나중엔 마음에 남는 것은 별로 없고, 본전도 못 뽑는 느낌이 없는 여행이면 되겠습니까? 이젠 우리의 여행 문화도 조금은 달라져야 한다고 생각합니다. 소위, 7박 8일 서유럽 5개국 패키지여행 같은 것을 돌며, 버스에서 자다가 벌떡 일어나 사진만 찍는 그런 여행보다는 그들의 문화를 접하고, 마음에 남는 좀 더 실속 있고 영양가 있는 여행이 되어야 한다는 말씀입니다.

아니, 꼭 유럽 여행을 가지 않으셔도 좋습니다. 흔히, 서구 문화의 두 축은 기독교의 헤브라이즘과 헬레니즘으로 대표되는 그리스 로마 신화라고 합니다. 서로 다른 성격인 두 문화가 오묘하게 합쳐져, 서구인들 문화와 예술, 정신세계에 지대한 영향을 미쳐온 것이지요.

그리스 로마 신화는 우리 문화와 전혀 다른 서구 문화를 이해하기 위해 꼭 알아야 하는 기본 중의 기본입니다. 지금도 이 신화는 높은 예술적 가치로 미술 작품과 문학, 영화뿐 아니라, 연극과 오페라 등에서 우리는 너무 자주 접하고 있는 것이 현실입니다. 디지털 정보화 시대를 살아가는 우리에겐 필수 교양인 셈입니다.

누구나 그리스 로마 신화는 조금은 알고 있을 것입니다. 우리 시대와는 달리, 심지어 요즘은 유치원과 초등학생들이 성인보다 더 많이 알고 있을 정도입니다. 우리 아이들도 마찬가지지만, 많은 사람들이 그리스 로마 신화는 재미는 있는데, 신과 영웅뿐 아니라 등장인물이 너무 많아 헷갈리고 어렵다고 합니다. 그러나 실제로 알고 보면 그리 어렵진 않습니다. 단지, 그리스 로마 신화가 워낙 스케일이 방대하고 또한 이야기가 다양하다 보니까, 여러분 머릿속에 시간대별로 정리가 잘 안되어 혼동되고, 스스로 전체를 안다는 것은 어렵다고 먼저 포기하기 때문입니다.

저는 그리스 로마 신화의 전문가도 아니고, 학자도 아닙니다. 그냥 그동안 그에 관한 그림과 조각들을 보며 관심이 많았고, 관련 책을 많이 읽은 사람입니다. 그런 제가 13년 전 어느 날, 사람들이 그리스 로마 신화를 좀 더 쉽게 접하고 알 수 있는 방법은 없을까 하는 건방진(?) 생각이 들었습니다. 신화 전체를 일목요연하게 시간대별로 목차를 쉽게 정리하고, 직접 촬영한 사진과 함께 지루하지 않고 쉬운 책을 써보고 싶었습니다.

특히, 그리스 비극과 로마 신화를 대표하는 오비디우스 변신 이야기에 나오는 그림과 조각을 하나라도 빼먹지 않고 꼭 다루고 싶었지요. 방송 일이 없을 때 조금씩 쓰다 보니, 원고가 쌓이더군요. 그 원고를 예쁘게 다듬고, 수년에 걸쳐 영국부터 터키까지 그리스 로마 신화에 대한 사진들과 동영상을 수만 장 찍어, 이번에 이렇게 여러분들 앞에 3권의 책을 출간하게 되었습니다. 3권을 후루룩 읽다 보면, 절대 어렵지 않다고 느낄 겁니다. 편안하고 재미있게 읽어 주셨으면 하는 바람입니다.

🌿 이 책의 특징은 이렇습니다 🌿

1. 그리스 로마 신화의 전체 내용을 거의 빠짐없이 모두 다루었습니다.

지금까지 그리스 로마 신화를 어렴풋이 뜨문뜨문 알고 계시는 분, 유치원과 초등학교 다니는 자녀들보다 잘 모르시는 분, 좀 알기는 아는데 뒤죽박죽 정리가 잘 안되시는 분, 대학 논술시험을 준비하는 학생들, 서구 문화와 서구 문학, 인문학에 관심이 많으신 분, 배낭여행을 비롯해 유럽 여행을 준비하는 분, 또 이 기회에 그리스 로마 신화를 첨부터 끝까지 관련 그림을 비롯해, 전체 내용을 꼭 알고 싶으신 분들. 어서 오십시오! 여러분, 환영합니다!

이 책은 우리에게 가장 많이 알려진 오비디우스의 변신 이야기 등의 로마 신화뿐만이 아니라, 서구 문학의 시작인 호메로스의 일리아스와 오디세우스를 비롯해, 그리스 3대 비극 작가의 주요 비극과 트로이 전쟁에서 베르길리우스의 아이네이아스까지, 그리스 로마 신화의 전체 내용 및 관련 그림과 조각을 거의 빼먹지 않고 상세히 다루었습니다.

그렇다고 너무 겁먹거나 긴장하지 마십시오. 어렵게 쓰지 않았습니다. 이야기 순서대로 헷갈리지 않게, 후루룩 페이지가 넘어가도록 쉽게 썼습니다. 그러니까 이 기회에 그리스 로마 신화 전체를 명화와 함께 완전 정복하는 것입니다. 정말이냐고요? 리얼리, 정말입니다. 자신 있게 말씀드립니다. 그리스 로마 신화의 모든 것을 거의 빼먹지 않고, 몽땅 정복하는 셈입니다.

그리스 로마 신화는 신과 인간의 아름다운 사랑 이야기와 박진감 넘치고 흥미진진한 영웅들의 이야기도 나오지만, 때론 선정적이고 좀 끔찍한 이야기도 나옵니다. 지금까지 그리스 로마 신화 책들은 대부분 청소년을 대상으로 한 책이 많았기 때문에 이런 내용은 거의 빠져있어, 어떤 때는 신화 내용이 잘 연결이 안 될 때가 많았습니다.

그러나 이 책은 영화의 노컷 필름같이, 19금 이상의 내용들도 과감하게 무삭제 판으로 소개했습니다. 특히, 로마 신화는 그 내용이 서로 꼬리에 꼬리를 물고 연결되기 때문에, 그런 내용을 건너뛰면 마치 영화 필름이 뚝뚝 끊기는 것처럼, 서로 이야기가 연결이 잘 안 되는 것이 사실입니다. 그래서 여러분이 뜨문뜨문 알게 되고 헷갈리는 것입니다. 이 기회에 그리스 로마 신화 전체를 감독판 영화같이 알아두시면 신상에 좋습니다.

2. 이 책은 그리스 로마 신화의 관련 조각과 그림들을 빠짐없이 상세히 소개하였습니다.

또한, 이 책은 그리스 로마 신화에 나오는 유명한 조각과 우리가 꼭 알아야 할 명화를 거의 빼먹지 않고 소개했습니다. 그리스 로마 신화에 대해 잘 알고 계신 분이라도, 가끔 '어? 이건 어떤 내용에 나오는 그림과 조각이지?' 하고, 머리를 갸우뚱하실 때가 있었을 겁니다. 그렇습니다! 저도 바로 그런 궁금증에서 이 책을 쓰기 시작했습니다. 그래서 이 책에서는 비록 짧은 이야기 속에 나오는 조각과 명화라도, 악착같이 관련 신화 내용을 모두 다루었습니다.

사실 이 책을 처음부터 기획할 때도 신화 내용은 물론, 관련 그림과 조각을 빠뜨리지 않고 모두 알려주자는 것이 기획 의도였습니다. 신화 내용도 중요하지만, 관련 그림을 알면 그만큼 이해하기 쉽고, 친숙하게 다가오기 때문이지요. 그리스 로마 신화 내용을 알고 그림이나 조각을 보면, 정말 느낌이 새롭고 재미 또한 쏠쏠합니다. 특히, 유럽 여행 하면서 알고 있는 그림이나 조각을 현장에서 직접 보면 가슴이 벅차오르고, 그 느낌은 두고두고 마음속에 남는 여행이 될 겁니다. 그렇습니다. 아는 것만큼 보이는 것이지요!

3. 각 신화의 내용마다 에필로그를 하나도 빠짐없이 썼습니다.

이 책은 각각의 이야기를 시작할 때 그 내용에 나오는 등장인물뿐 아니라, 대략 4줄로 전체 내용을 축약해, 신화의 관전 포인트와 내용을 이해하기 쉽게 구성했습니다.

또 쓸데없이 중복되는 어려운 이름들을 과감히 생략하고, 꼭 필요한 인물만 등장시켜 책장을 후루룩 넘기도록 만들었습니다. 반면, 꼭 알아야 할 중요 신이나 인물은 자세한 설명을 곁들여, 자연스레 캐릭터를 알 수 있도록 구성했습니다. 그렇다고 곶감 빼먹듯, 스리슬쩍 빼먹지는 않았습니다. 안심하십시오!

이 밖에도 이 책의 특징은 각 신화 내용이 끝날 때마다 에필로그를 하나도 빠짐없이 썼습니다. 그래서 그 신화 이야기가 의미하는 것과 신화 속의 인물에 대한 고급 정보를 정리해 놓았습니다. 집필하는데 가장 힘든 부분이었지요.

4. 이 책은 연도별, 시간대별 순서로 목차를 배열하고, 또 관련 이야기들을 하나로 묶어 이해하기 쉽게 구성했습니다.

그리스 로마 신화에도 엄연히 연도별, 시간대별로 내용상 순서가 있습니다. 이 책은 처음부터 끝까지 꼬리에 꼬리를 물고 이어지는 신화 이야기를 순서대로 구성했습니다.

또 그리스 로마 신화에는 비슷한 이야기들이 많습니다. 이 책은 그런 비슷한 이야기를 하나로 묶어, 여러분들이 이해하기 쉽게 목차를 구성했습니다. 예를 들면, 헤라의 질투, 감동적인 사랑 이야기, 이루어질 수 없는 사랑 이야기, 금지된 사랑 이야기 등을 비롯해 신들의 복수 시리즈, 가문의 저주 등을 하나로 묶어 이해와 가독성을 높였습니다.

5. 제우스를 비롯한 올림포스 주요 신과 영웅들, 또 주요 캐릭터를 상세히 설명했습니다.

그리스 로마 신화에는 수많은 인물들이 등장합니다. 최고 주인공인 제우스를 비롯해 올림포스 주요 12신, 승리의 여신 니케를 비롯한 조연급 신들뿐 아니라, 헤라클레스와 테세우스를 포함한 영웅들과 우리네 같은 인간들이 등장합니다.

이 책에서는 이들 이외에도, 중요한 캐릭터들을 아주 자세하게 정리해 놓았습니다. 그러니까 그들의 출생부터 지위와 역할, 외모와 성격부터 그들을 대표하는 상징물까지 상세하게 설명했습니다. 주요 신들과 영웅들 캐릭터를 알면, 그만큼 내용을 이해하는데 쉽기 때문이지요.

또 앞으로 여러분들이 그리스 로마에 관한 조각이나 명화를 보고, 주요 신들과 영웅 등을 단번에 알 수 있게 설명해 놓았습니다. 그러니까 이 책을 읽다 보면 자신도 모르게 저절로 명화나 조각에서 중요 신들은 누가 누군지 단번에 알 수 있습니다. 다시 말하면, 앞으로 여러분이 유럽의 박물관과 이탈리아와 그리스 등을 가서 조각이나 명화를 보고 최소한 그 인물이 누구인지를 알 수 있다는 말씀입니다.

요거 아무것도 아닌 말 같지만, 유럽 여행 시 박물관 등을 관람할 때 엄청 중요합니다. 거금 들이고 멀리 유럽까지 갔는데, 최소한 누가 누군지는 알아먹고, 무엇인가 하나라도 알고 가는 그런 실속 있는 여행이 되어야 하지 않겠습니까? 오케이?

6. 전반적인 구성은 드라마 형식을 취하여 재미와 가독성을 높였고, 장문이 아닌 단문을 사용해, 가볍고 속도감 있게 구성했습니다.

여러분도 빡빡하게 글만 도배되어 있는 책은 피곤하시고 싫으시죠? 저도 그렇습니다. 그런 책은 진도도 안 나가고, 도중에 다시 책을 펼치지 않는 경우가 많지요. 그런데 방송 드라마 대본이나 희곡은 일반 서적과 달리, 빡빡하게 공간을 차지하지 않습니다. 그래서 책장도 술술 넘어가고, 내용을 이해하는데 유리합니다.

이 책의 전반적인 구성은 드라마 형식을 취해 재미와 속도감을 높였고, 장문이 아닌 단문으로 구성했습니다. 또 조금 지루하다 싶은 부분은 나름 약간의 위트를 섞어 재미를 주려 했고, 쉬운 대화체로 바꾸어 가독성을 높였습니다.

많은 나라들을 여행을 하면서 느낀 점은 잘 사는 나라든 못 사는 나라든, 어디를 가나 사람 사는 것은 똑같다는 생각을 합니다. 아마도 우리보다 수천 년 전에 살았던 그리스 로마 사람들도 생활 방식만 틀릴 뿐, 지금의 우리와 거의 비슷하지 않을까 합니다. 서로 사랑하고 이별하고, 시기하고 질투하고, 치고받고 싸우고, 욕심내다 폭망하고..!

수천 년 전 서양 사람들은 어떤 생각을 하고, 어떻게 살았을까? 또 한때는 서양인들의 종교였던 그리스와 로마 신들은 대체 어떤 신들일까? 왜 서양인들은 제우스를 비롯해, 아폴론과 아테나 등의 거대한 신전을 짓고 왜 그런 종교를 가졌는지, 거의 모든 해답은 그리스 로마 신화에 담겨 있습니다. 그리고 여러분은 그 속에서 인간적인, 너무나 인간적인 그리스와 로마 신들을 만나고, 그들의 세상 이야기에 푹 빠질 겁니다.

신화는 환상적인 상상의 세계입니다. 그 무한한 상상력 속에서 변화와 혁신과 창조가 탄생하는 것입니다. 여러분들을 그 무한하고 흥미진진한 상상의 세계로 모시겠습니다. 출발할 준비되셨습니까? 자 그럼 지금부터 저와 함께 재미있는 그리스 로마 신화에 같이 빠져봅시다. 렛츠 고! 백 투 더 퓨처!!

P.S> 그동안 이 책을 같이 공동 작업을 해주신 강나리 작가님, 표지 및 편집 디자인을 해주신 데이비드 강 (강경완)님, 교정을 해주신 오세순 일당들 등등.. 많은 분들에게 감사 인사드립니다.

송승환 추천사

배우 / 공연 제작자 / PMC 프로덕션 예술감독
성균관 대학교 문화예술 미디어 원장 /
평창 동계 올림픽 개폐막식 총감독

    강남길이란 배우는 저와 같이 아역 배우로부터 시작해, 지금까지 동료이자, 선후배, 친구로서 지내는 사이입니다. 그런 그가 이번에 10년 이상을 집필하고, 또 직접 촬영한 수많은 명화와 조각과 함께 그리스 로마 신화에 관한 책을 3권 내놓았다고 합니다. 저도 기대되지만, 아마 여러분들의 반응도 대단할 거라 믿어 의심치 않습니다.

    그동안 저도 오이디푸스 같은 연극 작품 때문에 그리스 로마 신화를 알기는 했지만, 처음부터 끝까지 전부 완벽하게 알지는 못했습니다. 그런데 이번에 추천사를 써주면서 이 친구가 쓴 원고를 3권까지 읽으며, 새롭게 이해하는 계기가 되었습니다. 책 제목을 물었더니, '강남길의 명화와 함께 후루룩 읽는 그리스 로마 신화'라고 하더군요. 정말 책 제목과 같이 쉽게 읽히는 이 친구의 글과 명화들을 보면서, 시간 가는 줄 모르고 후루룩 읽었습니다.

    강남길이란 배우는 90년대 후반엔 컴퓨터 전도사로서 활약하더니, 아무래도 이번엔 그리스 로마 신화의 전도사로서 나설 것 같습니다. 이 친구가 책 출간과 함께 유튜브도 오픈한다고 합니다. 여러분들도 많이 찾아오셔서 성원해 주시고, 이 기회에 그리스 로마 신화를 쉽게 이해하고 정복하는 계기가 되었으면 합니다. 건강하십시오. 감사합니다.

2021년 10월 5일 송승환

▌3권 차례

이아손의 아르고호 모험과 메데이아

트로이 전쟁

1권 차례

신들의 탄생과 제우스

천지창조와 신들의 탄생 / 우라노스와 아들 크로노스 / 제우스의 탄생 / 제우스의 패권 전쟁 /
올림포스 12신과 그들의 생활

인간의 탄생과 대홍수

프로메테우스와 인간의 탄생 / 판도라와 판도라 상자 / 대홍수와 새 인류의 탄생 /
아폴론의 첫사랑 다프네

헤라의 질투 편

암소가 된 이오 / 별자리가 된 칼리스토 / 남녀 사랑의 쾌감을 판정한 테이레시아스 /
아프로디테와 헤파이스토스 - 미녀와 야수 커플

달달하면서 감동적인 사랑 이야기

조각상을 사랑한 피그말리온 / 베르툼누스의 사랑 포모나 / 달의 여신이 사랑한 엔디미온 /
필레몬과 바우키스의 영원한 사랑

이루어질 수 없는 사랑 이야기

나르키소스와 그를 사랑한 에코 / 피라모스와 티스베 사랑 / 살마키스의 사랑 헤르마프로디토스

사랑해서는 안 되는 금지된 사랑 이야기

비블리스 눈물 / 프로크네 자매의 복수 / 아버지를 사랑한 미르라 / 아프로디테의 사랑 아도니스

영웅 페르세우스의 모험

1. 황금 소나기와 메두사 / 2. 아틀라스와 황금 사과나무 / 3. 안드로메다 공주 /
4. 피네우스 폭동과 신탁의 실현

테베의 카드모스 왕가 시리즈

1. 에우로페를 납치한 황소 제우스 / 2. 카드모스의 테베 건국 / 3. 처녀 여신의 알몸을 본 악타이온 /
4. 세멜레의 불타는 사랑 / 5. 술의 신 디오니소스와 펜테우스 / 6. 쌍둥이 암피온과 제토스 /
7. 오이디푸스 왕 이야기 (1) 오이디푸스 왕 (2) 콜로니스의 오이디푸스 (3) 안티고네

┃ 2권 차례

고대 그리스지도
200 B.C

아드리아 해

이탈리아

이오니아 해

마케도니아

올림포스 산 △

테살리아

에피로스
□도도나

보이오티아
□델피 테베□

칼리돈
이타케 아르카디아 코린토스
엘리스 □미케네
올림피아 아르고스
메세네아 □스파르타

N

0   MILES   100

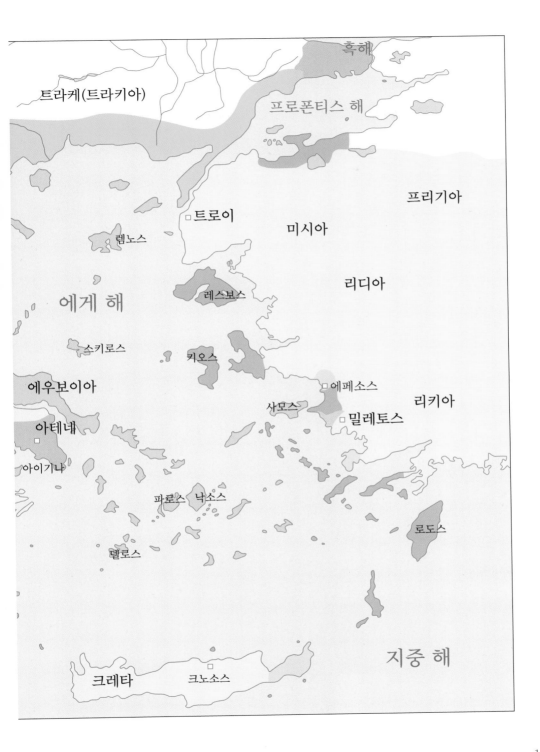

흑해

트라케(트라키아)

프로폰티스 해

프리기아

트로이

미시아

렘노스

레스보스

리디아

에게 해

스키로스

키오스

에우보이아

에페소스

리키아

사모스

아테네

밀레토스

아이기나

파로스 낙소스

로도스

델로스

지중 해

크레타

크노소스

천마 타고 하늘을 나는 벨레로폰

카스토로와 폴리데우케스 형제의 우애

미남 거인 사냥꾼 오리온

헤로와 레안드로스의 목숨을 건 사랑

첫날밤에 신랑들을 죽인 다나오스 50명의 딸들

케익스와 알키오네의 애틋한 사랑

천마 타고 하늘을 나는 벨레로폰

등장 인물

벨레로폰 : 코린토스 왕자

프로이토스 : 티린스 왕

이오바테스 : 리키아 왕 (프로이토스 장인)

키마이아 : 사자 몸에, 등엔 염소가 있고, 꼬리는 뱀인 괴물

페가수스 : 하늘을 나는 날개 달린 흰 백마

이 신화는 헤라클레스가 등장하기 전에, 그리스 최고 영웅이었던 벨레로폰 이야기다.

추방당한 벨레로폰

그리스 코린토스의 '벨레로폰 Bellerophon'은 잘생긴 미남 왕자였다. 그는 뜻하지 않은 실수로 살인을 저질러 추방되었다. 그래서 티린스의 '프로이토스 Proetos' 왕을 찾아가, 살인죄를 씻고 정화를 받았다.

그런데 왕비가 유혹하며 추파를 던졌다. 그러나 벨레로폰이 그녀의 유혹을 거절하자, 왕비는 앙심을 품고 남편에게 거짓말을 했다.

왕비　　　여보! 음흉한 벨레로폰을 죽이세요.

　　　　　　그자가 날 유혹하며, 겁탈하려 했답니다. 흑흑흑 ...

프로이토스　(피가 거꾸로 솟으며) 이런 죽일 놈을 봤나? 은혜를 원수로 갚다니?

자신을 죽이란 편지를 들고 간 벨레로폰

왕은 벨레로폰을 그 즉시 죽이고 싶었지만 그럴 수는 없었다. 그리스 관습에 의하면, 나그네와 다른 나라 사람을 죽이는 것은 복수의 여신들에게 엄벌을 받았기 때문이었다. 그래서 왕은 대신 다른 방법을 생각한 끝에, 그에게 봉인된 편지를 주며 …

프로이토스   이 편지를 절대 뜯지 말고, 리키아 왕인 내 장인에게 전해주게.
아 참! 이 편지 속엔 자네를 추천하는 내용도 적혀있네.

왕은 이렇게 자기 장인이자, 리키아 왕 '이오바테스 Iobates'에게 밀봉된 편지 심부름을 시켰다. 편지 내용은 대략 이러했다.

편지 내용   〈 장인 어르신! 이 편지를 가져온 자를 즉각 죽이십시오.
이자는 감히 내 아내이자,
어르신의 따님을 겁탈하려 한 자입니다. 〉

편지 내용을 모르는 벨레로폰은 편지를 전하기 위해 곧장 리키아로 떠났다. 그러니까 자신의 손으로, 자기를 죽이라는 편지를 들고 간 셈이었다.
이 신화에서 '벨레로폰의 편지'란 유명한 문구가 나왔다. 이 용어는 '자신에게 불리한 소식이나, 위험한 내용이 담긴 편지를 스스로 전달하는 것'을 말한다.

한편, 이오바테스 왕은 그가 편지를 가지고 도착하자, 손님을 위해 성대한 잔치를 벌여 주었다. 그런데 그날 밤, 왕은 사위의 편지를 뜯어보고 너무 깜짝 놀랐다.

벨레로폰 - 베르사유 궁

이오바테스　어떻게 이런 일이! 자기 손으로, 자기를 죽이란 편지를 가져오다니 …!
그나저나 어떡하지? 찾아온 손님을 내 손으로 죽일 수도 없고 …!

　왕도 손님을 죽여, 복수의 여신들의 분노를 사고 싶지 않았다. 그래서 벨레로폰에게
가축을 해치고, 땅을 황폐하게 만드는 괴물 '키마이라 Chimaira'를 죽여 달라고 부탁했다.
어차피 그가 괴물과 싸우면, 죽을 거라고 생각했던 것이다.

몸통은 사자인데, 등에 염소 머리가 있고, 꼬리가 뱀인 키마이라 - 바르젤로 미술관

괴물 키마이라와 천마 페가수스

'키마이라 Chimaira'는 몸은 사자인데, 등쪽에는 염소의 머리가 있고, 꼬리에 뱀이 붙은 모습을 하고 있으며, 입에서는 불을 내뿜는 무시무시한 괴물이었다. 먼저, 벨레로폰은 이 괴물을 처치할 방법을 유명한 예언가인 '폴리에이도스'에게 물어보았다. 그러자 ...

폴리에이도스   우선 하늘을 나는 천마 '페가수스'를 찾아,

그 천마를 타고 키마이라와 싸우면, 이길 수 있을 것이오!

'페가수스 Pegasus'는 괴물 '메두사'와 '포세이돈' 사이에서 태어난 하늘을 나는 날개 달린 백마(白馬)다. 영웅 페르세우스가 메두사 목을 칼로 자르자, 메두사 목에서 태어난 불사의 말이 바로 페가수스다.

폴리에이도스   근데, 천마가 있는 곳은 아테나 여신만이 알고 있소.

아테나 신전에서 하룻밤을 자면, 여신이 방법을 알려줄 것이오!

벨레로폰은 예언가 말대로, 그날 밤 아테나 여신의 신전에 가서 잠이 들었다. 그러자 여신이 꿈에 나타나 ...

아테나   천마는 코린토스의 페이레네 샘물을 마시러 온다.

자, 이 황금 고삐를 줄 테니까,

포세이돈에게 황소를 제물로 바치고, 천마를 사용하라!

벨레로폰이 잠에서 깨어보니, 정말 황금 고삐가 손에 쥐어져있었다. 그가 신께 제물을 바치고 샘물에 가자, 천마는 황금 고삐를 보더니, 스스로 다가와 목을 내밀었다. 그래서 그는 천마 목에 고삐를 채우고, 힘차게 하늘을 날아 키마이라가 있는 곳으로 날아갔다.

페가수스를 끌고 오며, 예언가에게 고맙다고 악수하는 벨레로폰. 천마 바로 위에 아테나 여신도 보인다 - 러시아 국립 미술관

키마이라 처치와 다른 과업

마침내, 벨레로폰은 키마이라를 발견하고, 주위를 날며 수없이 많은 화살을 쏘았다. 하지만, 괴물은 끄떡없이 입에서는 화염 방사기 같은 불을 내뿜으며 공격했다. 그러자 그는 뜨거운 불길을 요리조리 피하더니 …

이 그림에서는 천마 페가수스를 탄 벨레로폰이 입에서 불을 내뿜는 키마이라를 창으로 찌르고 있다 - 루벤스 그림

벨레로폰　　요거 만만치 않은데? 맞아, 그렇다면 그 방법을 사용해야겠군.

　그는 뜨거운 납을 화살에 달아, 괴물의 입안을 향해 쏘았다. 그러자 입안으로 들어간 납이 녹으며, 괴물은 납 중독, 아니 속 안 내장이 녹아 죽고 말았다. 그가 임무를 마치고 돌아오자, 왕은 놀라며 다른 일을 시켰다.

이오바테스   그럼 이번엔 우리 숙적인 이웃나라, 솔이모이 족과 싸우시오.

　영웅은 또 천마를 타고 날아가 2번째 과업을 완수하고, 그다음으로 3번째로 주어진 아마존을 정벌하라는 과업도 싱겁게 끝냈다. 그러자 왕은 그가 돌아오는 길목에 자신의 부하들을 매복시켜, 벨레로폰을 죽이라는 명령을 내렸다. 그러나 영웅은 부하들을 모두 간단히 저승으로 보내고, 무사히 컴백했다.

　그때서야 왕은 그가 신의 사랑을 받고 있는 영웅이란 것을 알고, 자기 사위의 편지를 보여주며 …

이오바테스   자, 이걸 보고 내 사죄를 받아주시오.
　　　　　　　난 사위의 편지를 받고, 그런 일들을 시켰던 것이오.
　　　　　　　계속 여기 있어주시오. 그대에게 내 딸을 주고, 후계자로 삼겠소!

신이 되고자 했던 벨레로폰

　그러나 인간의 욕심과 오만은 끝이 없는 것일까? 그는 하늘을 나는 천마를 소유하자, 자만심에 빠져 …

벨레로폰   어디 천마를 타고, 하늘의 신들이 있는 올림포스에 가볼까?
　　　　　　오케이, 페가수스야! 어서 하늘로 올라가자. 렛츠 고!

　그러자 제우스가 그의 오만방자한 객기에 뿔따구 났다. 그래서 피를 빨아먹는 등에를 보내, 천마를 쏘게 했다. 등에가 천마의 엉덩이에 붙어 피를 빨아먹자, 천마는 깜짝 놀라 몸부림치며, 벨레로폰을 등에서 떨어뜨렸다.

　다행히, 그는 수풀에 떨어져 죽진 않았지만, 충격으로 눈이 멀고 다리를 절룩거렸다. 이후, 그는 죽을 때까지 사람들의 눈을 피해 방랑하다, 비참한 최후를 마쳤다 한다.

에필로그

벨레로폰은 또 흔히 '벨레로폰테스 Bellerophontes'라고도 불린다. 그는 헤라클레스가 등장하기 전까지 그리스 최고 영웅이었다. 그러나 그는 영광과 몰락을 함께 맛보았다. 하늘을 나는 천마를 소유하자, 나중엔 신이 되고자 하는 오만에 빠져, 하늘로 오르다가 추락하고 만다. 이렇게 그리스 신화에선 인간이 감히 신들과 대결하거나, 신이 되려고 까부는 것을 신들은 절대 용납하지 않는다.

그러면 천마 '페가수스'는 어떻게 되었을까? 그런 후, 페가수스는 올림포스로 올라가, 제우스의 마구간에서 지냈다. 그러다 나중에는 하늘의 별자리가 되었는데, 그 별자리가 밤하늘의 '페가수스자리'다.

페가수스 별자리

터키의 페가수스 항공사

천마 페가수스를 타고 하늘을 나는 벨레로폰 - 포투니노 그림

카스토르와 폴리데우케스 형제 우애

등장 인물

카스토르	:	틴다레오스 아들
폴리데우케스	:	제우스 아들
틴다레오스	:	스파르타 왕
레다	:	스파르타 왕비
이다스	:	메세네 쌍둥이 왕자
린케우스	:	메세네 쌍둥이 왕자

카스토르와 폴리데우케스는 제우스의 쌍둥이 형제다. 이들은 각종 모험에 함께 참가한 것으로 유명하지만, 특히 형제간 우애가 남다른 것으로 더 유명하다.

백조로 변신한 제우스와 레다

이들 형제의 정말 신화 같은(?) 탄생은 이러하다. 스파르타 왕 '틴다레오스 Tyndareos'의 아내는 '레다 Leda'였다. 그런데 천하의 바람둥이 제우스가 레다에게 반해 수작을 부렸다. 항상 요놈의 제우스가 문제다.

제우스는 이번에는 백조로 변신해, 독수리에게 쫓기는 척하며 수작을 부리다가, 방심한 그녀를 겁탈했다. 그런데 레다는 그날 자신의 남편과도 잠자리를 했다.

백조와 레다 - 루브르 박물관

레오나르도 다빈치의 백조와 레다
- 보르게세 미술관

코레지오의 백조와 레다

베로네세의 백조와 레다

백조와 레다 - 바르젤로 미술관

백조와 레다 - 우피치 미술관

미켈란젤로의 백조와 레다 - 우피치 미술관

틴토레토의 백조와 레다 - 우피치 미술관

이후, 레다는 2개의 커다란 백조 알을 낳았는데, 그 중의 하나는 제우스 알이고, 다른 하나는 스파르타 왕의 알이었다. 그리고 그 2개 백조 알에서 각각 남녀 한 쌍씩, 4명의 자식이 태어났다.

그러니까, 인간 남편의 자식으로 '카스토르 Castor'와 '클리타임네스트라 Klytaimnestra' 남매가 태어났고, 또 제우스 자식으로는 '폴리데우케스 Polydeukes'와 '헬레네 Helene'가 태어난 것이다. 〈이들에 관한 자세한 이야기는 트로이 전쟁 편에 다시 나온다. 〉

쌍둥이 형제, 카스토르와 폴리데우케스

카스토르와 폴리데우케스는 비록 각각 다른 알에서 태어났지만, 한 뱃속에서 태어난 형제인 셈이었다. 흔히, 사람들은 이 형제를 그냥 부르기 쉽게 제우스 아들이란 뜻으로, '디오스쿠로이 Dioskuroi'라 불렀다.

그런데 형제는 한 가지 다른 점이 있었다. '폴리데우케스'는 신의 아들이라 죽지 않는 운명이지만, '카스트로'는 인간의 자식이기 때문에 언젠가는 죽어야 할 운명이었다.

쌍둥이 형제는 우애가 깊고, 항상 붙어 다니며 무슨 일이든 함께 했다. 그러나 기질은 달랐다. 카스토르는 야생마를 잘 다루는 재주를 지녔고, 폴리데우케스는 권투 실력으로 이름을 날렸다.

사촌 형제와의 싸움

그런데, 이 형제와 경쟁할 또 다른 쌍둥이 형제가 있었다. 그들은 4촌 쌍둥이 형제들인 '이다스 Idas'와 '린케우스 Lynceus'였다. 형인 '이다스'는 엄청나게 힘센 천하장사였고, 동생인 '린케우스'는 특별한 투시력이 있었다. 이 동생은 먼 물체뿐 아니라, 땅속에 있는 광맥을 꿰뚫어 볼 정도로 천리안을 가진 자였다.

이들 두 쌍둥이 형제는 처음엔 사이가 좋았다. 그러나 결국 서로 죽고 죽이는 싸움을 해야 했다. 그 이유는 이러하다.

제우스 형제는 4촌 작은 아버지의 쌍둥이 딸을 각각 사랑했다. 그런데 그녀들은 이미 이다스와 린케우스하고 약혼한 사이였다. 그러나 제우스 형제는 그녀들을 몰래 납치해 아내로 삼고, 자식까지 두었다. 그래서 이들 사이엔 앙금이 쌓여 있었다.

이다스와 린케우스 약혼녀인 레우키포스의 딸들을 납치하는 카스토로와 폴리데우케스 쌍둥이 형제
- 루벤스 그림

그러던 어느 날, 이들 4명은 작당 모의했다. 아르카디아 소들을 약탈하여, 서로 나눠 갖기로 한 것이다. 소를 분배하는 것은 이다스에게 맡겼다. 그런데 이들이 소를 탈취해 한 마리를 잡아먹으려 할 때, 이다스가 내기를 제안하며 …

이다스　　잠깐! 우리 내기하는 거 어때?
　　　　　그러니까 여기 4등분 한 자기 몫의 고기를,
　　　　　가장 빨리 먹는 사람이 소 떼의 반을 갖고,
　　　　　두 번째로 빨리 먹는 자가,
　　　　　나머지 반을 차지하기로 말이야.
　　　　　다시 말하면, 1등과 2등이 다 가져가고,
　　　　　3등과 4등은 국물도 없다 이거지. 어때, 콜?

　모두 그의 제안에 동의하자, 시작과 동시에 각자의 고기를 허겁지겁 먹기 시작했다. 그러나 힘이 장사인 이다스가 먼저 자기 몫을 후다닥 먹어치운 다음, 자기 동생 몫까지 다 먹어치워 주더니 …

이다스　　이거 어떡하지, 우리가 이겨서?
　　　　　그럼 약속대로 소들은 모두 우리 거니까,
　　　　　실컷 고기나 드시고 가, 응? 다음에 보자고!

　이런 것을 짜고 치는 고스톱이라고 해야 하나? 결국 소 떼는 이다스 형제가 모두 갖고, 제우스 형제는 국물도 없었다. 그러자 화난 제우스 형제는 그 소 떼를 약탈해 달아나다 숲에 숨었다. 그곳에 매복해 있다가, 상대를 급습할 생각이었다.
　그러나 린케우스가 누구던가? 먼 곳뿐 아니라 땅속까지 볼 수 있는 천리안을 가진 자 아니던가! 린케우스는 높은 산에 올라가, 레이더망을 작동시켰다. 아니나 다를까? 그의 레이더에 제우스 형제가 숨어 있는 곳이 포착됐다.

이다스 형제는 몰래 살금살금 뒤로 다가가서, 먼저 이다스가 카스토르를 창으로 찔러 죽였다. 그러자 반격에 나선 폴리데우케스는 도망치는 린케우스를 추격해 죽였다.

이제 폴리데우케스와 이다스의 1:1 맞대결이 시작되었다. 그들은 서로 자기 형제의 복수를 하기 위해 이를 바드득 갈며 …

폴리데우케스　비겁한 놈! 내 형제의 원수를 꼭 갚아주겠다.

이다스　무슨 강아지 풀 뜯어먹는 소리냐?
　　　　나야말로 내 동생의 원수를 갚을 것이다. 자, 덤벼라!

힘에선 이다스가 한 수 위였다. 이다스가 돌을 던지자, 폴리데우케스는 그 돌에 맞아 쓰러졌다. 그러자 이번에는 이다스가 어마어마하게 큰 바위를 집어던지려 했다. 하지만 그 순간, 제우스가 벼락을 던져 이다스를 죽이고, 자기 아들을 구했다.

제우스는 홀로 남은 폴리데우케스를 하늘로 데려가, 불사신으로 만들려 했다. 그러나 폴리데우케스는 죽은 카스토르를 끌어안고 슬피 울며 …

폴리데우케스　아버지! 제발 카스토르를 살려주세요.
　　　　아니, 저를 사랑하는 내 형제와 같이 죽여주십시오.
　　　　전 카스토르 없이 혼자 살고 싶지 않습니다.

그러자 형제간의 우애에 감동한 제우스가 …

제우스　아들아! 카스토르는 인간의 자식이라, 죽어야 할 운명이다.
　　　　하지만, 좋다! 이것은 스페셜 케이스다.
　　　　만일 네가 사랑하는 형제와 같이 살고 싶다면,
　　　　너희들은 하루는 저승에서 보내고,
　　　　다른 하루는 하늘에서 우리 신들과 함께 지내도 좋다!

이렇게 하여, 우애 깊은 쌍둥이 형제는 서로 헤어지지 않고 지낼 수 있었다. 제우스는 나중에 이들 형제를 하늘로 올려, '쌍둥이 별자리'로 만들어주었다.

에필로그

밤하늘의 쌍둥이 별자리가 된 형제는 기원전 496년, 로마가 적군들과 싸울 때 별들로 나타나, 로마 편을 들었다 한다. 그래서 로마는 전쟁에 승리한 후 이들의 신전을 세우고, 쌍둥이 형제를 기사들의 수호신으로 숭배했다.

로마 캄피돌리오 광장의 계단 위에, 각각 좌우로 서있는 2명의 조각상이 바로 쌍둥이 형제인 '카스토르와 폴리데우케스'다. 이들은 나체로 말의 고삐를 손에 쥐고 서있는데, 과연 얼마나 많은 관광객이 그들을 알고 있을까? 그리스 로마 신화를 알고, 요 조각상을 보면 왠지 느낌이 새롭다. 〈이 정도 알면, 로마 관광 가이드를 해도 된다. 〉

한때, 이들 형제는 '테세우스'가 누이동생 '헬레네'를 납치하자, 아테네까지 쳐들어가 동생을 구했다. 또 이들은 칼리돈의 멧돼지 사냥과 아르고호 원정에도 참가했는데, 특히 아르고호 원정엔 폭풍이 불 때, 이들 형제의 머리 위에 별들이 나타나, 무사히 항해할 수 있었다 한다. 그래서 이들 형제는 뱃사람과 모험가의 수호신이 되었다.

밤하늘의 쌍둥이 별자리

로마 캄피돌리오 광장 계단 위의
카스토르와 폴리데우케스

캄피돌리오 계단의 카스토르와 폴리데우케스
좌우 왼쪽에 살짝 보이는 건물이 캄피돌리오 박물관이다.

로마 포마노의 중앙에 기둥 3개만 남은 카스토르와 폴리데우케스 신전 - 조금 줌인한 사진

테세우스가 납치한 여동생 헬레네를 구출하는 카스토르와 폴리데우케스 형제
장 부르노 가시스 그림

미남 거인 사냥꾼 오리온

등장 인물

오리온   : 거인 사냥꾼 (포세이돈 아들)
오이노피온 : 키오스 섬 왕
아폴론   : 태양, 궁술 등의 신
아르테미스 : 사냥의 여신 (아폴론 누이)

 이번 이야기는 별자리에 관한 신화다. 미남 거인 사냥꾼 오리온이 사랑한 상대는 처녀 여신 아르테미스다. 과연 이들은 이루어질 수 있을까?

눈이 멀게 된 오리온

 '오리온 Orion'은 포세이돈 아들로, 엄청나게 큰 몸집을 가진 미남이었다. 그는 바다에 들어가면, 머리와 어깨가 수면 위로 나올 정도로, 체격이 매우 컸다. 그뿐이 아니라, 바닷속을 걸어 다닐 수 있는 능력이 있었는데, 그런 능력은 포세이돈이 준 선물이었다.

 오리온은 맨 처음 '시데 Side'와 결혼했지만, 그녀는 감히 헤라 여신과 미모를 겨루다 죽고 말았다. 그러자 그는 이번에는 키오스섬의 '오이노피온' 왕의 딸에게 청혼했는데, 왕은 결혼 조건으로...

오이노피온   우리 섬에는 백성들을 괴롭히는 맹수들이 많네.
                그 맹수들을 모두 몰아내면 내 딸을 주겠네.

그래서 오리온이 맹수들을 모두 몰아냈지만, 왕은 약속을 어기고 딸을 주지 않았다. 그러자 화가 난 오리온이 강제로 공주를 겁탈해 버렸다. 이에 왕은 노발대발하며 …

오이노피온 이런 천하에 불한당 같은 놈이 있나.

내 이놈을 그냥 콱 …

아니지, 눈을 콱!

화가 난 왕은 오리온을 술에 취하게 만든 다음, 그가 자고 있을 때 두 눈을 멀게 했다. 그러자 눈먼 오리온은 해가 뜨는 동쪽에 가서 태양빛을 쬐면, 시력을 회복할 수 있다는 신탁의 예언을 받았다. 그래서 그는 아래 그림처럼, 어린아이를 길잡이 삼아 어깨 위에 태우고, 동쪽으로 가서 시력을 회복할 수 있었다.

거인 오리온이 어린아이를 어깨에 태우고 가자, 밑에 있던 사람들이 놀라서 쳐다보고 있다.
두 사람 바로 위 부분의 구름 위에 기대있는 여인은 아르테미스 여신 - 푸생 그림

오리온과 아르테미스의 비극적인 사랑

그런데, 오리온은 그곳에서 처녀 여신이자, 사냥의 여신 '아르테미스 Artemis'와 눈이 맞았다. 하지만, 여신의 쌍둥이 남매 '아폴론'은 그가 바람둥이라 마음에 들지 않았다. 또 처녀 여신인 자기 누이가 그와 깊은 관계가 될까 봐 두려워, 아폴론은 커다란 전갈을 보내어 감시하게 했다.

그런 어느 날, 오리온이 수면 위로 머리만 내놓고, 바다를 건너고 있을 때였다. 그때 아폴론이 은근히 아르테미스를 꼬드기며 ...

아폴론　　　저기 저, 바다에 있는 검은 물체 보여?

아르테미스　응? 저 멀리 까만 것 말이지?

아폴론　　　근데, 누이의 화살 실력으로는 못 맞출걸?

아르테미스　무슨 소리야? 흥, 한번 볼래?

자존심이 상한 여신은 화살을 쏘아, 물체를 명중시켰다. 물론, 그 물체가 오리온이란 것은 모르고 말이다. 그런데 얼마 후, 파도가 시체를 해안으로 몰고 오자, 아르테미스는 그제야 자신의 실수를 알고 통곡했다.

오리온 별자리 모습

그러자 제우스는 그녀의 슬픔을 달래기 위해서, 오리온을 하늘의 별자리로 만들어 주었다. 또 오리온을 감시했던 전갈도 함께 말이다.

이리하여 오리온은 겨울 하늘 중에 가장 높은 곳에 위치하여, 지금도 겨울 하늘의 왕자로 빛나고 있다.

아르테미스가 자기 실수로 죽은 오리온의 시신을 보고, 구름 위에서 안타까워하고 있다
- 루브르 박물관 (다니엘 세이터 그림)

에필로그

고대 그리스와 로마 사람들은 밤하늘의 별을 보고, 신화에 나오는 신이나 영웅 등의 이름을 붙였는데, 이것이 지금까지 전해오는 별자리다. 주요 신들과 그 밖의 영웅들과 연관된 행성과 별자리는 다음 페이지와 같다.

태양계 행성과 신들 이름

구분	영어 이름	그리스 이름	라틴어 이름
태양	선 Sun	아폴론 Apollon	포이부스 Phoebus
수성	머큐리 Mercury	헤르메스 Hermes	메르쿠리우스 Mercurius
금성	비너스 Venus	아프로디테 Aphrodite	베누스 Venus
화성	마스 Mars	아레스 Ares	마르스 Mars
목성	주피터 Jupiter	제우스 Zeus	유피테르 Jupiter
토성	새턴 Saturn	크로노스 Cronus	사투르누스 Saturnus
천왕성	우라노스 Uranus	우라노스 Uranus	우라노스 Uranus
해왕성	넵튠 Neptune	포세이돈 Poseidon	넵투누스 Neptunus
명왕성	플루토 Pluto	하데스 Hades	플루톤 Pluton

태양계 행성과 각각의 이름

황도 12궁과 그리스 신과 관련된 주요 별자리

제우스 – 독수리자리, 백조자리

헤라 – 게자리, 헤라클레스자리

아폴론 – 까마귀자리

아르테미스 – 칼리스토 이야기의 큰곰, 작은곰자리

아프로디테 – 처녀자리, 물고기자리

아테나 – 마차부자리

그리스 영웅 및 그 밖의 인물과 관련된 별자리

헤라클레스 – 헤라클레스자리, 게자리, 사자자리

페르세우스 – 페르세우스자리, 케페우스자리, 안드로메다자리

카스토로와 폴리데우케스 – 쌍둥이자리

오리온 – 오리온자리, 전갈자리

가니메데스 – 물병자리

켄타우로스 케이론 – 켄타우로스자리 (궁수자리)

칼리스토 – 큰곰자리와 작은곰자리

페가수스 – 페가수스자리

황도 12궁과 그리스 신화 별자리

헤로와 레안드로스의 목숨 건 사랑

등장 인물

헤로　　　　: 세스토스 여사제
레안드로스 : 아비도스 미남 청년

이 이야기는 유럽과 아시아 해협을 사이에 두고 사랑한 헤로와 레안드로스의 목숨을
건 애틋한 러브 스토리다.

해협을 사이에 둔 사랑

'헤로 Hero'는 세스토스의 아프로디테 신전 여사제였다. 또한 '레안드로스 Leandros'는
다르다넬스 해협을 사이에 두고, 그녀와 반대편에 사는 아비도스의 미남 청년이었다.
이 두 사람은 축제에서 만나 사랑에 빠졌는데, 헤로가 여사제 신분이기 때문에 이들은
결혼할 수 없었다.

매일 밤 몰래 만나는 두 사람

그래서 이 두 사람은 남의 눈을 피해, 밤중에 몰래
만나 사랑을 속삭였다. 남자가 매일 밤 목숨을 걸고
해협을 헤엄쳐 건너오면, 여자는 건너편의 탑 위에서
횃불을 들고 방향을 알려 주었다.

이렇게 이들은 매일 밤 힘들게 만나, 서로 사랑을
속삭였다.

헤로	아아 .. 밤이 너무 짧네요.
	세상에 우리처럼 사랑하는 사람들이 있을까요?
레안드로스	그래서 우리 사랑이 더 달콤한 거 아닐까?
헤로	벌써 날이 밝아오네요. 그만 가봐야 할 시간이에요.
레안드로스	아이 라브 유, 헤로! 내일 또 올게. 바이 ~

어느, 겨울밤이었다. 이날도 레안드로스는 열심히 헤엄쳐, 바다를 건너오고 있었다. 그러나 이날은 폭풍이 몰아치는 악천후 날씨였기 때문에, 등불도 잘 보이지가 않았다. 그러자 남자는 방향을 잃고 헤매다, 결국 힘이 빠져 죽고 말았다.

하지만, 해협 건너편에 있던 헤로는 그가 익사한 것을 몰랐다. 그녀는 밤새 탑 위에서 햇불을 들고, 몰아치는 강풍과 거친 파도를 보며...

헤로가 폭풍이 몰아치는 겨울밤, 밤새 햇불을 흔들며 사랑하는 연인을 기다리고 있다
- 런던 내셔널갤러리 (윌리엄 터너 그림)

헤로　오오.. 거센 바람과 파도여!
　　　　제발 우리 사랑을 갈라놓지 말아 다오.

　다음 날 아침이 되었다. 그녀는 밤새도록 기다렸지만, 그는 오지 않았다. 그때 해안에 한 구의 시체가 파도에 밀려왔다. 바로 그 사람이었다. 그러자 헤로는 그의 시신을 보고 눈물을 흘리며...

헤로　아아.. 내 사랑 레안드로스!
　　　　그대 없는 세상에서 나도 살 수 없어요. 흑흑흑...

　그녀는 슬픔과 절망감에 빠졌다. 그 사람 없이 더 이상 살 수 없었다. 그래서 탑 위에 올라가, 바다에 몸을 던졌다.

바다 요정들이 레안드로스를 둘러싼 가운데, 절망감에 빠진 헤로가 탑 위에서 몸을 던지고 있다
- 드레스덴 미술관 (루벤스 그림)

에필로그

헤로와 레안드로스 사랑은 이렇게 비극으로 끝난다. 그러나 사랑은 그 어떤 장애물도 넘는다. 보고 싶은 이를 보기 위해서라면, 산맥도, 파도도, 가로막지 못한다. 사랑하는 이의 미소를 보면, 힘든 것도 눈 녹듯 사라지기 때문이다.

목숨을 걸었던 사랑, 목숨을 두려워하지 않은 사랑이 레안드로스의 사랑이었는지도 모른다. 또한 그 남자를 너무 사랑했기에 바다에 뛰어든 헤로 역시, 상대방을 진정으로 사랑했던 여인이 아니었을까?

비록 짧은 신화지만, 이들의 애틋한 러브 스토리는 많은 예술가에게 영감을 주었다. 그래서 후세에 다양한 분야의 작가들은 그림, 시, 소설, 음악 등등 .. 수많은 연관 작품을 남겼다. 특히, 영국의 낭만파 시인 '바이런'은 다르다넬스 해협을 직접 수영해 건너간 뒤, '아비도스의 신부'라는 시를 쓴 것으로 유명하다. 다리를 좀 절룩거렸던 바이런이 걸린 시간은 1시간 10분이었다고 한다.

터키 이스탄불의 아시아와 유럽을 가로지르는 곳에 위치한
레안드로스와 같은 전설이 있는 등대

첫날밤에 신랑들을 죽인
다나오스의 50명 딸들

등장 인물

다나오스	: 아르고스 왕
아이깁토스	: 이집트 왕
아미모네	: 다나오스 딸
히페름네스트라	: 다나오스 장녀
린케우스	: 아이깁토스 장남

이번 신화는 신혼 첫날밤, 50명의 신부가 50명의 자기 신랑을 죽인 다나오스 딸들의 이야기다. 그녀들은 어쩌다가, 또 무슨 이유로 그런 끔찍한 일을 저질렀을까? 사건을 따라가 보자.

이오의 자손과 쌍둥이 형제

이번 내용을 이해하려면, 먼저 암소가 된 '이오 Io'부터 살짝 거슬러 올라가야 한다. 주인공들의 조상이 이오부터 출발하기 때문이다.

그리스 남부 아르고스가 고향인 이오는 헤라의 박해를 피해, 이집트에 가서야 간신히 인간의 모습을 되찾고, 제우스 아들인 '에파포스'를 낳았다.

다나오스 딸 - 여름 궁전

에파포스의 자손은 '벨로스'였다. 벨로스는 쌍둥이 '다나오스 Danaos'와 '아이깁토스 Aigyptos'를 두었는데, 이들은 사이가 좋지 않았다. 이 쌍둥이 형제는 아버지로부터 각각 아라비아와 리비아를 물려받았다. 그런데 아이깁토스는 주변 나라를 차츰 정복하더니, 서서히 다나오스의 리비아를 위협하기 시작했다.

우연인지는 몰라도, 신기하게 이들은 서로 많은 아내로부터 똑같은 숫자의 자식들을 두었다. 그러니까 아이깁토스는 50명의 아들을, 다나오스는 50명 딸을 두었던 것이다. 그런 어느 날, 아이깁토스가 다나오스를 찾아오더니 ...

아이깁토스   이봐! 우리 서로 나라를 합치는 게, 어때?
다시 말하면, 내 아들 50명과 그쪽 딸 50명을,
합동으로 결혼시키자 이 말이지.
내 아들 녀석들도 그걸 원하고 있거든.
잘 생각하고, 빠른 시일 안에 확답을 줘.
아 참! 이게 처음이자, 마지막 통첩이야. 내말 언더스탠?

이러한 제안에 다나오스는 매우 불쾌했다. 하지만, 상대방의 막강한 군사력이 두려워 어떻게 할 수가 없었다. 속셈이 뻔했다. 자기 아들들과 결혼 시켜, 나라를 꿀꺽하겠다는 심보가 아니고 뭐겠는가! 손도 안 대고, 코를 풀자는 수작이었다. 다나오스가 고민하고 있던 어느 날이었다. 이날 '아테나' 여신이 꿈에 나타나더니 ...

아테나   다나오스여! 당장 이 나라를 떠나 너희 선조들의 고향인,
그러니까, 이오 고향인 그리스의 아르고스로 피신하라!

그러자 그는 잠에서 깨어난 즉시, 50명의 딸들을 배에 태워 도망쳤다. 그리고는 오랜 항해 끝에 선조들의 고향인 아르고스에 도착했다.

왕이 된 다나오스와 아미모네 샘물

다행히, 일행은 그곳 사람들의 환대를 받았다. 아니 환대뿐 아니라, 다나오스는 얼마후 그곳 왕이 되었다. 이유는 신탁의 예언 때문이었다. 그 당시, 아르고스에는 늑대들이 소 떼를 습격하는 사건이 자주 발생했다. 그래서 신탁의 예언을 들어보니까 ...

신탁의 예언   타국에서 온 이방인이 왕이 되면,
　　　　　　　　늑대가 소 떼를 습격하는 일이 멈출 것이다!

이방인 다나오스가 왕이 되자, 신기하게도 늑대들의 소 떼 습격이 멈췄다. 그래서 그는 아르고스의 왕이 되었다. 이런 것을 꿩 먹고 알 먹고, 새집 털어 군불 땐다고 했던가!

그런데 아르고스는 메마르고 건조한 땅이라서, 항상 물이 부족했다. 이유는 포세이돈 때문이었다. 포세이돈은 아르고스 수호신을 놓고 헤라와 대결해서 패하자, 그 분풀이로 모든 샘물을 말라버리게 만들었던 것이다.

어느 날, 다나오스는 딸들에게 샘물을 찾아보라고 했다. 딸 중에서 미모의 '아미모네 Amymone'도 샘물을 찾아 나섰다. 그런데 음흉한 '사티로스'가 그녀를 겁탈하려고 하자, 아네모네는 도망치며 소리쳤다.

아미모네   살려 주세요 ~, 도와주세요 ~

그때였다. 포세이돈이 나타나서, 삼지창을 휘두르며 사티로스를 쫓아버렸다. 구해 준 보답이었을까? 포세이돈은 그녀와 사랑을 나눈 뒤에 ...

포세이돈   사랑스러운 예쁜이는 여기서 뭘 하고 있었누?
아미모네   이곳에 물이 없어 물을 찾고 있었답니다.

사티로스가 아미모네를 겁탈하려 하자, 삼지창을 든 포세이돈이 '요놈, 빨리 꺼지지 못해?' 하며 사티로스를 쫓아내고 있다
- 루브르 박물관 (앙드레 반 루 그림)

포세이돈   그래? 그럼 내가 마르지 않는 샘물을 가르쳐 주지, 뭐!

아미모네   정말요?

포세이돈   레르네에 마르지 않는 샘물이 있거든.

　　　　　　거기 가봐. 그럼 예쁜이, 바이 ~

　포세이돈은 그녀에게 정말 마르지 않는 샘물을 알려 주었는데, 그래서 그 샘물은 이후, 아미모네 샘물이라 불리게 되었다.

첫날밤에 신랑들을 죽인 다나오스 50명의 딸들

그러던 어느 날이었다. 아이깁토스의 50명 아들이 불쑥 배를 타고 아르고스에 왔다. 그러더니 그들은 다나오스에게 …

50명 아들들　제발 저희들을 따님과 결혼시켜 주십시오. /

저희들은 따님을 사랑하고 있습니다. /

더 이상 작은아버지와 적대 관계는 없을 것입니다.

다나오스　(마음속으로) 뭐, 적대 관계는 없을 거라고?

흥! 네놈들의 말을 어떻게 믿냐?

그는 과거의 원한이 새록새록 생각났다. 그들을 피해서 야반도주하듯, 급히 도망쳤던 과거가 생각났던 것이다. 그렇다고 청혼을 거절할 수는 없었다. 만약 거절하면, 막강한 군대를 이끌고 쳐들어올 것이 뻔했기 때문이었다. 그 순간, 다나오스는 속으로 끔찍한 계획을 세우더니 …

다나오스　좋네! 자네 50명과 내 딸 50명을 합동결혼 시키지.

근데, 어떻게 서로 짝을 고르지?

(그러다) 맞아! 제비뽑기로 정하면 되겠구먼. 크허허 …

이렇게 각각 50명의 아들과 딸들이 제비뽑기로 상대를 정했다. 성대한 합동 결혼식을 마치고, 신혼 첫날밤이 되었다. 그런데 그 첫날밤은 두근거리고 설레는 그런 첫날밤이 아니었다. 여전히 그들을 위협으로 느낀 다나오스는 딸들에게 단검을 주며 …

다나오스　애들아! 저자들은 우리 적이다.

각자 너희들의 신랑을 죽여라.

50명의 딸들은 자기 아버지가 시킨 대로, 첫날밤에 단검으로 각자의 신랑 목을 베어 죽였다. 그러나 장녀인 '히페름네스트라 Hypermnestra'는 자신의 신랑인 장남 '린케우스 Lynceus'를 죽이지 않았다. 그녀는 신랑에게 모든 사실을 털어놓으며, 무사히 도망칠 수 있게 도와주었다.

그 후에 일어난 사건은 여러 버전이 있다. 그중 한 가지 버전에 의하면, 장녀는 신랑을 살려준 일이 탄로 나 결국 재판을 받았지만, 아프로디테 여신에게 무죄 판결을 받았다. 그러자 다나오스는 장남 린케우스를 사위로 인정하고, 그에게 아르고스의 모든 전권을 물려주었다 한다.

첫날밤에 각자의 신랑들을 단검으로 죽이는
다나오스 50명의 딸들 - 테스타드 그림

그럼 나머지 다른 딸들은 어떻게 되었냐고? 고건 참으로 간단했다! 다나오스는 운동 경기를 열어, 나머지 딸들을 모두 승자에게 아낌없이 나누어 주었다.

그리스 신화에서 다나오스 50명 딸들은 신랑들을 첫날밤에 죽인 것으로 유명하지만, 그보다는 그 일로 그녀들이 죽은 후, 저승에서 받는 형벌이 더 유명하다.

그녀들이 저승에서 받고 있는 형벌은 큰 항아리에 물을 채우는 것인데, 그 항아리는 밑이 뻥 뚫린 항아리다. 그러니까 다음 장의 그림과 같이, 그녀들은 물을 부어도 부어도 물이 채워지지 않는 항아리에, 영원히 물을 붓는 형벌을 받고 있다고 한다.

저승에서 붓고 또 부어도 채워지지 않는 항아리를 물로 채우는 형벌을 받고 있는 다나오스 50명의 딸들
- 윌리엄 워터하우스 그림

에필로그

그리스 로마 신화에서 나온 대표적인 이름들

이지스 Aegis 전투함

'이지스'는 제우스와 아테나의 무적 방패인 '아이기스'의
영어 이름이다. 이지스함은 최고 200개의 목표를 탐지하고
공격하는 최신예 전투함이다.

C - 130 허큘리스 Hercules 수송기

'허큘리스 Hercules'는 그리스 최고 영웅 '헤라클레스'의
영어식 이름으로, C - 130 허큘리스는 미국의 차세대 전술
수송기다.

벌칸 Vulcan 포

'벌칸'은 불과 대장장이 신 '헤파이스토스 (라틴어 이름은
불카누스)'의 영어식 이름이다. 벌칸 포는 6개의 총신들이
회전하며 쏘는 기관단총으로, 헬리콥터와 장갑차에 장착을
하거나, 지상의 대공 화기로 쓰인다.

스틱스 Styx 미사일

'스틱스'는 저승의 죽음의 강으로, 스틱스 미사일은 고속
초계정에 탑재되는 함대 함 미사일이다. 이 스틱스 미사일
한방이면 저승으로, 즉 황천길로 간다는 의미다.

아폴로 Apollo 우주선

'아폴로'는 아폴론 영어 이름이다. 아폴로 우주선은 미국 달 탐사 우주선으로, 인간은 1969년 7월 21일 역사상 최초로 아폴로 11호를 타고, 달에 착륙했다.

타이타닉 Titanic 호(號)

'타이타닉'은 거인 족 '티탄'에서 유래된 말이다. 타이타닉 호는 영국이 1911년에 건조한 초대형 호화 여객선으로, 최초 항해 중에 빙산과 충돌한 비운의 배 이름이다.

아틀라스 Atlas : 항공사, 산맥, 대양 등의 이름

티탄 족 '아틀라스'는 하늘, 천공을 어깨로 떠받치고 있는 거인이다. 그의 이름에서 '아틀라스 산맥'과 '대서양 Atlantic Ocean' 등이 생겨났고, '아틀라스 항공사'는 미국의 유명한 화물 항공사다.

페가수스 Pegasus : 항공사

'페가수스'는 메두사 머리에서 탄생한 하늘을 나는 천마다. 터키의 저가 항공사 이름도 페가수스다.

나이키 Nike : 스포츠 전문 회사

'니케'는 승리의 여신으로, 영어 이름이 나이키다. 나이키는 미국 스포츠 용품 회사로, 날개 모양의 자사 상품 로고는 니케 여신의 날개에서 아이디어를 얻었다 한다.

바카스 Bacchus : 음료

'바카스'는 술 (포도주)의 신 '디오니소스'의 영어 이름이다. 또 박카스는 우리나라 동아 제약의 독보적인 피로 회복제다. 마시자, 박카스!

헤라 Hera : 화장품

'헤라'는 제우스의 정식 부인으로, 우리나라의 여성 화장품 상호다.

니오베 Niobe : 화장품

'니오베'는 자식 많은 것을 자랑하다, 아폴론과 아르테미스 여신에게 화살을 맞고 죽은 여인이다. 화장품 상품 이름으로 사용되고 있다.

데메테르 Demeter : 화장품, 향수

'데메테르'는 대지와 곡물의 여신으로, 제우스의 누나이자, 부인이다. 화장품과 향수 등을 출시하는 상호 이름이다.

비너스 Venus : 속옷 상품

'비너스'는 '아프로디테'의 영어식 이름으로, 우리나라 속옷 상품 이름이다. 대표적인 로고송이 '사랑의 비너스!'다.

오리온 Orion : 제과 회사

'오리온'은 거인 미남 사냥꾼으로, 아르테미스와 연애하다
화살을 맞고 죽은 후 별자리가 되었다. 별자리 이름과 우리
나라의 유명 제과 업체 이름이다.

오디세이 Odyssey : 골프 퍼터, 화성 탐사선, 화장품

'오디세이'는 호메로스가 '오디세우스'의 모험담을 그린
작품이다. 골프 퍼터, 화성 탐사선, 화장품, 자동차 이름 ..
등등으로 사용되고 있다.

사이렌 Siren

'사이렌'은 오디세우스가 귀향 중 만나는 처녀 괴물인
'세이렌'의 영어식 이름이다. 얼굴이 여자인 이 새들은
아름다운 노래로 선원들을 유혹해 잡아먹거나, 배들을
난파시키는 괴물들이다. 경보 장치인 사이렌은 이것을
착안하여 이름을 붙였다.

세계적 프랜차이즈 커피 전문점인 '스타벅스' 로고는
그리스 로마 신화에 나오는 세이렌을 형상화한 것이다.
세이렌이 아름답고 달콤한 노래로 뱃사람을 유혹하는
것처럼, 스타벅스의 치명적인 커피 맛의 유혹으로, 많은
고객을 맞겠다는 의미를 담고 있다.

올림포스 Olympos : 카메라

'올림포스'는 제우스와 '올림포스' 12신이 거주하고 있는 그리스의 신성한 산이다. '올림포스'는 디지털 카메라 전문 업체다.

아도니스 Adonis : 골프장, 화장품

'아도니스'는 아프로디테가 사랑한 아름다운 미소년으로, 멧돼지에게 물려죽었다. 경기도 포천의 아도니스 골프장과 화장품 제조업체 이름이다.

시리얼 Cereal : 식품

'시리얼'은 옥수수와 보리, 밀, 쌀 등의 재료를 조리하여, 우유와 함께 먹는 간편 식품이다. 이 이름은 대지와 곡물의 여신인 '데메테르'의 로마 이름과 영어식 이름인 '케레스와 세레스 Ceres'에서 나왔다.

아킬레스건 Achilles's Tendon

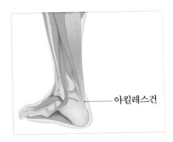

'아킬레스'는 트로이의 전쟁 영웅 '아킬레우스'의 영어식 이름이다. 그는 발뒤꿈치 힘줄의 약점만을 제외하면 천하 무적이었는데, 흔히 '아킬레스건'이란 사람들마다 누구나 가지고 있는 치명적인 약점을 뜻한다.

아킬레스건

케익스와 알키오네의 애틋한 사랑

등장 인물

케익스   : 트라키아 왕
알키오네   : 그의 아내
아이올로스 : 바람의 신 (알키오네 아버지)
이리스   : 무지개 여신
히프노스   : 잠의 신
모르페우스 : 꿈의 신 (히프노스 아들)

이 이야기는 부부의 애틋하고, 감동적인 사랑 이야기다. 이번 신화의 관전 포인트는 바람의 신과 잠의 신이다.

케익스의 바다 여행

'케익스 Ceyx'는 트라키아 왕이며, 그의 아버지는 하늘의 샛별 '금성(金星)'이다. 그의 집안은 얼마 전에 좋지 않은 악재가 겹쳤다. 조카가 아르테미스 여신보다 더 아름답다고 자랑을 하다가 여신에게 화살을 맞아 죽었고, 그러자 그녀의 아버지도 절벽에서 떨어져 자살하고 말았다.

케익스는 그런 일련의 사건 때문에 마음이 늘 불안했다. 그래서 아폴론의 신탁소를 찾아가, 예언을 들어보려 했다. 그러나 육로는 도둑이 많아, 배를 타고 가려 했다. 그는 출발 전 아내에게 이런 사실을 알리자, '알키오네 Alcyone'는 얼굴이 금방 창백해지더니 눈물을 흘리며...

알키오네가 아폴론의 신탁소로 출발하려는 남편 케익스에게 같이 가겠다며, 울면서 호소하고 있다 - 런던 내셔널 갤러리

알키오네　여보! 제가 무슨 잘못을 했다고, 저를 두고 혼자 떠나려고 하세요.

저를 사랑하는 마음은 어디 갔지요?

그 먼 길을 혼자 떠나는 게, 그렇게 좋으세요?

전 당신이 육로로 가신다면 슬프기만 할 뿐,

불안하거나 걱정은 좀 덜할 거예요.

여보! 난 저 음침한 바다가 무서워요.

얼마 전, 난 바닷가에서 부서진 배의 잔해를 보았고,

가끔 시신 없는 무덤을 볼 때도 있어요.

여보! 바람의 신 '아이올로스'가,

당신 장인이라고 해서, 너무 자만하지 마세요.

　그녀는 바람의 신 '아이올로스 Aeolos'의 딸이었다. '바람의 신'은 동굴 속에 바람들을 가두어 두는 풍신(風神)인데, 그녀는 어려서부터 바람의 위력을 보았기 때문에, 그 어느 누구보다 바람이 무서웠던 것이다.

헤라가 동굴에 가둔 바람들을 내보내라고 하자, 바람의 신 아이올로스가 동굴 문을 열고 있다.
그러자 동굴 안에서 꾸역꾸역 나오는 바람들 - 프랑스와 부셰 그림

알키오네   여보! 바람이 얼마나 무서운 줄 아세요?

바람이 한번 동굴에서 풀려나 바다로 나가면,

아무것도 막을 수 없어요.

바람은 모든 육지와 바다를 좌우하고,

구름을 서로 충돌시켜, 번개를 일으키기도 하거든요.

여보! 그래도 당신이 꼭 바다로 가겠다면,

저도 같이 데려가 주세요.

그럼 우린 폭풍이 몰아쳐도 함께할 것이고,

무슨 일이 생겨도, 함께 견디며 항해할 테니까요.

남편은 아내의 말에 감동을 먹었다. 그러나 한번 마음을 먹은 여행을 포기하고 싶지 않았고, 또 아내를 그런 위험한 여행에 동행하고 싶지 않았다. 그래서 그는 여러 위로의 말로 아내의 불안을 달래보려 했지만, 쉽지 않자 ...

케익스   여보! 그럼 맹세할게.

운명이 허락한다면, 2달 안에 꼭 돌아오겠소.

아내는 그래도 남편이 돌아올 것이란 희망을 갖자, 그때서야 마음을 굽혔다. 그러자 케익스는 지체 없이 부하들에게 출항 준비를 명령했다. 막상 출항할 배를 보자, 아내는 왠지 불길한 예감이 들었다. 그래서 비 오듯 눈물을 흘리다가, 남편에게 안기며 ...

알키오네   여보! 잘 다녀 .. 오세요.

이런 말과 함께, 아내는 발라당 기절하고 말았다. 남편은 출발을 늦추려 했지만, 벌써 젊은 선원들이 힘차게 노를 당기자, 배는 어느새 바다로 향하고 있었다. 아내는 남편이 자기에게 손을 흔드는 걸 보고, 자기도 남편에게 손을 흔들어 화답했다.

그녀는 배가 멀어져 남편을 알아볼 수 없을 때까지, 또 돛이 수평선에 안 보일 때까지, 사라지는 배를 바라보았다. 그리고는 침울한 마음으로 침실에 들어가서 무너져 내렸다. 그녀는 적막한 방을 보며, 다시 눈물을 흘렸다. 남편이 없는 것이 절로 실감 났다.

배의 난파와 케익스의 죽음

육지를 떠난 배는 미풍이 불자, 돛들을 모두 펼치고 순항 중이었다. 얼마쯤 갔을까! 목적지까지 거의 반쯤 온 셈이었다. 하지만 육지는 한참 멀리 있었다. 그날 밤, 물결이 거세지기 시작하더니, 세찬 동풍이 불어왔다. 그러자 선장이 선원들에게 고함치며 ...

선장　어서 돛을 내리고, 단단히 묶어라, 어서!

그의 명령은 바람과 파도 소리에 묻혀 잘 전달되진 않았지만, 그래도 선원들은 각자 알아서 일을 했다. 어떤 이는 노를 배 안쪽으로 끌어올리고, 어떤 이는 돛을 감고, 더러는 배에 들어온 물을 바다에 쏟아부었다. 그동안 폭풍이 더욱더 거세지더니, 세찬 바람이 미친 듯이 성난 파도를 휘저었다. 그러자 노련한 선장도 겁에 질려 ...

선장　이거 큰일이네, 어떡하지? 이런 폭풍은 생전 처음 보는데?

사람들의 고함치는 소리, 돛대 밧줄이 덜컹거리는 소리, 파도가 파도를 덮치는 소리, 꽝 하는 천둥소리가 난무했다. 파도가 하늘 높이 엄청 솟았다가, 낮은 구름에 물보라를 뿌렸다. 바닷물은 때로는 밑바닥에서 모래를 끌어올려 누런 색깔이 되는가 하면, 때론 저승의 강물처럼 검었다가 다시 흰 거품을 토해냈다.

그러자 배는 어떤 때는 하늘 높이 솟아올라, 마치 산 위에서 산 아래 골짜기를 보는 것 같았고 ... 또 어떤 때는 바다 아래로 깊이 내려가, 사방이 바닷물에 둘러싸인 채 ... 마치 저승에서 하늘을 올려다보는 것 같았다.

시커먼 하늘에 천둥과 번개가 치는 가운데, 거친 파도가 몰아치자, 배가 한쪽으로 기우뚱하고 있다
- 런던 내셔널갤러리

세찬 파도들이 배의 옆구리를 강타할 때마다, 배는 엄청난 굉음을 냈다. 그러자 나무 못들이 느슨해지며 이음새가 벌어지고, 배에 물이 들어오기 시작했다.

선원 1　　어? 나무못들이 빠지기 일보 직전인데?

설상가상으로, 비가 억수같이 퍼붓기 시작했다. 별도 없는 캄캄한 밤에 번개가 번쩍하자, 바다가 붉게 타올랐다. 어느새 파도가 배의 안쪽까지 들이닥쳤다. 파도는 9번이나 배 옆구리를 강타했지만 배를 침몰시키지 못하자, 마침내 10번째 파도가 더 높이 솟아 돌진하며, 지친 배를 공격했다.

선원들　　이크! 이러다 침몰하겠다. /
　　　　　　어서 배에 물을 퍼내라. / 계속 물을 퍼내라고, 얼른!

선원들은 우왕좌왕 난리가 아니었고, 어떻게 손쓸 재간도 없었다. 사기는 떨어졌고, 파도가 들이칠 때마다 죽음이 덮치는 것 같은 공포를 느꼈다. 엉엉 우는 사람도 있었고, 그저 망연자실하여 멍 때리는 사람도 있었다. 또 어떤 이들은 기도를 하며 ...

선원 2   오, 신이시여. 저희를 도와주소서!
선원 3   부디 내 시체라도 찾아, 장례라도 치러주기를!

그때 어떤 이는 부모 형제가 생각났고, 또 어떤 이는 집에 두고 온 처자식이 생각났다. 케익스도 아내를 생각했다. 그는 오로지 아내의 이름을 부르며 ...

케익스   알키오네. 오, 알키오네 ...

그는 아내가 보고 싶었지만, 그래도 그녀가 배에 타지 않은 것을 다행이라 생각했다. 그는 아내에게 작별 인사를 하고 싶었지만, 사방이 너무 어두워 그곳이 어느 방향인지 알 수 없었다.

케익스   (사방을 돌아보며) 어느 쪽이지? 여보 .. 사랑하오.

그때, 세찬 회오리바람이 불어닥치자, 돛대가 뚝 부서지더니 방향 키마저 부러졌다. 마침내 엄청 큰 파도가 최후 공격을 하듯, 하늘 높이 솟구쳐 돌진하며, 배를 침몰시켰다. 선원 대부분이 소용돌이 속에 들어가 죽었지만, 그래도 케익스를 비롯한 몇 명은 아직 배의 파편을 붙잡고 있었다. 그는 아내의 이름을 계속 부르며 ...

케익스   여보, 여보!
         내가 죽더라도 내 시신이 파도에 떠밀려가,
         당신 손에 묻히면 좋으련만 ...

어마어마한 큰 파도가 하늘 높이 돌진하여 배를 침몰시키자, 배가 난파되어 파도 속에 묻히고, 선원 일부는 탈출하고 있다
- 러시아 국립 미술관

그러다 드디어 시커먼 파도가 덮치자, 케익스는 죽고 말았다. 그날 아침, 그의 아버지 '샛별'은 흐릿해, 알아볼 수 없었다. 샛별은 하늘을 떠날 수 없어 아들을 구할 수 없었고, 그래서인지 짙은 구름으로 자기 얼굴을 가렸다.

잠의 신과 꿈의 신

한편, 알키오네는 남편이 죽은 줄도 모르고, 남편이 돌아와서 입을 옷과 자기가 마중 나갈 때 입을 옷을 서둘러 만들었다. 또한 남편의 무사귀환을 위해, 그녀는 매일 가정과 결혼의 여신인 '헤라 Hera'의 신전을 찾아가, 제물을 올리며 …

알키오네　가정을 지켜주시는 헤라 여신이여!
　　　　　　제발 남편이 무사히 돌아오게 해주소서.
　　　　　　또한, 다른 여자를 사랑하는 일이 없게 해주소서.

그러자 헤라는 그녀가 안타까웠다. 남편이 죽은 줄도 모르고, 계속해 간청하는 것이 딱했던 것이다. 그래서 자신의 심부름꾼인 무지개 여신 '이리스 Iris'를 불러 ...

헤라   이리스, 내 충직한 전령이여!
　　　어서 잠의 신 '히프노스'의 궁전에 가서, 내 명령을 전하라.
　　　알키오네의 꿈에 죽은 남편의 모습으로 나타나,
　　　남편의 죽음을 사실대로 알려주라고 해라.

무지개 여신 이리스 - 빈 미술사

　　　무지개 여신은 명령을 받자, 천 가지 색깔로 된 옷을 걸쳤다. 그리고 파란 하늘에 무지개 곡선을 그리며, 잠의 신의 궁전을 찾아갔다.

　　　세상 서쪽 끝 산속에 깊은 동굴이 있는데, 그 동굴이 게으른 잠의 신 '히프노스 Hypnos'가 살고 있는 곳이었다. 그곳은 하루 종일 햇빛도 들지 않았다. 땅에서 수증기가 올라와서 사방으로 퍼지고, 어두컴컴한 암흑이 주변을 덮고 있기 때문이었다. 또 그곳에는 수탉의 울음소리도, 개나 거위가 적막을 깨는 일도 없었다.

　　　그리고 사람과 맹수와 가축도, 바람에 살랑거리는 나뭇가지 소리도 들리지 않았다. 오직 고요한 정적만이 있을 뿐이었다. 그곳 바위 밑에서는 망각의 강이 흘러나와 졸졸 흐르며, 잠을 불러오고 있었다.

　동굴 입구엔 양귀비와 수많은 약초들이 자라 있었는데, 밤의 여신이 그 약초 즙에서 졸음을 만들어, 세상에 잠을 뿌리는 것이었다. 그곳에는 문지기도, 문도 없었다. 동굴 속 한가운데엔 검정 침대가 하나 있었고, 침대 위엔 부드러운 검은 이불이 놓여있었다.

주로 헤라의 명령을 전달하는 아름다운 무지개 여신 이리스가 침대에서 넉 다운되어 자고 있는 잠의 신을 깨우려 하고 있다
- 에르미타주 박물관 (피에르 나르시스 게렝 그림)

바로 그곳에 잠의 신 '히프노스'가 나른하게 몸이 풀려 누워있었다. 그리고 주위에는 수많은 '꿈의 신'들이 있었다. 그들은 추수 때의 이삭만큼, 숲의 나뭇잎만큼, 또 바닷가 모래알만큼 셀 수 없이 그 숫자가 많았다.

무지개 여신 '이리스'가 길을 막는 꿈들을 밀치고 동굴에 가자, 동굴 안은 그녀가 입은 화사한 옷으로 밝아졌다. 그러자 잠꾸러기 잠의 신이 간신히 눈을 뜨더니, 아직도 잠이 덜 깼는지 몇 번을 꽈당 하면서 넘어졌다. 그러다 겨우 정신을 차리더니, 찾아온 용건을 물었다. 그러자 이리스가 ...

이리스   만물을 쉬게 하는 잠의 신이여!
　　　　　　신들 중에 가장 마음씨가 부드러운 신이여!
　　　　　　모든 근심을 없애주고, 지친 몸을 쉬게 하는 그대여!
　　　　　　이것은 헤라 여신의 분부입니다. 그대는 흉내를 잘 내는 꿈에게 명령해,
　　　　　　그가 알키오네 꿈에 케익스의 모습으로 나타나,
　　　　　　그녀에게 난파당해 죽은 남편의 실상을 알리라 하십니다.

이리스는 임무를 마치자, 서둘러 그곳을 떠났다. 졸음이 마구 쏟아져, 더 이상 있을 수 없었기 때문이었다. 그래서 잽싸게 무지개를 따라, 급히 왔던 길을 되돌아갔다.

명령을 받은 히프노스는 천명의 자식 중에 '모르페우스 Morpheus'를 깨웠다. 이자는 '모습'이란 이름을 가진 꿈의 신으로, 사람의 걸음걸이, 얼굴 표정, 또 목소리를 그보다 더 완벽히 흉내 내는 자는 없었다.

그런데 그는 사람의 흉내만을 내지만, 둘째 아들은 짐승으로 변신하는 재주가 있었다. 또 셋째 아들은 땅, 바위, 물 등등 온갖 무생물로 변신하는 능력도 가지고 있었다.

히프노스 청동 인물상 - 대영 박물관

이들 3형제는 주로 밤에 왕이나 장군들 꿈에 나타나지만, 또 다른 지위가 낮은 꿈들은 보통 일반 사람들의 꿈속에 나타난다. 암튼, 히프노스는 자식들 중에서 모르페우스에게 임무를 맡기고, 다시 잠에 빠져들었다.

꿈에 나타난 케익스의 유령

'모르페우스'는 소리 없는 날개로 날아가, 순식간에 알키오네가 자는 궁전에 도착했다. 그리고 죽은 케익스의 모습으로 변장하더니, 알몸의 창백한 얼굴로 침대 옆에 다가갔다. 그의 수염은 물에 젖어있었고, 또 흠뻑 젖은 머리에서는 물이 줄줄 흘러내리고 있었다. 그는 눈물을 흘리며 ...

알키오네의 꿈에 유령으로 나타나 알려주는 모르페우스

모르페우스   여보, 불쌍한 아내여! 나를 알아보겠소?

혹시, 내가 죽으며 얼굴이 변했소?

여보, 나를 보시오! 난 당신 남편, 케익스의 유령이오.

불행히도, 당신의 기도는 내게 도움이 되지 못했소.

여보! 난 이미 죽었소.

그러니, 나에 대한 헛된 희망은 버리시오.

폭풍이 덮쳐 우리 배는 산산조각 났고, 난 당신 이름을 부르다 죽었소.

내가 당신에게 소식을 전하는 건, 뜬소문이 아니라 사실이오.

배가 난파당해 죽은 내가 여기까지 찾아와서,

당신에게 내 운명을 직접 전하는 것이오.

자 어서 일어나, 나를 위해 상복을 입고 통곡해 주시오.

나를 울어주는 사람 없이, 저승으로 보내지 마시오!

모르페우스는 케익스와 똑같은 목소리로 말을 했다. 목소리뿐만이 아니었다. 눈물을 흘릴 때도 정말 실제 같았고, 손짓도 똑같이 연기했다. 알키오네는 꿈속에서도 눈물을 흘리며 신음했다. 그리고는 두 팔을 뻗어, 남편을 껴안으려 했다.

알키오네 가지 말아요, 여보! 어디를 그렇게 급히 가세요?

여보! 저와 함께 가요, 예?

그 순간, 그녀는 자기 목소리에 놀라 잠이 깼다. 그러더니 꿈속에 보았던 남편을 찾아 주위를 두리번거렸다. 그때 하인들이 왕비의 고함 소리를 듣고 달려왔다. 그녀는 아무리 둘러봐도 남편이 없자, 가슴을 치며 머리를 쥐어뜯었다. 그러자 유모가 ...

유모 무슨 일입니까, 왕비님?

알키오네 아아 .. 이제 알키오네는 없어요. 죽었어요.

난 남편과 함께 죽은 몸이에요.

그러니까 날 위로할 생각일랑 마세요.

그이는 배가 침몰해 죽었어요. 난 꿈에 그이를 알아보았고,

떠나려는 그이를 붙잡으려 손을 뻗었는데, 그이는 유령이었어요.

하지만, 꿈에서도 틀림없는 내 남편의 유령이었어요.

유모 어떤 모습이었는데요?

알키오네 그이 안색은 예전같이 화색이 돌지 않고,

창백한 얼굴로 옷도 벗고 있었어요.

머리에선 물이 뚝뚝 떨어지고 있었고요.

그것이 내가 본 그이의 가엾은 모습이었어요.

가엾은 그이가 바로 여기 서계셨어요. 흑흑흑 ...

그녀는 행여 남편의 발자국이라도 남아 있나, 바닥을 두리번거리다가 ...

알키오네	결국 내 예감이 맞았군요. 전 그런 불길한 예감이 두려워,
	당신에게 배를 타고 가지 말라고 간청했던 거예요.
	아아 .. 이왕 그렇게 죽으러 가실 바엔,
	차라리, 나도 함께 데려갔더라면 좋았을 것을 ...
	그래서, 나도 당신을 따라 죽었으면 좋았을 것을 ...
	그럼 내 나머지 생을 당신 없이 보내지 않을 텐데 ...!
유모	...
알키오네	그래요! 전 거기 없었지만, 이미 죽은 목숨이에요.
	저 역시 파도에 휩쓸려, 바닷속에 있어요.
	만약, 제가 당신 없이 더 오래 살려고 애쓴다면,
	이토록 큰 슬픔에서 살아남으려 안간힘 쓴다면,
	전 당신을 앗아간 바다보다 더 잔인한 계집이겠지요?
	가엾은 당신! 전 당신 없이 살지 않으렵니다.
	지금이라도 당신을 따라 죽으렵니다.
	그럼 유골 항아리엔 같이 들어가진 못해도,
	묘비 비석이나마, 우리를 결합시켜 주겠지요?
	뼈는 아니더라도, 이름만이라도 서로 맞닿게 되겠지요?

그녀는 목이 메어 더 이상 말을 하지 못하다가, 긴긴 신음 소리만 계속 내쉬었다.

물총새 전설

다음 날 아침, 그녀는 남편을 마지막으로 보았던 바닷가를 찾았다. 그리고는 남편을 회상하며 ...

| 알키오네 | 그이가 여기서 밧줄을 풀었고 .. 떠나가기 전에 내게 키스를 해주었지! |

그녀가 남편을 회상하며, 바다를 바라보고 있을 때였다. 저 멀리 바다 위에 시신 같은 것이 보였다. 처음에는 그것을 확실히 구별할 수는 없었다. 그러나 그것이 점점 파도에 조금씩 밀려오자, 멀리 떨어져 있긴 하지만 사람 시체가 분명했다. 그녀는 죽은 사람이 불쌍해서 ...

알키오네   쯔쯔 .. 누군지 모르지만 정말 안됐군요.
          아내가 있는지 없는지 모르겠지만,
          아내가 있다면 그 아내도 참 불쌍하네요.

그러는 동안, 시신이 파도에 밀려 점점 다가왔다. 그러자 그녀는 그것을 보면 볼수록 패닉 상태가 되었다. 설마 했다! 마침내, 시신이 육지에 가까이 오자, 그녀는 그때서야 그 시신이 누군지 알 수 있었다. 바로 남편이었다.

파도에 밀려온 시체가 남편이란 것을 알더니, 절규하는 알키오네. 이 그림에서는 주변에 하인들을 비롯한 사람들이 등장하는 것으로 표현했다 - 리차드 윌슨 그림

그녀는 얼른 달려가, 떨리는 손으로 남편을 만지며 ...

알키오네　　여보! 이런 모습으로 내게 돌아오시다니 ...!
　　　　　　　아아, 불쌍하고 가련한 사람. 흑흑흑 ...

그곳 바닷가에 방파제가 있었다. 그녀는 그 위에 올라가, 바다에 몸을 던졌다. 그런데 그때 기적이 일어났다! 그녀가 몸을 던져 떨어지는 순간, 그녀는 한 마리 새가 되었다.

그 새는 수면 위를 스쳐 날면서, 슬픔과 원망 섞인 소리로 울었다. 그리고는 남편 시신으로 날아가서 날개를 활짝 펴더니, 남편을 껴안으며, 부리로 남편의 입술에 키스했다.

그때 케익스가 그걸 느꼈는지, 아니면 그냥 파도에 얼굴을 든 것처럼 보였는지, 그것은 확실치 않다. 하지만 그는 분명히 그녀의 키스를 느꼈을 것이다.

새가 되어 남편에게 키스하려는 알키오네 - 칼반 루 그림

그러자 신들은 이들을 가엾게 여겨, 같은 새로 만들어주었다. 새가 된 후에도, 이들의 사랑은 변함이 없었다 한다.

알키오네는 '물총새'라는 뜻이다. 이들 물총새는 겨울철에 일주일 동안, 바닷물 위에 둥지를 틀고 알을 품는다.

이때는 파도도 잠잠해진다. 바람의 신 '아이올로스'가 자기 딸과 태어날 손자를 위해, 바람을 단단히 붙들어서 잠재우기 때문이다.

한 쌍의 나란히 앉은 물총새

에필로그

아이올로스와 그 밖의 바람의 신들

'아이올로스 Aiolus'는 암벽 궁에 살며, 동굴 속에 바람을 가두어두는 바람의 지배자, 즉 풍신(風神)이다. 이 풍신은 인간의 몸으로 태어났지만, 제우스의 총애를 받아 신이 된 인물로, 나중에 오디세우스의 모험 편에 다시 등장한다.

입에 바람을 잔뜩 머금은 북풍 보레아스가 아테네의 공주 오리티이아를 납치해 가고 있다 - 루벤스 그림

그 외에도, 대표적인 바람의 신들은 티탄 족 '아스트라이오스'와 새벽의 여신 '에오스' 사이 자식인 동풍 '에우로스 Eurus', 서풍 '제피로스 Zephyros', 남풍 '노토스 Notos', 북풍 '보레아스 Boreas'다. 이들 중에서 주로 이야기를 제공하는 신은 고요한 서풍과 난폭한 성격으로 묘사되는 북풍이다.

먼저, 서풍 '제피로스'는 고요하면서도, 따뜻한 바람의 신이다. 그의 아내는 꽃의 여신 '클로리스 Chloris - 라틴어는 플로라 Flora'다. 서풍은 그녀를 납치해 결혼했는데, 자신의 사랑이 진실인 것을 증명하기 위해, 아내에게 꽃의 지배권을 주었다 한다.

북풍의 신 '보레아스'는 춥고도, 거친 바람의 신이다. 그는 아테네 왕 에렉테우스의 딸 '오리티이아'를 납치했는데, 그들 사이에 쌍둥이 아들 '칼라이스와 제테스', 그리고 딸로 '키오네와 클레오파트라'가 태어났다. 미술 작품에선 수염을 기르고, 날개달린 노인의 모습으로 묘사된다.

잠의 신 히프노스와 꿈의 신 모르페우스

'히프노스'는 잠, 수면의 신이다. 로마 신화에서는 '솜노스'라고 불린다. 그의 이름에서 '최면술 hypno-tism'과 '잠 somni'이란 단어가 생겨났다.

또한 잠의 신은 수많은 꿈의 자식들을 두었는데, 장남이 바로 '모르페우스'다. 의학에서 수면과 진정 효과가 있는 '몰핀 morphine'은 꿈의 신의 이름에서 유래한 용어다.

잠자는 히프노스를 깨우는 이리스 - 우아스 그림

이아손의 아르고호
모험과 메데이아

1. 황금 양모피와 아르고호 원정대

등장 인물

이아손 　: 이올코스 왕자
아이손 　: 이아손 아버지
프릭소스 : 보이오티아 왕자
헬레 　　: 보이오티아 공주
펠리아스 : 이올코스 왕 (악역)

　　이번 이야기는 황금 양모피를 찾아 그리스의 영웅 50명이 배를 타고, 멀리 흑해까지 원정하는 해양 모험과 마녀 메데이아 이야기다. 이야기는 먼저, 이아손과 영웅들이 왜 모험을 떠나게 되었는지부터 시작된다.

외짝 신발의 사나이

　　그리스 이올코스 왕 자식으로 '아이손 Aison'과 '펠리아스 Pelias'란 이복 형제가 있었다.

　　그런데 왕이 죽자, 장남 아이손이 왕을 물려받아야 했지만, 아이손은 펠리아스에게 왕권을 빼앗기고 망명을 가야 했다. 펠리아스는 곧 왕권을 돌려주겠다고 약속했지만, 그 약속은 지켜지지 않았다.

황금 양모피를 든 이아손

망명한 아이손은 그곳 왕의 딸과 결혼해, 아들 '이아손 Iason'을 낳았다. 그러나 그는 펠리아스가 자기 아들을 죽일지 모르기 때문에, 아들을 몰래 켄타우로스 '케이론'에게 맡겨 교육시켰다. 아들 '이아손'은 스승 밑에서 승마와 궁술 등을 배우며, 차츰 늠름한 청년으로 성장했다.

성인이 되자, 이아손은 빼앗겼던 왕권을 되찾기 위해 고국으로 향했다. 그의 패션은 어깨까지 내려오는 장발에, 표범 가죽을 걸치고, 2자루 창을 쥐고, 샌들을 신고 있었다. 그는 가는 도중에 폭이 넓은 강을 만나, 강을 건너려고 할 때였다. 그런데 어떤 노파가 도움을 청했다.

노파   여보슈, 젊은이! 내가 너무 늙어, 강을 건너기 힘들어서 그러는데,
　　　　나 좀 업어서, 저 건너편까지 건너 줄라우?

이 노파는 변신한 헤라였다. 헤라가 이아손을 도와주고, 펠리아스에게 복수하기 위해 나타난 것이다. 이유는 이러했다. 한때, 펠리아스는 자기 어머니를 괴롭힌 계모를 헤라 제단까지 쫓아가, 잔인하게 죽였다.

그러자 가정의 여신 헤라는 가정을 파괴하고 자기 신전을 모독한 것에 분노하여, 이때 이아손을 도와주기 위해 나타난 것이다.

이아손은 노파로 변신한 헤라를 등에 업고 강물을 건너다, 도중에 샌들 한 짝이 진흙에 콕 박혔다. 그는 2자루 창을 손에 쥐고 노파를 업고 있었기 때문에, 진흙 속에 박힌 샌들 한 짝을 꺼낼 수 없었다. 그래서 노파를 강 건너편에 내려준 다음, 그냥 한쪽 샌들만 신고 궁으로 향했다.

한편, 전에 왕권을 빼앗은 펠리아스는 항상 불안한 나날을 보내고 있었다. 이런 신탁의 예언 때문이었다.

헤라를 업은 이아손

신탁의 예언   그대는 한쪽 신발을 신은 자를 조심하라.

그자가 당신을 죽일 것이다!

그런 그에게 한쪽 샌들만 신은 이아손이 불쑥 나타나자, 펠리아스는 깜짝 놀라며 …

펠리아스   한쪽 샌들? 아니, 자넨 누군가?

이아손   전 아이손의 아들인 이아손입니다.

작은 아버님! 전 이 나라의 합법적인 왕입니다.

작은 아버님께서는 제가 장성할 때까지,

절 대신해 이 나라를 다스린다고 약속하셨는데,

그럼 약속대로, 저에게 왕권을 넘겨주시겠습니까?

펠레아스   (난감해 하다가, 번뜩 어떤 생각이 난 듯) 암, 물려줘야지.

약속은 약속이니까! 그 대신 한 가지 조건이 있는데 …

이아손   그게 뭡니까?

펠레아스   너도 알다시피 우리 친척 중에 한 분이,

저 멀리 흑해의 콜키스에서 세상을 떠나셨거든.

근데, 요즘 그분이 내 꿈에 나타나, 소원을 빌지 뭐냐.

자신의 유골과 황금 양모피를 가져와 달라고 말이다.

어떠냐? 만약 네가 그 황금 양모피를 가져오면,

약속대로 너에게 왕권을 양보하지.

이아손   (흔쾌히) 예, 그러죠! 그럼 황금 양모피를 가져오겠습니다.

이아손이 즉각 수락하자, 펠리아스는 쾌재를 불렀다. 그가 절대 살아 돌아오지 못할 것이라, 생각했기 때문이었다. 당시 멀리 흑해에 위치한 콜키스는 그리스 사람들이 잘 가본 적이 없는 멀고 먼 미지의 땅이었다. 또 이아손이 거친 바다를 헤치며 그곳에 간다 해도, 황금 양모피를 가져오는 것은 불가능하다고 생각했던 것이다.

황금 양모피

황금 양모피에 관한 사연은 이러하다. 옛날, 보이오티아 왕비에게는 아들 '프릭소스 Phrixus'와 '헬레 holle'라는 딸이 있었다. 그러나 왕의 후처(이노)는 왕비 자식들이 항상 눈엣가시였다. 그래서 음모를 꾸몄다.

후처는 사람을 시켜 밀을 볶게 하고, 볶은 밀을 땅에 심게 했다. 볶은 밀이 어디 싹이 나겠는가? 당연히 밀은 가을에 결실을 거두지 못하고, 매년 흉년이 계속되었다. 그러자 왕은…

보이오티아 왕　어서 델피의 신탁소로 사람을 보내,
　　　　　　　　 흉년과 기근에서 벗어날 방법을 알아 와라.

이때, 후처는 또 신탁소로 가는 사람을 매수했다. 왕비 자식을 제물로 바치면, 흉년이 멈출 거라며 신탁을 조작한 것이다. 이에 왕비는 자기 자식이 제물로 바쳐 죽을 운명에 처하자, 신에게 도와달라고 기도를 올렸다. 그러자 '헤르메스'가 하늘을 날 수 있는 황금 양을 보내주어 탈출을 도왔다.

그래서 왕비의 자식 프릭소스와 헬레는 황금 양을 타고 탈출해, 바다 위를 날았다. 그러다 그만 여동생 헬레는 도중에 바다에 떨어져 죽고 말았다.

헬레가 떨어져서 죽은 바다는 그때부터 '헬레스폰토스(헬레의 바다)'라고 불리게 되었는데, 이곳이 오늘날 유럽과 아시아를 잇는 터키의 중요한 해협인 '다르다넬스 해협'이다.

프릭소스와 황금 양을 타고 가다가, 바다에 빠지는 헬레

한편, 아들 프릭소스는 멀고 먼 흑해의 콜키스에 무사히 도착했다. 그리고는 자신이 타고 온 황금 양을 잡아 신들에게 제물로 바치고, 황금 양모피를 왕에게 선물로 주었다. 그러자 콜키스 왕은 그것을 잠들지 않는 용에게 지키게 했던 것이다.

아르고호와 50인의 영웅들

먼저, 이아손은 멀고 먼 흑해까지 가려면, 빠르고 튼튼한 배가 필요했다. 그래서 그는 '아테나' 여신의 도움을 받아, 50개의 노를 가진 배를 건조했다. 배 이름은 그 배를 만든 '아르고'의 이름을 따서, '아르고호(號)'라 불렀다. 아르고호는 '쾌속선'이란 뜻이다.

그는 그리스의 최고 영웅들을 불러 모았다. 그러자 그리스의 유명 용사들이 집결했는데, 50명의 영웅들은 이름만 듣기만 해도 쟁쟁한 스타들이었다.

주요 인물로는 '헤라클레스'와 음악의 달인 '오르페우스', 제우스 쌍둥이 아들 '카스토르, 폴리데우케스', 아킬레우스 아버지 '펠레우스' 그리고 아테네의 영웅 '테세우스' 등이었다.

원정 대장은 제비뽑기로 이아손이 맡았다. 그의 지휘 아래 황금 양모피를 찾아, 멀고 먼 흑해의 콜키스로 원정하는 이들을 '아르고호 원정대'라고 부른다.

원정대는 출발 전, 신에게 제물을 바쳤다. 그리고 함께 노를 젓자, 배는 힘차게 앞으로 나아가기 시작했다.

출항하는 아르고호 원정대 - 모로 박물관 (모로 그림)

남자들을 죽인 렘노스섬 여자들

맨 먼저, 아르고호가 도착한 곳은 '렘노스섬'이었다. 그런데 그 섬의 여자들은 1년 전에 자기 남편과 남편 첩들을 모두 살해하는 범죄를 저질렀다. 남편들이 자신들을 멀리하고, 대신 트라케에서 약탈한 여자들을 첩으로 삼았기 때문이었다.

남편들이 아내를 멀리한 것은 아프로디테가 내린 형벌 때문이었다. 여신은 여자들이 자기에게 제물 바치는 것을 소홀히 하자, 몸에서 악취가 나게 만든 것이었다.

그녀들은 살인 후에 트라케 인들이 복수하러 올까 봐, 항상 불안에 떨고 있었다. 그런 와중에 아르고호가 도착하자, 그녀들은 트라케가 쳐들어 온 줄 알고, 완전무장을 한 채 해안으로 몰려갔다.

그러나 원정대가 '힙시필레 Hypsipyle' 여왕에게 며칠간만 머물게 해달라고 부탁하자, 여왕은 곧 자기들끼리 회의를 열었다. 혹시라도, 자신들의 범죄가 원정대에게 알려질까 두렵기 때문이었다. 이때, 나이 든 노파가 앞에 나오더니 …

노파   여러분! 그들을 여기 머물게 합시다.
　　　 만약 트라케가 쳐들어오면 어쩝니까?
　　　 자, 이번 기회가 좋은 탈출구라 생각하고,
　　　 저 사람들에게 그냥, 이 나라와 집을 몽땅 맡겨 버립시다.

노파의 말에 모두 환호성을 질렀다. 그동안 남자 없이 살았던 여자들은 배로 몰려가, 대원들을 따뜻이 맞았다. 그러자 대원들은 각자 선택한 여자 집으로 팔짱을 끼고 갔다. 그러나 헤라클레스만은 다른 몇 명과 함께 배에 남아있었다.

섬 전체가 춤과 노래로 떵까떵까, 룰루랄라 흥청댔다. 출항은 하루 이틀, 계속 그렇게 연기됐다. 만일 헤라클레스가 설득하지 않았더라면, 아마도 그들은 그곳에서 살림까지 차렸을 것이다. 어느 날, 헤라클레스는 동료들을 모아놓고 화를 벌컥 내며 …

헤라클레스   이 한심하고 불쌍한 친구들아!

자네들은 여자와 결혼하기 위해 여기까지 온 거야?

이 섬에서 땅이나 갈면서 살 거냐, 이 말이야?

여자들과 그렇게 방구석에만 처박혀 있으면,

어떤 신도 황금 양모피를 그냥 가져다주지 않아. 알아?

자, 모두 정신 차리고 출발하지.

이아손은 그냥 여왕과 침대에서 뒹굴게 놔둬.

그래야, 이 섬을 아이로 가득 채울 테니까 말야.

그의 호통에 아무도 얼굴을 똑바로 들지 못했다. 대원들이 정신을 차리고 서둘러 출항 준비를 하자, 여자들이 달려와 떠나지 말라며 애원했다. 여왕도 이아손의 손을 꼭 잡고, 비 오듯 눈물을 흘리며...

힙시필레   그럼 잘 가세요! 부디 멀리 있어도 절 기억해 주세요. 흑흑흑...

이아손이 먼저 배에 타자, 이어 대원들도 배에 올라 노를 잡았다. 아르고호는 힘차게 바다를 향해 나아갔다. 그리고 속도를 높여, 며칠 만에 헬레스폰토스를 통과했다.

돌리오네스 족

아르고호가 두 번째로 정박한 곳은 프리기아 해안의 '키지코스' 섬이었다. 그곳 섬의 꼭대기엔 포악한 거인들이 살고 있었다. 6개의 팔을 가진 그 거인들은 그중 2개의 팔은 어깨에 붙어있었고, 나머지 4개는 허리에 붙어있었다.

그러나 해안 평야에는 그들과는 반대로, 온순한 '돌리오네스 족'이 살았다. 이 종족은 아직까지 한 번도 산 위 미개인들의 공격을 받지 않았다. 포세이돈이 그들을 보호하고 있었기 때문이었다. 배가 섬에 도착하자, 왕과 백성은 일행을 극진히 대접했다.

그런데 다음 날, 거인들이 산에서 내려와, 항구를 바위로 막으려고 했다. 다행히 배를 지키고 있던 헤라클레스가 활을 쏘자, 거인들도 바위를 던지며 대응했다. 그때 나머지 대원들이 합세해, 활을 쏘고 창을 던져 거인들을 모두 물고기와 새 밥이 되게 만들었다. 그러자 이아손이 대원들에게 …

이아손　자, 이제 순풍이 불고 있으니, 그만 출발합시다! 렛츠 고~~!

아르고호는 다시 바다로 향했다. 그러나 밤에 역풍이 불어와, 배는 또다시 돌리오네스 족이 사는 곳으로 밀려갔다. 그런데 아뿔싸! 아무도 그것을 알지 못했다. 돌리오네스도 적이 상륙한 것으로 오인했다. 깜깜한 야밤에 양쪽은 창과 방패를 부딪치며, 살육전을 벌였다. 이 전투에서 이아손이 왕을 죽이자, 그들은 모두 성안으로 도망쳤다.

다음 날 아침, 양측은 서로 엄청난 실수를 했다는 것을 깨달았다. 특히, 키지코스 왕의 죽음을 슬퍼하며, 함께 장례를 치르고 추모 경기를 열어, 고인의 명목을 빌었다.

숲속에 남겨진 헤라클레스

아르고호가 폭풍에 밀려, 다음에 정박한 곳은 키오스의 '미시아' 인들이 사는 해변이었다. 그곳에서 헤라클레스는 새로운 노를 만들기 위해, 시종인 '힐라스 Hylas'를 데리고 숲에 들어갔다. 그런데 미소년 힐라스가 샘에서 주전자로 물을 뜨려고 할 때였다.

그때, 그곳 샘에 사는 많은 요정들이 눈부시게 아름다운 힐라스를 보더니, 달콤한 그의 입술에 키스하려고 목덜미 뒤쪽을 잡아당겼다. 그러자 힐라스가 순식간에 물에 풍덩 빨려 들어가며 …

헤라클레스 - 캄피돌리오 박물관

잘생긴 미남 힐라스에게 반한 요정들이 키스하기 위해 손목을 잡아당기고 있다 - 맨체스터 미술관 (워터 하우스 그림)

힐라스   아아악! 살려주...

결국, 미소년 힐라스는 물에 빠져 죽었는데, 바로 이 장면이 '워터하우스' 등등이 그린 '힐라스와 님프들'이라는 그림이다. 한편 다시 순풍이 불자, 조타수는 항해를 재촉했다. 배가 해안을 빠져나가고 난 뒤, 한참을 항해하고 있을 때였다. 그때서야 일행은 육지에 헤라클레스를 남겨두고 왔다는 것을 알았지만, 항해는 어쩔 수 없이 계속되었다.

왕과의 권투 시합

다음에 일행이 도착한 곳은 미개한 '베브리케스 족'이 사는 나라였다. 그런데 그곳의 왕인 '아미코스'는 이방인이 찾아오면, 자기와 죽음의 권투 시합을 강요했다. 지금까지 그자에게 수많은 이방인이 목숨을 날렸다. 아니나 다를까? 그자는 아르고호가 해안에 정박하자, 불쑥 배에 찾아오더니 ...

이 그림에서는 힐라스가 뿌리치는데도, 샘의 요정들이 그를 물속으로 잡아당기고 있다 - 피티 궁

아미코스 야, 이 바다의 부랑자 놈들아!
내 나라에 들어온 이상, 나와 권투를 해야 갈 수 있다.
자, 너희 중에서 가장 강한, 스트롱한 놈을 골라라.
어떤 놈이냐? 내가 원 펀치에 보내주지.

원정 대원들 중에는 제우스 아들이자, 그리스에서 가장 권투를 잘하는 '폴리데우케스
Polydeukes'가 타고 있었다. 그는 겁 없이 까부는 왕에게 꽥 소리치며 ...

폴리데우케스 시끄러, 셧 업! 내가 상대해 줄게, 됐냐?

드디어, 권투 시합이 시작되었다. '땡'하고 시작종이 울리자, 청 코너(?)에 있던 왕이
성난 파도 같은 기세로 달려들어 팔을 뻗었다. 얼굴을 살짝 빗나간 미스 블로우였다.

이번에는 폴리데우케스가 날린 주먹이 그자의 관자놀이를 강타했다. '뻐드득!', 뼈가 으스러지는 소리가 들리더니, 왕은 앞으로 고꾸라졌다.

자기 왕이 죽자, 베브리케스 족은 창과 몽둥이를 들고 달려들었다. 그러자 대원들도 즉각 대항하여 치열한 싸움이 벌어졌는데, 결국 그자들은 원정 대원들에게 쫓겨 뿔뿔이 줄행랑쳤다. 그날 밤, 대원들은 그곳에서 오르페우스의 수금에 맞춰, 다 같이 합창하며 밤을 보냈다. '모닥불 피워놓고 ~ ♪ 마주 앉아서 ~ ♬'

피네우스와 하르피이아

다음날 아침, 대원들이 전리품을 싣고, 기수를 돌려서 도착한 곳은 티니아 섬이었다. 그런데 그곳에는 아게노르 아들이자, 예언가인 '피네우스 Phineus'가 홀로 살고 있었다. 그는 제우스의 신성한 예언의 비밀을 인간에게 누설했다가, 화가 난 제우스가 그의 눈을 멀게 하여 장님이 된 노인이었다.

또한, 제우스는 그를 음식도 제대로 먹지 못하게 만들었다. 그가 음식을 먹으려 하면, '하르피이아'란 괴상한 새가 날아와, 날카로운 부리로 음식을 낚아채 갔다.

'하르피이아 Harpies'는 처녀 얼굴을 한 새로, 바람보다 더 빨리 날았다. 그런데 이 새가 먹어치운 음식 배설물은 너무 고약해, 썩은 냄새가 진동했다.

암튼, 피네우스는 간만에 사람 소리를 듣더니, 간신히 더듬거리며 방을 기어 나왔다. 그러나 워낙 몸이 마르고, 기력이 없어 푹 쓰러졌다. 그러다 가까스로 정신을 차리며 …

피네우스 오오, 그리스 영웅들이여!

그대들이 신탁이 말한 그 사람들이라면,

제발 나를 좀 도와주게.

난 한때 예언으로 유명했던 피네우스네.

난 눈을 잃고, 여기저기 정처 없이 다녀야 할 팔자지만,

그것보다 더 힘든 것은,

하르피이아라는 괴상한 새가 내 음식을 빼앗아가는 거라네.

신탁의 예언은 '북풍의 신'의 아들이 날 도와준다고 했는데,

그들은 바로 내 처남들이네. 혹시 함께 왔나?

마침, 원정대엔 북풍의 신의 쌍둥이 아들 '제테스 Zetes'와 '칼라이스 Calais'도 있었다.
이들은 양쪽 어깨에 날개가 달려있어, 하늘을 날 수 있는 바람의 아들들이었다. 쌍둥이
형제는 노인을 반갑게 끌어안더니, 곧바로 그를 돕기 위한 작전을 펼쳤다.

피네우스가 날개 달린 쌍둥이 형제에게 도움을 요청하고 있다. 그림 왼쪽이 음식을 훔쳐먹는 하르피이아다 - 리치 그림

일단 형제는 미끼로 사용할 음식을 준비했다. 그리고 노인이 음식에 손을 대자, 갑자기 하르피이아 새들이 쏜살같이 음식을 향해 달려들었다. 형제가 고함을 쳤지만, 이 새들은 재빨리 음식을 먹어치우고 날아갔다. 그러자 참기 힘든 악취가 코를 찔렀다.

제테스   야, 이 도둑! 아니, 도둑 새들아!
      오냐! 너희들은 이제 죽은 목숨이다. 알것냐?

쌍둥이 형제는 즉시 칼을 빼더니, 새들을 쫓아 하늘을 날아올랐다. 형제가 새들 뒤를 바짝 쫓아, 거의 칼로 내려쳐 죽이려 할 때였다. 그런데 이때 제우스 명령을 받은 무지개 여신 '이리스'가 나타나 …

쌍둥이 형제들이 하늘을 날아, 도망치는 하르피이아를 칼로 죽이려 하고 있다 - 런던 내셔널갤러리

이리스 잠깐! 새들을 죽이지 마라. 사실 이 새들은 제우스의 새들이다.

맹세하건대, 앞으로 이 새들은 절대 그런 짓을 하지 않을 것이다.

사건은 이렇게 일단락되었다. 그제야 대원들은 음식을 푸짐히 준비해, 굶주린 노인을 대접했다. 그러자 노인은 오래간만에 음식을 허겁지겁 배불리 먹더니, 고마움의 표시로 앞으로 원정대의 항로에 대해 예언을 해주었다.

피네우스 자네들이 이제 지나갈 곳은 '카리브디스 Charybdis'라는,

좁은 해협에 있는 2개의 바위섬이네.

근데 그 2개의 바위섬은,

바다 밑에 고정되어 있지 않고, 서로 부딪히는 섬이지.

그 섬 사이를 통과하려면, 먼저 비둘기를 날려 시험한 다음,

재빨리 노를 저어, 그 사이를 통과해야만 하네.

그리고 그 후, 자네들은 흑해의 수많은 부족을 지나,

아마존 여자들이 사는 도시를 지나게 될 걸세.

그리고는 거대한 급류를 계속 따라 올라가면,

마침내, 거기에 콜키스 인들이 거주하고 있다네.

두 바위가 충돌하는 바위섬

원정대는 노인에게 감사의 인사를 한 뒤, 항해를 계속했다. 아르고호가 좁은 해협에 다가가자, 벌써 두 바위섬이 서로 충돌하는 소리가 귓전에 울렸다. 대원들은 모두 바짝 긴장하기 시작했다.

그때 충돌한 2개의 바위섬이 열리자, 비둘기를 날렸다. 비둘기가 사이를 빠져나가는 순간, 또다시 2개의 바위섬이 커다란 소리를 내며 충돌했다. 그러나 비둘기는 꼬리털만 살짝 뽑혔을 뿐, 무사히 그 사이를 통과했다. 그때 이아손이 소리치며 …

이아손　대원들이여! 이때다. 빨리 노를 저어라, 빨리 ~

　대원들은 바위섬이 벌어지자, 힘껏 노를 젓기 시작했다. 그들 머리 위로 두 바위섬이 아가리를 벌리고 있었다. 이때 엄청난 파도가 치자, 배는 하늘 높이 솟았다가 소용돌이 속에 휘말렸다. 그러자 대원들이 겁먹고 놀라서 ...

대원들　오 마이 갓! / 다시 두 바위가 다가온다. / 으아악 ~

　그때 영웅들의 수호신인 '아테나' 여신이 나타났다. 여신은 한 손으로 거대한 바위를 잡더니, 또 다른 손으로 배를 밀어, 배가 바위섬 사이를 무사히 빠져나가게 도와주었다. 그렇게 배가 간신히 빠져나가는 순간, 두 바위섬이 쿵 하고 다시 충돌했다.
　대원들은 여신에게 감사의 기도를 올렸다. 이후, 아르고호는 12일 동안 여러 종족을 지나치며 항해를 계속하다, 마침내 목적지에 도착했다.

멀리 흑해까지 황금 양모피를 가져오기 위해 당대 그리스의 최고 영웅들이 참가한 아르고호 원정대 - 로렌조 코스타 그림

2. 이아손과 마녀 메데이아

등장 인물

이아손　　: 이올코스 왕자
메데이아　: 콜키스 공주
아이에테스 : 콜키스 왕
헤카테　　: 마법의 여신

사랑의 큐피드 화살을 맞은 메데이아

　이아손은 콜키스에 도착하여, 몇몇 대원들과 함께 왕의 궁전을 찾아갔다. 콜키스 왕은 '아이에테스 Aeetes'였다. 이아손이 왕에게 그리스 소유물인 황금 양모피를 돌려달라고 하자, 콜키스 왕은 ...

아이에테스	뭐, 황금 양모피를 돌려달라고?
	이 악당들아! 개수작 부리지 말고 얼른 꺼지지 못해?
	너희들이 여기 온 것은 황금 양모피가 아니라,
	내 나라가 탐 나서 빼앗으려 온 거지?
	좋은 말 할 때 어서 꺼져.
이아손	왕이시여! 우린 당신의 나라가 탐 나서 온 것이 아니라,
	단지, 우리 조상의 황금 양모피를 가지러 온 것입니다.
	제발 부탁이니, 저희 양모피를 돌려주십시오.

왕은 그 순간 일행을 당장 죽일 것인지, 아니면 일단 그들의 힘을 테스트해 볼 것인지 마음속으로 저울질했다. 그러다 ...

아이에테스   좋다! 당신들이 진짜 신의 자손이라면,
             또 보물이 꼭 필요하다면, 황금 양모피를 주겠다.
             그전에, 자네가 얼마나 용감한 지 한번 테스트해 볼까?
             이건 상당히 위험한 일인데, 할 수 있겠나?

이아손   예? 어떤 일인데요?

아이에테스   우리 아레스 신의 초원엔,
             매일 아침, 2마리 황소가 풀을 뜯으러 나오는데,
             그 황소들의 발굽은 청동으로 되어 있고,
             입에선 불을 내뿜는 무시무시한 황소들이지.
             난 매일 그 2마리의 황소로 밭을 간 다음,
             밭에 씨앗 대신, 무서운 용의 이빨을 뿌린다네.
             그럼 그 이빨에서 무장한 전사들이 태어나는데,
             난 그자들을 단칼에 베어 죽이지. 하하하 ...
             어때? 자네가 한번 할 수 있겠나?
             자네가 해낸다면 양모피를 주겠지만,
             그전엔 절대로 줄 수 없네. 알겠나?

이아손   (잠시 고민하다) 좋습니다.
             죽는 한이 있더라도 해보겠습니다.

그런데 이때, 이아손을 은밀하게 훔쳐보고 있던 처녀가 있었다. 그녀는 콜키스 공주인 '메데이아 Medeia'였다. 메데이아는 이아손에게 첫눈에 반했다. 사랑의 큐피드 화살을 맞았기 때문이었다. 그녀는 이아손을 도와주고 싶었다. 그러나 그것은 자신의 아버지를 배신하는 것이기 때문에 그녀는 고민하며 ...

메데이아   아아 .. 이런 것을 사랑이라고 하는 걸까?

난 왜 아버지의 요구가 너무 가혹하다고 생각하는 거지?

난 왜 그가 죽을까 봐, 두려워하는 거지?

(자기 자신에게) 메데이아야! 넌 왜 하필 이방인을 사랑하고,

왜 낯선 이방인과 결혼을 꿈꾸고 있는 거지?

이 나라에도 남자는 얼마든지 많은데 말이야.

이 맹꽁아! 그가 죽고 사는 건 신들에게 달려 있어, 알아?

(그러다) 아니야! 난 그가 살았으면 좋겠어.

어떤 여자가 바보가 아닌 다음에야,

그의 젊음, 가문, 용기에 반하지 않을 수 있겠어.

어떤 여자가 그의 잘생긴 외모에 반하지 않겠냐고?

맞아! 난 솔직히 그에게 반했어. 호호호 …

사랑에 빠진 그녀는 이아손을 보더니, 그와 결혼을 꿈꾸며 …

메데이아   그래! 내가 도와줘야 해.

안 그러면, 그는 불을 뿜는 황소에게 죽거나,

땅에서 나온 무사와 싸우다가 죽을 거야.

신들이여! 제발 그를 도와주소서.

(그러다) 잠깐! 내가 아버지와 조국을 배신했는데,

그가 날 차버리고, 다른 여자와 결혼하면 어떡하지?

그럼 나만 반역죄로 벌을 받을 거 아냐?

(또 그러다) 아냐! 그건 내가 잘못 생각한 거야.

봐봐! 그의 고귀한 성품과 품위 있는 외모를 보란 말야.

그가 어디 날 속일 사람 같아 보여? 내 공로를 모른 척할 사람 같냐고?

(확신하며) 맞아! 그런 건 두려워할 필요 없어.

그는 분명히 내게 결혼을 약속해 줄 거야.

아니면, 내가 신들 앞에 약속하자고 조르지 뭐.

그녀는 사랑과 배신 사이에서 고민하다가 용기가 생겼는지 …

메데이아 그럼 이제 그를 도울 준비를 해야겠는걸?

그럼 난 그의 생명의 은인이 될 거고,

그는 날 아내로 맞아, 화려한 결혼식을 올릴 테지?

근데, 내가 부모 형제와 조국을 버리고 멀리 갈 수 있을까?

흥! 못 갈 게 뭐 있어.

사실 우리 아버지는 잔인한 분이고,

내 나라는 미개한 야만국인데, 못 떠날 게 뭐 있냐고.

그래! 난 이 미개한 나라를 떠나, 선진국인 그리스로 갈 거야.

그리스의 문화와 예술도 익히고, 또 견문도 넓히고,

온 세상과도 바꿀 수 없는 이아손을 차지하는 거야.

난 사랑하는 그의 품에 안겨, 먼바다를 항해하겠지?

그래! 그의 품이라면 난 아무것도 두렵지 않아.

그러다 다시 현실로 돌아오며 …

메데이아 하지만 이 맹꽁아! 넌 지금 네 죄를 포장하고 있는 거야, 알아?

네가 지금 하려고 하는 게, 얼마나 무서운 일인지 아냐고!

자, 아직도 늦지 않았으니까, 후회할 짓은 이제 그만 둬라, 응?

그녀는 그 순간, 자식 된 도리와 사랑이 머릿속을 스쳐 지나갔다. 사랑이냐, 자식 된 도리냐! 그것이 문제였다!

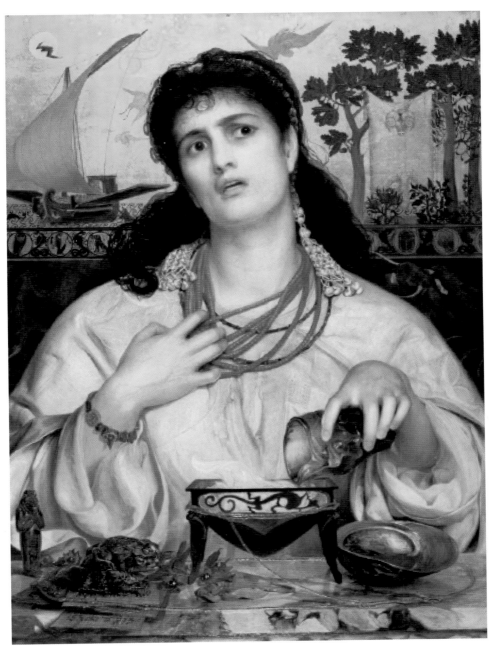

마법의 여신인 헤카테의 마법을 전수받아, 각종 재료를 넣어 마법의 약을 제조하는 메데이아
- 버밍엄 뮤지엄 (프레데릭 산디스 그림)

이아손과 메데이아의 만남

한편, 배에 돌아온 이아손은 대원들에게 왕이 요구한 조건을 말했다. 그러자 일행이 의기소침해 웅성거렸고, 또 몇몇 영웅은 그냥 용감하게 싸우자고 했다.

그런데 그때, 황금 양모피를 타고 그 나라에 왔던 프릭소스 아들이 일행을 찾아왔다. 그 아들은 메데이아 조카였다.

아들은 메데이아가 마법의 여신 '헤카테 Hekate'에게 마법을 전수받은 공주며, 그녀가 만든 마법 약이 있으면, 황소와의 싸움에서 이길 거라 했다. 그러며 메데이아를 자기가 잘 설득해, 만날 시간과 장소를 잡겠다고 했다.

약속한 그날 밤, 메데이아는 이아손과 만나기로 한 장소로 갔다. 그곳은 깊은 숲속에 있는 헤카테 제단이었다. 메데이아는 어느 정도 마음이 정리되었다. 사랑의 열정이 좀 식은 상태였다. 그런데 이아손을 보더니, 그녀는 사랑의 불길이 다시 활활 타올랐다.

메데이아　저 사람은 왜 저렇게 멋있지? 혹시, 신이 아닐까?

헤카테 제단에서 결혼을 맹세하는 이아손

그녀는 그날따라 이아손이 더 멋져 보였다. 그래서 그랬나? 그녀는 그의 얼굴에서 시선을 돌리지 못하고, 그저 멍하니 바라만 보았다. 자신이 보고 있는 사람이 인간이 아니라 신이라 믿었다. 그때 이아손이 슬며시 그녀의 손을 잡으며 …

이아손　공주, 제발 도와주시오!
　　　　당신이 도와주면 절대 은혜를 잊지 않고,
　　　　당신을 아내로 맞아,
　　　　그리스로 데려가겠소.

헤카테 여신의 제단에서 메데이아 손을 잡고, 도와달라며 결혼을 약속하는 이아손 - 런던 내셔널갤러리 (장 프랑수와 트루아 그림)

메데이아   당신을 도와드릴게요. 제가 이러는 건 당신을 사랑하기 때문이에요.
            당신도 제 도움을 받거든, 꼭 약속을 지켜주세요.

그녀는 헤카테를 비롯한 신들에게 결혼을 맹세하도록 했다. 그러더니 마법의 약초를 주며, 사용법을 설명해 주었다.

메데이아	내일 아침에 이 약을 바르면, 엄청난 힘과 능력이 생길 거예요.
	그럼 황소의 불길도, 땅에서 솟아난 병사도, 당신을 해칠 수 없어요.
	그리고 용의 이빨을 땅에 뿌리면, 땅에서 무사들이 나오는데,
	그때는 큰 돌덩이 하나를 그들의 중간에 던지세요.
	그럼 그들은 서로 싸우다가 죽을 거예요. 아셨죠?
이아손	고맙소! 이 은혜는 절대 잊지 않겠소.

이아손의 목숨을 건 승부

다음 날, 백성들이 들판에 모여 자리를 잡자, 왕도 관중석의 한복판에 자리를 잡았다. 그러자 곧바로 청동 발굽 달린 2마리 황소가 콧구멍에서 불을 뿜으며 나타났다. 황소의 뜨거운 입김이 풀에 닿자마자, 풀밭은 순식간에 불길로 활활 타올랐다.

그런데도 이아손은 앞으로 나아갔다. 그가 가까이 가자, 황소들은 무쇠가 달린 뿔을 사납게 들이대고, 불을 뿜으며 겁을 주었다. 그러자 대원들이 공포에 휩싸여...

대원들	이크! / 저러다 불에 타 죽는 거 아냐?

수많은 관중이 모인 가운데 이아손이 다가가자, 콧구멍에서 불을 뿜으며, 사납게 들이대는 2마리 황소 - 프랑스와 장 트루아 그림

하지만, 이아손은 그 뜨거운 불길을 전혀 느끼지 못했다. 메데이아가 준 마법의 약을 발랐기 때문이었다. 그는 대담하게 황소에게 다가가더니, 황소의 목 밑을 쓰다듬다가, 재빨리 쟁기를 채우고 땅을 갈기 시작했다. 그러자 백성들은 입을 다물지 못했고, 반면 대원들은 환호성을 질렀다.

대원들　브라보! / 잘한다, 이아손! / 그래, 바로 그거야. / 웰 던, 굿 잡!

이어, 이아손은 용의 이빨을 땅에 뿌렸다. 그러자 이빨은 처음엔 물렁물렁해지더니, 새로운 모양으로 점점 커지기 시작했다. 마치, 아기가 어머니 자궁에서 인간의 모습으로 세상에 태어나듯, 대지의 자궁 속에서 생겨난 한 무리의 무사들이 들판에서 일어서기 시작했다.

그런데 더더욱 놀라운 것은 그들은 땅에서 나오자마자, 이아손에게 무기를 휘두르는 것이었다. 그러자 이아손이 놀래며 ...

이아손　이거 어떡하지? 떼거지로 왕창 덤벼드네.

이아손은 그들이 자기에게 창을 던지려 하자, 두려움에 사기가 떨어졌다. 그러한 것을 지켜보던 메데이아 역시 마찬가지였다. 그녀는 얼굴이 갑자기 창백해졌다. 그런데 그때 이아손은 메데이아가 했던 말이 생각났다.

이아손　아 참, 그렇지! 어제 메데이아 공주가,
　　　　　큰 돌 하나를 저자들 사이에 던지라고 했지? 으라차차 ....

그는 약초를 묻힌 큰 돌덩이를 무리 중앙에 휙 던졌다. 그러자 놀라운 일이 벌어졌다. 땅속에서 나온 무사들이 이아손에게 겨눈 창칼들을 돌리더니, 자기들끼리 서로 찌르고 죽는 것이었다. 마침내 그들이 모두 쓰러져 죽자, 대원들이 함성을 지르며 ...

대원들   빙고! / 잘했어, 화이링! / 브릴리언!

  대원들은 함성을 지르며 달려가, 이아손을 뜨겁게 포옹했다. 메데이아도 달려가, 그를 포옹하고 싶었다. 그러나 부끄럽기도 했지만, 사람들이 어떻게 생각할지 두려워 가만히 있을 수밖에 없었다. 그녀가 할 수 있는 것은 마음속으로 그의 승리를 기뻐하며, 마법을 준 헤카테 여신에게 감사를 드리는 것뿐이었다.

  이제 남은 것은 황금 양모피를 가져가는 것이었다. 그것을 지키는 용은 머리에 볏이 돌아있고, 독니 사이로 혀를 날름거리는 엄청 큰 괴물이었다.

  하지만, 이아손에게는 메데이아가 준 망각의 약초가 있었다. 이아손이 용에게 약초를 뿌리고 주문을 3번 외우자, 괴물은 그때까지 한 번도 감지 않았던 눈을 스르륵 감았다. 이아손은 메데이아와 함께 황금 양모피를 가지고, 재빨리 배로 돌아가서 …

이아손이 망각의 약초로 용을 재우고, 나무에 걸린 황금 양모피를 내리고 있다 - 런던 내셔널갤러리 (장 프랑스와 트루아 그림)

이아손   (대원들에게) 자, 적들이 추격해오기 전에,
　　　　　어서 서둘러 여길 떠납시다. 출발!

　대원들이 배를 몰아, 허겁지겁 달아나려고 할 때였다. 그때 아이에테스 왕이 군사들과 급히 배를 띄워, 아르고호를 추격하기 시작했다. 그러자 이아손이 ...

이아손   어떡하지? 까딱하다가 잡히겠는데, 무슨 방법이 없을까?

　그러자 메데이아는 그들의 추격을 따돌리기 위해, 준비해 둔 잔인한 계획을 실행했다. 그러니까 그녀는 떠나기 전 자신의 남동생을 납치했는데, 왕의 배가 가까이 접근하자, 자기 남동생을 토막 내어 시체를 바다에 뿌렸다. 그러자 놀란 콜키스 왕이 죽은 아들의 시신을 수습하는 동안, 아르고호는 먼바다로 사라졌다.

납치된 남동생이 메데이아 옷을 잡으며 살려달라고 하지만, 비정한 누나는 동생을 토막 내어 바다에 버린다 - 드레이퍼 그림

험난한 귀향

제우스는 메데이아가 자기 동생을 끔찍하게 죽인 만행에 분노했다. 그래서 일행들이 많은 고생을 겪은 뒤, 고향으로 돌아가게 만들었다.

이제 아르고호는 안테모에사란 섬을 지나고 있었다. 그런데 그곳에는 머리는 여자고, 몸은 새인 '세이렌 Seiren'들이 있었다. '세이렌'은 달콤한 목소리로 뱃사람들을 유혹해, 위험에 빠뜨리는 요정들이었다.

그녀들이 아름다운 노래를 부르며 대원들을 유혹하자, 대원들은 그 달콤한 목소리에 현혹되어, 배를 섬에 정박시키려 했다. 그러자 리라의 달인 '오르페우스'가 재빨리 빠른 선율로 연주하기 시작했다.

오르페우스   우리 아르고호 대원들은, ♩~

              달콤한 세이렌의 유혹에도, 용감히 지나칠 수 있다네. ♫~

달콤하고 아름다운 목소리로 노래를 불러, 지나가는 뱃사람을 유혹하는 세이렌 - 페리민 지라드 그림

그의 리라 선율에 세이렌들의 노랫소리가 묻히자,
배는 간신히 그곳을 통과할 수 있었다. 아르고호는
다른 해협에서 또다시 위기를 맞았다. 그곳 바다의
한쪽에서는 다리가 12개 달린 괴물 '스킬라 Skylla'가
위협하고 있었고, 그 건너편에서는 바닷속을 뒤집는
'카리브디스'가 있었기 때문이었다.

그럴 때, 바다의 여신 '테티스'와 수많은 요정들이
찾아와서, 영웅들을 도와주었다. 그녀들은 아르고호
주변을 에워싸더니, 배가 바위에 부딪히지 않게 밀고
당겼다. 그렇게 그녀들 도움으로 아르고호는 무사히
위험에서 벗어날 수 있었다.

세이렌 - 그리스 국립 박물관

이번에는 함선이 '알키노오스' 왕이 다스리는 섬에 도착했을 때였다. 그때 추격해 온
콜키스 함선들이 나타나더니, 당장 메데이아를 내놓으라며 위협했다. 알키노오스 왕은
피비린내 나는 전쟁보다는 원만히 해결되기를 원했다. 그래서 ...

알키노오스   만일 내일까지 이아손과 메데이아가 결혼하면,
절대 그녀를 남편에게서 빼앗아 갈 수 없다.
여자는 아버지보다, 우선 남편을 따라야 하니까 말이다.
하지만, 그녀가 내일까지 처녀로 남아있으면,
그녀는 아버지에게 돌려줄 것이다.
이것이 우리나라의 관습이자, 법이다!

그러자 그날 밤, 이아손과 메데이아는 부랴부랴 오르페우스의 리라에 맞춰 결혼식을
올렸다.

추격대가 메데이아를 내놓으라 하자, 그날 밤 제우스 신전에서 결혼식을 올리는 이아손과 메데이아 - 티젠 미술관 (트루아 그림)

　　다음 날이었다. 이제 콜키스 인들은 자기네 왕이 무서워, 그냥 빈손으로 자기 나라로 못 돌아간다며, 알키노오스 왕에게 자신들을 백성으로 받아달라고 간청했다. 그 간청에 왕이 승낙했고, 콜키스 인들은 그 섬에 남아서 잘 살았다 한다.

　　마침내, 아르고호는 수많은 섬과 해안을 지나, 드디어 그리스의 펠로폰네소스 반도가 보이는 곳에 가까이 접근했다. 거의 다 온 셈이었다. 그러나 이때 배는 갑자기 북쪽에서 불어오는 폭풍을 만나, 다시 먼 아프리카의 리비아 해안까지 밀려갔다.

　　이후, 원정 대원들은 물도 없는 그곳 사막에서 생사의 갈림길을 맞았다. 그런데 그때 리비아 여신들이 나타나, 말(馬)을 보내주었다. 대원들은 그 말을 따라, 장장 12일 동안 배를 어깨에 둘러메고 사막을 건넌 끝에, 호수에 도착할 수 있었다.

그러나 일행은 그 호수에서 바다로 나가지 못해 애를 먹었다. 그럴 때, 이번엔 바다의 신 '트리톤'의 도움으로 겨우 출구를 찾아, 간신히 바다로 나갈 수 있었다.

아르고호는 며칠을 항해하다가, 크레타 섬에 상륙하려고 했다. 그런데 그 섬을 지키던 청동 인간 '탈로스 Talos'가 망을 보다가, 배에 커다란 돌덩이를 던지며 ...

탈로스　　야, 이놈들아! 여기에 들어오지 말고, 어서 꺼지지 못해?

이자는 온몸이 무쇠 청동으로 되어 있어, 상처를 입지 않았다. 그러나 누구든 약점은 있는 법! 이자의 약점은 발목 힘줄 밑에 있는 정맥이었다. 몹시 갈증에 시달린 대원들이 할 수 없이 포기하고, 그냥 가려고 할 때였다. 그때 메데이아가 나서며 ...

메데이아　　잠깐만요! 저자의 몸이 아무리 청동이라도,

　　　　　　저자가 죽지 않는 불사의 몸이 아니라면,

　　　　　　제가 마법으로 저자를 쓰러뜨릴 수 있을 거 같아요.

그러더니 갑판에 앉아 주문을 3번 외우며 죽음의 여신들을 부르더니, 탈로스를 무섭게 노려보았다. 그러자 그자는 돌덩이를 들다가 뾰족한 돌부리에 발목의 힘줄이 박혀, 엄청난 피를 흘렸다. 그러다 마치 바람이 빠진 풍선처럼 맥없이 쿵 쓰러졌다.

그리하여, 대원들은 크레타 섬에 상륙하여 휴식을 좀 취하고, 다음날 목적지인 그리스의 이올코스에 마침내 도착했다. 이렇게 일행이 모험을 하는데, 무려 4달이 걸렸다 한다.

마법으로 청동 인간 탈로스를 쓰러뜨리는 메데이아

3. 아이손의 회춘(回春)

등장 인물

이아손　　 : 메데이아 남편
메데이아 : 마녀 (이아손 아내)

마법의 여인, 마녀(魔女) 메데이아

이아손 일행이 무사히 귀국하자, 부모들은 모두 함께 신들에게 감사의 제물을 바치고 기도를 드렸다. 그러나 그 자리에 이아손의 아버지 '아이손 Aison'은 참석하지 못했다. 그는 이제 거동도 할 수 없을 정도로, 늙고 병들어 있었기 때문이었다. 그러자 이아손은 아내에게 눈물을 글썽이며 …

이아손　　 여보! 내 솔직히 고백하지만,

당신이 없었다면, 오늘 같은 영광은 없었을 것이오.

당신은 내게 무엇이든 다 해주었고, 내 기대 이상이었소.

하지만 여보! 혹시 가능하면 말야,

물론 당신의 마법으로 못할 게 없겠지만,

내 수명을 조금 빼서, 우리 아버지의 수명에 주면 안 될까?

그녀는 남편 말에 감동 먹었다. 아버지를 배신하고 떠나온 자신의 처지를 비교하니, 마음 또한 아팠다. 그러나 그녀는 자신의 감정을 드러내지 않고 …

모로의 이아손과 메데이아 - 오르세 미술관

메데이아	아니, 여보! 무슨 그런 말도 안 되는 소리를 하세요?
	당신의 수명을 덜어서, 아버님한테 드리다니요?
	그건 마법의 여신 '헤카테'도 허락하지 않으실 거예요.
	정말 말도 안 되는 부탁인 거 아시죠?
이아손	(그러자 침울해 한숨을 쉬고) 어휴 ...
메데이아	(딱하게 보더니) 알았어요, 여보!
	당신이 그것보다 더한 부탁을 해도, 제가 해볼게요.
	세 얼굴을 가진 마법의 여신께서 절 도와주시면,
	당신 수명을 줄이지 않고도, 아버님을 회춘시킬 수 있을 거예요.

메데이아의 주문과 약초

보름달이 훤히 비추고 있을 때, 메데이아는 혼자 맨발로 집을 나섰다. 사람도, 새도, 짐승도, 고이 잠이 들어 있었고, 나뭇잎과 대지도 침묵하고 있었으며, 오로지 별들만이 반짝이는 그런 밤이었다.

그녀는 별들을 향해 두 팔을 뻗었다. 그리고 그 자리에서 3번을 돌더니, 3번을 머리에 시냇물을 뿌리고, 3번을 크게 울음을 터트렸다. 그러더니 땅에 무릎을 꿇으며 ...

메데이아	오오 .. 제 비밀을 지켜주시는 밤의 여신이여,
	밤하늘에 찬란히 빛나는 별들이여,
	제 주문과 마술을 도와주시는 헤카테 여신이여,
	마술사에게 약초를 주시는 대지의 여신이여,
	바람, 강, 산을 비롯한 모든 신들이여, 저를 도와주소서!
	그대들이 도와주시면, 전 강물을 거꾸로 올라가게 하고,
	성난 파도를 잠재우고, 바다를 뒤흔들 수 있으며,
	구름과 바람을 부를 수도, 내몰 수도 있고,

죽은 자를 무덤에서 다시 불러올 수도 있습니다.

전 지금, 한 노인을 회춘시키는 기적의 약이 필요합니다.

그대들은 분명히 그 약을 제게 주시리라 믿사옵니다.

아아, 고맙습니다! 벌써 제 기도에 별들이 반짝이고,

날개 달린 용이 모는 마차가 와있네요. 감사드립니다!

이때 정말로 하늘에서 용이 모는 날개 달린 마차 한 대가 내려와, 그녀의 옆에 있었다. 그녀는 마차에 올라 용의 목을 쓰다 듬더니, 고삐를 흔들었다. 그러자 마차는 하늘을 높이 날아올라, 예전부터 알고 있는 곳으로 향했다.

숲에서 마법의 재료인 약초와 동물 등을 수집하는 메데이아

그녀는 올림포스 산을 비롯해, 수많은 산과 강을 돌며 약초를 캐더니, 9일 만에 집에 돌아왔다.

집에 도착하자, 그녀는 2개의 제단을 세웠다. 하나는 '헤카테' 여신의 제단이었고, 또 하나는 청춘의 여신 '헤베' 제단이었다.

그녀는 제단에 나무를 두르고, 2개의 구덩이를 파더니, 의식을 거행했다. 먼저, 칼로 양의 목을 베어서 피를 구덩이에 넣고, 그 위에 포도주와 우유를 부으며 주문을 외우기 시작했다.

메데이아　오오.. 대지의 여신이여!

　　　　　그리고 저승의 왕과 왕비여!

　　　　　제발, 제 시아버님의 목숨을 서둘러 가져가지 마소서.

그리고는 시아버지를 밖의 침상에 모셔 오라고 하더니, 그를 주문을 외어 깊은 잠에 빠지게 했다. 그러더니 …

메데이아　당신과 하인들은 멀리 물러나세요.
　　　　　　제 비밀 의식은 절대 보아서는 안 되니까요.

남편과 하인들이 물러나자, 그녀는 머리를 풀어 헤치더니, 불타는 제단 주위를 돌기 시작했다. 그리고 작은 횃대를 구덩이의 검은 피에 담갔다가 다시 불을 붙이고, 노인을 불과 물, 유황으로 3번 정화했다. 그러는 동안, 불 위에 올려놓은 가마솥에서는 마법의 약초가 거품을 내며 끓고 있었다.

그녀는 가마솥 안에 신비의 골짜기에서 캐온 뿌리와 씨앗과 꽃을 넣고, 먼 동방에서 구해온 돌, 모래, 서리를 넣었다. 이외에도 올빼미 살점과 날개, 늑대와 수사슴의 내장, 뱀의 비늘, 까마귀 머리와 부리도 넣었다. 미개한 나라에서 온 그녀는 이름도 알 수 없는 수천 가지를 넣은 뒤, 올리브 가지로 잘 섞으며 …

메데이아　어디 약초가 잘 섞였는지 볼까나?

그런데 이게 무슨 일인가? 그녀가 들고 있던 바싹 마른 올리브 나뭇가지가 처음에는 파랗게 되더니, 점점 나뭇잎들이 돋아나, 올리브 열매가 주렁주렁 열리는 것이 아닌가! 이뿐만이 아니라, 약초 거품이 튀겨 떨어진 땅에서는 금방 풀과 꽃들이 돋아나는 것이었다.

그녀는 그것을 보더니, 칼로 노인의 목을 베었다. 그리고는 몸 안의 늙은 피를 모두 빼내고, 혈관 속에 마법의 액체를 채워 넣었다.

가마솥에 수 천 가지 약재를 넣는 메데이아

그러자 노인의 흰 수염과 흰머리가 점점 검은색으로 변하기 시작했다. 또 움푹 파인 주름은 새 살갗으로 메워지고, 온몸은 탱탱한 근육질이 되었다.

얼마 후였다. 아이손은 침상에서 일어나, 거울로 자신의 달라진 모습을 보더니 깜짝 놀라며 ...

아이손   아니, 이게 어떻게 된 거야?

이 모습은 내 40년 전의 모습 아냐?

내가 며느리 덕분에 회춘을 했구먼. 허허허 ...

메데이아의 잔혹한 복수

메데이아의 마법은 여기서 끝난 게 아니었다. 그녀는 마법을 '펠리아스'에게 복수의 수단으로 사용했다. 펠리아스 기억하시는가? 이아손의 숙부이자 왕위를 빼앗고, 황금 양모피를 가져오라고 지시했던 자 말이다.

그녀는 먼저 남편과의 부부 사이가 나빠진 것처럼 위장하고, 펠리아스 왕의 딸들을 찾아갔다. 딸들은 그녀를 따뜻이 맞아주었다. 그러자 그녀는 딸들을 금방 자기편으로 만들더니, 은근슬쩍 시아버지를 회춘시켜준 마법에 대해 얘기했다. 딸들은 그런 얘기를 듣더니 놀라며 ...

딸 1   그럼 우리 아버지도 그렇게 하면, 다시 젊게 되겠네요.

딸 2   우리 아버지도 그렇게 해주세요, 예?

딸 3   돈은 얼마나 드리면 되죠?

다 같이   오우, 제발 프리즈 ...

그녀는 잠시 망설이는 척했다. 딸들의 마음을 조급하게 만드는 작전이었다. 그렇게 한참을 뜸 들이다가, 못 이기는 척하며 ...

메데이아   그렇게 해 드리죠, 뭐.

그럼 여러분이 제 마법을 못 믿을 지도 모르니까,

한번 시범 삼아 마법을 보여드릴까요?

자, 양들 중에서 제일 늙은 양을 가져오세요.

그럼 제가 그 늙은 양을 새끼 양으로 바꿔놓을게요.

딸들   (놀라며) 예? 늙은 양을 .. 새끼 양으로요?

잠시 후, 엄청 골골하는 나이 먹은 숫양 한 마리가 끌려왔다. 그 양은 양쪽 볼이 움푹 파여 있었고, 뿔이 배배 꼬여있었다. 그녀가 칼로 양의 목을 따자, 워낙 늙은 양이었기 때문에 칼에 피가 조금밖에 묻지 않았다.

메데이아가 늙은 양을 커다란 가마솥에 넣고 마법의 약을 안에 넣자, 양의 몸이 팍팍 줄어들더니, 안에서 새끼 양의 음메 음메 하는 소리가 들렸다. 그러고는 갑자기 새끼 양 한 마리가 솥 안에서 뛰쳐나와, 껑충껑충 달아나는 것이 아닌가! 딸들은 너무 놀라 입을 다물지 못하다가, 정말 마법이 이루어지자, 더 간절히 졸랐다.

딸들   우리 아버지도 꼭 좀 젊게 해주세요. /

무엇이든 하라면 할게요. / 언제 해줄 수 있죠?

그로부터 4일이 지난 밤, 하늘에 별들이 반짝이고 있을 때였다. 메데이아는 가마솥에 맹물을 집어넣고, 아무 효능도 없는 약초들을 왕창 넣어 끓였다. 그리고 마법의 주문을 걸어, 펠레아스 왕과 부하들을 모두 깊은 잠에 들게 만들었다. 그러더니 딸들을 아버지 방으로 데려가, 왕의 침대 주변에 둘러서게 했다. 그러고는…

메데이아   뭐해요, 빨리하지 않고?

어서 칼로 아버지의 늙은 피를 뽑아내라고요.

그래야 제가 빈 혈관에 젊은 피를 다시 채울 거 아니에요?

딸들   (겁먹어 벌벌 떨며) 그래도 어떻게 목을 … /

에고, 무시라! / 움마나, 난 도저히 …

메데이아   아버지가 젊어지는 건 당신들 손에 달린 거 몰라요?

진정 아버지를 사랑하는 효녀고,

또 자식 된 도리를 다하려면,

어서 칼로 아버지의 썩은 피를 빼내세요, 어서요!

그럼 어디 볼까요? 호호호 …

누가 진정 아버지를 제일 사랑하는지?

딸들은 이 말에 자극받아, 효성이 지극한 딸일수록 아버지를 먼저 푹 찔렀다. 그러나 차마 눈뜨고는 할 수 없어, 딸들은 고개를 돌린 채 무자비하게 아버지를 찔렀다. 그러자 난도질당한 펠리아스가 피투성이가 된 채, 칼을 들고 있는 딸들을 보며 …

펠리아스   야, 이놈들아!

대체 이게 무슨 짓들이야?

왜 너희들이 칼을 들고,

이 아비를 죽이려고 하는 거야?

이런 나쁜, 으으 …

메데이아에게 속은 펠리아스 딸들이 무자비하게
자기 아버지를 찌르고 있다 - 모로 그림

그러자 딸들은 용기를 잃더니, 손에서 칼을 떨어뜨렸다. 신음하던 펠리아스가 무언가 더 말을 하려고 할 때였다. 그때 메데이아가 칼로 왕의 목을 확 자르더니, 토막 난 그의 시체와 함께, 끓는 가마솥에 집어넣어 버렸다.

4. 메데이아의 복수와 결말

등장 인물

메데이아   : 이아손 아내, 마녀
이아손   : 그녀의 남편
크레온   : 코린토스 왕
글라우케   : 코린토스 공주
아이게우스 : 아테네 왕 (테세우스 아버지)

메데이아를 배신한 이아손

메데이아가 왕을 죽이자, 모든 백성들이 분노하여 들고 일어났다. 그래서 이아손과 메데이아는 코린토스로 도망을 가야 했다. 그곳에서 이들 부부는 이후 10년 동안 아이 둘을 낳고, 그럭저럭 잘 살았다. 그러나 세상에 영원한 것은 없는 법! 사랑 또한 예외는 아니다.

이아손은 결혼 생활 10년이 지나자, 야만족 출신의 그녀에게 애정도 식고 싫증 났다. 아니, 싫증보다는 새로운 여자가 생겼다. 상대는 코린토스의 공주였다.

코린토스 왕 '크레온 Creon'은 달랑 외동딸만 있고, 자신의 뒤를 이을 아들이 없었다. 그래서 이아손을 자기 후계자로 삼고, 딸을 그와 결혼시키려 했다. 이아손 또한 부귀와 권력에 눈이 멀어, 서서히 메데이아를 멀리했다. 그러자 분노한 메데이아는 공개적으로 이아손뿐 아니라, 왕과 공주에게 복수를 다짐했다.

추방 명령을 받아 낙동강 오리알 신세가 된 메데이아가 해변에서 두 어린아이를 보며 괴로워하고 있다 - 포이어바흐 그림

메데이아　난 반드시, 틀림없이 복수할 거야.

　　　　　　모두 가만두지 않을 거야. 알았어, 이것들아?

　그러자 크레온은 그녀가 자신과 딸에게 해코지를 할까 봐 걱정됐다. 그래서 그녀에게 두 아들을 데리고 떠나라며, 추방 명령을 내렸다.

　메데이아는 식음을 전폐하고, 눈물만 흘렸다. 아버지와 조국을 배신하고, 남동생까지 죽이고 이아손을 따라왔건만, 남편이 배반한 것이었다. 그녀는 절망하며 ...

메데이아　아아 .. 가련한 내 신세!

　　　　　　차라리 죽을 수 있으면 좋으련만!

　　　　　　내게 산다는 것이 무슨 소용인가? 흑흑흑 ...

　그렇게 신세를 한탄하고 있을 때, 크레온 왕이 불쑥 그녀를 찾아오더니 ...

크레온	마지막으로 경고하겠소.
	당장 두 아이를 데리고, 이 나라를 떠나시오.
	조금이라도 지체하지 마시오, 이건 명령이오!
메데이아	(그러자 왕 앞에 쓰러져, 무릎을 잡으며) 제발, 제발 ..
	오늘 하루만 머물며, 생각할 시간을 주세요.
	어디로 가야 할지, 또 아이들과 어떻게 살아야 할지,
	조금만 더 생각할 시간을 주세요, 예?
	제가 추방되는 것은 걱정하지 않지만,
	불쌍한 두 아이들을 생각하니, 눈물이 나서 그래요.
	제발 제 아이들을 불쌍하게 여겨주세요.
	그대도 아버지고, 자식이 있잖아요?
크레온	(조금 생각하다가) 그럼 좋소!
	그 대신, 내일 해가 뜨기 전에 이곳을 떠나시오.
	만약 해가 뜬 다음에도 당신과 애들이 있으면,
	당신은 죽게 될 것이오. 이 말은 장난이 아니오.

그녀는 왕이 나가자, 갑자기 표정이 확 바뀌며 ...

메데이아	흥, 바보 같은 놈!
	지금 추방했으면, 내 복수를 막을 수 있을 텐데 ...!
	그래! 난 나를 배신한 내 남편과,
	또 네놈과 아이들을 모두 죽일 거야, 흥!

　그녀는 죽일 방법이 너무 많아, 어떤 방법을 선택할지 고민했다. 불을 확 질러버릴까? 칼로 찔러? 아니면 독약으로? 바로 그때였다. 그때 원수 같은 남편 이아손이 찾아오자, 그녀는 화가 나 소리쳤다.

메데이아	이 천하의 몹쓸 악당!
	비겁한 철면피, 파렴치한아!
	난 내 나라와 아버지를 배신하고 당신을 따라왔는데,
	근데 이 악당아! 감히 날 배신하고 새 장가를 들어?
	더군다나, 우리에게 자식까지 있는데도 말이야?
이아손	여보! 난 당신이 싫증 난 것도 아니고,
	새 장가를 들고 싶어, 환장한 놈도 아니오.
	내가 공주와 결혼하려는 진짜 이유는,
	우리가 돈 없이 쩔쩔매지 않고, 잘 살기 위해서요.
	가난한 사람은 친구들도 피하는 세상이니까 말이야.
	난 또 내 자식들에게 왕족의 피를 물려주고,
	아이들을 내 가문에 어울리게, 키우고 싶어서 그런 거요.
메데이아	뭐? 흥, 뻔뻔스러운 인간!
	그런 말도 안 되는 핑계는 듣고 싶지도 않아, 이 인간아!
이아손	내게 금전적으로 도움을 원한다면 말해봐.
	내 아낌없이 당신에게 줄 생각이 있고,
	또 내 친구들에게 당신을 도와주라고 할 테니까, 응?
메데이아	난 당신 같은 사람에게 아무것도 받고 싶지 않아.
	악당한테 받는 돈은 더러운 돈이니까!
	흥! 어서 가서 결혼이나 하시지.
	내 장담하건대, 결혼한 것을 두고두고 후회하게 할 테니까.

아테네 왕의 약속

　뻔뻔한 이아손이 나가자, 메데이아는 분을 참지 못해 씩씩거렸다. 그런데 그럴 즈음 아테네 왕 '아이게우스 Aegeus'가 궁에 왔다가, 그녀를 발견하고 ...

아이게우스	안녕하셨어요, 메데이아님!
메데이아	아, 예! (보다가) 실례지만, 어디 갔다가 오시는 길이세요?
아이게우스	델피의 아폴론 신탁소에 갔다 오는 길입니다.
	어떻게 해야 아들이 생길지 물어보려고요.
메데이아	어머나, 맙소사!
	아직까지 자식도 없이 사셨어요? 여태 미혼이세요?
아이게우스	돌싱이라고나 할까요?
메데이아	예?
아이게우스	아, 돌아온 싱글이란 말씀이지요. 하하하 ...
	근데, 왜 그렇게 안색이 안 좋으세요?
메데이아	사실은 제 몹쓸 남편 때문이랍니다.
아이게우스	예? 무슨 말인지, 제게 말씀을 좀 해주시겠어요?

그녀는 남편의 배신과 자기가 내일 추방당할 처지에 있다는 것을 모두 말해 주었다. 그러다 갑자기 왕 앞에 푹 쓰러지더니, 그의 무릎을 잡고...

메데이아	왕이시여, 간청 드립니다!
	제발 이 불행한 여자를 불쌍히 여기시어,
	아무 데도 갈 곳이 없는 저를 그냥 두지 마시고,
	저를 당신의 아내로 받아주세요.
	그럼 제가 아들을 낳아, 소망을 이루어드릴게요.
	전 아들을 낳는 약초를 잘 알고 있거든요. 제발 부탁입니다!
아이게우스	허허 .. 나도 당신을 여러모로 도와주고 싶소.
	또 당신이 내 아들을 낳아준다니, 더욱 그렇소.
	하지만, 당신이 직접 내 나라에 오면 보호해줄 것이오.
	난 이 나라 사람들에게 비난받고 싶지 않으니까요.

내 신에게 맹세코, 약속을 지키겠소.

메데이아   고맙습니다! 내가 빨리 일을 마치고, 아테네로 달려갈게요.

그럼 편히 가세요, 왕이시여!

죽음의 황금 머리띠와 황금 옷

그녀는 아테네 왕이 신변 보호를 약속하자, 이제 본격적으로 끔찍한 복수를 준비하기 시작했다. 먼저 하녀를 통해, 이아손을 불러오게 했다. 그리고 얼마 후, 이아손이 방에 들어섰을 때, 메데이아는 좀 전과 180도 다르게 상냥한 목소리로...

메데이아   여보, 미안해요! 아까 내가 한말을 용서해 주세요.

잠시 진정하고 생각하니까, 아까는 내가 너무 어리석었고,

괜히 화를 냈다는 것을 깨달았어요. 죄송해요!

그래요, 전 이 나라를 떠나겠어요.

하지만, 내 아이들은 당신이 키울 수 있게,

왕에게 아이들은 추방하지 말아달라고 해주세요, 예?

이아손   글쎄 .. 내가 설득할 수 있을지 모르겠네.

메데이아   그럼 당신의 새 아내에게 부탁하면 안 될까요?

이아손   아마 그녀는 내가 설득할 수 있을 거 같은데?

메데이아   고마워요! 그럼 저도 이제 당신의 결혼을 도울게요.

(그러고는 고운 옷과 황금 머리띠를 꺼내주며) 자요 ..

이건 세상에서 가장 아름다운 선물이에요.

전 이 선물을 당신 신부께 결혼 선물로 주고 싶어요.

크레온   (좋아서) 아니, 왜 이런 귀한 것을?

주지 말고, 당신이나 간직하지 그래. 응?

메데이아   아니에요. 선물엔 신들도 감동한단 말이 있잖아요.

인간에겐 천 마디 말보다, 선물이 더 힘이 있거든요.

내 아이들이 추방만 안 당한다면,

이까짓 선물이 아니라, 내 목숨인들 못 내놓겠어요?

이아손   허허, 참!

메데이아   (이때 들어온 두 아이에게 선물을 내밀며) 얘들아!

이 결혼 선물을 너희 새엄마에게 드리고 와라.

그러며, 제발 추방시키지 말아달라고 애원하고 ...

아 참! 근데 갖다 드릴 때,

이 선물은 새엄마가 직접 받도록 드려야 한다, 알았지?

여보! 아이들과 같이 가서 주고 오세요. 어서요!

이아손과 두 어린 아들들은 선물을 가지고, '글라우케 Glauce' 공주방에 갔다. 공주는 아이들이 방에 들어오자, 못마땅하단 듯이 고개를 반대로 휙 돌렸다. 그러자 이아손이 공주를 달래며 ...

이아손   내 사랑 공주! 그만 화를 풀고, 얼굴을 좀 돌려요, 응?

이제 이 애들은 내 자식이자, 당신 자식이오.

(선물을 주며) 자, 이 선물을 받고,

당신 아버지께 이 애들을 추방하지 않게 간청해 주시오.

나를 위해서 말이오. 오케이, 허니?

글라우케   (선물을 보자, 금방 풀어지며) 알았어요.

제가 아버지께 잘 말씀드려 볼게요. 됐죠? 홍,칫,뽕!

공주는 이아손과 아이들이 방에서 나가자, 그 휘황찬란한 옷을 입고, 황금 머리띠를 머리에 둘렀다. 그리고 거울에 비친 자기 모습을 보고 싱긋 미소를 짓더니, 선물이 좋아 죽겠다는 듯, 춤을 추며 방안을 빙글빙글 돌았다.

글라우케　뷰티플, 이렇게 멋진 옷이 있다니! 호호호…
　　　　　　(거울을 보며) 나한테 정말 잘 어울리는데?

　그런데 그때, 끔찍한 일이 벌어졌다. 공주는 안색이 점점 변하더니, 온몸을 부들부들 떨다가, 비틀대며 쓰러졌다. 그리고 입에서는 거품이 나오고, 눈이 완전히 뒤집어졌다. 곧이어 그녀의 머리에 두른 황금 머리띠에서 불길이 타오르고, 오색찬란한 옷이 공주의 살점을 파먹기 시작했다.

　공주는 머리를 흔들어서 머리띠를 떼어내려 했지만, 그녀가 그럴수록 불길은 더욱더 거세게 타올랐다.

글라우케　아악 ~ 살려주세요. 살려주…

　이제 그녀의 얼굴은 형체를 알아볼 수가 없었다. 정수리에서 피가 흘러 불과 섞였고, 온몸의 살은 마치 송진처럼 흐물흐물 뼈에서 떨어져 나갔다. 이때 소식을 듣고 달려온 크레온이 끔찍하게 죽어가는 딸을 붙잡고 통곡하며…

황금 머리띠와 옷을 공주에게 주는 이아손과 아이들

머리에 불이 붙어 혼비백산하는 공주와 이를 보는 메데이아

크레온   애야, 대체 이게 어찌 된 일이냐?

            어떤 신이 널 이렇게 끔찍하게 만든 거냐?

            아아 .. 나도 너와 함께 죽고 싶구나. 으흑흑 ...

그러며 그가 일어나려고 할 때였다. 그런데 마치 담쟁이덩굴이 달라붙듯, 그는 공주 옷에 찰싹 달라붙어 버렸다. 설상가상으로 그가 달라붙은 옷을 떼어내면서 일어나려고 하자, 딸이 아버지를 가지 못하게 꽉 잡았다. 그러자 왕이 공주를 확 밀쳐내며 ...

크레온   놔, 이거 놓으라고! 이거 안 놔, 이것아?
글라우케   가지 마 ...! 살려 주 ...

왕이 딸을 억지로 떼어내려 하면 할수록, 왕의 살이 뼈에서 우지직하며 찢겨나갔다. 그리하여, 결국 왕과 공주는 나란히 죽음을 맞이했다.

자식을 죽이는 메데이아

한편, 메데이아는 왕과 공주가 죽었다는 소식을 듣더니, 이번에는 자신의 두 아들을 죽이기로 결심했다. 그것이 남편에게 복수하는 길이라고 생각했다. 이아손을 자식 잃은 아버지로 만들고 싶었고, 사람들이 자기 자식을 해치기 전에 먼저 자기가 죽이는 것이 낫다고 생각했다. 그녀는 두 아이를 보고 눈물을 흘리며 ...

메데이아   애들아! 난 추방되어 다른 나라로 가야 한다.

            아아, 불쌍한 내 신세! 모든 것이 허사구나.

            내가 너희들을 낳은 것도, 죽도록 키운 것도 허사구나.

            난 너희를 잃고, 비참하고 고통스레 살아가겠지?
아들들   (천진난만하게 웃으며, 엄마를 쳐다보자) ...

남편에게 복수하기 위해, 자기 자식들을 죽이려다 고민하는 메데이아
- 루브르 박물관 (드라크르와 그림)

메데이아　애들아! 왜 그렇게 미소를 짓는 거니? 최후의 미소니?

아아, 어떡하지? 이 녀석들의 반짝이는 눈을 보니까,

도무지 용기가 나지 않으니 어떡하지?

(마음이 약해져서) 난 차마 못 하겠어.

아이들을 죽일 순 없어. 난 이 애들을 데리고 떠날 거야.

왜 내가 애들 아빠에게 고통을 주려다,

왜 내가 이렇게 고통을 당해야 하는 거지?

(그러다) 아냐! 아이들을 해치워야 해.

아이들을 원수들의 웃음거리가 되게 할 순 없어.

(아이들을 보니, 또 마음이 약해져) 아냐! 그러면 안 돼.

절대로 그딴 짓을 해선 안 돼.

(그러다 다시) 아냐! 무조건 죽여야 돼.

그것은 정해진 운명이고, 피할 방법은 없다고!

아들들　... ?!

메데이아　애들아! 이제 작별 인사를 해야겠다. 엄마가 입맞춤하게 손을 좀 다오.

(손에 입맞춤하며) 이 귀여운 손, 입, 예쁜 얼굴 ...

애들아! 너희들은 다른 세계에서 행복하게 살아라.

이곳의 행복은 너희 아빠가 빼앗아 가버렸다.

이 달콤한 입맞춤과 부드러운 살결과 숨결...!

(칼을 번쩍 위로 들며) 가련한 여인이여!

이제 아이들 생각은 하지말자.

이 순간만은 아이들을 잊고, 나중에 울자.

그 후, 얼마나 시간이 지났을까? 이아손은 불길한 예감이 들어서 허겁지겁 달려왔다. 메데이아가 애들을 죽일지도 모른다는 생각에서였다. 그러나 벌써 메데이아가 애들의 죽은 시신을 용이 끄는 마차에 싣고, 지붕 위에 나타나 ...

자기 아이들을 죽이고, 용이 끄는 마차에 올라탄 메데이아와 분노에 차 칼을 빼려는 이아손 - 카를 반 루 그림

메데이아	이아손 씨! 저를 찾고 있나요?
	헛수고 마세요, 날 잡지는 못할 테니까. 호호호호 ....
이아손	이 잔인하고 가증스러운 인간! 자기 자식들을 죽이고,
	내게서 자식을 빼앗아 나까지 파멸시키다니.
	대체 아이들이 무슨 죄가 있다고 죽였어?
메데이아	당신에게 고통을 주기 위해서죠. 호호호 ...
이아손	제발 부탁이오!
	아이들에게 한 번만 입맞춤하게 해주시오.
메데이아	안 돼요! 아무리 사정해도 소용없어요.

이아손	그럼 내가 애들 장례라도 치르게 해주시오, 응?
메데이아	천만에요! 어림도 없는 소리 마세요.
	난 이 애들을 헤라 여신의 신전에 내 손으로 묻어줄 거예요.
	아 참! 난 살인죄를 씻은 다음에 아테네의 왕과 살 거고,
	당신은 아르고호에 머리가 박살 나서, 비참하게 죽을 거예요.
	당신 같은 악당의 인과응보라고나 할까요?
	호호호호 ....

그러며 메데이아는 궁전에 불을 지르며, 용이 끄는 마차를 타고 아테네로 도망갔다. 그리고는 아테네 왕이자, 테세우스 아버지인 '아이게우스'의 아내가 되었다.

이아손의 최후와 결말

이후, 이아손은 자식을 잃고 반 미치광이가 되어, 마냥 각지를 떠돌아다녔다. 그러던 어느 날, 운명의 장난인지 장난의 운명인지 몰라도, 그는 우연히 해안에서 아르고호를 발견하고, 배 밑에 우두커니 앉아있었다. 그런데 그만, 배 위의 썩은 나무가 그의 머리에 떨어져, 이아손은 그렇게 최후를 맞았다.

반면, 메데이아는 영웅 '테세우스' 편에 나왔던 것처럼, 아테네 왕과 결혼하여 아들을 낳아주었다. 그리고 테세우스가 아버지를 찾아 왕궁에 오자, 그녀는 술잔에 독을 넣어 독살하려 했다. 그런데 테세우스가 술을 마시려 하는 순간, 왕은 영웅의 칼 문양을 보고, 자기 아들이란 것을 안다.

음모가 들통이 난 메데이아는 아들과 함께 자신의 고향인 콜키스로 도망쳤다. 그 당시 콜키스는 숙부가 그녀의 아버지를 몰아내고, 왕권을 차지하고 있었다. 하지만 우여곡절 끝에 그녀는 숙부를 죽이고, 아버지에게 다시 왕권을 찾아주었다 한다.

아르고호 모험 스토리는 '아폴로니오스 로디오스'의 작품으로, 실제 일어났던 원정을 바탕으로 썼다고 한다. 원정대가 무려 4개월 동안 모험한 코스는 그림과 같다.

아르고호 모험에서 이아손 못지않게 중요한 캐릭터가 바로 마녀(魔女) 메데이아다. 메데이아는 '교활한 여자'라는 뜻으로, 영화 속 '팜므 파탈 famme fatale'과 같은 요부다. 자신의 사랑과 욕망을 실현하기 위해 남자를 유혹한 뒤, 파멸시키는 악녀 캐릭터다.

후반부의 메데이아 이야기의 커다란 주제는 사랑과 배신, 그리고 복수다. 메데이아는 단지 남편에게 고통을 주기 위해, 사랑하는 자식을 죽여야 하는 현실 앞에 갈등한다. 그 부분이 클라이맥스인데, 그리스의 비극 작가 '에우리피데스 Euripides'가 쓴 '메데이아'를 보면, 이때 그녀의 심리 상태가 잘 묘사되어 있다.

트로이 전쟁

1. 트로이 전쟁과 트로이 왕가

트로이 전쟁은 무엇인가?

트로이 전쟁은 대략 기원전(BC) 1260년 - 1250년까지, 유럽의 거대 그리스 연합군과 소아시아의 트로이 동맹군 사이에 10년 동안 벌어진 전쟁이다. 그러니까 지금으로부터 약 3,200년 전에 일어난 최초의 유럽과 아시아가 맞붙은 대륙 간 전쟁이었다.

이 전쟁에 관한 이야기는 각종 문헌과 특히, '호메로스'의 대서사시 '일리아스 Ilias'와 '오디세이아 Odysseia' 등을 통해, 생생히 전쟁의 실상을 알 수 있다.

일반적으로 많은 역사가들은 트로이 전쟁을 그 당시 내려오던 신화적 전설과 문학의 일부분으로 치부했다. 그러나 1870년에 독일의 '하일리히 슐리만'이 트로이의 유적지를 발굴하여, 실제로 두 대륙 간에 역사적인 충돌이 있었다는 것을 증명했다. 신화가 역사 속으로 등극하는 순간이었다.

호메로스 - 캄피돌리오 박물관

일리아스 파본 - 트로이 박물관

하일리히 슐리만 - 트로이 박물관

상공에서 본 트로이 유적지 - 트로이 박물관

트로이 전쟁 당시 트로이 성과 주변 모형도 - 트로이 박물관

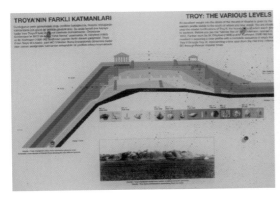

트로이의 다양한 단층별 유적지

트로이 제 7 성곽 유적지

트로이 8과 9의 생활 유적지

트로이 전쟁 당시 트로이 성을 비롯한 주변 건물 상상도

그럼 트로이 전쟁은 왜 일어났을까? 신화 속에 나타난 전쟁의 원인은 아주 간단하고 심플하다. 트로이 왕자인 '파리스 Paris'가 스파르타의 왕비인 '헬레네 Helene'를 납치한 사건으로 인해 시작되었다고 한다.

그러나 역사학자들은 전쟁의 실제 원인이 경제적인 이해 관계 때문이라고 한다. 당시 그리스는 미케네를 중심으로 강력한 도시 국가들이 형성되어 있었고, 반면에 트로이는 지리적인 위치를 이용해, 해상 무역을 지배한 부유한 나라였다.

그러자 그리스는 신흥 강국으로 부상한 트로이의 해상권을 빼앗고, 또한 무역 항로를 확보하기 위해 트로이를 공격했다고 한다.

트로이 전쟁 당시 그리스와 트로이를 비롯한 소아시아 지도
에게해를 중심으로 좌측이 그리스 측이고 오른쪽이 트로이를 포함한 소아시아 국가들이다.

트로이 왕가와 트로이 건국

그럼 '트로이 Troy'는 어떠한 나라인가? 트로이의 건국 과정과 족보를 살짝 살펴보면 이렇다.

트로이는 지금의 터키 서북부 해안에 위치한 해안 국가였다. 지도상으로 보면, 에게 해와 흑해를 연결하고, 또 유럽과 아시아가 교차하는 전략적 요충지에 자리 잡고 있는 나라였다. 그래서 해상 무역을 통해 막대한 부를 축적하며, 주변 아시아 도시 국가들의 맹주 역할을 했다.

우선 트로이는 '제우스'와 요정 사이에서 태어난 '다르다노스'부터 시작된다. 1대 왕 다르다노스는 이데산 부근에 도시를 세우고, 2대 왕인 '에리크토니오스'를 거쳐, 3대 왕 '트로스 Tros'는 그 지역을 '트로이'라 불렀다.

4대 왕인 '일로스'는 다시 나라 이름을 자신의 이름을 따서, '일리온(또는 일리오스)'라 불렀다. 트로이 전쟁을 다룬 호메로스의 대서사시 '일리아스 Ilias'는 바로 트로이 별명, '일리오스'에서 유래된 것이다. 일리아스는 '일리오스의 이야기'라는 뜻이다.

5대 왕은 약속을 지키지 않는 것으로 유명한 '라오메돈 Laomedon'이었다. 이자는 포세이돈과 아폴론에게 트로이 성을 지어주면 보상하겠다는 약속을 어겼을 뿐만 아니라, 헤라클레스에게도 약속을 지키지 않았다. 그래서 결국 자신과 자기 아들이 몰살당하고 말았다.

그러나 그 당시 간신히 살아남은 막내아들이 있었는데, 그가 바로 트로이 왕가의 마지막 왕인 '프리아모스 Priamos'다.

아폴론과 포세이돈에게 보상을 거절하는 라오메돈

프리아모스의 자식들과 파리스

여기서부터가 정말 중요한 트로이 왕가다. 6대째 마지막 왕인 '프리아모스'는 트로이 전쟁이 일어났을 때, 그리스와 맞서 싸웠던 인물이다. 그는 비교적 성품이 온화했으며, 여러 아내한테서 무려 50명의 아들과 딸을 두었다.

그의 2번째 부인이 '헤카베 Hekabe'인데, 그녀와 다음의 두 아들이 중요한 캐릭터다. 헤카베의 19명의 자식 중, 장남이 트로이 전쟁 영웅인 '헥토르 Hektor'다. 그리고 차남이 트로이 전쟁의 원흉이자, 불씨를 일으킨 '파리스 Paris'란 자다.

헤카베가 문제의 파리스를 임신했을 때였다. 그녀는 자는 도중, 타오르는 횃불을 낳는 꿈을 꾸었다. 그런데 꿈에 그 불이 순식간에 트로이를 불태우는 것이 아닌가!

불타는 트로이 - 게오르그 트라우트만 그림

헤카베는 그 불길한 꿈의 의미를 해몽가에게 물어보았더니 …

헤카베 대체 이 꿈의 의미는 뭔가?
해몽가 장차 태어날 아이는 트로이를 멸망시킬 아이입니다.
그러니 아기가 태어나면, 산에 버리십시오.

그래서 왕과 왕비는 아이가 태어나자, 하인을 시켜 아이를 이데 산에 버렸다. 그러나 버려진 아이는 곰의 젖을 먹고 자라다가 목동에게 발견되어, 그의 보살핌으로 청년으로 성장했다. 그 이후, 파리스는 자기 부모가 누군지도 모른 채 산에서 양과 소를 키우며, 목동으로 지냈다.

그런 어느 날, 프리아모스 왕은 파리스가 기르던 황소 한 마리를 징발해 갔다. 어릴 때 죽은 왕자의 추모 제전경기에 상품으로 내놓기 위해서였다. 물론 그 왕자는 파리스였다. 그러자 파리스는 황소를 되찾기 위해 경기에 참가하여, 많은 왕자를 물리치고 우승을 차지했다.

그런데 파리스가 우승하자, 왕자 한 명이 분한 나머지 그를 칼로 찌르려 했다. 순간, 파리스는 잽싸게 제우스 제단으로 몸을 피했다. 그런데 그때 트로이의 공주이자, 예언가인 '카산드라 Cassandra'가 그를 보고, 자기 오빠란 사실을 부모에게 알려주었다.

프리아모스와 헤카베는 죽은 줄 알고 있던 파리스를 끌어안더니, 아들로 받아들였다. 트로이 전쟁의 불씨가 될 파리스가 다시 트로이의 왕자가 된 것이다. 호랑이를 집안으로 끌어들인 셈이라고나 할까?

문제의 파리스
- 러시아 국립 미술관

2. 펠레우스와 테티스 결혼

바다의 여신 테티스

트로이 전쟁의 서막은 이 전쟁의 주인공이자, 전쟁 영웅인 그리스군의 '아킬레우스 Achilleus' 부모로부터 시작된다. 이들 결혼식 때 벌어진 일로 인해, 전쟁의 화근이 되는 사건이 일어나기 때문이다.

아킬레우스 부모는 프티아 왕 펠레우스와 바다의 여신 테티스였다. 이들이 결혼하는 재미있는 과정은 이렇다.

바다의 여신 테티스 - 루브르

'테티스 Thetis'는 바다의 노인이라 불리는 '네레우스 Nereus' 50명의 딸들 중에 한 명이었다. 테티스가 아름다운 여인으로 성장하자, 제우스와 포세이돈은 군침을 흘리면서 경쟁했다. 그러나 그녀는 가까이하기에 너무 먼 당신이었다. 그녀에겐 다음과 같은 신탁의 예언이 있었기 때문이었다.

신탁 예언　테티스한테 태어날 아이는 아버지를 능가하고, 아버지보다 더 위대하다는 칭송을 들을 것이다!

아버지를 능가하는 강한 아들이 태어난다? 그래서 제우스와 포세이돈은 마음을 접었다. 아니, 접을 수밖에 없었다.

특히, 제우스는 자기보다 강한 아들이 태어나는 것을 원치 않았다. 만일 그런 아들이 태어나면, 자신의 위치가 불안했기 때문이었다. 그래서 제우스는 테티스를 신이 아닌, 인간과 짝을 맺어주기로 마음을 돌렸다. 그래서 인간 배우자를 물색 중에 자기 손자인 프티아의 왕 '펠레우스 Peleus'를 신랑감으로 점찍었다.

제우스 펠레우스여! 너의 짝꿍은 바다의 여신 테티스다.

그러니 어서 가서, 그녀를 과감하게 차지하라.

펠레우스와 테티스의 사랑의 숨바꼭질

어느 바닷가 해변에 동굴이 하나 있었는데, 그곳은 테티스가 매일 돌고래를 타고 와, 알몸으로 쉬었다 가는 곳이었다. 그날도 그녀는 그곳에 찾아와, 잠을 자고 있었다.

그런데 펠레우스가 나타나 겁탈하려고 하자, 테티스는 완강히 저항했다. 펠레우스가 아무리 애원하고, 달래고, 꼬드겨 보아도 소용없었다. 그러자 펠레우스는 테티스 목을 껴안고 힘으로 제압하며 ...

펠레우스 그대여! 내 사랑을 받아주오. 난 죽어도 안 놓을 거!

그러나 테티스는 변신의 귀재였다. 그녀는 무려 100가지의 모습으로 변신할 수 있는 능력이 있었다. 테티스가 자유롭게 변신하자, 펠레우스도 악착같이 쫓았다. 그녀가 새로 변신하면 새를 붙잡고, 나무로 변신하면 나무에 붙었다. 그런데 테티스가 이번엔 무서운 사자로 변신하자 ...

사자로 변신하는 테티스를 붙잡는 펠레우스

펠레우스 아이고, 깜짝이야! 우씨 ~

놀란 펠레우스가 기겁하며 팔을 놓자, 테티스는 그 순간을 이용해 달아났다. 닭 쫓던 개, 지붕 쳐다본다고 했던가? 그러나 펠레우스는 그냥 물러설 수 없었다. 그래서 바다의 신에게 도움을 청했다. 그러자 '바다의 신'이 방법을 알려주며...

바다의 신   펠레우스여! 그녀를 아내로 얻고 싶거든,

그녀가 동굴에서 자고 있을 때, 몰래 밧줄로 꽁꽁 묶고,

100가지의 모습으로 변신하더라도, 원래의 모습으로 돌아올 때까지,

무조건 죽기 살기로, 전보다 더 꽉 붙들고 있으시오.

그럼 그녀는 결국 항복할 것이오.

아킬레우스의 탄생

그날 저녁 무렵, 테티스가 동굴에서 잠자고 있을 때, 펠레우스는 그녀를 잽싸게 밧줄로 꽁꽁 묶었다. 그러자 테티스가 계속 변신을 했지만 소용없었다. 펠레우스가 죽기 살기로, 꽉 붙잡고 있었기 때문이었다. 결국 지친 테티스는 원래의 자기 모습으로 돌아오더니...

테티스   후유! 그래요, 내가 졌어요.

전 이 모든 것이 신의 뜻이라 생각해요.

신의 도움 없이는,

당신이 날 이기지 못했을 테니까요.

마침내 펠레우스는 그녀를 껴안고 소원을 이루었다. 이렇게 하여 태어난 아이가 바로 트로이의 전쟁 영웅인 '아킬레우스 Achilleus'다.

아킬레우스 - 베르사유 궁

3. 파리스의 심판

황금 사과와 올림포스 미인 선발대회

'펠레우스'와 '테티스'의 결혼식 날이었다. 테티스는 인간과 정식으로 결혼한 최초의 여신이었다. 그래서 하늘의 모든 신들이 내려와, 이들의 결혼식에 참석했다.

이때 신들은 신랑에게 많은 선물을 주었는데, '헤파이스토스'는 멋진 갑옷과 투구를 주었고, '포세이돈'은 2마리 불사의 말을 선물했다. 결혼식은 노래와 춤을 추는 가운데 성대하고, 화려하게 진행되고 있었다.

하늘의 모든 신들이 참석한 테티스와 펠레우스의 결혼식 피로연 장면 - 루브르 박물관

그런데, 이 결혼식에 초대받지 못한 신이 한 명 있었다. 불화의 여신 '에리스 Eris'였다. 불화의 여신은 자기만 왕따 당하자, 복수하기로 마음먹고 나타나, 땅바닥에 황금 사과 하나를 툭 던지고 자리를 떠났다. 그 황금 사과엔 <가장 아름다운 여신에게>란 문구가 적혀 있었다.

가장 아름다운 여신에게? 그러자 여신 중에 한 미모 한다는 '헤라'와 '아테나', 그리고 '아프로디테' 여신이 서로 황금 사과가 자기 것이라 주장했다.

제우스를 비롯한 신들의 입장은 난처했다. 괜히 나섰다가 나중에 꼬집히고, 긁히고, 암튼 본전도 못 찾을 거 같았다. 아무래도 결론이 날 거 같지 않자, 제우스가 스리슬쩍 중재에 나서며 ...

제우스   그럼 공평하게 심판은 신이 아닌, 인간에게 맡기겠소.

그림 맨 위의 날개를 단 에리스가 황금 사과를 툭 던지자, 가운데 제우스 옆의 헤라와 완전 무장하고 창을 든 아테나, 그리고 그 옆의 알몸의 아프로디테가 서로 자기 것이라고 집으려 하고 있다 - 요르단스 그림

그 자는 인간 중에서 가장 잘생긴 '파리스'요.

여신들은 어서 가서, 그에게 판정을 받도록 하시오!

심판으로 뽑힌 인간은 그 당시 산에서 양치기하던 목동 '파리스 Paris'였다. 그리하여, 파리스는 졸지에 여신 중에 최고 미인을 뽑는 미인 선발 대회의 심판을 맡게 되었다.

파리스의 심판

파리스가 산에서 양을 돌보고 있을 때였다. 헌데 갑자기 땅이 흔들리더니, '헤르메스 Hermes'의 인솔 하에 3명의 아름다운 여신이 알몸으로 사뿐사뿐 그에게 다가왔다. 허걱! 파리스는 너무 당황하고 놀라서, 온몸을 부르르 떨었다. 그러자 헤르메스가 …

유명한 루벤스의 파리스의 심판. 맨 위에 에리스가 보이고, 미녀 대회에 참가 여신들은 맨 왼쪽부터 메두사 방패가 상징인 아테나, 중간이 아프로디테, 공작이 상징인 헤라가 포즈를 취하고 있다. 오른쪽은 헤르메스와 황금 사과를 든 파리스 - 런던 내셔널갤러리

헤르메스   너무 두려워 마라, 파리스여!

이 여신들은 하늘에서 온 여신들인데,

자네는 3명의 여신 중에 누가 가장 아름다운지,

심판으로서 한 명을 뽑으면 된다. 내 말, 언더스탠?

파리스는 그때서야 영문을 알고 고개를 끄덕였다. 그가 보기에 여신들은 모두 너무 아름다워서, 누구를 선택해야 좋을지 몰랐다. 3명의 여신들은 각자 선물 공세를 펼치며, 자기를 뽑아달라고 했다. 먼저 헤라가 ...

헤라   기호 1번인 나를 선택해 주면,

난 당신에게 온 세상의 지배권을 주겠어요, 예쁜 양반!

아테나   난 전쟁에서의 승리를 주겠어요.

기호 2번 잊지 마세요, 넘버 투!

아프로디테   난 이 세상에서 가장 아름다운, 그러니까 뷰티플한 여인을,

그대의 아내로 안겨 드리겠어요. 기호 3번이에요, 핸섬 보이!

과연 파리스의 선택은? 그는 아프로디테의 제안이 제일 마음에 들었다. 세상에서 가장 아름다운 여인을 준다는 것 아닌가! 그래서 황금 사과를 그녀에게 주었다. 이렇게 하여, 하늘의 최고 미인을 뽑는 올림포스 미인 대회의 우승은 아프로디테가 차지했다.

아프로디테   (자신이 뽑히자, 엄청 좋아하며) 어머나, 땡큐 땡큐!

내 약속은 꼭 지킬게요, 핸섬 보이!

그러나 아군이 있으면, 적군이 있는 법! 하나를 얻으면, 하나를 잃는 법이다. 탈락한 헤라와 아테나는 이때부터 트로이와 돌이킬 수 없는 원수 사이가 됐다. 반면, 미인 대회 우승자인 아프로디테는 파리스에게 윙크를 날리며 자리를 떠났다.

4. 헬레네 납치와 전쟁의 시작

세상에서 가장 아름다운 미인 헬레네

헬레네 - 빅토리아 알버트 박물관

트로이 전쟁은 앞에서 말했듯이, 트로이 왕자 파리스가 세계적인 미모의 스파르타 왕비 '헬레네'를 납치한 사건이 발단이 되었다. 그럼 세상에서 가장 아름답다는 헬레네는 누구인가?

'헬레네 Helene'는 제우스와 '레다 Leda' 사이의 딸이다. 바람둥이 제우스는 스파르타 왕 '틴다레오스 Tyndareos'의 아내인 레다에게 반했다. 그래서 백조로 변신한 다음에, 일부러 독수리에게 쫓기는 척하며 수작을 부리다, 그녀를 겁탈했다.

그런데 레다는 그날 남편과도 동침해, 나중에 2개의 쌍둥이 알을 낳았다. 그중 제우스 자식으로는 '헬레네'와 '폴리데우케스 Polydeukes'가 태어났고, 틴다레오스 자식으로는 '클리타임네스트라 Klytaimnestra'와 '카스토르 Castor'가 태어났다.

헬레네가 점점 아름다운 절세미인으로 성장하자, 수많은 왕들과 귀족들이 그녀에게 청혼하기 위해 구름처럼 몰려왔다. 그들은 그녀 양아버지에게 서로 딸을 달라며, 만약 거부하면 전쟁도 불사하겠다고 위협했다. 그러자 난감해진 틴다레오스는 …

틴다레오스 어떡하지? 이거야말로 진퇴양난이로군.
무슨 좋은 방법이 없을까?

이때, 머리 좋고 약삭빠른 '오디세우스 Odysseus'가 중재를 나섰다. 그는 왕을 찾아와, 분쟁을 없앨 방법을 알려주며 …

오디세우스   제가 방법을 알려주는 대신, 한 가지 조건이 있습니다.

전 헬레네가 아닌, 그대의 조카딸과 결혼하고 싶은데,

제가 방법을 알려 드리면,

조카딸과 결혼할 수 있게 도와주시겠습니까?

틴다레오스   물론, 도와주겠네. 어떻게 하면 좋겠나?

오디세우스   먼저, 모든 구혼자에게 맹세를 받아두십시오.

헬레네 공주가 누구와 결혼하든 상관없이,

만약 그녀가 누군가에게 해를 당하면,

모든 구혼자가 틀림없이, 그녀를 돕겠다는 맹세를 말입니다.

그렇게 모두에게 맹세를 받은 다음,

결혼 상대는 헬레네 스스로, 선택하는 게 좋을 듯 싶습니다.

그러자 왕은 그의 조언대로 구혼자들을 설득해, 모두에게 맹세를 받았다. 그리고는 헬레네가 '메넬라오스 Menelaos'를 선택하자, 사위에게 스파르타를 물려주었다. 그런데 이때 구혼자들이 했던 맹세는 큰 의미가 있었다. 이 맹세로 인해, 그리스 전체가 트로이 전쟁에 참전하게 된다.

파리스의 헬레네 납치

헬레네는 메넬라오스와 결혼해, 어린 딸(헤르미오)을 키우며 행복하게 살고 있었다. 적어도 꽃미남 파리스가 찾아오기 전까지는 말이다. 어느 날, 파리스가 함대를 이끌고 스파르타를 찾아왔다. 그런데 그는 궁에서 처음 헬레네를 보는 순간 심장이 벌렁벌렁, 숨이 턱 멎고 말았다.

파리스　혁! 세상에 이렇게 아름다운 여인이 있다니!

　　　　　이 여인이 바로, 아프로디테 여신이 주겠다던 바로 그 여인인가?

　헬레네 역시 마찬가지였다. 그녀도 꽃미남 파리스를 보는 눈길이 심상치가 않았다. 둘이 서로 눈이 뿌지직 맞았다고나 할까? 스파르타의 왕 메넬라오스는 그것도 모르고, 파리스를 9일 동안 극진히 대접했다.

　그러다 메넬라오스는 외할아버지의 장례식에 참석하기 위해 크레타로 떠나야 했다. 그가 그렇게 자리를 비우자, 파리스의 수작이 시작됐다. 파리스는 멋진 연주와 달콤한 속삭임으로 그녀를 유혹하며 …

파리스의 연주와 달콤한 유혹에 양 볼이 상기되어, 갈대처럼 헤까닥 넘어가는 헬레네
- 루브르 박물관 (루이스 다비드 그림)

파리스　　우리 만남은 신이 주신 운명이오.

　　　　　나와 함께 트로이로 떠납시다.

　　　　　난 당신을 위해서라면 모든 것을 해주겠소.

　　열 번 찍어 안 넘어가랴? 헬레네 마음이 갈대처럼 흔들리기 시작했다. 아프로디테가
파리스와의 약속을 지키기 위해 도와준 것일까? 헬레네에게 사랑의 큐피드 화살을 쏜
것일까? 결국 헬레네는 사랑의 포로가 되어, 많은 보물을 싣고 파리스와 함께 트로이로
떠났다. 더구나 9살 된 어린 딸까지 버려두고 말이다.

파리스의 헬레네 납치. 그러나 그림과 같이 손까지 잡고 순순히 졸졸 따라가는 느낌이라고 할까? - 루브르 박물관 (귀도 레니 그림)

5. 아킬레우스와 오디세우스 참전

오디세우스 참전 일화

메넬라오스 - 시뇨리아 광장

며칠 후에, 메넬라오스는 장례식을 마치고 돌아왔다. 그런데 파리스가 자기 아내를 데리고 도망친 게 아닌가! 그는 몹시 분개했다. 미치고 펄쩍 뛰고, 도저히 참을 수 없었다.

그는 자기 형이자, 미케네 왕인 '아가멤논 Agamemnon' 에게 도움을 청했다. 또한 그리스의 모든 왕들을 찾아가, 예전에 헬레네에게 했던 맹세를 상기시켰다.

메넬라오스   그리스 왕들이여!

전에 헬레네에게 구혼할 때 했던 맹세를 지키시오.

오만방자한 파리스가 헬레네를 납치해간 것은,

우리 그리스 전체를 모욕하고, 경멸한 것입니다.

자, 모두 함께 힘을 합쳐, 트로이 전쟁에 참여합시다.

그러자, 그리스의 거의 모든 나라들이 함대를 이끌고 속속 집결했다. 맹세를 어기는 것은 명예롭지 못한 것이라, 생각했기 때문이었다. 그러나 2명의 영웅이 아직 참전하지 않았다. 그중 한 명이 이타케 왕이자, 머리가 비상한 '오디세우스 Odysseus' 였다.

오디세우스는 신혼 생활 중에, 아내와 아들을 남겨두고 참전하고 싶지 않았다. 그를 참전시키기 위해 급히 파견된 장군이 '팔라메데스'였다. 그가 설득하려고 찾아왔을 때, 오디세우스는 미친 사람 행세를 했다. 마치 정신병자같이, 황소와 당나귀 등에 쟁기를 메고, 밭에 씨앗 대신에 소금을 뿌리며 …

오디세우스   애들아! 너희들 소금 좋아하지? 크허엉 …
                 좀 짜지만 맛있게 먹어라, 잉?

하지만, 뛰는 놈 위에 나는 놈이 있다고 했던가? 그러자 팔라메데스는 오디세우스의 어린 아들을 데려오더니, 아이를 밭고랑 사이에 눕히고 숨어서 살폈다. 아니나 다를까? 그가 자기 아들을 다치지 않게 얼른 쟁기를 들어 올리는 것이 아닌가!

팔라메데스   이보게! 이제 그딴 미친 짓은 그만하지.
                 난 당신이 제정신이란 것을 알고 있거든?

결국 속임수가 탄로 나자, 오디세우스는 참전을 거부할 수 없었다. 오디세우스는 이 사건으로 그에게 앙심을 품었다. 그래서 전쟁 도중에 편지를 위조해, 그를 적과 내통한 자로 모함해 죽인다.

아킬레스의 어린 시절 일화와 참전

또 다른 참전하지 않은 영웅은 '아킬레우스 Achilleus'였다. 그렇지만 그가 어디에 있는지 아무도 몰랐다. 그의 어머니 바다의 여신 '테티스'가 자기 아들을 아무도 몰래 꼭꼭 숨겨 놓았기 때문이었다.

스틱스 강에 담그는 테티스 - 빅토리아

'테티스'는 아킬레우스가 갓난아기였을 때, 어린아이를 신과 같이 죽지 않는 불사의 몸으로 만들어주고 싶었다. 그래서 매일 아이를 저승의 강인 '스틱스'에 담갔다. 그런데 그녀가 그동안 손으로 잡고 있던 발뒤꿈치 부분은 젖지 않아, 아킬레우스의 발목 뒤의 힘줄은 그의 유일한 약점으로 남았다. 이 이야기에서 치명적인 약점을 뜻하는 '아킬레스(아킬레우스의 영어 이름) 건'이란 용어가 나왔다.

펠레우스는 어린 아킬레우스를 현명한 '케이론 Chiron'에게 맡겼다. 그러자 케이론은 아이에게 사자와 멧돼지의 내장, 곰의 골수를 먹여 강하게 키웠다. 이후, 아킬레우스는 학문과 무술 등을 익혀, 강인한 전사로 성장했다. 그런데 아킬레우스가 9살 때, 예언가 '칼카스 Kalchas'가 신탁을 통해 이런 예언을 했었다.

칼카스   앞으로 트로이와 전쟁이 일어날 것인데,
그때 반드시 아킬레우스를 참전시키시오.
그가 참전하지 않으면, 트로이를 정복할 수 없을 것이오!

아킬레우스에게 활쏘기를 가르치는 케이론 - 치프라이니 그림   아킬레우스에게 악기를 알려주는 케이론 - 바토니 그림

이런 예언 때문에 그리스군은 아킬레우스를 반드시 전쟁에 참전시키려 했다. 반면, 그의 어머니 테티스는 아들이 전쟁에 나가면, 죽을 운명이라는 것을 미리 알고 있었다. 그래서 아들을 몰래 스키로스 섬으로 보내, 그곳에서 여자 옷을 입히고, 또 왕의 딸들과 꼭꼭 숨어 있게 했다.

아킬레우스는 청년으로 성장하자, 그 섬의 공주 '데이아네이라'와 결혼해, 아들까지 두고 있었다. 그런 그를 찾아 나선 사람은 꾀돌이 '오디세우스'였다.

오디세우스는 영웅이 섬의 궁전에 숨어 지낸다는 첩보를 입수했다. 그러나 막상 섬을 찾아가서 아무리 궁전을 둘러보았지만, 도저히 찾을 수 없었다.

오디세우스 이거 공주가 너무 많은데 …

어떻게 이 많은 공주 중에서 아킬레우스를 찾아내지?

(그러다 문득) OK! 그 방법을 한번 써먹어 볼까?

두뇌 회전이 빠른 오디세우스는 잔꾀를 생각해냈다. 그는 공주들이 다 같이 함께 자는 방에 몰래 창과 방패를 갖다 놓았다. 그리고는 마치 방금 적들이 쳐들어온 것처럼 비상 나팔을 요란하게 불어대며 …

오디세우스 비상, 비상! 적들이 쳐들어왔다.

어서 남자들은 창과 칼을 들고, 싸울 준비를 하시오.

그러자 방에 자던 공주들은 난리 브루스가 아니었다. 꺅 ~ 소리치고, 괴성을 지르며, 도망치기에 바빴다. 그러나 오직 한 처녀만이 용감하게 창과 방패를 꼭 쥐고 있는 것이 아닌가! 그것을 본 오디세우스가 그 처녀에게 …

오디세우스 어서 우리와 함께 가지, 아킬레우스 양!

내가 자네 치마를 확 걷어버릴까?

아니면, 자네 스스로 인정하겠나?

신의 아들이여! 전쟁에 이기려면, 자네가 꼭 필요하네.

이와 비슷한 또 다른 버전이 있다. 오디세우스가 이번에는 방물장수로 변장해, 궁에 들어갔다는 설이다. 그러니까 변장한 오디세우스는 공주들 앞에 화장품, 거울, 빗등의 장신구 속에 멋진 칼을 뒤섞어 놓고 팔았다. 그런데 다른 공주와는 달리, 유독 한 공주가 칼을 만지작 하며 호기심을 보이자, 그가 아킬레우스란 것을 알아냈다는 설이다.

암튼 이렇게 하여, 아킬레우스는 자신의 부하인 '미르미돈' 병사들을 이끌고, 50척의 배와 함께 트로이 전쟁에 참전했다.

투구를 써보며 '나, 어때?'하는 여장한 아킬레우스. 그 오른쪽이 방물장수로 변장한 오디세우스 - 프라도 미술관 (루벤스 그림)

6. 그리스 출항과 이피게네이아 희생

그리스 함선의 집결과 아르테미스 여신의 분노

그리스 연합군은 2년 동안 전쟁을 준비한 끝에, 그리스 남동쪽에 있는 아울리스 항에 총집결했다. 항구에 집결한 그리스군은 약 10만 명의 병력과 1,013척의 배들이 함대를 이루었고, 지휘관은 43명, 부대 단위는 30개로 편성된 거대한 규모였다.

총사령관은 미케네 왕인 '아가멤논'이 맡았다. 이 밖에 그리스의 대표적인 인물로는 스파르타 왕 '메넬라오스', '아킬레우스'와 절친 '파트로클로스', 용감하지만 좀 지략이 떨어지는 '아이아스 Aias', 영웅 기질이 다분한 '디오메네스', 80세의 백전노장 '네스토르 Nestor', 머리가 좋은 '오디세우스', 헤라클레스의 활을 가진 '필록테테스' 등등 .. 유명한 스타 장군들이 그리스 연합군을 대표하고 있었다.

왼쪽부터 메넬라오스, 파리스 (트로이 편), 디오메데스, 오디세우스, 네스토로, 아킬레우스, 아가멤논 - 트로이 박물관

그리스군은 출항에 앞서, 제우스에게 제사를 드렸다. 그런데 그때, 뱀 한 마리가 제단 가까이 있는 나무 위에 올라가더니, 새 둥지에 있던 새끼 8마리와 9번째로 그 어미까지 잡아먹었다. 그러더니 갑자기 돌로 변하는 것이 아닌가! 그러한 것을 보고, 모두 놀라고 있을 때였다. 이때 예언가 '칼카스'가 그 의미를 풀이하며 …

칼카스　여러분! 기뻐하십시오.
　　　　　방금 제우스께서 우리에게 계시를 내리셨소.
　　　　　트로이는 함락되고, 우린 분명히 승리할 것이오.
　　　　　하지만 우리가 승리하려면, 좀 오래 싸워야 할 것이오.
　　　　　뱀이 잡아먹은 새는 모두 9마리였소.
　　　　　그 의미는 우리가 9년이 지나 10년째 되는 해에,
　　　　　트로이를 함락하게 될 것이란 제우스의 뜻이오!

그 소리에 그리스군은 함성을 지르며, 출발 나팔을 불었다. 그런데 바람이 전혀 불지 않아, 출항이 불가능했다. 그날만이 아니라 계속 마찬가지였다. 수많은 함선과 병력이 꼼짝없이 항구에 묶이는 신세가 되자, 이번에도 예언가가 신탁을 통해 …

칼카스　항구에 바람이 전혀 불지 않는 이유는,
　　　　　총사령관 '아가멤논'이 신성 모독을 했기 때문입니다.

'아가멤논'의 신성 모독은 이러했다. 그는 그리스군들이 2년간 항구에 집결하는 동안, 사냥을 하면서 여가를 즐겼다. 그러던 어느 날, 그는 '아르테미스' 여신의 신성한 동물인 암사슴을 활로 쏘아 죽이며, 입방정을 떨었다.

아가멤논　빙고! 단 한 발에 심장을 명중했군. 하하하 …
　　　　　　아르테미스 여신도 나처럼 이렇게 멋지게 활을 쏘지 못할걸?

이렇게 여신의 심기를 건드리자, 화가 난 여신이 항구에 바람을 불지 않게 만들었다. 그러자 집결해 있던 수많은 함선과 병력은 오도 가도 못하는 사면초가 상태에 놓였다. 이에 칼카스가 신탁을 통해 또 예언하기를 …

칼카스   바람이 불지 않는 것은 처녀 여신의 노여움 때문이오.

처녀 여신의 노여움은 처녀의 피로 달래야 하는데,

아가멤논의 딸인 '이피게네이아'를 제물로 바치지 않으면,

우린 출항할 수 없다는 것이 신의 계시오.

이피게네이아의 희생

아가멤논은 차마 자기 딸 '이피게네이아 Iphigeneia'를 희생 제물로 바칠 수가 없었다. 그러나 그리스군의 빗발치는 항의가 있자, 그는 급한 김에 아내에게 거짓 편지를 썼다. 딸을 아킬레우스와 결혼시킬 예정이니까, 급히 항구로 데려오라고 편지에 적었다.

그런 줄도 모르고, 아내 '클리타임네스트 Klytaimnestra'와 딸 '이피게네이아'가 항구에 도착했다. 그러나 얼마 후, 모녀는 속았다는 것을 알았다. 아내는 자기 딸을 희생 제물로 바친다는 얘기를 듣더니, 남편에게 마구 비난의 화살을 퍼부었다. 그러나 아가멤논의 결심은 흔들리지 않았다. 그는 딸에게 긴급 상황을 설명하며 …

아가멤논   애야! 나도 널 너무 사랑하지만 어쩔 수 없구나.

자, 봐라! 얼마나 많은 함선들이 출항을 기다리고,

또 얼마나 많은 병사들이 출정을 기다리고 있는지 봐라.

애야! 예언자 말대로 너를 희생 제물로 바치지 않으면,

우린 결코 트로이를 정복할 수 없다.

만약 내가 신탁을 거부하면, 저들은 우릴 죽일 것이다.

내 힘에도 한계가 있다는 것을 알아야 한다.

이때 문밖에서 요란한 고함과 함성이 들려왔다. 어서 딸을 제물로 바치라는 병사들의 성화였다. 그러자 이피게네이아가 결심한 듯 …

이피게네이아　　아버지! 전 영광스럽게 죽겠어요.
　　　　　　　　지금 모든 그리스인들이 저를 바라보고 있고,
　　　　　　　　그리스 함대의 출항과 트로이 멸망은,
　　　　　　　　모두 저한테 달려있어요.
　　　　　　　　제 이름은 그리스의 해방자란 명성을 얻게 될 거예요.
　　　　　　　　또 아르테미스 여신이 절 희생 제물로 원하는데,
　　　　　　　　제가 어찌 감히, 여신의 뜻을 거역할 수 있겠어요.
　　　　　　　　저를 제물로 바칠 테니, 트로이를 꼭 함락하세요.

그러더니 당당하게 제단으로 걸어가, 모여 있던 수많은 병사들에게 …

이피게네이아　　그리스인들이여! 부디 전쟁에서 승리하고,
　　　　　　　　무사히 다시 고향으로 돌아오길 빌게요!

그러며 목을 내밀자, 모두 그녀의 용기와 고매한 마음에 감탄의 탄성이 터져 나왔다. 사제 칼카스가 그녀의 목을 칼로 내리치는 순간이었다.

그런데 놀라운 일이 벌어졌다. 사람들은 분명히 칼이 자르는 둔탁한 소리를 들었다. 하지만 눈앞에서 이피게네이아가 흔적 없이 그 자리에서 사라진 것이었다. 그러자 모든 병사들이 놀라 …

이피게네이아의 목을 치려다 하늘을 보는 칼카스

병사들   제단의 처녀가 어디 갔지? / 이게 무슨 일이지? /

                 처녀는 사라지고, 아니 저건 ...?

    그곳에는 처녀 대신, 커다란 암사슴 한 마리가 피를 흘리며 버둥대고 있었다. 여신은 그녀를 불쌍히 생각한 것이다. 그래서 칼로 내리치는 순간, 그녀를 구름에 감싸 안아서 하늘로 올리고, 그 자리에 암사슴을 대신 놓았던 것이다. 그리고는 그녀를 타우리스로 데려가, 자신의 여사제로 삼았다. 아무튼, 칼카스가 이런 징조를 보더니 ...

칼카스   여러분! 여러분도 보다시피,

              여신께서 처녀 대신에 이 암사슴을 제물로 보낸 것은,

              자신의 제단을 고귀한 인간의 피로,

              더럽히고 싶지 않아서 입니다.

              자, 이제 여신께서도 제물을 받았으니,

              여신은 우리가 트로이로 갈수 있게 순풍을 불어줄 것입니다.

              자, 어서 함선으로 돌아가, 출항 준비를 합시다!

    그러자 정말 살랑살랑 순풍이 불기 시작했다. 이피게네이아의 숭고한 희생 정신으로 1,000여 척이 넘는 그리스의 함선들은 천신만고 끝에 트로이로 출항할 수 있었다.

지오바니 바티스타 티에폴로의 이피게네이아의 희생

이 그림도 티에폴로의 이피게네이아의 희생

제사장이 이피게네이아의 목을 칼로 내리치는 순간, 아르테미스 여신이 사슴을 제물로 대신 놓으려 하고 있다
- 페리에르 그림

7. 험난한 원정과 첫 전투

렘노스 섬에 버려진 필록테테스

그리스를 출발한 대규모 함대는 트로이를 향하여 순조로운 항해를 계속했다. 그러다 식수를 조달하기 위해 잠시 테네도스섬에 들렀다. 그런데 그곳에서 헤라클레스의 활을 가진 필록테테스가 큰 부상을 당하는 사고가 발생했다.

'필록테테스 Philoctetes'는 전쟁이 나자, 헤라클레스의 무적의 활과 화살들을 가지고 원정에 참가했다. 그런데 그는 섬의 아테나 제단에 기도를 드리다, 그만 독사한테 발을 심하게 물리고 말았다. 그가 깊은 상처를 입고 함선에 실려 오자, 함대는 또다시 항해를 계속했다.

그러나 뱀의 독이 점점 퍼지면서, 그의 상처는 점차 썩어 들어가기 시작했다. 배에 탄 사람들은 그의 울부짖는 고통 소리와 상처에서 나는 악취로 인하여, 도저히 견딜 수가 없었다. 용단을 내려야 했다. 결국 의논 끝에 그를 렘노스 섬에 버리기로 결정했는데, 그 임무는 오디세우스가 맡았다.

섬에서 독사에게 발을 물린 필록테테스 - 아빌드가드 그림

오디세우스는 잠든 그를 슬쩍 섬의 동굴에 놓고, 활과 화살, 그리고 약간의 식량을 두고 왔다. 그런데 그를 그 섬에 놓고 온 것은 최대 실수였다.

그 이유는 트로이 전쟁 중에 헤라클레스의 활과 화살이 있어야만, 트로이를 함락시킬 수 있다는 신탁이 있었기 때문이었다.

섬에 버려진 필록테테스가 그 후 10년 동안 헤라클레스의 활과 화살로 새들을 사냥하며 생활하고 있다 - 루브르 (르티에르 그림)

동족 간의 전쟁

암튼, 이후 함대는 항해를 계속해, 소아시아에 도착했다. 그러나 그들이 바람에 밀려 도착한 곳은 트로이가 아니라, 터키 남부에 위치한 '미시아'란 곳이었다. 그리스인들은 그곳을 트로이로 착각해 마구 약탈을 시작했다.

그곳 미시아 왕은 헤라클레스의 아들 '텔레포스 Telephos'였다. 그는 적이 침공했다는 소식을 듣고 군사들을 이끌고 달려가, 그리스군과 격렬한 싸움을 벌였다. 이 전투에서 아킬레우스는 왕의 옆구리를 창으로 찔러 큰 부상을 입혔다. 왕이 부상을 입고 성으로 퇴각하자, 이날 전투는 끝이 났다.

텔레포스를 안은 헤라클레스 - 루브르

바로 다음 날, 양측은 전사자를 매장하기 위해 잠시 휴전 협정을 맺으려 했다. 그런데 양측은 서로 깜짝 놀랐다. 그곳 왕인 텔레포스가 같은 그리스 민족이고, 또한 헤라클레스 아들이란 사실에 서로는 두 번 놀랐다. 같은 동족끼리 서로 피를 보며 싸움을 벌인 것이었다.

아킬레우스는 자신의 창에 다친 왕을 찾아가 사죄하며, 의사에게 치료를 받게 했다. 그러나 왕의 상처가 워낙 깊어 고칠 수 없었다. 이때 예언가 칼카스가 …

칼카스 아폴론의 계시에 따르면, 상처를 입힌 창만이,
그 상처를 고칠 수 있다고 했습니다.
(아킬레우스에게) 창을 좀 줘 보십시오.

그러더니 아킬레우스 창끝에서 가루를 긁어낸 뒤, 마치 '후시딘' 연고처럼(?) 상처에 가루를 발랐다. 그랬더니 언제 아팠냐는 듯이, 상처가 깨끗이 나았다 한다. 텔레포스는 고마움의 표시로, 필요한 식량과 트로이로 가는 뱃길을 알려주었다.

전쟁의 시작과 첫 희생자

마침내, 트로이에 도착한 그리스군은 먼저 함선을 정박하고, 해안선을 따라서 진지를 구축했다. 그런 다음, 나무로 방어용 방책을 빼곡히 꽂고, 깊은 호를 팠다. 또 호 뒤에는 흙으로 방벽을 높이 쌓아, 배를 보호하기 위한 방어선을 구축했다.

그리스군과 트로이 성 사이의 거리는 약 15km 간격이었다. 그 사이에는 넓은 초원과 평야가 펼쳐져 있었고, 평야 가운데에는 2개의 강물이 바다로 흘렀다. 트로이 성은 높은 언덕 위에 있어, 그리스군은 멀리서도 그 웅장한 규모를 짐작할 수 있었다.

트로이 성의 바로 위에서 바라본 트로이 전쟁 당시 실제 격전지였던 광활한 평야.
지금은 2,500년 전과 다르게 바다가 멀리 물러나 있다 – 화창한 날에 성곽 위에서 찰칵!

트로이 측도 높은 성 위에서 적군의 동향을 내려다보고 있었다. 트로이 수장은 나이 많은 '프리아모스' 왕이었고, 총사령관은 '헥토르'였다. 이 헥토르는 아킬레우스와 함께 트로이 전쟁의 주역으로 그가 전쟁터에 나타나면, 그리스군이 벌벌 떨 정도로 용맹한 장군이었다.

그 외 트로이 명장으로 '데이포보스 Deiphobos'와 아프로디테의 아들 '아이네이아스 Aeneas'가 있었다. 또 트로이를 돕기 위해 온 주변 동맹국 장군으로 '글라우코스', 활의 명사수 '판다로스', 제우스의 아들 '사르페돈' 등등이 버티고 있었다.

그리스는 먼저 오디세우스와 메넬라오스를 보내, 납치해 간 헬레네와 가져간 보물을 돌려달라며 담판을 벌였다. 이에 트로이 측이 제안을 단호히 거부하자, 전쟁은 곧바로 시작되었다.

우선 상대방 전력을 탐색하기 위해, 먼저 공격한 쪽은 트로이였다. 트로이 성문이 활짝 열리며, 헥토르를 선두로 수많은 트로이군이 평야를 가로질러, 그리스군을 밀어붙였다. 헥토르가 지휘하는 곳엔 트로이가 우세했고, 그렇지 않은 곳엔 트로이가 밀렸다.

그리스에서 제일 먼저 전사한 자는 테살리아의 용사 '프로테실라오스 Protesilaus'였다. 신탁에 의하면, 배에서 제일 먼저 뛰어내린 사람이 제일 먼저 죽을 것이라 했다. 그래서 아무도 배에서 먼저 내리려고 하지 않았는데, 그는 정말 용감하게 먼저 뛰어내렸다가, 정말 용감하게 제일 먼저 죽었다.

그리스가 밀리고 있을 때였다. 이때 아킬레우스가 자신의 미르미돈 병사들을 이끌고 앞으로 나섰다. 그가 트로이 왕자 2명을 죽이고 공격해 오자, 천하의 헥토르도 더 이상 버티지 못하고 트로이 성으로 퇴각했다.

이후 9년 동안의 전투

이후, 그리스와 트로이의 치열한 전쟁은 장장 9년 동안 계속되었다. 그러나 트로이는 좀처럼 함락되지 않았다. 트로이 성이 워낙에 난공불락의 요새였기 때문이었다. 그사이 '아킬레우스'와 '아이아스'는 트로이 주변 동맹국을 공격했다. 특히 아킬레우스는 주변 11개 도시를 점령하고, 엄청난 소 떼와 남녀 포로들을 전리품으로 가져왔다.

트로이 전쟁이 시작된 해부터, 그간 9년 동안의 이야기는 자세하게 전해지지 않아서 잘 알 수 없다. 오히려 마지막 10년째의 이야기가 풍성한데, 다음 이야기는 '호메로스'의 '일리아스'를 통해 알 수 있다.

그리스군과 트로이군의 격렬한 전투 장면 - 자크 루이 다비드 그림

8. 호메로스의 일리아스

아킬레우스의 분노

트로이 전쟁은 무려 9년간 계속되고 있었다. 그동안 양측은 일진일퇴를 거듭했지만, 전쟁은 끝날 기미가 보이지 않았다. 이제 전쟁도 마지막 10년째에 접어들고 있었다.

그런데 이때, 그리스군의 '아킬레우스'와 총사령관 '아가멤논' 사이에 심각한 불화가 생겨, 전쟁은 이제 새로운 국면을 맞게 된다. '호메로스'의 '일리아스 Ilias'는 바로 여기 아킬레우스의 분노부터 시작된다.

아킬레우스를 분노하게 만든 사건은 이러했다. 그동안 그는 주변의 동맹국을 점령할 때마다, 남자뿐 아니라 여자 포로도 잡아왔다. 그중 미모의 '브리세이스 Briseis'는 자기 애첩으로 삼고, 아폴론의 제사장 딸은 총사령관 아가멤논에게 바쳤다.

그러자 아폴론 제사장인 '크리세이스 Chryseis'가 자신의 딸을 돌려받기 위해 엄청난 몸값을 가지고 찾아와서, 아가멤논에게 딸을 돌려 달라며 애원했다. 그러나 아가멤논은 자신의 귀여운 애첩을 돌려주기 싫었다. 그래서 으름장을 놓으며…

아가멤논　이보시오, 노인장! 두 번 다시 여기 찾아오지 마시오.

난 당신 딸은 절대 돌려줄 수 없으니까,

살아서 돌아가고 싶으면, 날 화나게 하지 말란 말이오. 알았소?

그러자 아폴론 제사장은 눈물을 흘리며 돌아가다가, 아폴론에게 기도를 올렸다.

크리세이스를 쫓아내는 아가멤논 - 알렉산드로 칼비 그림   아폴론에게 눈물 값을 치르게 해달라고 애원하는 크리세이스

크리세이스 오, 아폴론이시여! 제 기도를 들어주소서.

전 지금까지 당신의 신전을 모시며, 제물을 바쳤나이다.

그러니 부디 제 소원을 들어주시어,

당신의 화살로, 저 그리스 인들에게 내 눈물값을 치르게 하소서.

아폴론은 그의 기도를 들어주었다. 그래서 그 즉시 하늘에서 내려와, 그리스 진영에 독이 묻은 화살을 쏘기 시작했다. 처음에는 개와 말을 쏘더니, 그다음엔 병사들을 향해 9일간 빗발치듯이 화살을 쏘았다. 그러자 그리스 진영에 전염병이 퍼지고, 죽은 시신을 화장하는 장작불이 밤낮으로 타올랐다.

마침내 10일째가 되는 날, 그리스 측의 아킬레우스가 긴급회의를 소집했다. 그리고는 예언가 칼카스에게 아폴론이 노여워하는 이유를 물었다. 그러자 예언가가 ...

칼카스 신이 노여워하는 까닭은 바로 자신의 사제 때문이오.

즉, 아가멤논이 그를 모욕하고, 딸을 돌려주지 않아서입니다.

제사장 딸의 몸값을 받지 않고 돌려주면,

신도 노여움을 풀고, 우리를 파멸에서 구해줄 것이오!

이 말을 듣자, 아가멤논이 벌컥 화를 내며 자리를 박차고 일어나 ...

아가멤논   뭐? 내 애첩을 내놓으라고?

난 내 아내보다 그녀를 더 좋아하는데? 이히히 ...

(그러다 분위기를 파악하고) 크음 .. 좋소!

그리스를 위해 기꺼이 그녀를 돌려보내지.

그 대신, 아킬레우스의 예쁜 애첩을 나에게 주시오.

아킬레우스   (그러자 화가 나서) 뭐요?

내 명예의 선물을 빼앗아 가겠다고?

이런 파렴치하고, 교활한 자!

난 그동안 트로이 주변의 도시들을 함락시킬 때마다,

단 한 번도 당신과 동등한 선물을 받아보질 못했소.

힘든 전투는 내가 하고, 좋은 전리품은 당신이 다 가졌는데,

근데, 이제 내 애첩마저 빼앗아 가겠다고?

(분을 참으며) 흥, 좋소! 난 이제 고향으로 돌아가겠소.

여기서 이런 치욕적인 모욕을 받아 가며,

당신에게 더 이상, 부와 재물을 바칠 생각이 없소!

아가멤논   허허 .. 정 그렇다면 도망가시오.

당신이 아니라도 내 곁에 영웅은 얼마든지 있으니까!

난 항상 내게 불평하고, 덤벼드는 당신이 제일 싫었거든.

당신이 어떡하든 상관없지만, 이것만은 알아두시오.

내 분명히 제사장의 딸은 돌려주겠지만,

그 대신, 당신 애첩은 내가 지금 당장 데려갈 것이오.

그럼 모든 그리스인들은 알게 되겠지.

내가 당신보다 훨씬 위대하고,

감히 나한테 대들었다간, 큰코다친다는 것을 말이오.

분노한 아킬레우스가 아가멤논을 죽이려고 칼을 뽑으려 하는데, 영웅들의 수호신인 아테나가 말리고 있다 - 마르텡 도로링 그림

그 순간, 아킬레우스는 칼을 움켜잡았다. 이 자식을 단칼에 콱 베어버릴까, 말 것인가?
갈등이 교차했다. 그러나 피가 거꾸로 치미는 것을 애써 참으며…

아킬레우스　　　이 뻔뻔하고 철면피한 자야!

　　　　　　　　내 맹세하거니와, 앞으로 나를 아쉬워할 날이 올 것이다.

　　　　　　　　적장 헥토르 손에 수많은 병사들이 쓰러져 죽더라도,

　　　　　　　　절대 나한테 도움을 요청 마라.

　　　　　　　　그때는 날 모욕한 것을 후회해도 소용없을 것이다.

그가 분통을 터트리면서 막사로 돌아가자, 곧바로 아가멤논 부하들이 영웅의 애첩을 데려갔다. 그 대신 아가멤논은 제사장 딸을 돌려주고, 아폴론에게 100마리 소를 제물로 바쳤다. 그러자 그리스 진영에 퍼졌던 전염병이 순식간에 깨끗이 사라졌다.

아킬레우스와 테티스의 탄원

아킬레우스는 정말 너무 분하고, 억울했다. 그래서 바닷가에 앉아 울음을 터트리며 어머니에게 도움을 청했다. 그러자 바다의 여신 '테티스'가 안개를 헤치면서, 바다에서 나오더니 ...

테티스　　사랑하는 아들아! 왜 울고 있니?

아킬레우스　어머니! 저 좀 도와주세요.

　　　　　　올림포스에 올라가서, 제우스께 간청해 주세요.

　　　　　　트로이군을 도와, 그리스군을 배에 가둬 달라고요.

테티스　　뭐, 적군을 도와주라고?

아킬레우스　예! 그럼 아가멤논도 이 그리스의 최고 용사를,

　　　　　　저를 존중하지 않은 어리석음을 깨닫게 될 거예요.

테티스　　아아 .. 불쌍한 내 아들!

　　　　　　내가 너를 이런 불행을 겪게 하려고 낳았단 말이냐?

　　　　　　넌 목숨도 짧은데, 이런 수치스러운 일을 당하다니!

　　　　　　알았다! 내가 제우스께 도움을 청해볼 테니까,

　　　　　　넌 그동안 전쟁에 일절 관여하지 마라, 알았지?

여신은 아들의 부탁을 받고 올림포스에 올라가, 제우스에게 무릎을 꿇었다. 그리고는 탄원자가 하는 전통 예법에 따라, 왼손으로 제우스의 무릎을 잡고, 오른손으로 제우스 턱을 만지며 간청했다.

유명한 앵그르의 제우스에게 탄원하는 테티스. 신들의 간청하는 전통 예법에 따라 테티스가 제우스 턱을 잡고 탄원하고 있는데,
그림의 왼쪽 위를 보면 구름 위의 헤라가 무신 꿍꿍이수작을 하는지 몰래 쳐다보고 있다.

테티스　하늘의 왕, 제우스여!

일전에, 제가 당신을 구해준 일을 기억하시지요?

부디 제 소원을 들어주시어, 제 아들의 명예를 드높여 주소서.

지금 아가멤논이 제 아들을 모욕하고, 아들의 애첩을 뺏어갔습니다.

그러니 제 아들의 명예를 생각해서,

그리스인들이 그 애를 존경하고 경의를 표할 때까지,

트로이 인들에게 승리를 내려주십시오!

　제우스는 그녀의 간청을 거절할 수 없었다. 예전에 한때 그녀를 좋아했고, 또 한때는 그녀 때문에 커다란 위기를 모면한 적이 있었기 때문이었다.

　오래전에 헤라, 포세이돈, 아폴론은 겁 없이 작당모의를 하여, 제우스를 밧줄로 묶는 쿠데타를 일으킨 일이 있었다. 일종의 역모 사건이었다. 이때 테티스가 제우스의 묶인 밧줄을 풀어주어, 쿠데타를 불발로 만든 일이 있었던 것이다.

테티스　제발 제 청을 들어주세요. 약속의 징표로 머리를 끄덕여주시겠어요?

제우스　(눈을 찡긋하며) 알았소, 그럼 누구 부탁인데! 허허허 ...

어서 마누라가 눈치채지 않게 돌아가시오.

(머리를 끄덕이며) 내 요렇게 끄덕일 테니까. OK?

　제우스가 승낙의 표시로 머리를 끄덕거리자, 거대한 올림포스 산이 꾸르릉 흔들렸다. 이렇게 신화 속의 트로이 전쟁은 인간만 싸운 게 아니라, 하늘의 신들도 각각 두 편으로 나누어 함께 싸웠다.

　그리스 편은 미인 대회 때 파리스에게 모욕당한 '헤라'와 '아테나', 그리고 '포세이돈', '헤르메스'와 '헤파이스토스'였다. 반대로, 트로이 편은 영광의 미스 올림포스를 차지한 '아프로디테'와 그의 애인 '아레스', 그리고 '아폴론'과 '아르테미스' 남매가 트로이군을 지지하며 싸웠다.

제우스는 비교적 중립적인 태도를 취했다. 그러나 상황에 따라 왔다리 갔다리 입장을 달리하면서, 전세를 뒤집어 놓기도 했다. 한마디로 전쟁을 즐긴다고 해야 하나? 이렇듯 트로이 전쟁은 양쪽으로 나누어진 신들에 의해, 각각 전세가 때로는 우세하게, 때로는 불리하게 전개되었다.

파리스와 메넬라오스의 복수혈전

어느 정오, 양군이 한바탕 결전을 벌이기 위해 드넓은 벌판에 전투 대열로 집합했다. 그리스군 중앙엔 아가멤논이 있었고, 트로이군 중앙엔 헥토르가 있었다.

양쪽 군대는 먼지를 일으키며, 저벅저벅 들판을 가로질러 앞으로 전진했다. 양군의 거리가 가까워졌을 때였다. 이때, 트로이 측의 '파리스'가 앞으로 나서며 ...

파리스   잠깐! 그리스 장군 가운데 누구든 좋다.

                나와 일대일로 결투를 하자. 누구 도전자 없나?

그의 도전을 제일 반기는 사람은 그에게 아내를 빼앗긴 '메넬라오스'였다. 그 모습은 마치, 굶주린 사자가 사슴이나 염소 등의 먹잇감을 보고 반가워하는 것 같았다. 불타는 복수심에 전차에서 휙 뛰어내린 메넬라오스는 ...

메넬라오스   이놈의 개자식, 잘 만났다.

                오냐! 너 같은 자식은 내가 상대해 주지.

파리스   (그러자 겁을 먹고) 헉! 이크..

파리스는 부들부들 떨더니, 슬그머니 뒷걸음질 치며, 트로이 병사들 사이로 숨었다. 그러자 그의 형인 헥토르가 비겁한 동생을 모욕적으로 꾸짖으며 ...

헥토르 이런 한심하고, 비겁한 놈!

외모만 그럴듯하지, 계집에 미쳐 환장한 놈아!

차라리 넌 태어나지 말고, 헬레네를 얻기 전에 죽어야 했어.

이 많은 병사들 앞에서 이게 무슨 개망신이냐?

어서 메넬라오스와 대적하지 못해, 어서!

파리스 (굴욕감을 느끼더니, 결심한 듯) 좋아요, 형님!

형님이 그렇게 제가 싸우기를 원한다면,

헬레네와 그녀가 가지고 온 보물을 걸고,

우리 중 누가 이기든, 승자가 헬레네를 차지하고,

전쟁을 끝낸다는 맹세를 한 후, 대결하게 해주세요.

이에 메넬라오스가 흔쾌히 승낙하자, 양쪽 병사들은 함성을 지르며 자리에 앉았다. 지긋지긋한 전쟁이 빨리 끝나기를 바라고 있었기 때문이었다. 이제 결투의 증인으로서, 프리아모스 왕이 서로 결과에 승복하기로 신들 앞에 맹세했다.

파리스와 메넬라오스의 1 : 1 대결! 헬레네의 전 남편과 현재의 남편이 전쟁의 승패를 걸고, 단판 승부를 벌이게 된 것이다. 두 사람은 무장을 한 채 지정된 장소로 나와, 누가 먼저 창을 던질 것인지 제비를 뽑았다. 파리스가 먼저였다.

먼저, 파리스가 힘껏 창을 던졌다. 하지만 날아간 창은 방패를 뚫지 못하면서 창끝이 부러졌다. 이번엔 메넬라오스가 창을 들어 모든 힘을 다해 던지자, 날아간 창은 방패를 뚫더니, 파리스의 겨드랑이 옷을 찢었다.

순간 파리스가 슬쩍 몸을 틀지 않았다면, 그는 분명히 죽음을 면치 못했을 것이다.

파리스와 메넬라오스의 1:1 대결 - 루브르 박물관

이때 메넬라오스가 재빨리 칼을 뽑더니, 파리스 투구를 있는 힘껏 내리쳤다. 그러나 칼이 3조각으로 부러지자, 메넬라오스는 맨손으로 달려들어, 파리스 투구의 말총 장식 끈을 빙빙 돌려 목을 조였다. 그러더니 그리스군 쪽으로 질질 끌고 갔다.

메넬라오스　죽어라, 죽어! 이 개자식아!

그때였다. 그때, 아프로디테가 파리스의 투구 끈을 보이지 않게 끊어주지 않았다면, 아마도 파리스는 숨이 막혀 죽었을 것이다. 여신은 파리스가 죽는 것을 보고만 있을 수 없었다. 자신을 미인 대회에서 최고 미인으로 뽑아 준 은인이기 때문이었다.

메넬라오스는 투구 끈이 끊어지자, 투구를 휙 내던지더니, 다시 무섭게 파리스에게 달려들었다. 그런데 이게 웬일인가? 갑자기 파리스가 눈앞에서 사라져버린 게 아닌가! 그렇다! 그 순간 아프로디테가 파리스를 두꺼운 안개로 감싸, 트로이 성안으로 데려간 것이었다.

이 그림에서는 메넬라오스가 거대한 돌을 들어 파리스에게 던지는 순간, 아프로디테가 막아주고 있다 - 샤를 르브링 그림

디오메데스의 활약

메넬라오스는 파리스가 눈앞에서 감쪽같이 사라지자, 마치 성난 야수처럼 이리저리 찾아 헤맸다. 하지만 그 어디에도 찾을 수 없었다.

이때, 먼저 협상을 깬 쪽은 트로이 측의 '판다로스'였다. 판다로스는 트로이 동맹국의 장군으로 활의 명사수였는데, 그가 쏜 화살이 메넬라오스의 복부를 명중했다. 그러나 그 화살은 혁대에 꽂혀, 큰 부상을 입히진 못했다. 그러자 아가멤논이 소리치며 …

아가멤논　그리스 용사들이여!
　　　　　　적이 비겁하게 먼저 뒤에서 활을 쏘았다.
　　　　　　어서 무기를 들고 공격하라, 얼른!

먼저 트로이군이 무기를 들고 공격해오자, 그리스 군도 이에 맞서 싸우기 시작했다. 창과 창이 서로 부딪히고, 방패와 방패가 부딪히며, 커다란 소음이 울려 퍼졌다. 평화는 일순간이었다.

그리스 측에서 가장 돋보인 장군은 용맹한 '디오메데스 Diomedes'였다. 그는 아테나 여신이 힘과 용기를 불어넣어 주어, 이번 전투에서 누구보다 뛰어난 활약을 했다. 그의 활약에 트로이군의 밀집 대열이 서서히 무너졌다.

그는 판다로스를 창으로 찔러 죽이고, 아프로디테의 아들인 '아이네이아스'에게 커다란 바위를 던져 부상을 입혔다. 그때에 여신이 부상한 아들을 데리고 도망치자, 창으로 여신의 손목도 찔렀다.

또 그는 전쟁의 신 '아레스'도 칼로 배를 찔러, 부상을 입히는 전과를 올렸다. 이날은 디오메데스의 멋진 활약으로 트로이가 일방적으로 밀린 날이었다.

그리스 장군 - 디오메데스

무지개 여신 이리스가 디오메네스에게 손목을 부상당한 아프로디테를 아레스에게 데려다주고 있다 - 조제프 마리 비앵 그림

트로이군의 승리

다음 날 해가 뜨자, 트로이 성문이 열리면서, 양쪽은 다시 함성을 지르며 창과 방패를 부딪쳤다. 오전 내내 죽고 죽이는 신음 소리와 함성으로 대지는 피바다를 이루었다.

해가 중천에 이르렀을 때, 제우스는 이데 산 정상에 내려와, 전쟁터를 내려다보았다. 그러더니 황금 저울의 2개 추를 양쪽에 올려놓고, 승패를 저울질했다.

제우스   어디 그리스와 트로이 중에서,

누가 이길 운명이고, 누가 질 운명인지 한번 볼까나?

그리스 추가 올라가고, 트로이 추가 내려갔다. 마침내 제우스는 테티스 간청을 들어주려는 것일까? 제우스는 그리스군 한가운데에 번개와 천둥을 쳐, 자신의 뜻을 알렸다. 그러자 그리스 군들이 갑자기 겁을 먹고 동요하기 시작했다. 반대로, 헥토르는 트로이 병사들에게 소리 높여 …

헥토르   우리 트로이와 동맹군이여!

방금 제우스께서 우리에게 승리의 징표를 내리셨소.

자, 어서 방벽을 허물고 호를 뛰어넘어,

그리스 함선에 불을 지르고, 적을 괴멸시켜 버립시다.

자, 열화와 같은 투지로 공격 앞으로 ~

가즈아 ~, 모두 공격 ~~

그를 선두로 트로이 군들이 총 공세를 펼치자, 그리스 군들은 썰물처럼 후퇴에 후퇴를 거듭했다. 헥토르는 그 여세를 몰아, 상대를 방벽과 호 사이에 가두었다. 이제 방벽과 호 사이에서 치열한 전투가 이어졌다. 어느새, 해가 기울어가고 있었다. 만약 해가 저물지 않았다면, 헥토르는 그리스 함선을 모두 불태웠을 정도로 위세를 떨쳤다.

아킬레우스의 거절

그날 밤, 그리스 진영은 패전에 따른 충격과 공포로 휩싸였다. 총사령관 아가멤논은 비밀리에 장군들을 회의장에 소집했다. 그 자리에서 그는 침통한 심정으로 …

아가멤논   장군들! 제우스께서는 오늘 천둥과 번개를 보내,

우리에게 아무 소득 없이 그리스로 돌아가라고 명령했소.

우린 결코 트로이를 함락하지 못할 것이오.

그러니, 우리 모두 고향으로 철수합시다.

그러자 한동안 비탄의 침묵이 흘렀다. 이때 맹장 '디오메데스'가 자리에서 벌떡 일어나더니 …

디오메데스 가시오! 그렇게 고향이 가고 싶으면 가란 말이오.

그러나 우린 트로이를 함락시킬 때까지,

절대 이곳을 떠나지 않을 것이오.

아니, 모두 고향으로 달아난다 해도,

나 혼자라도 여기 남아 끝까지 싸울 것이오.

그 소리에 모두 환호하며 함성을 질렀다. 이때, 지혜 많은 80세의 노장 '네스토로'가 아가멤논에게 …

네스토르 내 당신에게 진심 어린 조언을 하겠소.

당신은 얼마 전에 우리가 그렇게 반대했는데도,

아킬레우스의 애첩을 강제로 빼앗아 갔소.

그대는 거만한 마음에 가장 용감한 자를 모욕했던 것이오.

자, 지금이라도 늦지 않았으니 그에게 사과와 함께,

화해의 선물을 보내어, 잘 설득해 보는 게 어떻겠소?

아가멤논 (수긍하며) 어르신!

그대는 내 어리석음을 사실대로 잘 지적해 주셨소.

그래요! 내 실수와 잘못을 인정하는 의미에서,

난 그에게 엄청난 사죄의 보상금을 줄 것이오.

황금 10 달란 톤, 세발솥 7개, 경주용 준마 12마리,

적의 도시를 함락시켜 얻은 미녀 7명과,

또 내가 그에게 빼앗은 예쁜 애첩도 돌려줄 것이오.

내 맹세코, 그녀에게 손끝 하나 대지 않았소.

또한 트로이를 점령하면, 황금과 청동을 전리품으로 줄 것이고,

헬레네 못지않은 아름다운 트로이의 여인 20명을 주겠소.

그뿐 아니라 고향에 돌아가면, 난 그를 내 사위로 맞을 것이오.

내 3명의 딸 중에, 그가 마음에 드는 딸을 고르게 하고,

7개의 도시를 지참금으로 줄 것을 약속하오.

그가 분노를 거둔다면, 난 이 모든 약속을 이행하겠소.

  그가 사죄하는 뜻으로 엄청난 선물을 약속하자, 오디세우스와 몇 명이 아킬레우스를
설득하기 위해 그의 막사를 찾아갔다. 오디세우스는 먼저 아킬레우스에게 그리스군에
닥친 위기를 설명한 후 …

한때, 백발의 네스토르에게 전리품을 상으로 주는 아킬레우스 - 조셉 데지레 쿠르 그림

오디세우스	장군! 우린 지금 두려움에 떨고 있소. 만약 당신이 함께 싸우지 않으면,
	우리 함선들의 안전은 장담할 수 없소.
	헥토르는 지금 제우스 신을 믿고, 미쳐 날뛰고 있으며,
	적이 우리 함선들의 코앞에 진을 치고, 불을 지르려 하고 있소.
	그리스의 최고 용사여! 비록 좀 늦은 감이 있지만,
	우릴 구할 생각이 있다면 도와주시오.
	일단 불행한 일이 일어나면 되돌릴 수도 없으니,
	더 늦기 전에 그만 분노를 거두시오.
	아가멤논도 값비싼 보상의 선물을 준다고 약속했소.

그러며 아가멤논이 약속한 선물들을 빼먹지 않고, 조목조목 모두 말해주었다. 그러나 아킬레우스는 제안을 단칼에 거절하며 ...

아킬레우스	사실, 난 아가멤논 그자가 죽도록 싫소.
	그자는 겉과 속이 너무 다르기 때문이오.
	결론부터 말하자면, 난 절대 전투에 참가하지 않겠소.
	아가멤논과 그 어느 누구도 날 설득하지 못할 것이오.
	난 내일이라도, 부하들과 함께 고향으로 돌아갈 거요.
	난 아가멤논에게 한 번 속지, 두 번 속지는 않을 것이오.

그의 마음은 단호했다. 그러자 사절단은 아무 소득 없이, 빈손으로 돌아가야 했다.

방벽과 함선을 둘러싼 치열한 전투

다음 날 이른 아침부터, 트로이군은 공격을 개시했다. 양측 병사들은 마치 추수 때에 곡식이 무더기로 쓰러지듯, 서로가 서로를 쓰러뜨렸다.

이 전투에서 그리스는 총사령관 아가멤논을 비롯해, 최정예 장군들이 줄줄이 부상을 당해 전선을 떠나야 했다. 용맹한 디오메데스와 군의관 마카온이 파리스의 화살에 맞아 후송되었고, 또 오디세우스는 옆구리를 창에 찔려 함선으로 실려 갔다. 그러자 선장을 잃은 배같이, 그리스군은 점점 힘에 밀려 방벽으로 후퇴했다.

이번엔 방벽을 둘러싼 전투였다. 그리스는 방벽이 뚫리면, 함선까지 곧바로 위험한 상황이었다. 사기가 오른 트로이 측이 방벽을 기어오르고, 방벽 위에서는 그리스군들이 돌과 창 등을 우박처럼 마구 던졌다. '헥토르 Hector'가 맨 먼저 방벽 안으로 들어가더니 큰 소리로 외쳤다.

헥토르   트로이군이여! 조금만 용기를 내라.
이제 승리가 코앞에 다가왔다.
어서 방벽을 돌파해, 함선에 불을 던지자. 자, 공격 ~

함선을 둘러싼 치열한 전투 장면

트로이군이 물밀듯이 방벽으로 쳐들어갔다. 헥토르가 문 앞에 있던 커다란 돌덩이를 번쩍 들어, 문짝을 향해 힘껏 던졌다. 그렇게 방벽 문이 부서지자, 트로이군은 거침없이 방벽 안으로 몰려들었다. 이제 그리스군은 방벽을 포기하고, 함선까지 후퇴할 수밖에 없었다.

트로이가 연전연승하고 있었다. 트로이군과 동맹군은 파죽지세로 바다까지 밀고 갈 기세였지만, 함선을 사이에 둔 전투는 앞서 싸운 전투와는 사뭇 달랐다. 최후 방어선을 구축한 그리스군의 밀집 대형과 근접전을 벌여야 했기 때문이었다.

창과 창을 맞대고, 칼과 칼이 부딪히며, 방패와 방패를 포개고, 사람은 사람을 밀었다. 그만큼 양군은 촘촘히 붙어, 백병전을 벌이고 있었다.

헥토르는 마치 소 떼를 습격하는 사자같이, 입에 거품을 물면서 칼을 마구 휘둘렀다. 그리스 측에서는 '아이아스'가 홀로 분전했지만, 트로이군의 빗발치는 화살을 막을 수 없었다. 그러자 그때까지 간신히 버티던 그리스 측의 밀집 대형이 무너지기 시작했다. 마침내 헥토르가 배에 오르더니 ...

헥토르 자, 어서 배에 올라 횃불을 던져라.
　　　　　이제 승리는 이제 우리 것이다!

파트로클로스의 죽음

이렇게 함선에서 치열한 전투를 하는 사이, 아킬레우스의 절친 '파트로클로스 patroklos'가 아킬레우스를 찾아가 눈물을 흘리며 ...

친구 파트로클로스를
치료하는 아킬레우스

파트로클로스	이보게, 친구! 화내지 말고 내 말을 들어주게.
	난 지금 우리 군에 닥친 위기에 눈물만 나네.
	가장 용감한 장군들이 모두 부상당해 누워있는데,
	자넨 언제까지 이렇게 분노에만 사로잡혀 있을 건가?
	자네가 지금 우리를 파멸에서 구하지 않으면,
	후세 사람들이 자네에게 뭐라고 하겠나?
아킬레우스	...
파트로클로스	나에게 자네의 갑옷과 투구를 빌려주게.
	나라도 자네 병사와 함께 나가서 싸우겠네.
	내가 자네의 복장을 하고 싸움터에 나가면,
	트로이 놈들은 나를 자네로 알고, 놀라서 도망칠 걸세.
아킬레우스	(좀 생각하다) 그럼, 자네가 내 갑옷과 투구를 걸치고,
	내 병사들을 이끌고 싸움터로 나가게.
	그러나 다만, 이것만은 꼭 명심하고 행동하게.
파트로클로스	??
아킬레우스	자넨 적을 함선에서 몰아내는 즉시 곧장 돌아오게.
	또 무모하게 헥토르와 대적하지 말고, 트로이 성까지 가지 말게.
	그리고 특히 '아폴론' 신을 조심하게.
	그 신은 트로이 사람들을 매우 사랑하고 있으니 말이야.

그때, 그리스의 배에서 불길이 치솟기 시작했다. 그러자 아킬레우스가 재촉하며 ...

아킬레우스	이보게! 지금 함선에서 불길이 치솟고 있네.
	적이 더 많은 함선에 불을 지르기 전에 막아야 하네.
	자, 빨리 내 투구와 갑옷을 입고 싸움터로 나가게.
	난 내 부하들을 집합시켜 놓을 테니까!

아킬레우스의 불사의 명마들인 발리오스와 크산토스를 힘겹게 길들이고 있는 마부 아우토메돈 - 앙리 르뇨 그림

그러며 막사를 나가자, 파트로클로스는 서둘러 무장했다. 그는 어깨에 아킬레우스의 칼과 방패를 메고 투구를 쓰더니, 양손에 2자루의 창을 집어 들었다.

그러나 아킬레우스의 창은 들지 않았다. 그 창은 너무 크고 무거워, 아킬레우스 말고는 그 누구도 휘두를 수 없었기 때문이었다. 곧이어, 그는 마부에게 2마리 말이 끄는 전차를 준비시켰다. 그 불사의 말들은 바람처럼 빨리 달리는 아킬레우스의 명마들이었다.

한편, 아킬레우스는 막사를 돌며, 미르미돈 병사들을 총집합시켰다. 용맹한 미르미돈 병사들은 마치 싸움에 굶주린 이리 같이 투지에 넘쳐 전의를 불태웠다. 그는 그들에게 용기를 북돋아주며…

아킬레우스   나의 용맹한 부하, 미르미돈 용사들이여!

이제 그대들이 그토록 고대하던 싸움이 시작되었다.

자, 모두 용기를 내어 트로이 놈들을 무찔러라.

그러자 미르미돈 병사들은 파트로클로스의 뒤를 따라, 저벅저벅 전진하기 시작했다. 그들이 한꺼번에 전쟁터로 나오자, 그 모습은 마치 말벌 떼들과 흡사했다.

파트로클로스   용맹한 용사들이여! 아킬레우스의 명예를 드높여 주시오. 자, 공격 ~

그렇게 명령이 떨어지자, 미르미돈 병사들은 무시무시한 함성을 지르면서 공격했다. 반면, 트로이 군들은 파트로클로스의 번쩍이는 옷을 보더니, 순식간에 겁을 먹고 대열이 흐트러지기 시작했다. 마침내 아킬레우스가 분노를 접고, 싸움터로 나온 것이라 생각한 것이다.

트로이 병사들   이크, 아킬레우스 아냐? / 아이코, 우린 죽었구나! /

어떡하지, 토껴야 되는 거 아냐? / 왜 이렇게 오줌이 마렵지?

이럴 때에 파트로클로스가 창을 던져 지휘관을 쓰러뜨리자, 트로이군은 공포에 떨며 달아나기 시작했다. 전세는 순식간에 역전되었다. 파트로클로스와 그리스군은 불타는 함선에서 적을 몰아내고, 도주하는 적을 맹추격하기 시작했다.

파트로클로스는 추격하는 도중에, 제우스 아들인 '사르페돈'의 심장을 찔러 죽였다. 또 그가 휘두른 칼에 수많은 트로이군이 얼굴을 땅에 처박고 쓰러졌다.

파트로클로스   그리스 병사들이여! 여세를 몰아, 계속 몰아붙여라.

　　　　　　　　적이 성문을 향해 도주하고 있다. 계속 추격하라 ~

　　그러나 그는 자기 운명도 알지 못한 채, 너무 깊이 상대방 진영에 쳐들어갔다. 싸움에 도취한 나머지 아킬레우스의 충고를 깜빡했던 것이다. 그러한 파죽지세라면, 혼자라도 너끈히 트로이 성을 함락시킬 것 같았다. 그는 트로이 성벽을 기어오르며…

파트로클로스   이왕 내친김에, 트로이 성을 점령하자. 자, 공격 ~ ~

　　그러나 성 위엔 트로이 수호신인 '아폴론'이 기다리고 있었다. 파트로클로스가 계속 3번씩이나 성벽을 기어 올라갔지만, 그럴 때마다 아폴론이 그의 방패를 밀쳐냈다. 그가 겁 없이 4번째로 성벽을 오르자, 아폴론이 무시무시한 목소리로 소리쳤다.

아폴론   이놈! 물러가지 못해? 트로이는 너에게 함락될 운명이 아니다.

　　　　　　아니, 너보다 용감한 아킬레우스한테도, 함락되지 않을 것이다.

　　그때서야 파트로클로스는 신의 목소리를 알아듣고 물러났다. 해가 저물 때까지 그는 3번이나 함성을 지르면서, 9명의 적장을 죽였다. 그러나 4번째로 덤벼들었을 때, 죽음이 그를 기다리고 있었다. 아폴론이 미친 듯이 날뛰는 그와 맞섰기 때문이었다.

　　파트로클로스는 아폴론이 다가오는 것을 보지 못했다. 어느새, 아폴론이 짙은 안개로 온몸을 가리고 뒤로 다가와, 그의 등과 어깨를 힘껏 내리치고 투구를 강타했다. 그러자 그의 투구는 엄청난 소리와 함께, 말발굽 아래로 떨어져 피범벅이 되었다.

　　아폴론은 또 그의 창도 꺾고, 정신과 힘마저 빼앗아버렸다. 그러자 그는 사지가 풀려, 무방비 상태로 멍하니 서있었다. 이때 트로이 병사 한 명이 창으로 그의 등을 푹 찔렀다. 파트로클로스는 부상을 입고, 자기편 진영으로 도망치려고 했다.

그런데 운명이었을까? 이때 헥토르가 파트로클로스를 발견하고 다가와, 창으로 아랫 배를 깊숙이 찌르며 …

헥토르	내 창 맛이 어떠냐? 아프냐?
	너의 친구 아킬레우스도 아무런 도움이 되지 못했구나.
	난 네놈의 시신을 독수리 밥으로 줄 것이다.
파트로클로스	(죽어가며) 으으 .. 마음껏 큰소리쳐라.
	내가 마지막으로 한마디만 해주겠다.
	너의 죽음도 얼마 남지 않았다.
	넌 위대한 아킬레우스의 손에 죽게 될 것이다.
헥토르	쓸데없는 소리 말고, 어서 지옥에나 가라, 이 자식아!
	흥, 누가 아냐? 아킬레우스가 내 손에 죽을지 …

그가 죽자, 이때부터 그의 죽은 시신과 갑옷을 놓고, 서로 치열한 공방전이 벌어졌다.

이번 싸움에서 헥토르는 그가 입고 있던 아킬레우스의 갑옷과 투구 등을 탈취하는데 성공했다. 그래서 이후, 헥토르는 자기 복장 대신, 아킬레우스 투구와 갑옷을 입고 신나게 싸웠다.

파트로클로스의 시신을 간신히 구하는 메넬라오스 - 피렌체 시뇨리아 광장

아킬레우스의 통곡과 무기 제작

한편, 아킬레우스가 왠지 불길한 예감에 사로잡혀, 막사를 서성거리고 있을 때였다. 이때 그리스 장군이 찾아와, 친구의 죽음을 알렸다.

그리스 장군　　장군! 그대의 절친한 친구인 파트로클로스가 죽었소.

　　　　　　　　지금 그의 시신을 놓고 양군이 싸우고 있고,

　　　　　　　　투구와 갑옷은 헥토르가 가져갔소.

이 소식에 아킬레우스는 하늘이 무너지는 느낌이었다. 그는 두 손으로 먼지를 움켜쥐더니, 대자로 누워 머리를 쥐어뜯었다. 그가 무시무시한 소리를 내며 통곡하자, 그의 어머니 '테티스'가 바다에서 울음소리를 듣고, 아들을 찾아왔다. 테티스는 슬프게 우는 아들을 껴안으며 ...

친구의 죽음에 안타까워 울고 있는 아킬레우스와 테티스를 비롯한 여인들

테티스	사랑하는 아들아! 왜 울고 있니?
아킬레우스	어머니! 이 세상 누구보다 좋아하는 제 친구가 죽었어요.
	헥토르 놈이 친구를 죽이고, 제 갑옷을 뺏어갔어요.
	부모님의 결혼식 때 신들이 선물로 주신 거 말이에요.
	이제 전 헥토르가 제 창에 맞아 죽고,
	친구의 복수를 하기 전엔 고향에 안 갈 겁니다.
테티스	아들아! 넌 역시 단명할 운명이구나.
	헥토르가 죽으면, 곧 네가 죽게 되어있으니 말이야.
아킬레우스	예, 당장이라도 죽고 싶어요, 어머니!
	전 친구가 죽었는데 도와주지도, 구하지도 못했어요.
	전 이제 제 운명을 받아들이고, 나가 싸우겠어요.
	제가 출전하는 걸 막지 마세요, 어머니!
테티스	네 마음 알았다. 근데 너의 그 불사의 투구와 갑옷을,
	지금 헥토르가 입고 있다고 했니?
	내 장담하지만, 그자의 기쁨도 오래가지 못할 것이다.
	조금만 기다려라. 내가 헤파이스토스한테 가서,
	새로운 무구를 만들어 올 테니까. 알았지?

어머니가 떠난 뒤, 아킬레우스는 다급히 친구의 시신을 두고 싸우는 곳으로 달려갔다. 그가 도착하여 무섭게 고함을 지르자, 트로이 군들은 혼비백산하여 도망치기에 바빴다. 아킬레우스는 처참히 누워있는 친구를 보더니, 분노의 눈물을 흘리며...

아킬레우스	친구여! 나도 이제 곧 너를 따라 저승으로 갈 걸세.
	그러나, 자네를 죽인 헥토르 놈의 목을 가져오기 전엔,
	난 자네의 장례를 치르지 않을 생각이네.
	또 자네를 화장할 땐, 트로이의 귀족 아들 12명을 제물로 바치겠네.

한편, 테티스는 무엇이나 뚝딱 잘 만드는 '헤파이스토스' 작업장을 찾아갔다. 그리고 대장장이 신에게 아킬레우스의 투구, 방패 등을 만들어달라고 부탁하며 …

테티스　　　　어떻게 빨리, 급행으로 안 될까요?
헤파이스토스　돈 워리, 하고도 어바웃 잇! 걱정일랑 꽉 붙들어 매십시오.

　대장장이 신은 그 즉시 부탁한 것을 작업하기 시작했다. 먼저 용광로에 청동, 주석, 금, 은을 혼합해, 다양한 그림을 새긴 5겹의 방패를 만들었다. 이어 번쩍이는 가슴 보호대, 정강이 덮개, 황금 깃털이 달린 투구를 뚝딱 제작해 주었다. 그러자 여신은 그 번쩍이는 무구를 아킬레우스에게 전해주었다.

헤파이스토스가 제작해 준 투구, 칼, . 방패 등의 새로운 무구를 아들에게 전해주는 테티스 여신 - 벤자민 웨스트 그림

아킬레우스의 화해와 출정

다음 날, 아킬레우스는 새 무구를 입고 바닷가에 나가서, 그리스 인들을 불러 모았다. 거의 모든 병사가 오랜만에 그의 모습을 보기 위해 몰려들었다. 부상당한 디오메네스와 오디세우스도 절룩거리며 참석했고, 끝으로 창에 찔린 아가멤논이 맨 앞 줄에 착석했다. 아킬레우스는 큰 소리로 아가멤논에게 ...

아킬레우스   아가멤논이여!
한때 우리 두 사람은 애첩 때문에 원한을 품었는데,
그것은 헥토르와 적에게 이익만 되었고,
우리에겐 천추의 한으로 남게 되었소.
자, 우리 지난 일은 잊어버리고, 앙금을 털어버립시다.
난 이 시각부터 분노를 거둘 것이오.
지금 내 친구와 전우들이 처참히 죽어 누워 있소.
자, 그리스 사람들이여! 어서 나가 적을 무찌릅시다!

그러자 그리스 군들이 일제히 환호의 함성을 지르기 시작했다. 아킬레우스 이빨에선 바드득 이를 가는 소리가 났고, 두 눈에서는 불길이 번쩍였다. 그는 불사의 말들이 끄는 전차에 올라 고삐를 잡아당기며 ...

아킬레우스   가자, 내 불사의 말들아!
너희는 지난번엔 내 친구를 들판에 버려두고 왔지만,
이번엔 내가 그 원수를 갚고 올 것이다. 자, 공격 앞으로 ~ 공격 ~ !

그의 명령에 따라, 그리스군이 힘차게 전진했다. 병사들이 걸을 때마다 청동 무기가 번쩍였고, 발밑에는 굉음이 진동했다.

아킬레우스가 무섭게 달려들자, 트로이군은 '걸음아, 나 살려라' 도망치기 급급했다. 영웅은 준마를 타고 달리며, 추풍낙엽처럼 적들을 쓰러뜨리면서 전진했다. 그가 휘두른 창 앞에 대지는 피로 물들기 시작했다.

아킬레우스에게 쫓겨 도망치던 트로이군은 강에서 두 갈래로 갈라졌다. 일부는 성을 향해 들판으로 도망쳤고, 또 일부는 막다른 강가로 몰리자, 어쩔 수 없이 소용돌이치는 강물에 풍덩 뛰어들었다.

강물에 뛰어든 병사들은 아우성치며 헤엄을 치다, 소용돌이를 따라 신나게 빙빙 돌고 있었다. 물속은 그야말로, 말과 사람으로 인산인해를 이루고 있었다.

트로이 병사들　어푸푸, 나 나갈래! / 나가면 죽으려고? /
　　　　　　　앗! 아킬레우스가 물속으로 들어온다. / 에이, 거짓말!

진짜였다! 아킬레우스가 진짜 칼만 들고 물에 뛰어들어, 닥치는 대로 칼을 휘둘렀다. 그러자 신음 소리가 울려 퍼지고, 강물은 피로 붉게 물들었다. 아킬레우스는 그중에서 12명을 생포하더니, 이번에는 물에서 나와 성으로 도망치는 적들을 맹추격했다.

헥토르와 아킬레우스의 대결

트로이 '프리아모스' 왕은 높은 성 위에서 아킬레우스가 자기 병사들을 추격해 오는 것을 보았다. 그러자 그는 성을 지키는 문지기에게 소리치며...

프리아모스　어서 성문을 활짝 열어놓아라, 빨리!
　　　　　우리 병사들이 아킬레우스에게 쫓기고 있다.
　　　　　그들이 다 들어오거든 즉시 성문을 닫아라.
　　　　　난 잔혹한 저자가 성안까지 들어올까 두렵구나.

문지기가 성문을 활짝 열자, 쫓기던 병사들이 성안으로 몰려들었다. 그런데 헥토르는 성안으로 들어오지 않고, 혼자 성문 밖에 버티고 있었다. 아킬레우스와 대적하기 위해 혼자 남은 것이었다. 그러자 놀란 프리아모스 왕이 아들에게 …

프리아모스   애야! 그를 기다리지 말고, 어서 성안으로 들어와, 빨리!

저자는 너보다 훨씬 강한 자다.

아들아! 이 아비를 생각해서라도, 제발 얼른 들어와라, 응?

하지만, 헥토르는 마치 독기를 품은 독사처럼 아킬레우스가 다가오기만을 기다렸다. 잔혹한 운명이 그를 그곳에 묶어 놓았던 것이다. 그 순간, 헥토르는 마음속으로 이렇게 중얼거리며 …

헥토르   내가 지금 성안으로 들어가면, 모두가 날 비웃겠지?

그래! 이왕 이렇게 된 마당에 아킬레우스를 죽이던지,

아니면, 영광스럽게 그의 손에 죽는 거야.

(그러다 문득) 근데 이런 방법은 어떨까?

내가 무기를 내려놓고, 그에게 협상을 제안하는 거야.

헬레네와 그녀가 올 때 가지고 온 모든 보물과,

또 우리 트로이 재물의 절반을 준다고 하면 어떨까?

(그러다) 응? 가만있어 봐!

근데 내가 왜 이런 생각을 하고 있는 거지?

맞아! 저자는 분명히 내 제안을 받아들일 리 없고,

날 동정은커녕, 그 자리에서 죽일 것이 분명해.

그래! 저자와 죽든 살든 맞서 싸우는 거야.

혹시 알아? 제우스가 내게 승리를 안겨 줄지?

그가 이러한 생각을 하고 있을 때, 아킬레우스가 무시무시한 창을 휘두르며 가까이 다가왔다. 그런 모습을 보더니, 헥토르는 자신도 모르게 겁을 먹고 달아나기 시작했다. 그러자 준족인 아킬레우스가 헥토르를 매같이 뒤쫓기 시작했다. 두 사람은 마치 달리기 경주를 하는 것처럼, 트로이 성 주변을 3바퀴 돌았다. 그러다 마침내, 헥토르가 도주를 포기하고 멈추더니 …

헥토르   좋다! 이제 더 이상 달아나지 않겠다.

지금 내 마음은 죽든 살든, 너와 맞서라고 하고 있다.

자, 나와 신들 앞에 맹세하자.

난 널 죽인다면, 네 시신을 모욕하지 않고 돌려줄 거다.

너도 그렇게 하겠다고 맹세해라.

아킬레우스   흥, 맹세?

무슨 개뼈다귀 같은 소리를 하는 거야, 이 자식아!

넌 나의 철천지원수이기 때문에, 우리에겐 맹세란 없다.

자, 이제 더 이상 피할 곳은 없다, 이놈아!

내 친구와 전우들을 죽인 복수를 갚아주마.

이런 말과 함께 창을 던졌다. 하지만 날아간 창은 헥토르가 살짝 고개를 숙여 피하자, 머리 위를 지나 땅에 꽂혔다. 이번에는 헥토르가 창을 던져 방패 한가운데를 맞혔지만, 창은 방패를 맞고 그냥 튕겨나갔다.

헥토르가 재빨리 허리에 차고 있던 칼을 뽑아서 덤벼들었고, 또 아킬레우스도 튕겨 나온 창을 집어 들고 무섭게 달려들었다. 그 순간, 아킬레우스는 상대의 약점을 매서운 눈으로 살폈다. 헥토르 몸은 갑옷과 투구로 덮여있어 찌를 곳이 없었지만, 목구멍만은 살짝 드러나 있었다.

아킬레우스   바로 저기구먼. 급소는 목구멍이야!

아킬레우스가 아테나 여신의 도움을 받아, 헥토르의 약점인 목을 창으로 깊이 찌르고 있다
- 루벤스 그림

그러며 순식간에 달려들어 헥토르 목에 깊숙이 창을 찌르자, 창끝이 목을 관통했다.
헥토르는 치명상을 입고 쓰러졌지만, 아직 그의 목숨이 끊어진 것은 아니었다.

헥토르의 죽음

아킬레우스   (죽어가는 헥토르를 보며) 헥토르, 이 개자식아!

난 니 시체를 개와 새 떼의 먹이로 던져줄 거다. 알겠냐?

헥토르	(가까스로) 으으 .. 너에게 간청하겠다.
	제발 내 시체를 개들이 뜯어먹게 하지 말고,
	우리 부모에게 넉넉한 보상을 받고,
	그들이 날 화장할 수 있게 돌려보내 주라.
아킬레우스	이런 개자식아!
	나에게 그런 애원일랑 하지 마라.
	네놈의 소행을 생각하면 너무 분하고 괘씸해서,
	네놈의 살을 날고기로 먹고 싶은 심정이다.
	어디 열 배, 스무 배, 네놈의 몸값을 가지고 온다 해도,
	아니, 네놈의 부모가 네놈의 몸무게만큼 황금을 준다 해도,
	그들은 너를 온전히 애도하지 못할 것이다.
	난 네놈의 시체를 개와 새 떼에게, 뜯어먹게 만들 테니까 말이다.
헥토르	으으 .. 이제야 알겠다.
	너란 놈은 관대함이 없는 자라는 것을 …
	하지만, 내가 죽으며 경고를 한마디 하겠다.
	내 시신을 함부로 훼손하면, 신들의 분노를 살 것이다.
	나로 인해, 신들의 분노에 죽지 않도록 조심해라.

그러며 헥토르가 죽자, 아킬레우스는 즉시 헥토르의 투구와 갑옷을 벗겼다. 그리고는 그리스군에게 큰 소리로 외쳤다.

아킬레우스	자, 그리스 용사들이여!
	승리의 노래를 부르며, 이자를 함선으로 끌고 갑시다.
	우리는 이번 전투에서 큰 영광을 얻었소.
	적들이 신처럼 생각했던 헥토르를 죽였으니 말이오.

아킬레우스가 헥토르의 시신을 전차 뒤에 매달고, 투구를 흔들며 함선으로 향하고 있다.
그를 뒤따르는 병사들이 바로 아킬레우스의 부하들인 미르미돈이다 - 프란츠 폰 마치 그림

그는 죽은 헥토르에게 좀 더 치욕적인 모욕을 주고 싶었다. 아직 친구 원한이 풀리지 않았던 것이다. 그래서 헥토르의 발뒤꿈치에 구멍을 뚫고, 시신을 전차 뒤에 매달았다. 그리고는 전차에 올라 채찍을 휘두르며, 말들을 함선으로 몰았다.

헥토르의 시신이 전차에 질질 끌려가자, 주변엔 먼지가 뿌옇게 일어났다. 그 처참한 광경을 성 위에서 보던 프리아모스 왕과 왕비는 통곡했고, 백성들도 오열했다. 헥토르의 아내 '안드로마케'는 정신을 잃더니, 그 자리에서 뒤로 꽈당 하며 기절하고 말았다.

파트로클로스의 장례식과 경기 대회

아킬레우스는 헥토르의 시체를 함선 쪽으로 끌고 오더니, 친구의 시신 주위를 마차로 3바퀴 돌았다. 그리고 헥토르의 시신을 얼굴이 먼지에 묻히게 땅에 엎어놓았다.

다음날, 파트로클로스의 장례식이 거행됐다. 수북이 쌓은 장작 위에 파트로클로스의 시신과 함께, 생포한 트로이의 귀족 아들 12명이 제물로 살해되어, 장작 위에 던져졌다. 장작 불길이 거세게 타오르자, 아킬레우스는 죽은 친구의 이름을 부르며 …

파트로클로스의 화려한 장례식. 수많은 병사들이 모인 가운데 시신을 화장하기 위해 장작을 쌓고 있다 - 아일랜드 국립

아킬레우스　　친구여! 난 지금 자네에게 약속한 것을 지키고 있네.
　　　　　　　　헥토르의 시체는 불이 아닌, 개 떼에게 먹이로 줄 걸세.

　그러나 신들은 그것을 용납하지 않았다. 트로이 편인 아프로디테는 밤낮으로 개들을 쫓고, 헥토르 몸에 장미기름을 발라주어 상처 흔적을 없애주었다. 또한 아폴론도 시신 위에 검은 구름을 덮어, 부패를 막아주었다.

　장작불은 다음 날 새벽에 꺼졌다. 아킬레우스는 뼈를 수거하여 항아리에 넣고, 무덤을 만들어주었다. 장례를 마치자, 그는 친구의 죽음을 기리는 경기를 열었다. 많은 상품을 걸고, 전차 경주, 활쏘기 등의 시합을 하며, 죽은 친구의 명예를 드높였다.

헥토르의 시신 반환

　경기가 끝나고, 모두 잠자리에 들었다. 그러나 아킬레우스는 밤새 잠을 자지 못했다. 친구와의 지난 날들의 추억이 새록새록 생각났기 때문이었다. 새벽이 되자, 그는 또다시 헥토르 시체를 전차 뒤에 매달고, 무덤을 3바퀴 돌았다. 이런 분풀이는 11일 동안이나 계속되었다.

이렇게 시신을 계속 욕보이자, 아폴론을 비롯해 신들은 헥토르를 불쌍하게 생각했다. 제우스 역시 마찬가지였다. 제우스는 테티스를 불러, 아들을 좀 설득하라고 명령했다. 그러자 테티스가 아킬레우스의 막사를 찾아가 ...

테티스   아들아! 제우스의 말씀을 전하러 왔으니, 명심하고 들어라.
             신들은 네가 분노에 사로잡혀, 헥토르의 시신을 훼손하고,
             또, 시신을 돌려주지 않는 것을 못마땅해 하신다.
             특히 제우스는 매우 노여워하고 있다.
             얘야! 그러니 몸값을 받고, 시신을 돌려주도록 해라.

아킬레우스 그렇게 할게요. 제우스께서 그렇게 말씀하셨다면,
             누구든 몸값을 가져오면, 시신을 돌려주겠습니다.

이번에 제우스는 신들의 전령인 무지개 여신 '이리스 Iris'를 불러, 프리아모스 왕에게 자신의 명령을 전달하라고 했다. 그러자 이리스가 프리아모스의 왕궁을 찾아가 ...

이리스   프리아모스 왕이여! 난 제우스의 사자이니 두려워 마라.
             제우스께서는 그대를 매우 불쌍히 생각하시며,
             그대에게 이렇게 하라고 명령하셨다.
             아킬레우스를 찾아가, 몸값을 주고 시신을 찾아오되,
             전령 한 명 외엔, 아무도 동행하지 말라고 하셨다.
             아 참! 행여 오고 갈 때 죽음을 염려하거나, 두려워할 필요는 없다.
             그대를 헤르메스 신이 동행해, 무사히 안내해 줄 것이다.

그러자 프리아모스는 즉각, 노새와 짐수레를 준비했다. 또 보물 창고에서 황금, 의복, 세발솥 2개, 가마솥 4개, 황금 술잔을 챙겨 나왔다. 아들의 시신만 돌려받는다면, 하나도 아까울 게 없었던 것이다.

아킬레우스를 찾아가 무릎을 꿇고, 죽은 헥토르의 시신을 돌려달라며 사정하고 있는 프리아모스 왕 - 알렉산더 이바노프 그림

준비를 마친 왕은 마부 한 명만을 데리고, 성문을 나섰다. 왕이 아킬레우스 막사까지 가는 길엔 헤르메스가 안전하게 동행해 주었다. 프리아모스는 막사 안으로 들어가자, 아킬레우스의 무릎을 잡았다. 그리고 수없이 자기 자식을 죽인 그의 두 손에 자기 입을 맞추며...

프리아모스 오, 신과 같은 아킬레우스여!

부디, 그대의 아버지를 한번 생각해 보시오.

나처럼 늙고, 황혼의 문턱에 있는 그대의 아버지를 말이오.

그래도 그대 부친은 나보다 훨씬 행복한 분이오.

그대 부친은 그대가 살아있단 소식을 들으면,

언젠가 그대를 볼 희망이라도 있지만, 나는 아니오.

난 참으로 불행한 사람이오!

그리스가 쳐들어오기 전엔, 내게는 수많은 아들이 있었지만,

난 그 아들들을 당신 손에 거의 잃었소.

또 얼마 전엔 헥토르마저, 그대의 손에 죽고 말았소.

아킬레우스 ...

프리아모스 내가 이렇게 그대를 찾아온 이유는,

내 아들의 몸값을 지불하고, 시신을 돌려받기 위해서요.

아킬레우스여! 신을 두려워하고, 그대의 아버지를 생각해서라도,

제발 이 늙은이를 불쌍히 여겨 주시오.

난 지금 그 어떤 사람도 하지 못한 짓을 하고 있소.

내 자식들을 죽인 자의 손에, 입을 맞추고 있으니 말이오.

그러며 통곡하자, 아킬레우스도 고향에 계신 늙은 아버지가 생각나, 꺼이꺼이 울기 시작했다. 그렇게 한동안 두 사람의 울음소리가 막사 안에 울렸다. 아킬레우스가 실컷 울고 나더니, 노인의 손을 잡아서 일으켜 세웠다. 그는 늙은 왕의 흰머리와 수염을 동정 어린 눈으로 보며 ...

아킬레우스 불쌍한 어르신! 그동안 정말 많은 불행을 참아 오셨군요.

그런데도 그대의 아들을 수없이 죽인 나를,

이렇게 혼자 찾아오시다니, 용기가 참 대단하십니다.

자, 슬픔은 잠시 잊고, 의자에 편히 앉으시죠, 어르신!

프리아모스 아니오, 그럴 순 없소.

내 아들 헥토르가 돌보는 사람도 없이 누워있는 한,

내게 의자에 앉으라고 권유하지 마시오.

어서 마차에 있는 아들의 몸값을 받고,

내 아들 헥토르를 넘겨주시오. 부탁이오!

아킬레우스는 막사를 나가, 마차에 싣고 온 헥토르 몸값을 내려놓았다. 그러나 그중 헥토르의 시신을 싸 보낼 수 있게 의복 한 벌은 남겨두었다. 그는 하녀들을 불러 시신을 씻기고, 향유를 발라 의복을 입히게 했다. 그러더니 다시 막사로 돌아와 …

아킬레우스 어르신! 말씀대로 아드님의 시신을 마차에 실었습니다.

프리아모스 정말 고맙소!

아킬레우스 근데 한 가지 궁금한 점이 있는데,

아드님의 장례는 며칠 동안 치르실 생각이십니까?

그 기간 동안 전투를 중단하려고 그럽니다.

프리아모스 12일 정도 호의를 베풀어 주었으면 하오.

먼저 9일 동안 나무를 준비하여 애도하고,

10일째에 아들을 묻고, 다음날 무덤을 만들어 줄 것이오.

꼭 전쟁을 해야 한다면, 12일째에 시작했으면 하오.

아킬레우스 잘 알겠습니다, 어르신!

원하시는 대로 해드리지요.

그러며 프리아모스 손을 꼭 쥐어주었다. 프리아모스도 고마움의 징표로 아킬레우스 손을 꼭 쥐었다.

프리아모스는 다시 무사히 트로이 성에 도착했다. 헥토르 시신이 도착하자, 온 백성이 그의 죽음을 애도했다. 장례는 12일 동안 성대하게 거행되었다. 이렇게 트로이 군에서 가장 용감한 명장이자, 고귀한 성품의 소유자였던 헥토르의 장례식은 끝이 났다.

호메로스의 '일리아스'는 여기가 마지막이다. 일리아스는 아킬레우스의 분노로부터 시작해, 헥토르 죽음으로 끝난다. 그러나 아직 트로이가 함락된 것은 아니었다. 트로이 전쟁은 이제부터 결말을 향해 치닫는다.

9. 펜테실레이아와 멤논의 참전

아마존 여왕 펜테실레이아

트로이 사람들은 헥토르가 죽자, 한동안 패닉 상태에 빠졌다. 아킬레우스가 무서워서 성 밖에조차 나가지 못했다. 이렇게 전세가 그리스로 기울고 있을 때였다.

그럴 때, 트로이에 반가운 지원군이 연이어 도착했다. 아마존 여왕 '펜테실레이아'가 정에 여전사들을 이끌고 왔고, 에티오피아 왕 '멤논'이 수많은 병사를 이끌고, 트로이를 돕기 위해 온 것이다.

먼저 도착한 지원군은 '펜테실레이아 Penthesileia'가 이끄는 아마존 여전사들이었다. 빼어난 미모의 펜테실레이아는 전쟁의 신 '아레스'의 딸로, 아마존 여왕이었다.

아마존과 그리스군의 치열한 전투 - 바티칸 박물관

말을 탄 아마존 여왕 - 보르게세 미술관

예전에 그녀는 실수로 여동생을 죽였는데, 프리아모스 왕에게 정화를 받고, 그 죄를 씻은 인연으로 전쟁에 참여한 것이다.

아마존이 동참하자, 트로이의 사기가 높이 올라갔다. 펜테실레이아를 선두로, 트로이는 새벽에 기습 공격을 감행했다.

그리스는 갑작스런 기습 공격에 허둥지둥 무기를 들고 전투 준비를 했다. 곧바로 양군이 치열한 접전을 벌였다. 공중에는 창과 화살이 날아다니고, 칼과 방패가 서로 교차됐다.

펜테실레이아   아킬레우스는 어디 있냐? 어서 덤벼라!

그녀는 적진 한가운데로 뛰어들어, 그리스군을 정신없이 쓰러뜨렸다. 그녀가 도끼를 휘두르며 달려들면, 그리스군은 도망치기 바빴다. 아마존과 트로이군은 그 여세를 몰아 그리스의 함선까지 상대를 밀어붙이더니, 배에 불을 지르려 했다.

그때 친구 무덤에 있던 아킬레우스가 소식을 듣고 급히 달려왔다. 영웅이 돌아오자, 허둥대던 그리스군은 다시 용기를 내기 시작했다. 아킬레우스는 단숨에 아마존 여전사 4명을 찔러 죽였다. 그러자 펜테실레이아가 화가 나 덤벼들며 ...

펜테실레이아   네가 아킬레우스냐? 너의 목숨은 내 것이다, 각오하라!
아킬레우스   (가소롭다는 듯) 전쟁터에 웬 여자냐?
            어서 집에 가서 밥이나 하고 빨래나 할 것이지,
            여자가 감히 나한테 상대할 생각을 하다니.
            어디, 내 목숨을 한번 가져가 봐라. 컴 온, 베이비!

먼저 여왕이 창을 던졌다. 그러나 날아간 창은 방패를 맞고 튕겨나갔다. 이번엔 아킬레우스가 무적의 창을 던지자, 여왕 가슴을 정확하게 관통했다. 여왕이 가까스로 도끼를 잡으려 할 때였다. 이때 아킬레우스가 다시 다른 창을 던져, 여왕과 말을 한꺼번에 꿰뚫었다. 여왕은 즉사하고 말았다.

아킬레우스는 다가가, 여왕의 투구를 벗겼다. 그런데 '헉!' 그녀는 예뻤다! 예뻐도 너무 예뻤다! 비록 먼지를 뒤집어쓴 채 누워 있었지만, 그녀에게는 여신 같은 우아한 기품이 있었다. 그러자 그는 자신의 승리를 몹시 후회하며 …

여왕을 보고 놀라는 아킬레우스

아킬레우스　아아 .. 그녀를 죽이지 말고 내 아내로 삼아,

고향에 데려갔으면 좋았을 것을 …!

미안하오, 아름다운 여인이여! 나를 용서해 주오.

그는 깊은 회한과 슬픔에 잠겼다. 그 슬픔은 파트로클로스가 죽었을 때 못지않았다. 그는 달아나는 적을 추격하지 않고, 그녀 시신을 관에 넣어, 트로이 성으로 보내주었다. 그러자 프리아모스 왕은 성대한 장례식을 베풀어주고, 그녀를 묻어주었다.

에티오피아 왕 멤논

다음엔 에티오피아 왕 '멤논 Memnon'이 트로이를 돕기 위해서 수많은 군사를 이끌고 왔다. 멤논은 새벽의 여신 '에오스'와 '티토노스' 아들로, 죽은 트로이의 영웅 헥토르와 사촌지간이었다.

멤논을 선두로 에티오피아 군과 트로이가 먹구름처럼 성문을 나서자, 아킬레우스를 선두로 한 그리스군이 마치 파도가 부딪히는 것처럼 서로 충돌했다. 이쪽에서는 멤논이 그리스군을 눕히면, 저쪽에서는 아킬레우스가 트로이군을 쓰러뜨렸다.

멤논이 밀고 밀리는 접전 속에, 80세의 늙은 노장 '네스토르'에게 달려들며, 창을 휙 던졌다. 절체절명의 순간이었다. 그러나 그 찰나 네스토르 아들이 달려와, 아버지 대신 자기가 창을 맞았다.

네스토로 아들　　으.. 윽

아들은 아버지를 보호하려다, 대신 등에 창을 맞고 죽었다. 영화나 드라마에서 많이 보는 장면처럼 말이다. 네스토르는 자신을 대신해서 죽은 아들을 끌어안더니, 멤논에게 덤벼들었다. 그러나 멤논은 싸울 의사가 없다는 듯이 등을 돌리며 ...

멤논　　노인장! 내가 당신과 싸우는 것은 창피한 일입니다.
　　　　멀리서 볼 때는 몰랐는데, 가까이서 보니까 노인이군요.
　　　　당신을 죽이고 싶지 않으니까, 딴 데 가서 싸우세요.

네스토르는 아킬레우스에게 상대해 줄 것을 요청했다. 이에 아킬레우스가 달려드는 순간, 멤논이 바위를 집어던졌다. 그러나 아킬레우스가 잽싸게 피하며, 상대의 어깨를 창으로 찔렀다. 멤논은 부상을 입었지만, 재빨리 창을 집으며 ...

멤논　　이런 가소로운 놈!
　　　　내가 누군 줄 아느냐, 이놈아?
　　　　내 어머니는 새벽의 여신인 '에오스'이시다.
　　　　너 따위 바다의 여신 아들하고는 급수가 다르다 이거야.
아킬레우스　　급수 같은 소리 하고 자빠지셨다.
　　　　어느 쪽 부모가 더 훌륭한지는 두고 보면 알 것이고,
　　　　자, 덤벼라! 우리 장군의 아들을 죽인 원수를 갚아주마.

두 사람은 창을 꼬나 잡더니, 서로를 향해 돌진했다. 이들은 둘 다 여신의 아들이고, 둘 다 헤파이스토스가 만들어 준 갑옷으로 무장하고 있었다. 이들 어머니인 '테티스'와 '에오스'는 각자 제우스 신에게 자기 아들의 목숨을 빌었다.

죽은 멤논을 안은 에오스

그러나 운명의 저울은 기울어, 아킬레우스의 창이 멤논의 가슴을 깊이 찔렀다. 그러자 멤논은 땅바닥에 피를 쏟으며 죽었다.

에오스는 아들 멤논의 시체를 에티오피아로 가져와, 눈물 속에 장례를 치르고 무덤을 만들어 주었다. 그리고 그녀는 지금도 아들의 죽음을 슬퍼하며 눈물을 흘리고 있는데, 새벽의 여신이 흘리는 눈물이 바로 '새벽이슬 (아침 이슬)'이라고 한다.

치열한 전투 장면이 새겨진 석관 조각 - 알템프 궁

10. 아킬레우스의 죽음과 유품

아킬레우스의 죽음

멤논이 죽자, 트로이와 에티오피아군은 성안으로 후퇴하기 시작했다. 아킬레우스는 후퇴하는 트로이 군을 추격해, 수많은 병사를 파죽지세로 쓰러뜨렸다. 그 기세는 마치 오늘 끝장을 보고 말겠다는 형국이었다.

이때였다. '아폴론'은 트로이 군들이 아킬레우스에게 추풍낙엽처럼 맥없이 죽는 것을 보더니, 더 이상 사태를 두고 볼 수만은 없었다. 그래서 구름으로 몸을 가리고 전쟁터로 내려가, '파리스'에게 자신의 신분을 밝히며 …

아폴론　　한심한 파리스여! 난 아폴론이다.

그대는 왜 하찮은 병사들의 피로, 화살을 낭비하고 있는가.

저기 저, 아킬레우스 보이지?

내가 도와줄 테니까, 어서 저 아킬레우스에게 화살을 쏘아,

헥토르와 죽은 형제들의 원수를 갚아라.

저자의 급소는 바로 발뒤꿈치에 있는 힘줄이다.

신의 명령을 받은 파리스는 즉시, 아킬레우스의 급소를 향해 화살을 쏘았다. 날아간 화살은 아폴론의 도움을 받아, 바로 아킬레우스의 유일한 약점인 발뒤꿈치에 명중했다. 그러자 아킬레우스는 윽하고 쓰러지며 …

아킬레우스　나를 쏜 자가 파리스, 너란 말이냐?

　　　　　　내가 너 같은 비겁한 놈의 화살을 맞고 쓰러지다니 …!

　　　　　　아아 .. 내가 이렇게 죽을 운명이라면,

　　　　　　차라리 아마존 여왕의 도끼에 죽었으면 좋았을 것을 …!

아폴론의 지시로 파리스가 활을 쏘자, 아킬레우스가 발뒤꿈치에 화살을 맞고, '윽'하며 쓰러지려 하고 있다
- 루벤스 그림

영웅 아킬레우스도 결국 이렇게 죽고 말았다. 그토록 위대했던 영웅이 남의 아내나 유혹하고 납치한 파리스의 화살에 맞아 죽은 것이다. 그러자 파리스가 밀리던 트로이 병사들에게 …

파리스　드디어 아킬레우스가 죽었다.
　　　　트로이 병사들이여! 어서 그의 시신을 탈취하라.

이제 영웅의 시신을 두고, 양군의 사투가 벌어졌다. 이때 그리스 측의 '오디세우스'와 '아이아스'가 결사적으로 아킬레우스 시신을 어깨에 둘러메고, 급히 함선으로 옮겼다. 다음 날 아침, 장례식이 열렸다. 그리스인들은 모두 영웅의 죽음을 애도했고, 테티스도 바다에서 올라와, 아들의 죽음을 애통해 했다. 시신은 불길 속에 힘차게 타올랐다.

그토록 위대한 아킬레우스도 항아리를 다 채울 수 없을 정도로 한 줌의 재로 남았다. 영웅은 친구 옆에 묻혔다. 장례식 다음날, 그리스인들은 달리기와 활쏘기 등의 제전을 열어, 그의 업적과 명예를 기렸다.

아킬레우스의 유품을 차지하기 위한 대결

비록 아킬레우스는 죽었지만, 그의 멋지고 아름다운 무구들은 아직도 번쩍번쩍하며 빛나고 있었다. 헤파이스토스가 만든 그의 갑옷과 투구, 또 방패, 칼, 물푸레나무 창은 모두 탐내는 영웅의 유품이었다. 그러나 다른 사람은 소유권을 주장할 권한이 없었다. 오직 아킬레우스의 시신을 끝까지 사수한 '아이아스'와 '오디세우스'만이 유품에 대한 권리가 있었다.

누가 그 유품을 가질 것인지 토론이 벌어졌다. 이때 아이아스는 함선에서 불이 날 때 자신이 불을 끄고, 적들을 몰아냈다면서 권리를 주장했다. 그러나 오디세우스가 탁월한 달변을 발휘하여, 결국엔 유품을 차지했다. 그러자 성질머리가 고약한 아이아스는 화를 이기지 못하고, 갑자기 자기 칼을 확 뽑아들더니 …

아이아스　좋다! 누가 뭐라고 해도 이 칼만은 내 것이다.

오직 이 칼만이 나를 정복할 수 있다.

자, 모두 잘들 봐라!

　이렇게 외치며, 자기 가슴에 칼을 깊숙이 찔렀다. 그러자 피가 땅속 밑으로 스며들더니, 그곳에서 한 송이 히아신스가 피어났다. 그 꽃잎에는 '아이 아이 AI AI'라는 글자가 새겨져 있었는데, '아이 아이'는 그리스에서 곡할 때 사용하는 말로, 우리말의 '아이고 ~ 아이고 ~'와 같은 뜻이다.

작전을 논의하는, 또는 놀이하는 아킬레우스와 아이아스
대영 박물관

11. 트로이 함락의 3가지 조건

네오프톨레모스의 참전, 헤라클레스의 화살, 팔라디온

아킬레우스가 죽은 뒤, 전쟁은 교착 상태에 빠졌다. 그런데 그때, 그리스는 '헬레노스 Helenus'를 생포하는데 성공했다. '헬레노스'는 트로이 왕자이자, 예언가였다. 그리스는 그를 붙잡아, 어떻게 하면 트로이를 함락 시킬 수 있는지 심문했다. 그러자 그는 목숨을 살려준다는 조건으로 가까스로 입을 열었다.

헬레노스   그리스가 트로이를 함락하기 위해서는,
          다음과 같은 3가지 조건이 있어야 합니다.
          첫째, 아킬레우스의 아들이 함께 싸워야 하고,
          둘째, 헤라클레스의 활과 화살이 있어야 하며,
          셋째, 아테나 여신의 '팔라디온' 목상을 탈취하면,
          트로이 성을 함락시킬 수 있을 것입니다.

먼저, 트로이를 함락시키기 위해서는 아킬레우스의 아들 '네오프톨레모스 Neoptolemus (어린 전사란 뜻)'를 참전시켜야 했다. 그래서 오디세우스가 아들이 있는 스키로스 섬을 찾아가 참전을 권유하자, 아들은 흔쾌히 승낙했다.

네오프톨레모스   그리스가 저를 필요로 하면, 당장 참전하겠습니다.
               아버지가 사용하셨던 갑옷과 무기를 가지고,
               아버지의 원수를 꼭 갚고 싶습니다. 자, 가시죠!

오디세우스와 아킬레우스 아들 네오프톨레모스가 10년간 섬에 버려진 필록테테스에게 같이 가자고 권하고 있다 - 파브르 그림

두 번째로 필요한 것은 헤라클레스의 활과 화살이었다. 그 활과 화살은 램노스 섬에다 버리고 왔던 명궁 '필록테테스'가 가지고 있었다. 그를 데려오기 위해서 오디세우스와 네오프톨레모스가 같이 갔다.

필록테테스는 섬에 버려진 후, 10년 동안을 섬의 동굴에서 고통을 견디며 살아왔다. 헤라클레스의 화살로 사냥하며, 비참하게 생을 연명했던 것이다. 그는 두 사람과 함께 트로이의 막사로 가서, 군의관에게 상처를 치료받고 말끔히 나았다.

트로이 함락의 3번째 조건은 아테나 여신의 나무 목상인 '팔라디온'을 트로이 성에서 탈취하는 것이었다. 그 목상이 성안에 있는 한 트로이는 절대로 멸망하지 않고, 반대로 그리스가 승리하기 위해서는 반드시 목상을 가져와야 했다.

팔라디온은 예전에 트로이의 4대 왕이었던 '일로스'가 제우스에게 나라를 보호해 줄 징표를 보내달라고 하자, 하늘에서 떨어졌다고 한다. 목상의 크기는 약 2m에 달했는데, 아테나가 오른손엔 창을, 왼손엔 실과 물레를 들고 있는 모습이었다.

목상을 탈취하기 위해 이번에는 오디세우스와 디오메데스가 나섰다. 그들은 밤중에 거지로 변장하고 몰래 성안으로 침투하여, 목상을 탈취하는데 성공했다. 이렇게 트로이 함락의 3가지 조건은 이루어졌다.

파리스의 죽음

한편, 다시 시작된 전투에서 헤라클레스 화살의 첫 번째 희생자는 바로 '파리스'였다. 필록테테스는 파리스가 그리스 군들을 화살로 마구 쓰러뜨리자, 그를 상대하러 나섰다. 먼저, 파리스가 필록테테스에게 화살을 쏘았지만, 화살은 살짝 스쳐 옆에 있던 부하를 죽였다. 그러자 필록테테스가 …

필록테테스　이런 쥐새끼 같은 놈! 우리 모두에게 불행을 가져온 이 저주받을 놈아! 너의 목숨도 오늘이 마지막인 줄 알아라. 자, 받아라!

그러며 시위를 당기자, 날아간 화살은 파리스 어깨를 관통했다. 파리스는 비틀대며 자기 진영으로 도망쳤지만, 부상은 매우 심각했다. 바로 헤라클레스의 독화살을 맞아, 상처 부위가 점점 썩어 들어가기 시작한 것이다. 파리스는 그때, 자기 전처인 '오이노네 Oenone'가 했던 말이 생각났다.

오이노네　만약 당신이 다치게 되면 저한테 오세요. 신탁에 의하면, 당신의 상처는 나만이 치료할 수 있으니까요.

사실 파리스는 헬레네를 만나기 전에, 그러니까 목동 시절에 결혼한 여자가 있었다. 그의 전처는 이데 산의 요정이자, 예언가인 '오이노네'였다. 파리스는 그런 조강지처를 버리고, 헬레네를 납치하여 살았던 것이다. 병들고 죽을 때가 돼야, 그제야 정신 차리고 조강지처를 찾는다고 했던가?

파리스가 목동 시절에 결혼했던 전처 오이노네와 즐거웠던 한때의 장면 – 암스테르담 국립

파리스는 독화살을 맞아서 상처가 상당히 심해지자, 그녀를 찾아갔다. 그러나 그녀는 오랫동안 파리스에게 버림받은 마음의 상처 때문인지, 차갑게 치료를 거부했다.

오이노네 헬레네를 찾아가지, 왜 저한테 오셨나요?
        제가 그동안 얼마나 고통스럽게 살아왔는지 아세요?
        어서 가세요. 전 당신을 절대 용서할 수 없어요.

그러자 파리스는 어쩔 수없이 발걸음을 돌려야 했다. 그러다 온몸에 독이 퍼져, 결국 숨을 거두고 말았다.

한편, 한때 나마 미운 정 고운 정이 들었기 때문이었을까? 오이노네는 남편이 떠난 뒤, 치료 약을 챙겨 부랴부랴 파리스를 찾았다. 하지만 아뿔싸! 결국 파리스가 죽어 불타는 것을 보자, 그녀도 불속에 뛰어들어 함께 죽고 말았다.

12. 트로이 목마와 트로이 멸망

트로이 목마 작전

트로이 함락에 필요한 3가지 조건은 해결됐지만, 여전히 트로이는 함락되지 않았다. 무엇인가 획기적인 반전이 필요했다. 이때 꾀가 많고, 지략가인 오디세우스가 기발한 작전을 구상해냈다. 그 누구도 예상치 못한 '목마 작전'이었다. 오디세우스는 장군들이 모인 자리에서 ...

오디세우스	여러분! 제게 좋은 생각이 떠올랐습니다.
	우리 목마 작전을 한번 해보는 게 어떨까요?
장군들	목마를 .. 탄다고요? / 목마 작전이오?
오디세우스	예. 일종의 기만전술이라고 할까요?
	우선 커다란 목마를 만든 다음,
	장군들이 그 목마 속에 숨어 매복하는 겁니다.
	그리고 모두 배를 타고 철수하는 척하며,
	트로이 근처의 해안에 숨어 있다가,
	적들이 목마를 성안으로 가지고 들어가면,
	밤에 몰래 목마 안에서 빠져나와, 성을 급습하는 겁니다.
아가멤논	적들에겐 그 목마를 뭐라고 설명하고요?
오디세우스	예. 좋은 질문입니다.
	우리가 철수하는 척할 때, 병사 한 명이 여기 남아 있다가,
	마치 탈영병처럼 위장하는 겁니다.

적들에겐 목마가 우리의 무사 귀환을 비는,

그러니까 아테나 여신에게 바치는,

신성한 제물이라며 거짓말을 하고요.

그자의 계략에 속아, 적이 목마를 성안으로 가져가면,

우린 적이 잠들었을 때, 목마에서 나와 성문을 열고,

합세한 군대와 함께 성안을 공격하는 겁니다. 어떻습니까?

   그의 기발한 제안에 모두가 찬성하자, 목마를 만드는 작업은 일사천리로 진행되었다. 그리스인들은 곧바로 산에서 단풍나무를 잘라, 거대한 목마를 3일 만에 뚝딱 만들었다. 그리고는 일부러 그 목마에 다음과 같은 글을 새겨 넣었다.

목마 문구　　〈그리스인들은 고향에 돌아가며,

　　　　　　　　아테나 여신께 이 감사의 선물을 바친다! 〉

오디세우스 제안에 거대한 목마를 뚝딱뚝딱 3일 만에 만들고 있는 그리스군
- 런던 내셔널갤러리 (티에폴로 그림)

그날 밤, 목마 안에 오디세우스, 메넬라오스, 디오메네스, 네오프톨레모스와 몇 명의 장군이 무장을 한 채 숨었다. 그리스는 막사를 모두 불태우고, 횃불로 신호를 보내기로 한 병사 한 명만을 남겨둔 채, 함선을 인근의 테네도스 섬에 숨겼다.

다음 날 날이 밝자, 트로이 사람들은 그리스 진영이 텅 비어있는 것을 보고, 바닷가로 달려가 뛸 듯이 기뻐했다. 마침내, 그리스 인들이 철수하고, 도망간 줄 알았던 것이다. 트로이인들은 만세와 함성을 질렀다.

트로이 백성들   와, 해방이다! / 우리가 이겼다! / 신이시여, 감사합니다. /

                         (그러다 목마를 발견하고) 응, 근데 저게 뭐지?

그들은 해안에 있는 어마어마한 크기의 목마를 보고 놀랐다. 그러다 목마에 관해서 논쟁을 벌이며 …

트로이 백성 1   어서 저 목마를 성안으로 끌고 갑시다.

트로이 백성 2   고것이 뭔 소리여?

                재수 없게 저것이 저 짝 놈들의 음모면 우짤라고?

트로이 백성 3   맞아! 의심스러우니까, 기냥 불을 확 싸질러 버리자고.

트로이 백성 4   왜 불을 질러? 신성한 목마를 끌고 가야지.

그때였다. 트로이 3대 예언가이자, 아폴론 신전의 제사장인 '라오콘 Laokoon'이 급히 뛰어오더니 …

라오콘   이 한심한 백성들이여!

           당신들은 그리스 놈들이 정말 철수한 줄 아시오?

           적들이 남긴 이 목마에 무슨 음모가 없다고 생각하는 겁니까?

           당신들은 오디세우스란 자를 잘 알고 있지 않소.

이 목마 안엔 분명히 그리스 놈들이 숨어있거나,

우리를 공격할 어떤 계략이 숨어 있는 게 틀림없소.

자, 여러분! 그러니 이 목마를 절대 믿지 마시오.

그러며 목마 옆구리에 창을 던지자, 날아간 창은 쿵 하더니, 바르르 떨었다. 그런데 그때 목마 안에서 신음소리 같은 '으으..' 소리가 새어 나왔다. 누가 창에 맞은 것일까?

그렇다! 그 당시 트로이 인들이 좀 더 주의 깊게 소리를 들었다면, 아마도 목마 속의 특공대는 발각되었을 것이다. 그랬더라면, 10년 동안 까딱없던 트로이 성도 무너지지는 않았을 것이다. 그러나 이미 신이 정한 운명의 장난이었을까?

공교롭게 그때였다. 트로이 병사들이 포로 한 명을 끌고 왔다. 그자가 바로 그리스의 첩자 '시논'이란 자다.

이중 간첩 시논

'시논 Sinon'은 작전상, 일부러 포로가 된 자였다. 일종의 첩자, 아니 이중간첩이라고 해야 하나? 그의 임무는 목마를 어떻게 하든지 트로이 성안으로 들어가게 만들고, 목마 속에 숨은 장군들을 밖으로 꺼내주는 역할이었다.

그러니까 목마 작전의 성공 여부는 이자한테 달렸다고 해도 과언이 아닐 정도로 임무가 막중했다. 이자 시논은 죽음을 각오하고, 자진해서 그 임무를 맡은 것이었다.

병사가 시논을 왕에게 끌고 갔다. 그러자 시논은 천연덕스럽게 눈물을 흘리며 ...

시논이 포로로 잡혀, 목마에 대해 트로이를 속이는 동판화

시논   아, 슬프구나! 난 그리스한테도 버림받더니,

　　　　이젠 트로이 인들에게 죽고 마는구나.

　그러자 프리아모스 왕이 시논에게 대체 누구며, 또 목마에 대해 묻자 ...

시논   예. 왕이시여! 사실대로 말씀드리겠습니다. 전 그리스 병사인데,

　　　　교활한 오디세우스에게 반역자로 몰려, 핍박을 받아왔지요.

　　　　사실 그리스는 지루한 전쟁이 끝나지 않자,

　　　　목마를 신의 선물로 남겨두고 도망치려고 했는데,

　　　　근데 목마가 완성되었을 때, 갑자기 천둥과 번개가 쳤습니다.

　　　　그러자 그 이유를 예언가가 신탁을 통해 알아왔는데,

　　　　저의 죽음을 암시한 그 슬픈 신탁의 예언은 이런 것이었습니다.

　　　　'그리스인들이여!

　　　　그대들은 처음 출항할 때 처녀의 피로 바람을 달랬듯,

　　　　무사히 귀향하려면, 사람의 피로 제물을 바쳐야 한다.'

　　　　그러자 예언가가 저를 제물로 지명을 했습죠.

　　　　그런데 전 죽기 전날 밤, 감금된 막사에서 밧줄을 끊고,

　　　　죽어라 도망쳐서, 밤새 갈대밭 속에 숨어 있었습니다.

　　　　그리고는 그들이 떠나자, 이렇게 잡혀온 것입니다요.

　　　　부디 절 불쌍히 여기시고, 제발 살려만 주십시오. 으흐흑 ...

　첩자가 능청맞게 눈물 콧물을 짜내며 호소하자, 프리아모스 왕도 이자의 연기에 깜빡 속아 넘어갔다. 왕은 부하들에게 묶인 밧줄을 풀어주라고 하더니, 목마는 누가, 왜, 무슨 목적으로 만들었는지 물었다. 그러자 시논이 이때다 싶어 교활하게 ...

시논   오, 신이시여, 제 증인이 되어 주소서!

그리스는 전쟁을 시작할 때, 모든 희망을 아테나 여신에게 걸었습니다.

근데, 불경한 오디세우스가 트로이의 운명이 걸린 팔라디온 목상을,

감시병을 죽인 그 피투성이 손으로 훔쳐 온 이후,

그 후 여신의 마음은 그들에게서 돌아섰지요.

그때 아테나 여신은 자신의 마음을 전조로 나타냈는데,

목상이 그리스 진영에 도착하자, 여신의 방패와 창이 흔들리고,

여신의 목상이 3번이나 땅에서 펄쩍펄쩍 뛰었습니다.

그러자 예언가가 빨리 훔친 목상을 트로이에 다시 돌려주고,

즉시 배를 타고, 그리스로 도망쳐야 한다고 했습니다.

그래서 그들은 여신과 목상에 행한 모욕을 보상하고,

목상을 모독한 죄를 빌기 위해, 이 목마를 만든 것이다요.

　왕이 고개를 끄덕이다가, 왜 이렇게 목마를 크게 만들었는지에 대해 물었다. 그러자 청룡 영화제, 아니 아카데미 영화제의 남우 주연상 감으로 훌륭한 연기를 하던 시논이 또다시 썰(?)을 풀어놓으며 …

시논　목마를 대빵 크게 만든 건, 일부러 트로이의 성문에 걸리게 만든 것입니다.

트로이 인들이 목마를 성안으로, 끌고 가지 못하게 말이지요.

그대들이 여신에게 바친 이 선물을 훼손하면,

트로이에 큰 재앙이 닥칠 거지만,

이 목마를 훼손하지 않고 성안으로 무사히 옮기면,

트로이는 그리스 본토까지 차지할 운명이기 때문입니다.

　그가 이렇게 썰을, 아니 거짓말을 풀어놓자, 트로이 왕과 백성들은 그의 술수에 걸려들고 말았다. 아킬레우스를 비롯한 많은 그리스인들이 1,000척의 함선으로도 제압하지 못했던 트로이가 그자의 계략과 거짓 눈물에 속아 넘어가는 순간이었다.

라오콘 조각상

그런데 이때, 무시무시한 또 다른 전조가 나타나, 모인 이들을 혼란스럽게 만들었다. 갑자기 한 쌍의 뱀 2마리가 바다에서 나타나더니, 두 눈을 번쩍이면서 쉭쉭 소리를 냈다. 그러자 백성들은 새파랗게 질려, 급히 달아나기 시작했다.

그 2마리 뱀은 그때 황소를 제물로 바치고 있던 제사장 라오콘 쪽으로 갔다. 그리고는 먼저 라오콘의 두 아들을 칭칭 감기 시작했다. 그러더니 자식을 구하기 위해서 무기를 들고 달려온 라오콘마저 붙잡아, 똬리를 틀며 칭칭 감았다.

2마리 뱀이 라오콘과 두 아들을 칭칭 감는 라오콘 상 - 바티칸 박물관

라오콘이 아무리 빠져나오려 발버둥 쳤지만 소용없었다. 어느새, 그의 머리와 온몸은 피와 시커먼 독액으로 물들었고, 그는 무시무시한 비명을 지르다 죽고 말았다. 그러자 한 쌍의 뱀은 아테나 신전으로 가더니, 여신의 발과 방패 밑에 숨는 것이었다.

바로 이 한 쌍의 뱀이 라오콘과 두 아들을 칭칭 감는 조각상이 바티칸에 있는 세계적 보물인 '라오콘' 상이다. 높이 2.4m의 이 조각상은 BC 150 - BC 50년경 제작이 되었다고 추정하는데, 뱀에 감겨 죽는 아버지와 두 아들의 고통스런 표정이 걸작인 예술품이다. 아무튼, 사람들은 이런 장면을 보더니 두려움에 떨며 ...

트로이 백성 1 하이고, 무시라! 라오콘이 벌받은 거 아녀?

트로이 백성 2 맞아. 신성한 목마를 창으로 모독했잖아?

트로이 백성 3 이럴 게 아니라, 어서 목마를 끌고 갑시다.
　　　　　　　여신의 자리로 끌고 가, 신성하게 모시자고.

트로이 백성 4 그럼 먼저, 성문을 좀 부셔야 되는 거 아닌가?

목마를 성안으로 끌고 가는 트로이 사람들 - 런던 내셔널갤러리 (티에폴로 그림)

그들은 목마를 성안으로 가져가기 위해 성문을 좀 허물고, 목마 밑에 굴대를 깔더니, 밧줄을 목에 걸었다. 그리고는 승리의 노래를 부르며, 성안으로 끌고 가기 시작했다.

목마는 성 문턱을 넘을 때, 4번이나 멈췄다. 그때마다 4번이나 목마 안에서 철컥하는 무기들이 부딪히는 소리가 났다. 그런데도 트로이인들은 전혀 눈치를 못 채고, 목마를 아테나 제단에 세워놓았다. 트로이에 마지막 기회가 있었다. 마지막 기회는 이때였다. 트로이 공주이자, 예언녀인 '카산드라'가 달려오더니 사람들에게 …

카산드라   여러분, 속지 마세요! 저 안에 무장한 병사들이 있어요.
                 어서 저 목마를 밖에 버리고, 불태워 버리세요. 당장요!

그러나 그녀의 말에 아무도 귀를 기울이지 않았다. 그 이유는 이러했다. 카산드라는 예언가 헬레노스와 쌍둥이 남매 지간이었다. 이 쌍둥이 남매는 어릴 때 아폴론으로부터 앞날을 미리 알 수 있는 예언의 능력을 얻었다.

그런데 카산드라는 성인이 되어, 아폴론의 사랑을 완강히 거절했다. 그러자 화가 난 아폴론이 그녀에게서 예언의 '설득력'을 빼앗아 버렸다. 그러니까 그녀 예언은 족집게 도사처럼 척척 맞지만, 그녀가 하는 말은 누구도 믿지 않았던 것이다.

트로이 멸망

그날 밤, 트로이인들은 승리에 도취되어, 부어라 마셔라, 곤드레만드레, 먹고 마시다, 취해 쓰러졌다. 이윽고, 그들이 깊은 잠에 떨어진 한밤중이었다.

그때, 첩자 시논이 멀리 섬에 숨은 함선에게 횃불로 신호를 보내고, 목마 안 장군들을 꺼내주었다. 그러자 오디세우스를 비롯한 특공대가 보초를 죽이고, 즉시 성문을 활짝 열었다. 얼마 후였다. 함대에서 달려온 그리스군이 물밀듯이 성안으로 쳐들어가며 …

그리스 병사들   어서 불을 질러라. / 적군은 무방비 상태다. / 모두 죽여라. 공격 ~

목마에서 나온 장군들과 함선에서 온 그리스 군들이 성안으로 쳐들어가자, 트로이 성안 전체가 온통 화염에 휩싸이고 있다.

그리스 군들은 술에 곯아떨어진 트로이 사람들을 무참히 살육하기 시작했다. 그들이 마구 불을 지르자 집집마다 화염에 휩싸였고, 성안은 비명과 함께 시체로 가득 찼다.

아킬레우스 아들 '네오프톨레모스'는 군사를 이끌고 궁으로 돌진했다. 왕의 호위병이 항전했지만 역부족이었다. 그가 문을 부수고 들어가자, 안에는 프리아모스와 왕비, 딸, 며느리가 겁먹은 표정을 짓고 있었다. 네오프톨레모스는 왕자 한 명이 도망치자, 쫓아가서 창으로 찔렀다. 그러자 프리아모스 왕이 분노하며 ...

프리아모스	이놈! 감히 내 앞에서 아들을 찔러 죽이다니. 네놈은 누구냐?
네오프톨레모스	나요? 난 아킬레우스 아들이오.
프리아모스	뭐, 네놈이 아킬레우스 아들이라고?
	거짓말 마라. 그는 나를 이렇게 대하지 않았다.

그는 헥토르의 시신을 돌려주고, 날 무사히 돌려보냈다.

그나저나, 네 이놈! 자, 내 창을 받아라.

늙은 왕이 창을 던졌지만, 날아간 창은 힘없이 방패를 맞고 바닥에 떨어졌다. 그러자 네오프톨레모스가…

네오프톨레모스　　자, 이제 당신이 죽어야 할 차례요. 이걸 받으시오.

그러며 떨고 있는 노인을 붙잡아, 칼을 옆구리에 밀어 넣었다. 그것이 프리아모스의 마지막 운명이었다.

프리아모스 왕을 죽이려는 아킬레우스의 아들 네오프톨레모스 - 조제프 르페브르 그림

그러면 '헬레네'는 어떻게 되었을까? 헬레네는 파리스가 죽자, 그동안 트로이의 왕자 '데이포보스'가 데리고 살았다. 그런 그녀를 마침내, 헬레네의 전 남편인 '메넬라오스'가 데이포보스를 죽이고, 헬레네와 딱 마주했다.

메넬라오스는 칼을 들어, 벌벌 떠는 헬레네를 죽이려 했다. 그런데 그때 아프로디테가 헬레네에게 매력을 발산하게 만들어, 칼을 손에서 놓게 만들었다. 그 순간 메넬라오스는 아름다운 그녀를 보자, 예전의 사랑이 되살아났던 것이다. 그래서 모든 것을 용서하고, 다시 아내로 맞아들였다.

암튼, 잔혹한 살육은 밤새도록 이어졌고, 트로이 성은 밤새 활활 불타올랐다. 이렇게 무려 10년 동안 치열한 전투를 벌였던 트로이 전쟁은 끝을 맺었다.

생지옥 아비규환과 다름없이 처참하게 쓰러져 죽는 트로이 사람들과 불타는 트로이

험난한 귀향 길과 트로이 왕가의 포로들

비록 그리스인들은 전쟁에서 승리했지만, 무사히 고향으로 돌아간 사람은 얼마 되지 않았다. 이유는 그들이 트로이 성을 함락할 때, 남녀노소를 가리지 않은 잔인한 학살과 특히, '소(小) 아이아스' 악행이 신의 분노를 일으켰기 때문이었다.

그리스에는 2명의 '아이아스'란 이름을 가진 장군이 있었다. 그중 소(小) 아이아스는 밤새 무자비한 살육이 벌어지는 동안, 아테나 신전에서 '카산드라'를 겁탈하는 만행을 저질렀다.

이에 분노한 아테나가 엄벌을 요청하자, 포세이돈은 귀향하는 그리스 선단에 무서운 폭풍을 일으켰다. 그러자 함선들은 암초에 걸려 산산조각이 나 부서졌고, 사람들은 물에 빠져 죽었다. 이때 소 아이아스는 간신히 살아서 바위에 매달렸지만, 포세이돈이 이자를 삼지창으로 바위를 통째로 박살 내 죽였다.

카산드라를 겁탈하려는 소 아이아스 - 하인리히 그림   바위에 매달려 까불다 결국 죽는 소 아이아스

이뿐이 아니었다. 겨우 폭풍을 헤치고 살아남은 나머지 다른 함선들이 그리스 본토의 에우보이아항에 다가서고 있을 때였다. 그런데 이번엔 트로이 전쟁 중, 오디세우스의 음모로 돌에 맞아 죽은 '팔라메데스' 아버지인 나우폴리스의 복수가 이어졌다.

'나우플리오스'는 에우보이아 왕이었는데, 자기 해안에 그리스 배들이 다가오자, 그는 일부러 암초가 많은 곳의 산 위에 횃불을 피워 배들을 유혹했다. 그러자 배들은 그곳이 항구인 줄 알고 가다가, 암초에 부딪혀 몰살당하고 말았다.

이렇게 그리스 본토에 도착한 배는 몇 척 되지 않았다. 이 몇 척의 배도 도착하기 전 폭풍 때문에 사방으로 뿔뿔이 흩어졌고, 결국 수많은 고생을 한 다음에 간신히 고향에 갈 수 있었다.

고향으로 무사히 돌아간 사람은 '아가멤논, 메넬라오스, 디오메데스, 오디세우스, 또 네스트로, 네오프톨레모스' 등이다. 이중 '아가멤논'은 집에 도착하자마자, 아내의 칼에 찔려 비참한 최후를 맞았고, 이 밖에 '오디세우스'는 10년 동안 고향에 돌아가지 못하고, 유랑 생활을 해야 했다. (이 이야기가 뒤에 나오는 '오디세우스 모험 이야기'다.)

또한 메넬라오스는 헬레네를 데리고 가다 바람에 밀려, 아프리카 리비아와 이집트를 떠돌다 간신히 귀향했고, 아킬레우스 아들인 네오프톨레모스는 귀국하여 살해당했다. 그 외에도 몇몇은 바다를 표류하다 리비아, 시칠리아, 이베리아, 키프로스 등에 정착해, 새로운 도시를 건설했다.

한편, 그리스인들은 승리의 전리품으로 트로이의 왕가 여인을 첩이나 노예로 삼았다. 이중 아가멤논은 트로이 공주이자, 예언가 '카산드라'를, 오디세우스는 왕비 '헤카베'를, 아킬레우스의 아들인 네오프톨레모스는 헥토르의 아내 '안드로마케'를 아내로 삼았다.

반면, 아킬레우스가 생전에 사랑했던 트로이 공주인 '폴릭세네'는 아킬레우스 혼령의 요구에 따라, 그의 묘 앞에 희생 제물로 바쳐졌다. 이들 외에도 수많은 트로이 여인들이 노예와 시녀로 그리스 함선에 끌려갔다.

그러나 트로이 명장인 '아이네이아스'는 트로이가 함락되기 전, 늙은 아버지를 등에 업고 트로이 성을 탈출했다. 그리고 트로이 난민을 이끌고 이탈리아로 건너가, 로마의 모태가 되는 새 도시를 건설했다. 〈그의 이야기가 바로 맨 뒤에 나오는 '아이네이아스 이야기'다. 〉

P.S) 호메로스의 대서사시 '일리아스'에 대해서는 뒤의 '오디세우스의 모험' 이야기에 좀 더 자세히 나와 있다. 참조하시길! 땡큐!

희생 제물로 폴릭세네를 데려가는 네오프톨레모스
피렌체 시뇨리아 광장

아버지를 업고 트로이를 탈출하는 아이네이아스
루브르 박물관

탄탈로스 가문의 저주

스킬라를 사랑한 글라우코스

갈라테이아를 짝사랑한 폴리페모스

1. 신들을 우롱한 탄탈로스

등장 인물

탄탈로스 : 프리기아 왕
펠롭스　 : 그의 아들

　이 신화는 트로이 전쟁에서 그리스의 총사령관이었던 아가멤논 집안 이야기다. 그의 집안은 신의 저주로 인해, 그리스 신화에서 가장 잔인하면서도 끔찍한 집안의 복수극이 벌어진다. 그 이유는 아가멤논 증조부인 탄탈로스의 저주부터 시작된다.

신들을 우롱한 탄탈로스와 형벌

　'탄탈로스 Tantalos'는 제우스와 '요정(플루토)'의 아들로, 프리기아의 부자 왕이었다. 그는 단지 제우스 아들이란 신분 때문에, 신들의 사랑을 듬뿍 받았다. 그래서 올림포스 만찬에 초대되어, 신들과 함께 먹고 마시는 특권을 누렸다.

　그러자 그는 점점 오만해지더니, 악행을 하기 시작했다. 먼저 신들의 음식과 음료인 암브로시아와 넥타르를 훔쳐 인간에게 주는가 하면, 신들의 비밀스런 대화를 누설하고 다녔다.

　또한 어떤 사람이 제우스 신전에서 황금 개를 훔쳐, 그에게 맡긴 일이 있었다. 그러자 제우스가 그 사실을 알고 내놓으라 했는데, 탄탈로스는 절대 그런 개를 본 적이 없다고 오리발을 내밀었다.

그러다 그는 결국 끔찍하고, 대담한 짓을 저질렀다. 어느 날, 그는 신들을 자기 집에 초대하여, 신들이 정말 전지전능한 지를 시험해 보고 싶었다. 그래서 자기 아들 '펠롭스 Pelops'를 토막 낸 다음, 감히 그 고기를 신들의 식탁 앞에 내놓았다. 그러나 신들이 그딴 것을 모를 리가 있겠는가!

그때 신들은 그 고기에 입을 대지 않았지만, 데메테르 여신만이 무심코 어깨 쪽 부분을 먹었다. 당시 데메테르는 하데스가 자기 딸 페르세포네를 납치해 가자, 온통 딸에 대한 생각으로 머리가 복잡한 상태였기 때문이었다. 암튼, 탄탈로스가 그런 끔찍한 방법으로 신들을 기만하자, 제우스의 분노가 폭발했다.

제우스   네놈은 비록 내 아들이지만, 도저히 참을 수 없다.
　　　　　어서 저 망할 놈을 지하 감옥인 타르타로스에 가두고,

화가 난 제우스가 명령을 내리자, 헤르메스가 탄탈로스를 지하 감옥으로 데려가려고 사슬을 채우고 있다 - 타라발 그림

또 운명의 여신들은 억울하게 죽은 펠롭스를,

다시 원래 모습으로 원상 복구해 놓으시오.

데메테르 (쭈뼛거리며) 근데 내가 먹은 ..

어깨 부분은 어쩌죠?

제우스 그 사이에 고건 또 왜 먹어가지고 ...

먹어버린 어깨는 상아로 대체하시오!

그래서 신들은 탄탈로스를 지하 감옥에 가두고, 운명의 여신들은 산산조각 분해되어 죽은 펠롭스를 다시 아름답고 멋지게 살려냈다. 데메테르가 먹은 어깨는 하얀 상아로 대체해 주고 말이다.

탄탈로스는 이렇게 신들을 기만한 죄로 저승에서 계속 형벌을 받고 있다. 그는 물이 턱까지 오는 연못에서, 너무 목이 말라 물을 마시려고 고개를 숙이면, 금방 물이 아래로 말라버려 끊임없는 갈증에 시달린다.

과일을 먹으려고 용쓰는 탄탈로스 - 란제티 그림

또한, 그의 머리 위에는 과일이 주렁주렁 열렸는데, 그가 배가 고파서 먹으려고 하면, 과일나무들이 머리 위로 쏙 올라가 버린다. 그는 이렇게 영원한 갈증과 배고픈 허기의 형벌을 받고 있다고 한다.

신들은 그의 자손에게도 저주를 내렸다. 그래서 그의 자손들은 5대에 걸쳐 형제가 형제를 죽이고, 부모와 자식들이 서로 죽고 죽이는 피비린내 나는 복수극이 계속해서 이어진다.

2. 저주받은 펠롭스

등장 인물

펠롭스	: 탄탈로스 아들
오이노마오스	: 피사 왕
히포다메이아	: 그의 딸 (피사 공주)
미르틸로스	: 왕의 마부

죽음의 전차 경주

'펠롭스 Pelops'는 아버지에 의해 도살당했지만, 신들에 의해 다시 더욱 멋진 모습으로 되살아났다. 이때, 대지의 여신이 먹은 어깨 부분은 하얀 상아로 대체했는데, 이 때문에 펠롭스의 자손들은 대대로 어깨 부분이 상아처럼 희다고 한다.

웃기는 짬뽕(?) 같은 얘기지만, 이런 것이 신화다! 신화는 우리의 상상을 뛰어넘는 판타스틱한 세계다. 그래서 무한한 상상력을 키워준다고나 할까?

암튼, 콩 심은 데 콩 나고, 팥 심은 데 팥이 난다고 했던가? 그 애비에 그 자식이라고 했던가? 펠롭스도 결혼할 때가 되자 살인을 저질러, 또다시 이 가문에 저주가 이어진다.

젊은 펠롭스가 아닌, 수염이 있는 펠롭스 주화

미남 펠롭스는 포세이돈 애인이었다. 그러니까 동성애 파트너였다는 말씀이다. 포세이돈은 미남 펠롭스에게 날개가 달린 마차를 선물로 주었다. 이 마차는 바다 위를 달려도, 바퀴조차 젖지 않는 그런 마차였다.

펠롭스는 그 마차를 타고 피사에 갔다. 거기서 피사 왕 '오이노마오스 Oenomaus'의 미모의 딸인 '히포다메이아 Hippodamia'에게 청혼했다.

히포다메이아 주화 그림

그러나 왕은 그 누구도 사위로 맞을 생각이 없었다. 그 이유는 장차 결혼할 사위에게 자신이 목숨을 잃을 거란 신탁의 예언 때문이었다. 또 다른 설(說)로는 그가 자기 딸을 딸 이상의 의미로, 사랑했기 때문이라고 한다.

그래서 왕은 자기 딸이 결혼하는 것을 악착같이 방해했다. 아니 방해 정도가 아니라, 죽음의 전차 경주를 벌여, 구혼자를 모두 찔러 죽였다. 그는 구혼자들에게 다음과 같은 조건을 내걸었다.

오이노마오스　　누구든 내 딸과 결혼하고 싶은 자는,
　　　　　　　　　나와 죽음의 전차 경기를 해서 이겨야 하고,
　　　　　　　　　이기지 못하면, 목숨을 내놓아야 한다.
　　　　　　　　　죽음의 전차 경주는 이런 방식으로 한다.
　　　　　　　　　구혼자는 내 딸을 태우고 먼저 출발한다.
　　　　　　　　　그러면 난 신께 제사를 지내고, 좀 늦게 출발하는데,
　　　　　　　　　내가 전차를 앞지르면, 구혼자를 찔러 죽일 것이고,
　　　　　　　　　반대로 잡히지 않으면, 내 딸과 내 나라를 몽땅 주겠다.
　　　　　　　　　참가비는 없다. 이상이다!

다시 말해, 죽음의 전차 경주는 이런 것이었다. 먼저 구혼자는 공주를 전차에 태우고, 멀리 코린토스까지 약 100km 이상을 도망쳐야 한다. 이때 왕은 신에게 제사를 올린 후 마부가 모는 전차를 타고, 좀 느긋하게 출발하는 여유를 부린다.

그러다가 왕이 구혼자를 앞지르면, 창으로 찔러 죽이는 죽음의 경주였다. 물론 왕은 그동안 한 번도 진 적이 없었다. 그에겐 전쟁의 신 '아레스'가 준 2마리의 북풍보다 빠른 무적의 말들이 있었기 때문이었다.

왕은 지금까지 이런 방법으로 12명의 구혼자를 죽였다. 그런 뒤에, 일종의 경고라고 해야 하나? 그는 구혼자들의 목을 왕궁 문 앞에 걸어놓고, 구혼하는 자들에게 공포심을 불어넣었다. 겁 없이 까불지 말라는 뜻이다!

그러나 펠롭스는 과감하게 구혼했다. 그에겐 포세이돈이 준 멋진 날개가 달린 마차가 있었기 때문이었다. 하지만 반드시 승리를 장담할 수 없었다. 그 마차는 바다에서는 잘 달리지만, 육지에선 그다지 빠르지 않았기 때문이었다. 그래서 그는 생각 끝에 ...

펠롭스　　그렇다면 왕의 마부를 매수해야겠군!

왕의 마부 '미르틸로스 Myrtilos'는 '헤르메스'의 아들로, 마차를 모는데 뛰어난 재주를 가지고 있었다. 그런데 그 역시, 남몰래 공주를 사랑하고 있었다. 펠롭스는 그러한 모든 정보를 입수하고, 경기 전날에 마부를 찾아가 ...

펠롭스　　이보게! 나를 경주에게 이길 수 있게 도와주면,

　　　　　　자네에게 왕국의 절반을 주고,

　　　　　　또 공주와 첫날밤에 동침하는 것을 허락하겠네. 어떤가?

미르틸로스　(구미가 당겨) 어떻게 도와드리면 되죠?

펠롭스　　왕의 전차 바퀴에 핀을 꽂지 말고, 구멍을 밀랍으로 막아버리게. OK?

오이노마오스 왕과 마부가 탄 마차가 앞서 먼저 출발한 펠롭스와 공주를 태운 마차를 추격하고 있다.

다음 날 전차 경주가 시작되자, 펠롭스는 일단 공주를 전차에 태우고 먼저 출발했다. 그리고는 얼마 후, 왕이 추격을 시작했다. 그런데 왕의 전차는 출발한 지 얼마 되지 않아, 바퀴가 빠지며 산산조각 났다. 결국, 왕은 전차에 끌려가다 즉사하고 말았다.

미르틸로스의 저주

펠롭스는 경주에서 승리하여, 공주를 아내로 맞았다. 그리고 이들 신혼 부부는 마부 미르틸로스가 모는 마차를 타고 신혼여행을 떠났다. 그런데 여행 도중, 아내가 목이 좀 마르다고 하여, 펠롭스는 샘에 물을 뜨러 갔다. 이때 아내가 비명을 지르며 …

히포다메이아	여보! 이자가 날 겁탈하려 해요.
펠롭스	(놀래서 달려가) 지금 뭐 하는 짓이야, 이놈아?
미르틸로스	약속했잖아요. 첫날밤은 나한테 주기로 …!
펠롭스	알았다. 일단 숙소로 가자.

아내를 겁탈하려던 마부로부터 구해오는 펠롭스　　　　펠롭스 이름에서 펠롭스 땅이란 의미의 펠로폰네소스 반도

펠롭스는 다시 마차를 타고 가다, 마부를 바닷가 절벽에서 떨어뜨렸다. 그런데 이때 마부는 절벽에서 떨어지면서, 자기 아버지인 헤르메스에게 기도를 올리며…

미르틸로스　　아버지 헤르메스여!
　　　　　　　　배신자 펠롭스의 자손들에게 저주를 내려주소서.

그래서 그 이후 펠롭스 자손들은 서로가 서로를 증오하며, 근친상간과 근친 살해 등의 피의 복수극을 벌이게 된다. 아무튼, 펠롭스는 나중에 정화를 받고, 다시 피사로 돌아와 왕이 되었다. 그러자 그는 그 주변의 땅들을 자기 이름을 따서, 펠롭스의 땅이라는 뜻인 '펠로폰네소스 Peloponnesos'라 불렀다.

펠롭스는 고대 올림피아 제전 경기의 기원과 관련 있는 인물이다. 그러니까 그가 전차 경주에서 승리한 뒤, 제우스를 위해 올림피아 제전경기를 창설했다고 전해진다. 지금의 올림픽과 비슷한 경기를 말이다.

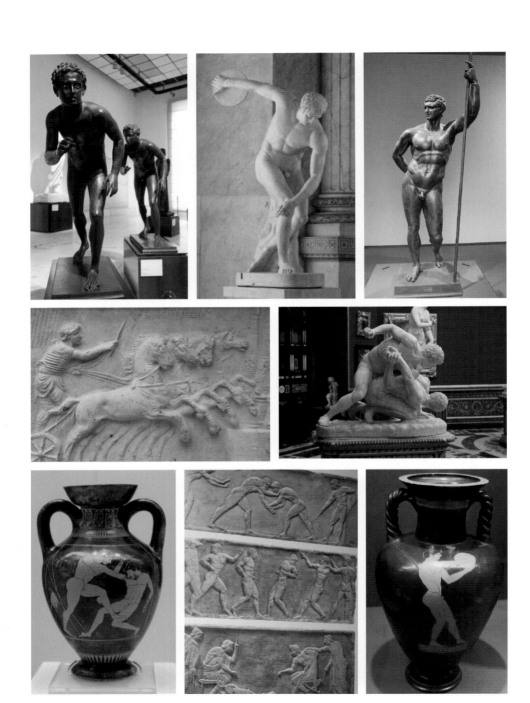

고대 그리스 올림픽의 대표 경기인 달리기, 원반던지기, 창던지기, 전차 경주, 레슬링, 권투와 그 밖의 그리스인들의 경기와 놀이

3. 아트레우스와 티에스테스의 복수

등장 인물

아트레우스　　：쌍둥이 형
티에스테스　　：쌍둥이 동생
아이기스토스 : 티에스테스 아들

두 형제의 왕위 다툼과 황금 새끼 양

　지금까지는 맛보기였다! 이제부터 진짜 끔찍한 이야기가 펼쳐진다. 결혼한 펠롭스와 히포다메이아는 한동안 금실이 좋았다. 22명의 아들과 딸을 낳고, 살았으니까 말이다. 그러나 행복했던 이들 사이에 금이 가기 시작했다.

　펠롭스는 아내 이외에도, 요정 사이에서 낳은 똑똑한 아들 한 명이 더 있었다. 그는 그 아들에게 왕권을 물려주려 했다. 그러자 히포다메이아가 그 아들을 질투하고 시기했다. 후처 자식에게 왕권을 물려줄 수 없었던 것이다.

　그래서 그녀는 쌍둥이 아들인 '아트레우스 Atreus'와 '티에스테스 Thyestes'에게 배다른 동생을 죽이라 사주했고, 형제는 우물에 던져 죽였다. 그러자 분노한 펠롭스가 그녀와 형제를 추방해 버렸다. 그 사건으로 히포다메이아는 목을 매 자살했고, 쌍둥이 형제는 미케네로 망명을 가야 했다.

　미케네로 망명한 쌍둥이가 이번 이야기의 주인공들이다. 집안의 저주는 두 아들에게 이어져, 지금부터 그리스 신화에서 가장 끔찍하고 잔인한 일이 전개된다. 한 뱃속에서 태어난 쌍둥이가 피비린내 나는 골육상쟁의 참극을 벌이는 것이다.

성문 입구 위에 두 마리의 사자 조각이 새겨진 유명한 미케네의 사자 문

추방당한 형제는 미케네로 망명해 정착했다. 그런데 그곳의 미케네인들은 왕이 죽자, 왕위 계승 문제를 아폴론 신탁소에 물었다. 그러자 신탁은 펠롭스의 쌍둥이 중 한 명을 왕으로 삼으란 계시를 내렸다. 미케네 인들이 형제 중 누구를 왕으로 추대할지, 의견이 분분해 있을 때였다. 이때 동생이 형에게 제안하며…

티에스테스　　형! 황금 새끼 양을 갖고 있는 사람이 왕권을 차지하는 게, 어때?

아트레우스　　(그러자 얼씨구나, 흔쾌히 수락하며) 좋지, 콜!

두 사람 모두 자신들이 유리하다고 생각했다. 이 '황금 새끼 양'에 관한 간단한 사연은 이렇다. 한때, 형인 아트레우스는 '아르테미스' 여신에게 가장 아름다운 양이 태어나면, 그 양을 제물로 바치겠다고 약속했다. 그러나 막상 아름다운 황금 새끼 양이 태어나자, 그는 멋진 새끼 양을 바치기 아까웠다.

아트레우스   가만! 슬쩍 다른 양을 여신에게 바치고,

이 멋진 양은 죽인 다음, 상자에 보관해야겠군.

형은 황금 새끼 양을 죽여 상자에 넣은 다음, 그것을 자신의 아내에게 보관하게 했다. 그런데 고양이한테 생선을 맡긴 꼴이라고 해야 하나? 당시 그의 아내는 자기 남편 몰래 시동생과 불륜 관계를 맺고 있었다. 그러다 그녀는 그 상자에 보관하던 황금 새끼 양을 동생 티에스테스에게 주었던 것이다.

티에스테스   아니, 이건 황금 새끼 양 아니야?

OK! 만약을 위해 내가 몰래 보관하고 있겠소.

아트레우스는 아내가 배신한 줄은 꿈에도 몰랐다. 그래서 당연하게 자신이 황금 새끼 양을 가지고 있다고 생각해, 동생의 제안을 흔쾌히 받아들였다.

그러나 결과는 동생의 승리였다. 동생은 그 훔친 황금 새끼 양을 보여주면서, 왕권을 차지했다.

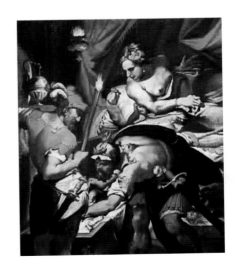

남편이 숨긴 황금 새끼 양을
시동생에게 알려주는 아에로페

태양이 거꾸로 돌다

아내의 불륜으로 뒤통수 맞은 형은 너무 억울하고 분했다. 그래서 그는 제우스에게 기도를 올리며 …

아트레우스   제우스 신이여! 너무 억울하고 분통이 터집니다.

                    제발 제게 복수할 기회를 주십시오.

그러자 세상을 율법으로 다스리는 제우스는 기도를 들어주었다. 시동생과 아내와의 부정을 용서하지 않았던 것이다.

제우스   그럼 동생에게 이런 제안을 하라.

             만일, 태양이 서쪽에서 떠서 동쪽으로 지면, 그대가 왕이 될 것이고,

             평소처럼 태양이 동쪽에서 떠서 서쪽으로 지면,

             동생이 계속 왕위를 갖는 것으로 제안하라.

태양이 서쪽에서 떠서 동쪽으로 진다니! 세상에 어떻게 그러한 일이 가능할 수 있단 말인가? 동생은 형이 그런 제안을 하자 …

티에스테스   뭐, 태양이 거꾸로 돈다고?

                이제 아주 미쳐도 단단히 미쳤구먼.

                OK! 내 그 웃기는 제안을 기꺼이 받아주지. 콜!

다음 날, 모든 백성이 광장에 모여, 태양이 뜨기만을 기다렸다. 그런데 놀랍게도 정말 그날은 태양이 서쪽에서 떠올라, 동쪽으로 지는 것이 아닌가! 그러자 형 아트레우스는 왕권을 차지하고, 동생을 가차 없이 추방해버렸다.

자기 자식의 고기를 먹은 티에스테스

그런데 왕이 된 아트레우스는 후에 아내와 동생의 불륜 사실을 알았다. 그러자 그는 더욱 열이 뻗쳐 씩씩거리며...

아트레우스　이런 천하에 죽일 놈을 봤나? 내 이놈을 당장 ..

　　　　　아니지! 고걸로는 약하고, 무슨 다른 방법이 없을까?

그는 예전에 자기 할아버지가 했던 끔찍한 복수가 생각났다. 일종의 기만전술이라고 해야 하나? 그는 먼저 동생에게 화해의 편지를 써서 전령에게 전했다.

아트레우스　〈사랑하는 동생! 내 그동안 많이 후회했네.

　　　　　우린 누가 뭐래도 피를 나눈 형제 아닌가!

　　　　　이제 더 이상 서로 미워하지 말고 화해하자.

　　　　　그런 의미에서 동생의 식구를 궁에 초대할 테니까,

　　　　　이곳에 와서 함께 식사나 하세!〉

동생은 순진하게 형의 제안을 받아들였다. 그래서 아내와 두 아들을 데리고, 궁전을 찾아왔다. 그날 저녁, 두 형제만이 오붓하게 식탁에 마주 앉아, 식사를 하고 있을 때였다. 그때 형은 동생에게 고기를 집어 접시에 놓아주며...

아트레우스　이 고기도 많이 먹어. 내가 동생을 위해 푸짐하게 차렸거든!

아무것도 모르는 동생은 고기를 맛있게 먹었다. 그 고기는 자신의 두 아들의 사지가 잘린 고기였다. 동생이 거의 식사를 마칠 때였다. 그때 형이 뚜껑이 덮인 커다란 그릇을 들고 오더니...

아트레우스   어때, 고기 맛이 괜찮았어?

내가 동생에게 어떤 고기인지, 보여주려고 가져왔는데 말야.

(그러다 뚜껑을 열며) 짠! 봐라, 이놈아.

네놈이 뭘 처먹었는지 보란 말이야!

그 속엔 자기 아이들의 머리가 담겨 있었다. 그러자 동생은 먹은 것을 욱하고 토하며 뛰쳐나갔다. 이렇게 형은 잔인하고 끔찍한 방법으로 동생에게 복수했다.

이어지는 복수의 복수

하지만 피는 피를 부르고, 복수는 복수를 부르는 법! 동생은 이제 모든 수단과 방법을 동원해서라도, 반드시 형에게 복수할 것을 다짐했다. 그래서 신탁소를 찾아가서 방법을 물었더니, 황당한 신탁의 예언은 이러했다.

신탁의 예언   그대가 복수할 수 있는 방법은 딱 한 가지다.

딸과 관계를 맺어 딸이 아들을 낳으면,

바로 그 아들이 복수를 대신해 줄 것이다.

딸과 동침해 낳은 아들이 복수를 대신해 줄 거라니! 그럼 딸과 근친상간을 하란 말이 아닌가! 그는 오직 복수에 대한 일념뿐이었다. 비참하게 죽은 자식들의 복수를 할 수만 있다면, 무엇이든 못 할 것이 없었다. 그는 주저 없이 실행에 옮겼다.

그날 밤, 그는 복면으로 얼굴을 가리고, 자기 딸 '펠로페이아 Pelopeia' 방에 들어갔다. 그리고는 칼로 딸을 위협하여 겁탈하고, 허둥지둥 방을 빠져나갔다. 그런데 그는 급히 방을 나가면서, 자기 문장이 새겨진 칼을 방에 놓고 나갔다. 그러자 딸은 자신을 겁탈한 남자가 누군지 궁금했다. 그래서 범인이 떨어뜨린 칼을 간직하며 …

펠로페이아　누구지, 나를 겁탈한 자가?

　　　　　　누구지, 이 칼의 주인이?

　그런데 딸은 자기 아버지의 아이를 임신한 상태에서, 큰아버지 아트레우스와 강제로 결혼해야 했다. 그리고 달이 차서 아들을 낳자, 딸은 아기를 몰래 산에 버렸다. 그러나 그 아기는 목동한테 발견되어, 염소젖을 먹고 자랐다.

　아트레우스는 나중에 그러한 사실을 알았다. 그 아이가 자신의 아들인 줄 알았던 그는 아이를 궁전으로 데려와 정성껏 키웠다. 그리고 아이가 염소젖을 먹고 자랐기 때문에, 아이의 이름을 염소란 뜻인 '아이기스토스 Aegisthus'라고 불렀다.

　그로부터, 16년의 세월이 흘렀다. 아트레우스는 세월이 흘러도, 동생에 대한 원한이 좀처럼 사그라지지 않았다. 그래서 다시 동생을 붙잡아 감옥소에 가두고, 이제 장성한 아이기스토스에게 동생을 죽이라고 지시했다.

아트레우스의 보물이란 이름으로 알려진 아트레우스 무덤.
안으로 들어가면 엄청 넓고, 원형으로 된 돔 지붕이 특징이다 - 미케네 유적지

아트레우스   아들! 감옥에 가서 티에스테스를 죽여라.

                      그자는 내 동생이지만, 철천지원수다.

그러니까 아들이 자신의 친아버지를 죽이는 셈이었다. 아이기스토스는 지시를 받자, 칼을 가지고 감옥소를 찾아갔다. 그가 친아버지를 찌르려고, 칼을 높이 든 순간이었다. 그때 티에스테스는 그 칼의 문장을 보았다. 자신이 옛날에 딸의 방에 떨어뜨린 그 칼이 아니던가!

티에스테스   (급히 제지하며) 잠깐! 죽기 전에 한 가지만 묻겠네.

                      문장이 새겨진 그 칼은 누구 칼인가?

아이기스토스   그건 왜 묻소? 이건 내 어머니가 간직하고 있던 칼이오.

티에스테스   어머니라니 ..? 어머니 이름이 어떻게 되시는데?

아이기스토스   펠로페이아요.

티에스테스   아니 그렇다면, 혹시 자네가?

여기서 반전이 일어났다. 티에스테스는 그녀를 불러오라고 했다. 이른바 삼자대면이 이루어진 것이다. 그는 그 자리에서 모든 사실을 털어놓았다. 자신이 신탁대로 복수를 위해 복면을 쓰고 딸을 겁탈했으며, 실수로 칼을 두고 왔다고 털어놓았다. 참으로 기가 막히고, 코가 막히는 출생의 비밀이 밝혀졌다. 그러자 아들이 너무 놀라서 ...

아이기스토스   뭐라고요? 그럼 당신이 내 아버지라고요?

펠로페이아   세상에 어떻게 이런 일이! 날 겁탈한 자가 아버지였다니 ...!

딸은 모든 사실을 알게 되자, 너무나 괴로운 나머지 칼을 낚아채더니, 자살해버렸다. 그러자 아이기스토스는 그녀의 가슴에서 칼을 뽑아, 아트레우스를 찾아가 찔러 죽였다. 그리고는 자기 친아버지인 티에스테스를 미케네 왕으로 추대했다.

한편, 죽은 아트레우스에게는 두 명의 아들이 있었다. 그들이 바로 트로이 전쟁 당시 그리스 총사령관이었던 '아가멤논 Agamemnon'과 그의 동생 '메넬라오스 Menelaos'다. 이들 형제는 아이기스토스와 사촌 간이었다.

아이기스토스와 티에스테스 부자(父子)는 미케네 왕권을 차지하자, 아가멤논 형제를 스파르타로 추방해 버렸다. 하지만 얼마 후, 다시 전세가 역전되었다.

추방당한 아가멤논 형제는 스파르타 왕의 지원을 받아, 미케네로 쳐들어와서 왕권을 차지했다. 그리고 티에스테스를 끝까지 추격해 살해하고, 자기 아버지의 복수를 했다. 그때 아이기스토스는 간신히 남쪽으로 도망쳐, 그곳 왕이 되었다.

이렇게 쌍둥이 형제 아트레우스와 티에스테스는 죽었지만, 그것으로 가문의 저주가 끝난 것은 아니었다. 다음 세대에도 계속 끊임없는 복수와 살인이 이어진다.

고분에서 출토된 미케네 왕국의 왕관을 비롯한 다양한 황금 유물들. 맨 위 좌측이 유명한 아가멤논의 황금 마스크다.

4. 아가멤논과 악녀 클리타임네스트라

등장 인물

아가멤논 　　　　　 : 미케네 왕
클리타임네스트라 : 아가멤논 아내
아이기스토스 　　　 : 그녀의 정부 (情夫)
카산드라 　　　　　 : 트로이 공주이자, 예언가

아가멤논의 귀향

계속 이어지는 이야기 주인공은 '아가멤논'과 이름이 조금 긴 그의 아내인 '클리타임네스트라 Klytaimnestra'다. 먼저 악녀 클리타임네스트라에 대해 간단히 알아보면 이렇다.

이미 앞전의 트로이 전쟁에서 설명한 것과 같이 제우스는 백조로 변신해, 스파르타 왕비 레다를 겁탈했다. 그런데 레다는 그날 남편과도 동침해, 나중에 2개의 쌍둥이 알을 낳았다.

제우스 자식으로는 '폴리데우케스와 헬레네'가 태어났고, 또 스파르타 왕 자식으로는 '클리타임네스트라와 카스토르'가 태어났다.

도끼를 든 아가멤논의 아내 클림타임네스트라

256

한때, 스파르타로 추방된 아가멤논은 클리타임네스트라에게 반했다. 그러나 그녀는 이미 결혼해, 아들까지 둔 유부녀였다. 하지만, 아가멤논은 그녀의 남편과 아들을 칼로 찔러 죽이고...

아가멤논　미안하오! 당신을 너무 사랑해서 그랬소.
　　　　　난 당신 아버지인 왕께 청혼할 것이오. 제발 내 아내가 되어 주시오!

스파르타 왕은 무슨 이유인지는 잘 모르겠지만, 그는 아가멤논을 사위로 삼고, 거기다 왕까지 물려주었다. 그리하여 아가멤논은 그녀와 결혼해, '이피게네이아'와 '엘렉트라', '크리소테미스'란 3명의 딸과 '오레스테스'란 아들을 두었다.

스파르타 왕이 된 아가멤논은 군사들을 이끌고 미케네로 쳐들어가, 사촌이자 원수인 아이기스토스를 몰아냈다. 그리고 자신은 미케네 왕권을 차지하고, 스파르타를 동생인 메넬라오스에게 물려주었다. 그러다가 트로이 전쟁이 발발하자, 그리스 총사령관으로 전쟁에 참가했던 것이다.

그런데 트로이 전쟁 중, '이피게네이아의 희생'을 기억하시는가? 그리스 함선들이 트로이로 출발할 때에 바람이 전혀 불지 않자, 아가멤논의 장녀인 이피게네이아를 희생 제물로 바쳐, 간신히 출항할 수 있었던 사건 말이다.

그 사건으로 클리타임네스트라는 자기 남편에게 원한을 품었다. 아가멤논이 자기를 속이고, 딸을 희생 제물로 바쳤기 때문이었다. 그녀는 남편이 트로이 전쟁터로 떠나자, 마음속으로 복수를 다짐했다.

그럴 때, 은근슬쩍 그녀에게 접근한 자가 바로 아가멤논의 사촌 '아이기스토스'였다. 그 역시 자기 아버지를 살해한 아가멤논에게 복수할 기회만을 호시탐탐 노리고 있었다. 그는 아가멤논이 전쟁터로 떠나자, 클리타임네스트라를 유혹하며...

이피게네이아가 희생 당할 때, 아르테미스가 사슴을 대신 제단에 내놓고, 그녀를 하늘 위로 데려가고 있다 - 가브리엘 그림

아이기스토스	난 당신이 남편을 증오한다는 걸 알고 있소.
	우리 같이 힘을 합쳐봅시다. 당신을 사랑하오!
클리타임네스트라	당신이 나를 사랑한다면, 내 남편을 죽여주세요.
	그게 제 소원이에요.

이들은 함께 왕궁에 살면서, 아가멤논이 돌아오면 암살할 계획을 세워두었다. 그러다 마침내, 아가멤논이 10년 만에 트로이 전쟁을 마치고, 백성들의 열렬한 환영을 받으며 도착했다. 클리타임네스트라는 남편이 궁에 도착하자, 억지 오버액션을 하며 …

클리타임네스트라 여보! 살아오셔서 정말 다행이에요.

당신을 얼마나 보고 싶었는지 알아요?

당신 없이 독수공방하느라, 정말 힘들었어요.

너무 눈물을 흘려서, 이젠 눈물도 말라버렸답니다.

그러자 아가멤논이 너무 기분이 좋아서, 입이 귀에 걸리며 ...

아가멤논 허허 .. 정말이오? 참, 여기 이 여인을 집안으로 데리고 가시오.

이 여인은 트로이가 선물한 나의 꽃이오.

아가멤논이 궁 안으로 들어가자, 그녀는 그때서야 마차 뒤에 타고 있던 '카산드라 Cassandra'를 보았다. 트로이 공주이자, 예언자인 카산드라는 아가멤논 첩으로 끌려온 것이었다.

클리타임네스트라는 그녀를 보더니, 질투와 함께 그녀 역시 암살하기로 마음먹었다. 그러나 앞날을 훤히 아는 카산드라는 이미 알고 있었다. 자신도 이제 죽게 될 운명이란 것을 말이다.

아가멤논 암살

암살은 속전속결로 진행되었다. 아가멤논이 여행의 피로를 풀려고 욕조에 들어가자, 몰래 숨어 있던 아이기스토스가 그물을 확 뒤집어씌웠다. 그러자 클리타임네스트라가 단검으로 아가멤논을 푸욱 찔렀다.

아가멤논 윽! 급소를 찔렀구먼.

윽! 두 번째로구나.

클리타임네스트라 (세 번째로 찌르며) 죽어라, 죽어!

이렇게 아가멤논은 욕조에 쓰러져 죽고, 카산드라 역시 곧이어 살해당했다. 그러나 두 살인자는 대담하고 뻔뻔했다. 그들은 계획이 성공하자, 무장병사를 포진시킨 가운데 원로들한테 자신들의 정당성을 주장했다. 이리하여, 아가멤논은 고국에 돌아온 지 하루 만에, 그의 아내와 정부(情夫)에게 암살당하고 말았다.

이 유명한 그림에서는 자는 아가멤논에게 칼을 든 클리타임네스트라와 아이기스토스가 은밀히 다가가고 있다
- 루브르 박물관

5. 엘렉트라와 오레스테스의 복수

등장 인물

엘렉트라	: 아가멤논 둘째 딸
오레스테스	: 아가멤논 아들
클리타임네스트라	: 악녀 (아가멤논 아내)
아이기스토스	: 그녀의 정부 (情夫)
필라데스	: 오레스테스 친구

이번 이야기의 주인공 '엘렉트라 Electra'는 아가멤논의 1남 3녀 중에서 두 번째인 차녀다. 그녀는 아버지가 무참히 살해되자, 12살 어린 남동생인 '오레스테스 Orestes'를 재빨리 이웃 나라로 피신시키며 ...

오레스테스와 엘렉트라 - 알템프 궁

엘렉트라　　동생아! 넌 얼른,

　　　　　　　매부 나라로 피해 있어라.

오레스테스　거긴 왜 가야 하는데, 누나?

엘렉트라　　아버지를 죽인 자들이,

　　　　　　　너까지 죽이려 하거든.

　　　　　　　너 얼른 커서 돌아와,

　　　　　　　꼭 복수해야 한다. 알았지?

엘렉트라는 어린 남동생이 장성해, 아버지의 원수를 갚아줄 거란 희망 속에 남동생을 몰래 피신시켰다. 그리고는 아이기스토스가 집에서 버젓이 아버지 옷을 입고, 어머니는 뻔뻔하게 정부와 아버지의 침대에서 뒹구는 것을 보며 치를 떨었다.

더구나 그들은 자신들이 저지른 살인이 자랑스러운 듯, 아버지를 살해한 날엔 노래와 춤을 추며 축제를 벌였다. 엘렉트라는 실컷 울고 싶어도, 우는 것조차 허용되지 않았다. 그녀가 서글피 울 때마다, 클리타임네스트라는 딸에게 욕을 하며...

클리타임　　야! 이 세상에 너 혼자만 아버지가 죽었냐?

　　　　　　　뭐가 그렇게 슬퍼서 울고 지랄이야?

　　　　　　　이런 망할 년! 그렇게 울다가, 얼른 죽어버려.

그러다 오레스테스가 원수를 갚기 위해 돌아올 것이란 말을 들으면, 미친 듯이 엘렉트라를 찾아와 고함을 지르며...

클리타임　　나쁜 년! 모두 니가 한 짓이지?

　　　　　　　니가 오레스테스를 몰래 빼돌렸지?

　　　　　　　너 이 년, 단단히 각오해.

　　　　　　　꼭 응분의 벌을 받게 될 테니까.

　　　　　　　우리가 널 가만둘 거 같아?

이렇게 짖을 때면, 악당 아이기스토스도 옆에서 욕을 했다. 엘렉트라는 묵묵히 참고 견뎌야 했다. 그렇게 6년간 동생이 오기를 기다렸지만, 동생은 좀처럼 오지 않았다.

아가멤논 무덤의 엘렉트라 - 레이턴 그림

악녀, 클리타임네스트라

어느 날, 아이기스토스가 잠시 외출하고 없을 때였다. 이날 역시 클리타임네스트라가 엘렉트라를 찾아오더니 ...

클리타임   야! 내 남편이 잠깐 나가고 없으니까,

또 멋대로 우리를 비방하고 다니는 거야?

니 아버지가 내 손에 죽었다고 말이야.

그래! 내가 죽였다, 왜? 맞아, 그건 나도 부인하지 않겠어.

근데, 그건 나와 정의의 여신이 함께 하신 거야.

니 아비란 사람은 자기 딸을 제물로 바친 자야.

감히 내 딸을 죽일 권리도 없는데 말이야.

넌 그런 아버지가 부끄럽지도 않니? 그게 아비니?

난 내가 한 걸 조금도 후회하지 않아. 알았냐?

엘렉트라   (어이없어) 허참! 당신은 방금 아버지를 죽였다고 시인했지요?

이유야 어떻든, 살인은 수치스러운 일 아닌가요?

제 얘긴, 당신의 살인은 정당하지 않다는 거예요.

당신은 동거 중인 악당에게 설득당한 거라고요.

아버지가 언니를 희생 제물로 바친 것은,

민족을 위해 어쩔 수 없이 하신 거예요.

그래요! 설사 당신 말이 맞는다고 쳐요.

그것 때문에 아버지가 당신 손에 죽어야만 했나요?

또 당신은 살인한 공범자와 결혼해야 했나요?

그건 대체 어느 나라 법이죠?

클리타임   요런 못된 년! 오냐, 내 맹세하마.

내 남편이 외출해 돌아오면, 넌 오늘 죽음을 면치 못할 것이다. 알았어?

오레스테스의 사망 소식

이때였다. 어떤 늙은 노인이 왕비를 찾아오더니 ...

노인	안녕하세요, 왕비님! 다름이 아니고 ... 전 왕비님과 남편분께 반가운 소식을 가지고 왔습니다요.
클리타임	누구시죠?
노인	예! 전 포키스 왕께서 보낸 심부름꾼인데, 오레스테스가 죽었다는 소식을 전하러 왔습니다.
엘렉트라	(너무 놀라며) 예? 내 동생이오? 아아 .. 가련한 내 신세! 난 오늘로 망했구나.
클리타임	그 애가 어떻게 죽었죠?

노인이 전한 소식은 이러했다. 오레스테스는 델피에서 열린 전차 경주에 참가했는데, 마지막 바퀴를 남기고 커브를 도는 순간, 기둥을 들이받고 바퀴가 두 동강 나, 전차에서 떨어져 죽었다 한다. 그래서 그의 시체는 화장했고, 유골은 고향에 묻어주기 위해 지금 청동 단지에 담아오는 중이라고 전했다.

클리타임	(표정이 밝아지며) 오오, 신이시여! 이런 걸 행운이라고 하나요? 호호호 ...
노인	... ?
클리타임	글쎄 그 애는 내가 자기 아버지를 죽였다며, 내게 꼭 보복하겠다며 위협하곤 했거든요. 그래서 전 밤낮으로 편히 잠잘 수도 없었고, 매 순간 죽음의 공포를 느끼며 살아왔는데, 그럼 난 이제 그 애를 두려워할 필요가 없네요.

오늘부터 편히 잘 수 있겠는데요. 호호호호 ....

엘렉트라 불쌍한 내 동생! 아니 자식이 그런 불행한 사고로 죽었는데,

어머니란 사람이 그런 식으로 말해도 되는 거예요?

클리타임 샷압! 시끄러 이년아!

(노인에게) 자, 어서 안으로 들어가세요. 호호호 ...

내가 그런 기쁜 소식을 전한 당신께 큰 보수를 줄게요.

그녀가 노인을 궁전 안으로 데리고 들어가자, 엘렉트라는 남동생의 갑작스런 비보에 탄식했다.

엘렉트라 아아 .. 가련한 내 신세! 동생의 죽음이 나를 두 번 죽이는구나.

그 애는 내게 남은 마지막 희망이었는데 ...

언젠가는 돌아와, 아버지의 복수를 해줄 거라 믿고 있었는데 ...

그럼 난 이제 무엇을 믿고, 어떻게 살아야 하지? 흑흑흑 ...

남매의 해후

그리고, 얼마 후였다. 어떤 2명의 청년과 하인이 유골 단지를 가지고 도착했다. 유골 단지를 든 하인이 엘렉트라에게 ...

하인 안녕하세요! 저희는 포키스의 사신인데,

이 단지 안에 죽은 오레스테스의 유골을 가지고 왔습니다.

엘렉트라 (놀라며) 예? 제발 부탁입니다. 단지 안의 유골을 제게 주세요.

내가 집안을 대표해서 애도할 수 있게요.

청년 (그러자 하인에게) 이 여인에게 유골 단지를 드려라.

그녀는 고인의 원수가 아닌, 친구나 혈족 같구나.

엘렉트라가 유골 단지를 안으며, 청년을 올려다보고 있다. 옆에서 싯 하는 청년이 바로 친구 필라데스다 - 장 밥티스트 위카 그림

엘렉트라   (단지를 받더니, 껴안고 울며) 내 동생아! 흑흑흑 …
내 희망과는 다르게, 이렇게 한 줌의 재로 돌아오다니!
내가 너를 집에서 떠나보낼 때는 그렇게 눈부셨는데,
이렇게 불쌍하게 타국에서 비참히 죽었구나.
네가 복수하겠다던 어머니는 기뻐 날뛰고 있는데 말야.
사랑하는 동생아! 나도 널 따라 죽고 싶구나. 흑흑흑 …

청년   (목이 메어) 당신이 그 고명한 엘렉트라입니까?
(모습을 보더니) 이렇게 잔인하게 학대받은 모습으로,
결혼도 못 하고 불쌍히 사는 걸 보니까, 아까부터 눈물만 나네요.

	자, 그 단지를 저에게 주세요. 제가 자초지종을 말할게요.
엘렉트라	(유골 단지를 더욱 꼭 껴안으며) 안 돼요!
	제발 이 소중한 단지는 빼앗아가지 마세요.
청년	그건 오레스테스 유골이 아니에요. 그저 꾸며낸 얘기거든요.
엘렉트라	예? 그럼 내 동생의 무덤은 어디 있죠?
청년	아무 데도 없어요.
	살아 있는 사람에게 무덤은 필요 없으니까요.
엘렉트라	그럼 .. 그 애가 살아있단 말인가요?
청년	여기 이렇게 살아 있잖아요, 누나!
엘렉트라	(너무 놀라며) 그쪽이 .. 내 동생이란 말이에요?
청년	맞아요, 누나! (반지를 보여주며) 자요.
	여기 아버지가 내게 준 인장 반지를 보세요.

그 청년은 바로 오레스테스였다. 죽었다고 생각한 동생이 정말 살아 돌아온 것이다. 엘렉트라는 그토록 기다리던 동생을 와락 껴안았다. 또 한 명의 같이 온 청년은 포키스 왕자이자, 친구인 '필라데스'였다. 친구도 복수를 도와주기 위해 같이 온 것이었다.

오레스테스의 복수

그때였다. 얼마 전에 거짓 소식을 전한 노인이 궁전 안에서 나오더니 ...

노인	자, 두 분 도련님!
	지금이야말로 복수를 실행하기에 좋은 때입니다.
	지금 안에는 클리타임네스트라 혼자뿐이니까,
	아이기스토스가 오기 전에 빨리 해치우시지요.
오레스테스	알았네! (친구에게) 자, 빨리 안으로 들어가지.

오레스테스가 어머니 머리채를 잡고 죽이려 하고 있다 - 뒤에 뱀을 든 늙은 여인들은 복수의 여신들 (베르나르디노 베이 그림)

일행이 재빨리 안으로 들어가자, 엘렉트라는 밖에서 망을 보았다. 잠시 후에, 안에선 과격한 비명소리가 들려왔다.

클리타임네스트라   아 ~ 악! 아들아 .. 내 아들아.
제발 이 어미를 불쌍히 여겨다오. 으 ~ 아악!

그러다가, 더 이상 비명 소리가 들리지 않을 때였다, 그때, 외출했던 아이기스토스가 급히 궁전으로 들어오다가 엘렉트라에게 …

아이기스토스 난 네 동생이 죽었단 얘길 듣고 급히 오는 길인데,

소식을 전한 사람들은 지금 어디 있냐?

엘렉트라 그 사람들이오? 안에 있어요.

아이기스토스 안에 있다고? (그러다)

근데, 오레스테스가 정말 죽었냐?

엘렉트라 그럼요! 죽은 시신까지 보여주던걸요.

아이기스토스 (씨익 입가에 미소가 번지며) 그래? 허허 ..

그럼 그놈의 시신을 내 눈으로 직접 볼 수 있겠구먼.

이때 궁전 문이 열리자, 천으로 덮인 시체와 그 옆에는 오레스테스 일행이 서있었다. 아이기스토스는 만면에 웃음을 지으며 다가가 ...

아이기스토스 어서 시체를 덮은 천을 벗겨보시오.

죽은 자도 내 친족이니,

나도 조의를 표할 수 있게 말이오.

오레스테스 그러지 말고, 직접 벗겨보시죠.

아이기스토스 그럴까? 그럼 내가 벗겨보지, 뭐.

(천을 벗기려다, 엘렉트라에게) 아참 ..

야! 내 아내 클리타임네스트라를 불러라.

그녀가 궁 안에 있거든, 같이 보게 말이야.

엘렉트라 그녀는 당신 옆에 있거든요.

그러니까 다른 데서 찾지 않아도 될걸요?

아이기스토스 뭐? 그건 또 뭔 개떡 같은 소리야.

(그러다 천을 확 벗기고는 너무 놀라) 응?

이게 뭐야? 아니 이 시체는 ...

아니 그럼, 너희들은 ...

시체를 덮은 천을 휙 젖혔는데, 클리타임네스트라의 시체가 나오자, '헉'하며 뒤로 물러나 놀라는 아이기스토스

그 시체는 오레스테스가 아닌, 클리타임네스트라의 피투성이가 된 시체였다. 그러자 아이기스토스는 그때서야 자신이 덫에 걸린 것을 간파하고 …

아이기스토스　　대체, 나를 올가미에 몰아넣은 너희들은 누구냐?

오레스테스　　이 자식아, 아직도 모르겠냐?

　　　　　　　내가 바로 원수를 갚으러 온 오레스테스다.

아이기스토스　　뭐라고? 으으 .. 난 이제 끝장났구나.

오레스테스　　이 천하의 악당 놈아! 자, 어서 안으로 들어가자.

아이기스토스　　왜 날 안으로 데리고 들어가지? 죽이려면, 어서 여기서 죽여라.

오레스테스   내게 명령하지 마, 이 살쾡이 같은 자식아!

어서 목욕탕으로 가, 빨리!

난 네놈을 목욕탕으로 끌고 가서,

우리 아버지를 죽인 똑같은 방법으로 네놈을 죽일 것이다.

자, 가자! 너에게 죽음의 쓴맛을 보여줄 테니까.

오레스테스는 그자를 목욕탕으로 끌고 가, 자기 아버지 아가멤논을 암살했던 똑같은 방법으로 죽였다.

에필로그

엘렉트라 콤플렉스 Electra Complex

이 이야기 속의 엘렉트라가 아버지에 대한 집착과 어머니에 대한 극단적인 증오에서 '엘렉트라 콤플렉스'란 용어가 나왔다. 이 말은 오스트리아 정신 분석학자인 '프로이드 Freud'가 '꿈의 해석'에서 처음 사용한 용어다.

그에 따르면, 3 - 6세 전후의 여자아이는 남자의 성기에 대한 동경심이 생겨나고, 그때 여자아이는 자신을 여자로 태어나게 만든 어머니를 원망하게 된다고 한다.

그러나 오늘날의 '엘렉트라 콤플렉스'는 보통 딸들이 아버지에게 애정을 품고, 반대로 어머니를 경쟁자로 인식해, 반감을 드러내는 것을 말한다. 이 용어와 반대되는 개념이 남자아이가 무의식적으로 자기 아버지를 증오하고, 반대로 어머니에 대해서는 성적인 애착을 느끼는 '오이디푸스 콤플렉스 Oedipus complex'다.

6. 오레스테스와 복수의 여신들

오레스테스의 근친 살해죄

오레스테스는 자기 어머니와 정부를 죽이고, 아버지의 복수를 했다. 그런데 사실 그가 복수를 하도록 신탁을 내린 것은 아폴론이었다. 오레스테스는 복수를 하기 전, 델피의 아폴론 신탁소를 찾아가, 어떻게 해야 좋을지를 물었다. 그러자 아폴론이 …

아폴론   어서 너의 아버지를 죽인 자들을 찾아가,

그들이 죽인 똑같은 방법으로 복수하라.

만약 그렇게 하지 않으면, 넌 많은 고통을 겪을 것이고,

문둥병에 걸려, 그 병이 너의 살을 모두 파먹을 것이다.

그러나, 네가 어머니를 죽여 근친 살해를 하면,

'복수의 여신들'이 너를 광기와 공포로 몰아넣을 것이다.

그럼 넌 고향에서 추방되어, 이곳저곳을 떠돌게 될 것인데,

그때 이 델피의 신전을 찾아와, 나에게 구원을 청하라!

결국, 오레스테스는 아폴론 신탁대로 복수했지만, 자기 어머니를 죽인 근친 살인죄는 피할 수 없었다. 그래서 '복수의 여신들'이 그를 광기와 공포로 휘감아 미치게 만들고, 집요하게 쫓아다녔다.

이 '복수의 여신들'은 흔히 '에리니에스 Erinyes'라고 불리는 3명의 여신들로, 그녀들은 근친상간과 근친 살해 등의 인류을 거스른 범죄를 처벌하는 무서운 여신들이다.

지하 세계에 사는 이 여신들은 한 손엔 횃불, 또 다른 손엔 채찍을 들고 다닌다. 또한 그녀들은 머리에 뱀이 휘감겨 있고, 눈에선 피눈물이 흐르는 흉측한 모습을 하고 있다. 그래서 사람들은 그녀들이 너무나 무서운 나머지, 이 여신들을 역설적으로, '자비로운 여신들'이라 불렀다.

오레스테스는 복수의 여신들을 피해, 아폴론 신전으로 피신을 했다. 그러나 그녀들은 신전까지 쫓아와, 안에서 코를 골며 잠을 자고 있었다. 아폴론이 그들을 곯아떨어지게 만들었던 것이다. 오레스테스가 아폴론에게 ...

뱀머리에 횃불을 든 복수의 여신들이 칼에 찔려 죽은 클리타임네스트라를 가리키며 오레스테스를 쫓고 있다 - 아돌프 부게로 그림

이 그림 역시 근친 살해를 한 오레스테스를 뱀머리에 뱀과 횃불을 들고, 끊임없이 괴롭히는 복수의 여신들 – 칼 랄 그림

오레스테스   아폴론이시여! 제발 절 끝까지 도와주십시오.

아폴론   너무 걱정 마라.

난 너의 보호자로서, 너를 끝까지 지켜줄 것이다.

저기 내가 잠재워놓은 복수의 여신들은,

너를 이 세상 끝까지 쫓을 것이다.

그러니까 계속 달아나지만 말고, 아테네 도시를 찾아가,

'아테나' 여신의 신상을 꽉 붙잡고 있어라.

그럼 그곳에서 내가 너를 공정하게 심판받게 해줄 것이다.
어머니를 죽이도록 명령한 것은 나였으니 말이다!

그러며 아폴론은 '헤르메스'에게 그를 즉시, 아테네까지 잘 인도해 달라고 부탁했다.
오레스테스가 신전을 막 빠져나가려 할 때였다. 그런데 이때, 죽은 클리타임네스트라의
혼백이 잠자고 있는 복수의 여신들의 앞에 나타나 …

클리타임네스트라　　이보세요, 복수의 여신들이여!
　　　　　　　　　　　이렇게 잠만 자고 있으면 어떡해요.
　　　　　　　　　　　빨리 잠에서 깨어나, 녀석을 잡아요.
　　　　　　　　　　　녀석이 지금 사슴처럼 달아나고 있단 말이에요.

복수의 여신들　　　(계속 코를 골며) 드르렁 ~ 드르렁 ~
클리타임네스트라　　내가 당신들께 제물을 얼마나 바쳤는지 알아요?
　　　　　　　　　　　당신들이 내 제물을 얼마나 많이 받아 먹었수?
　　　　　　　　　　　제발 그만 자고 정신을 좀 차려요.
　　　　　　　　　　　어미인 나를 죽인 녀석이 벌써 달아났단 말이에요.
　　　　　　　　　　　어서 잡아요. 빨리 녀석을 추격하라고요.

그때서야 복수의 여신들은 잠에서 깨어났지만, 이미 오레스테스는 도망치고 없었다.
그러자 여신들은 아폴론에게 농락당한 것을 알고 화를 내며 …

복수의 여신들　　　이 교활한 도둑, 아폴론이여!
　　　　　　　　　　　우리를 잠재우고, 녀석을 빼돌리다니!
　　　　　　　　　　　그대는 늙은 우리를 모욕하고,
　　　　　　　　　　　신들의 법을 어기면서, 모친 살해범을 빼돌렸소.
　　　　　　　　　　　그러나, 녀석은 결코 자유의 몸이 되지 못 할 것이오.

아폴론　　　여긴 그대들이 있을 곳이 아니오.

　　　　　　어서 내 신탁소를 나가시오, 이건 명령이오!

복수의 여신들과 아테나

　복수의 여신들은 할 수 없이 신전을 나와, 재빨리 추격을 했다. 그 사이 오레스테스는 '아테나' 여신의 신전을 찾아가, 여신의 신상을 꽉 껴안고 기도했다.

오레스테스　　여신이시여! 저에게 자비를 베풀어주소서.

　　　　　　전 아폴론의 명령으로 여기에 왔습니다.

　　　　　　여신이시여! 전 여기서 당신의 심판을 받고 싶습니다.

　그러는 사이, 복수의 여신들이 신전에 들어오더니, 그를 발견하고...

복수의 여신들　야, 이 살인자야! 우린 너의 피를 빨아먹고,

　　　　　　너를 꼭 지하 세계로 끌고 갈 거다. 알았냐?

오레스테스　　오, 아테나 여신이시여!

　　　　　　제발 저를 이 곤경에서 구해주소서.

복수의 여신들　노, 노, 노! 천만에...

　　　　　　아폴론과 아테나도 널 구해주지 못할걸?

　　　　　　넌 우리 사냥감이고, 우리 제단에서 산 채로 먹힐 것이다.

　　　　　　자, 우리가 너를 미치게 만드는 춤과 노래를 들려줄까?

　　　　　　(노래하며) 착란이여,

　　　　　　정신을 혼란시키는 광기여. ♪~

　　　　　　우리 복수의 여신들이 부르는 이 노래를 듣고,

　　　　　　인간의 정신을 모두 말려버려라. ♫~

아테나 제단에서 기도하는 오레스테스와 그 위의 복수의 여신들 - 추상 화가의 대가 귀스타프 모로 작품

아테나가 자기 신전에 들어온 것은 이때였다. 그녀는 트로이 근방에 있다가, 복수의 여신들의 음산한 노래를 듣고 온 것이다. 그녀가 들어오자, 복수의 여신들이 ...

복수의 여신들   제우스 따님이여! 저자는 자기 어머니를 죽인 근친 살인범인데,

                     그대가 공정한 재판관이 되어, 심판해 주시겠어요?

아테나   저자의 판결을 나한테 맡긴다고요?

복수의 여신들   예, 그래요.

아테나   이방인이여! 대체 무슨 일인가?

오레스테스   전 그리스 총사령관이었던 아가멤논의 아들입니다.

                     제 아버지는 귀국해서 처참한 죽음을 당했는데,

                     제 어머니와 정부가 덫을 놓아 암살했습니다.

                     그래서 전 제 어머니와 정부를 죽이고,

                     아버지의 원수를 갚은 것뿐입니다.

아테나   ...

오레스테스   근데, 그것은 아폴론의 계시에 따른 것입니다.

                     아폴론께서는 만일 제가 복수를 안 하면,

                     무서운 고통을 주겠다고 경고하셨습니다.

                     여신이시여! 그대가 판결을 해주소서.

                     전 그대의 판결을 사심 없이 받아들이겠습니다.

아테나   (잠시 생각하다) 흐음 ..

                     이 사건은 인간이 심판하기엔 너무 중요한 사건이고,

                     잘못하면 신들의 분노를 살 수 있기 때문에,

                     나도 이 사건을 심판할 권한이 없는 거 같다.

                     하지만, 일단 이 사건이 나에게 떨어졌으니,

                     양쪽은 증인과 증거를 확보하시오.

                     난 이 사건을 공정히 심판할 배심원들을 선임하겠소.

최초의 배심원 재판

마침내 재판이 열렸다. 재판 장소는 아레스 성지인 '아레이오스 파고스'였다. 수많은 아테네 사람들이 참석한 가운데, 아테나 여신이 배심원으로 뽑힌 11명과 함께 입장했다. 재판을 시작하는 나팔이 울리고, 피고와 원고가 각각 제자리에 착석했다. 오레스테스의 변호는 아폴론이 맡았다.

아테나 자, 그럼 재판을 시작하겠소.

먼저, 원고가 피고에게 질문을 하시오.

복수의 여신들 당신은 어머니를 살해했나?

오레스테스 그렇소! 그것을 부인하지는 않겠소.

복수의 여신들 어떻게 살해했지?

오레스테스 칼로 어머니의 목을 찔렀습니다.

저 멀리 위에 보이는 파르테논 신전의 절벽 아래에 있는 숲속의 넓은 공터가 아테나 시민들이 모여 토의하는 아고라다.

복수의 여신들	누가 시켜서 한 짓인가?
오레스테스	(아폴론을 가리키며) 이분의 신탁의 명령 때문이었소.
	난 지금껏 내가 한 것을 후회한 적이 없소.
	그녀는 남편을 죽였고, 내 아버지를 죽인 여자요.
복수의 여신들	홍! 너는 살아있고, 그녀는 죽었는데?
오레스테스	그럼 당신들은 왜 그녀가 살아있을 때 가만있었죠?
복수의 여신들	그야, 그녀는 남편과 혈족이 아니었으니까 그랬다, 왜?
오레스테스	그럼 난 어머니와 혈족이라서 이러는 겁니까?
복수의 여신들	그렇다. 이 더러운 살인자야!
	그럼 넌 어머니의 소중한 피마저 부정하는 거냐?
오레스테스	(아폴론에게) 이제 신께서 증언해 주십시오.
	제가 그녀를 살해한 정당한 이유를 밝혀주십시오.

　그러자 곧 아폴론이 나와, 배심원들을 설득했다. 오레스테스가 어머니를 살해한 것은 자기 책임이며, 또 그의 살인죄를 자신이 정화해 주었다고 말한 뒤...

아폴론	이 사람의 행위는 정당했소.
	그 이유는 이렇소. 무릇 어머니는...
	자식의 생산자가 아니라, 양육자에 불과하오.
	아버지는 태아를 수태시키는 진정한 생산자고,
	어머니는 단지 그의 씨를 받아, 지켜주는 것뿐이오.
	그러니까, 어머니 없이도 아버지가 될 수 있단 말인데,
	이런 내 주장에 대한 증거는 여기 아테나 여신이오.
	아테나는 어머니의 자궁에서 양육되지 않고,
	제우스 신의 머리에서 곧장 튀어나왔기 때문이오.

이 변론은 좀 황당하다, 그쟈? 당시 그리스 사회가 아무리 남성 중심의 부계 사회라 하지만, 일종의 궤변이라고나 할까? 어쨌든, 아폴론이 변호를 마치자, 이번엔 재판관인 아테나가...

아테나   아테네 시민들이여! 그리고...
최초의 살인 사건을 재판하는 배심원들은 들으시오.
이 배심원 재판은 앞으로 아테네인들을 위해,
여기 이 아레스 언덕에서 계속 이어질 것이오.
내가 최초로 만든 이 배심원 재판 제도는,
뇌물을 용납지 않고, 명예롭게 이 도시를 보호할 것이오.
자, 배심원들은 일어나, 항아리에 투표 돌을 넣으시오.

그러자 11명의 배심원이 제단 항아리에 각자의 투표 돌을 넣었다. 검은 돌은 유죄를, 하얀 돌은 무죄를 상징하는 그런 돌이었다. 그런데 투표 결과를 알아보기 전, 아테나가 자리에서 일어나더니...

아테나   마지막으로 판결을 내리는 것은 내 소관이오.
난 내 투표 돌을 오레스테스에게 던지겠소.
여러분이 잘 아는 것처럼,
나에겐 나를 낳아준 어머니가 없기 때문이오.
난 비록 여자지만, 전적으로 남자인 아버지 편이오.
그래서 남편을 죽인 그녀의 편을 들어줄 수 없소.
아 참! 만약 투표 돌이 똑같이 나올 경우엔,
난 피고에게 무죄를 선언할 것이오. 그 점을 고려하고,
자, 그럼 배심원 대표는 어서 검표를 시작하도록 하시오!

그러자 배심원 대표가 나와서, 항아리에서 투표 돌을 쏟더니 개표를 시작했다. 그런데 결과는 아테나의 표를 합해, 흰 돌과 검은 돌이 똑같이 나왔다. 그러자 아테나가 ...

아테나   자, 그럼 이것으로 피고는 무죄를 선고한다! (땅땅땅!!!)

오레스테스   오, 여신이여!

              그대는 저와 제 가문을 구원해 주셨습니다.

              당신이 하신 일은 온 그리스 인들이 찬양할 겁니다.

그러며 오레스테스와 아폴론이 떠나가자, 재판에서 패한 복수의 여신들이 분노했다. 그녀들은 아테네에 기근과 질병을 비롯한 온갖 재앙과, 불모지로 만들겠다고 위협했다. 그러자 아테나 여신이 그녀들을 달래며 ...

아테나   여신들이여! 너무 화내지 말고 참으시오.

              판결은 무승부였으니, 그대들은 진 것이 아니오.

              그러니까, 이 나라를 불모지로 만들지 마시오.

              내 그대들에게 엄숙히 맹세하노니,

              이 아테네에 당신들의 명예로운 신전을 세워줄 것이오.

              그럼 그대들은 계속 이곳 시민들의 존경을 받게 될 것이오.

              어때요? 선택은 그대들 자유요!

여신이 이렇게 약속하자, 그때서야 복수의 여신들은 조금씩 분노를 진정시켰다. 사실 그녀들은 지금까지 제대로 된 신전이 하나도 없었다. 더구나 아테네라는 유명한 도시에 신전을 가진다는 것은 큰 영광이라고 생각했다. 그래서 그녀들은 앞으로 아테네에 모든 재앙을 막아주고, 풍요를 약속하며 자리를 떠났다.

에필로그

아이스킬로스의 3부작 오레스테이아

제 4화부터 제 6화까지의 내용은 그리스의 3대 비극 작가인 '아이스킬로스'의 3부작 '오레스테이아 Oresteia'다. 오레스테이아는 '오레스테스 이야기'란 뜻으로, 그리스 비극 중에 유일하게 완전한 형태로 전해지는 작품이다.

그의 오레스테스 3부작은 '아가멤논', '제주를 바치는 여인들', '자비로운 여신들'로 구성되어 있다. 첫 번째 작품인 '아가멤논'은 트로이 전쟁에서 돌아온 아가멤논이 아내 손에 무참하게 암살당하고, 아내의 정부인 아이기스토스가 미케네의 새로운 왕이 되는 것으로 끝난다.

두 번째 작품 '제주를 바치는 여인들'은 피신했던 아가멤논의 아들 오레스테스가 몰래 귀국해, 자신의 어머니와 아이기스토스를 처단한다. 그러나 그는 존속살인죄로, 광기에 휩싸여 조국을 떠난다.

그러나 필자는 이 두 번째 이야기에서 아이스킬로스의 '제주를 바치는 여인들'보다는 소포클레스의 '엘렉트라' 내용을 택했다. 두 작품의 내용은 거의 비슷하지만 소포클레스 작품이 훨씬 극적인 구성이 뛰어나고, 흥미롭기 때문이었다.

마지막으로, 세 번째 작품 '자비로운 여신들'은 오레스테스가 아폴론 조언에 따라 법정에 선다. 이때 배심원의 찬반 투표에서 동수가 되어, 그는 무죄가 된다. 오레스테스 3부작은 아가멤논의 죽음부터 시작하여, 오레스테스의 복수와 재판 이야기를 다루고 있다.

그릇에 투표하는 아테나와 배심원들 - 루브르 박물관

7. 타우리스의 이피게네이아

등장 인물

이피게네이아 : 아가멤논 첫째 딸 (아르테미스 여사제)
오레스테스 : 아가멤논 아들
필라데스 : 오레스테스 친구
토아스 왕 : 타우리스 왕

이 신화는 시리즈 마지막 편이다. 이 이야기엔 아가멤논의 첫째 딸이자, 오레스테스 큰누나인 이피게네이아가 등장해, 마지막 대미를 장식한다.

아르테미스 여신상

오레스테스는 이미 아테네 법정에서 무죄 판결을 받았지만, 이후로도 미친 광기에서 벗어나지 못했다. 그래서 그는 친구와 함께 또다시 아폴론의 신탁소를 찾아가, 자신의 앞날에 대해 물었다.

아폴론 신탁　타우리스로 가면, 그곳에 아르테미스 제단이 있다.
　　　　　　　그곳 제단엔 하늘에서 떨어진 여신의 신상이 있는데,
　　　　　　　무슨 방법이든 여신상을 손에 넣어,
　　　　　　　그 여신상을 아테네로 가져와라.
　　　　　　　그럼 그때 너의 고난은 끝날 것이다!

그래서 그는 친구와 함께 멀고 먼 지금의 크림 반도인 타우리스로 갔다. 타우리스는 '토아스 Thoas' 왕이 통치하는 야만족 나라로, 그들은 자기 나라에 표류해 오는 이방인을 붙잡아, 여신에게 희생 제물로 바치고 있었다.

타우리스의 이피게네이아

그런데 이 야만족 나라에 오레스테스 큰누나 '이피게네이아 Iphigenia'가 아르테미스 여신의 여사제로 있었다. 기억하시는가, 이피게네이아? 트로이 전쟁 때에 희생 제물로 바쳐진 여인 말이다. 그런데 그녀는 죽지 않고, 그곳에 살아있었던 것이다.

그러니까 그녀가 희생 제물로 죽는 순간, 아르테미스 여신이 그녀를 구출하고, 대신 사슴을 제물로 내놓았다. 그리고 여신은 이피게네이아를 타우리스로 데려가, 여사제로 삼았다. 언더스탠? 오케이!

중앙의 제사장이 이피게네이아를 죽이려 할 때, 왼쪽의 아르테미스 여신이 그녀 대신 사슴을 희생 제물로 내놓고 있다
- 티에폴로 그림

이후, 그녀는 10년 이상을 고국에 돌아가지 못한 채, 항상 부모님과 동생들의 소식이 궁금했다. 그런데 그녀의 남동생이 여신상을 훔쳐 가기 위해 온 것이다. 과연 이 남매는 서로 알아볼 수 있고, 무사히 여신상을 훔쳐 갈 수 있을까? 이것이 이번 이야기의 관전 포인트다.

생포된 오레스테스와 필라데스

오레스테스와 친구가 상륙한 그날이었다. 그래서 그랬나? 이피게네이아는 지난밤에 고향에 관한 꿈을 꾸었는데, 꿈 내용이 조금 불길했다. 남동생이 죽는 꿈이었다. 그래서 제단에서 눈물을 흘리고 있을 때였다. 그때 소몰이 목동이 급히 오더니 ...

소몰이 목동	여기 계셨군요, 여사제님!
	어서 제물을 바칠 준비를 하십시오.
	저희가 방금 2명의 젊은 이방인을 잡아왔습니다.
이피게네이아	그래요? 근데, 어느 나라 사람이죠?
소몰이 목동	그리스 인들입니다. 헤헤헤 ...
이피게네이아	그리스인요? 혹시, 이름은 듣지 못했나요?
소몰이 목동	그중 한 명이 다른 놈을 '필라데스'라고 불렀습죠.
	다른 놈의 이름은 모르고요.
이피게네이아	그런데 그들을 어디서 ...
	또 어떻게 사로잡았죠?

목동이 그들을 생포한 과정은 이러했다. 목동들은 소들을 씻기려고 해안가에 갔는데, 바위 동굴에 2명의 젊은이가 숨어있는 것을 발견하여 붙잡았다고 했다. 그런데 젊은이 중 한 명이 갑자기 미친 사람처럼 머리를 위아래로 흔들며 ...

오레스테스 필라데스! 자넨 저 복수의 여신들이 안 보여?

여신들이 지금 날 죽이려고 뱀과 함께 달려들고 있고,

죽은 내 어머니를 내게 집어던지려는 거, 안 보여?

으으.. 나 좀 살려줘. 난 어디로 피해야 하지?

그러더니 미친 젊은 놈이 소와 개들의 소리를 복수의 여신들이 지르는 소리로 착각해, 칼을 빼들더니 소들을 마구 찔렀다고 했다. 그런 뒤, 그가 입에 거품을 물고 쓰려졌을 때 합세한 목동들이 그들을 잽싸게 생포했다고 전했다.

목동들에 의해 여사제인 이피게네이아 앞에 끌려온 오레스테스와 친구 필라데스
- 테이트 브리튼 (벤자민 웨스트 그림)

남매의 기막힌 만남

잠시 후, 목동들이 두 젊은이를 제단으로 끌고 왔다. 그러자 이피게네이아는 생포한 목동들에게 그만 가보라고 한 뒤 ...

이피게네이아   불운한 이방인들이여!

당신들의 부모는 누구고, 또 고향은 어디죠?

멀리서 여기까지 온 거 같은데, 이젠 저승에 가겠네요.

오레스테스   누군지 모르지만, 왜 우리들의 불행을 슬퍼하죠?

우린 이제 제물로 죽는 거 다 알고 있으니까,

우리를 위해 그렇게 슬퍼할 필요는 없어요.

이피게네이아   두 사람 중, 누가 필라데스죠?

오레스테스   (옆의 친구를 가리키며) 바로 이 사람이오.

이피게네이아   두 사람은 형제인가요?

오레스테스   아니오! 우리는 의형제지, 친형제는 아니오.

이피게네이아   당신 이름은 어떻게 되죠? 고향은요?

오레스테스   그냥 불운아라고 부르시오.

내 고향은 미케네란 곳이오.

이피게네이아   (놀라며) 어머나, 정말 고향이 미케네에요?

이렇게 반가울 수가 ...! 나도 그곳 출신이거든요.

그럼 트로이의 멸망에 관한 소식도 알고 있겠네요.

근데, 총사령관이었던 아가멤논은 어떻게 지내시죠?

오레스테스   그분은 돌아가셨소.

아내 손에 끔찍하게 살해되어 돌아가셨지요.

이피게네이아   (놀라며) 돌아가셨다고요? 어머나, 이런 변고가!

그럼 그분을 죽인 아내는 아직 살아 있나요?

오레스테스	죽었소. 친아들이 그녀를 죽였소.
	아버지의 원수를 갚기 위해 그녀를 죽였지요.
이피게네이아	아아 .. 집안이 완전히 쑥대밭이 되어버렸구나!
	그럼 아가멤논의 다른 자식들은 살아있나요?
오레스테스	딸 둘이 살아있죠.
이피게네이아	(자기 이야기가 궁금해서) 그럼 큰딸은요?
	사람들이 제물로 바친 큰딸 이야기도 하던가요?
오레스테스	사람들은 그녀가 죽었을 거라고 생각하고 있지요.
이피게네이아	그렇군요. 근데 아들은 아직 미케네에 살고 있나요?
오레스테스	살기는 살지요. 근데 아주 비참한 꼴이 되어,
	여기저기 발붙일 곳 없이 떠돌고 있답니다.

가운데 이피게네이아에게 서로 자기가 희생 제물이 되겠다고 나서는 오레스테스와 친구 필라데스 - 니콜라스 페르콜레 그림

그녀는 오랜만에 가족 소식을 들으니 너무 반갑고, 또 자신의 소식을 전하고 싶었다. 비록 부모님들은 죽었지만, 아직 여동생들과 남동생이 살아있다는 것이 아닌가! 그래서 이피게네이아는 두 사람에게 제안하며 ...

이피게네이아   내가 당신들에게 한 가지 제안을 할게요.

                (오레스테스에게) 내가 당신을 살려줄 테니까,

                당신은 그 대신, 내 가족에게 편지를 전해주세요.

                난 지금까지 편지를 전해 줄 사람을 찾지 못했거든요.

                (필라데스를 가리키며) 하지만 이 사람은 안 돼요.

                두 사람 중 한 명은 제물로 바쳐야 하니까요.

오레스테스   (그러자) 죽이려면 차라리 날 죽이시오.

                친구를 죽게 하고, 나만 사는 건 수치스러운 일이니까요.

                그에게 편지를 주면, 잘 전달해 줄 것이오.

이피게네이아   당신은 정말 고귀한 마음씨를 가졌군요.

                내 남동생도 당신 같으면 좋겠네요.

                좋아요! 당신 뜻이 정 그렇다면,

                편지는 이 사람이 가져가고, 당신은 죽게 될 거예요.

오레스테스   근데 누가 절 제물로 바치고, 끔찍한 살육을 합니까?

이피게네이아   제가요! 여사제로서 제 직무거든요.

오레스테스   (놀라며) 그럼 여자인 당신이 칼로 남자를 죽이는 겁니까?

이피게네이아   아니요! 난 그저 머리에 성수를 뿌리기만 하고,

                그 일을 하는 남자는 신전 안에 따로 있거든요.

오레스테스   아아 .. 나도 누나가 내 시신을 묻어줬으면 좋으련만!

이피게네이아   (마음이 짠해지며) 쯔쯔 ... 불쌍한 사람.

                그래요! 내가 힘닿는 대로, 당신 무덤을 잘 보살필게요.

                자, 그럼 편지를 가져올 테니까, 조금만 기다리세요.

그녀가 잠시 자리를 비운 사이, 필라데스는 자기 혼자 살아 돌아가는 건 비겁한 일이라며, 죽어도 같이 죽어야 한다고 우겼다.

오레스테스는 이미 자기 누나인 엘렉트라와 약혼한 필라데스에게 앞으로도 행복하게 잘 살아야 한다며, 손을 꼭 잡아주었다.

오레스테스와 친구 필라데스 - 루브르 박물관

남매의 극적인 상봉

곧이어, 이피게네이아가 편지를 가져오더니, 필라데스에게 잘 전해 줄 것을 부탁했다. 또한 만약 배에 무슨 일이 생겨, 편지를 잃어버렸을 경우를 대비해, 말로 전달할 수 있도록 편지 속 내용을 읽어주며...

이피게네이아	자, 잘 외워서 꼭 좀 전달해 주세요.
	〈아가멤논의 아들, 오레스테스에게!
	옛날, 아울리스에서 제물로 바쳐진 이 누나가,
	죽은 것으로 알려진 누나가 이 편지를 전한다.〉
오레스테스	(그러자 놀라며) 예? 그녀가 어디에 있습니까?
	그럼 죽었다가 다시 살아났나요?
이피게네이아	(자기를 가리키며) 바로 여기 있잖아요.
	(그러고는 계속해서) 〈사랑하는 동생아!
	나를 야만족 나라에서 구출해, 미케네로 데려가다오.
	이방인을 죽여야 하는 여사제인 나를 꼭 구해다오.〉
오레스테스	(더욱 놀라며) 아니, 이게 대체 어떻게 된 일이지?

이피게네이아   <여신은 내가 제물로 죽게 되었을 때,

나 대신 암사슴을 보내주시어, 날 구하신 거란다.

동생아! 난 아직 타우리스에 살아있단다. >

이것이 편지에 적힌 내용이거든요.

잘 외웠다가, 꼭 좀 동생에게 전해주세요. 알았죠?

필라데스   그럼요. 제가 금방 이 편지를 전해줄게요.

(오레스테스에게 편지를 건네주며)

자, 편지를 받게 친구! 자네 누나가 보낸 편지야.

오레스테스   (편지를 받으며) 잘 받았네, 친구!

(그러다 누나를 끌어안으며) 누나, 살아있었군요.

이피게네이아   (깜짝 놀라 뒤로 물러나며) 움마나!

이게 무슨 해괴망측한 짓이에요?

오레스테스   누나, 저예요! 막내 동생인 오레스테스요.

누난 지금 못 만날 줄 알았던 동생을 찾은 거예요.

이피게네이아   (너무 놀라) 뭐라고요? 그쪽이 내 동생이라고요?

그럼 .. 무슨 증거라도 있어요?

　　그녀는 믿기지 않았다. 동생 역시 마찬가지였다. 죽은 줄 알았던 누나가 살아있다니!
그것도 머나먼 야만족의 나라에서, 이렇게 기적적으로 서로 만날 줄이야! 오레스테스는
누나에게 집안 내력부터 시작해, 식구들만이 알고 있는 것을 모두 말해주었다. 그러자
누나는 동생을 와락 얼싸안더니, 해후의 눈물을 흘리며 ...

이피게네이아   사랑하는 동생아!

그래, 틀림없는 너로구나.

내가 떠날 땐, 넌 유모 품에 안긴 갓난아이였는데 ...

이렇게 기적적으로 만나다니, 정말 꿈만 같구나. 흑흑흑 ...

그녀는 집안 일과 또 동생이 거기까지 온 이유를 물었다. 그러자 동생은 그간의 집안 일을 상세히 설명해 주고, 자기는 미친 광기에서 벗어나기 위해 여신상을 훔치러 왔다고 말하며 ...

오레스테스   누나! 제발 도와주세요.

우리가 여신상을 손에 넣고, 누나도 데려갈게요.

만약 그렇지 못하면, 우리 가문도 끝장이에요, 누나!

이피게네이아   알았어. 그런데 어떻게 탈출하지?

너를 구할 수 있다면, 난 죽음도 불사할 수 있거든?

그렇다! 어떻게 탈출하느냐, 바로 그것이 문제였다. 이때 이피게네이아는 문득 좋은 생각이 떠올랐는지 ...

이피게네이아   좋은 방법이 한 가지 떠올랐어.

바로 너의 미친 광기를 이용하는 거야.

난 왕에게 네가 어머니를 죽인 죄인이기 때문에,

그런 불결한 제물을 여신께 바칠 수 없다면서,

너와 친구를 바닷물로 정화해야 한다고 말할 거야.

오레스테스   여신상은 신전에 남겨둔 채로요?

이피게네이아   아니! 여신상도 네가 만졌으니까, 씻어야 한다고 해야지.

참, 너의 배가 바닷가에, 몰래 정박해 있다고 그랬지?

바로 거기서 씻긴다고 하면 될 거 같은데?

내가 왕을 잘 설득해 볼게, 걱정 마!

오레스테스   좋아요, 누나! 우리 쾌속선은 항상 출항할 준비가 되어있거든요.

이피게네이아   (두 사람에게) 자, 어서 신전 안으로 들어가자.

곧 왕이 너희들을 제물로 바쳤는지, 확인할 테니까 말야.

필라데스와 그 옆의 오레스테스가 서로 자기가 희생 제물이 되겠다고 우기는 상징적인 그림 - 피터 라스트만 그림

타우리스의 탈출

얼마 후, 토아스 왕은 여신에게 제물을 바쳤는지 알아보기 위해서 신전에 들어오다가 깜짝 놀랐다. 이피게네이아가 제단에 모셔놓은 여신상을 자기 가슴에 꼭 안고 있었기 때문이었다.

토아스	아니, 왜 여신상을 안고 있는 것이오?
이피게네이아	토아스 왕이시여!
	아주 끔찍한 일이 일어났습니다.
	이번 제물들은 깨끗하지 않아서,
	여신상이 저절로 돌아서더니, 눈을 감아버렸습니다.
토아스	(놀라며) 저런! 제물이 깨끗하지 않아서 그런 것이오?

이피게네이아 예, 맞습니다. 저 두 사람은 어머니를 끔찍하게 살해하고,
이곳으로 도망쳐온 부정 탄 제물입니다.

토아스 그럼, 저놈들을 어떻게 하면 좋겠소?

이피게네이아 먼저, 저들을 바닷물로 깨끗이 씻기려고 합니다.
바다는 부정 탄 제물들을 깨끗이 정화해 주니까요.
참, 그리고 이 여신상도 정화해야겠습니다.
저 모친 살해범들이 여신상을 만졌거든요.

토아스 그럼 그렇게 하시오. 난 금지된 것은 보고 싶지 않소.

이피게네이아 그리고 왕이시여!
지금 바로 전령을 도시에 보내,
살인자들과 마주쳐서 부정 타는 일이 없도록,
모두 집안에만 머물러 있으라고 해주십시오.
또 왕께서도 오염되지 않도록 신전에 계시고,
신전 안에 향을 피우고, 옷으로 눈을 가리고 계십시오.

토아스 알았소. 여신에 대한 의식을 천천히 잘 수행해 주시오.

그러자 이피게네이아는 시종 몇 명에게, 두 사람을 바닷가로 끌고 가게 했다. 그리고 해안에 도착하자 시종들에게 …

이피게네이아 너희들은 멀리 안 보이는 곳에 가 있어라.
정화 의식은 비밀리에 해야 하니까 말이다.

그러더니 오레스테스와 친구를 멀리 끌고 가서, 알 수 없는 주문을 외우기 시작했다. 시종들은 한참을 안 보이는 곳에 있다가, 어쩐지 이상한 생각이 들어 현장에 가보았다. 그런데 이게 무신 시추에이션인가? 50명이 탑승한 그리스 배 한 척이 출항 준비를 하는 것이 아닌가! 더구나, 제물들은 포승에서 풀려난 채로 말이다.

시종들은 그때서야 속았다는 생각이 들어 재빨리 달려가, 이피게네이아와 배 밧줄을 꽉 붙잡았다.

왕의 시종　너희들은 대체 누군데 우리 여신상을 훔치고,

　　　　　　우리 여사제를 납치해 가는 거냐?

오레스테스　나? 난 아가멤논의 아들 오레스테스고,

　　　　　　이 여인의 남동생이다, 알았냐?

　　　　　　난 잃어버렸던 누나를 다시 데려가는 것이다.

　　　　　　어서 누나를 놓지 못해?

그러며 오레스테스가 주먹으로 마구 강타하자, 시종들은 눈탱이가 밤탱이가 되어서 언덕으로 달아났다. 그러다가 달아난 시종들이 언덕에 멈춰 배를 향하여 돌을 던졌지만, 배에서 날아온 화살 때문에 그들은 물러서지 않을 수 없었다.

이윽고, 그리스 배는 해안을 벗어나, 바다를 향해 나아가기 시작했다. 그런데 갑자기 맹렬한 돌풍이 불어와, 배는 다시 해안으로 밀려갔다. 선원들이 힘껏 사력을 다했지만, 불가항력이었다. 그러자, 이피게네이아가 벌떡 일어나 기도를 올리며...

이피게네이아　오오, 아르테미스 여신이여!

　　　　　　당신의 여신상을 훔쳐 가는 것을 용서하시고,

　　　　　　그대의 여사제인 저를 이 야만족 땅에서 구해주소서.

　　　　　　오, 처녀 여신이자, 사냥의 여신이여!

　　　　　　그대가 동생인 아폴론을 사랑하는 것처럼,

　　　　　　저도 제 남동생을 사랑합니다.

　　　　　　부디 우리 남매를 사랑하시어,

　　　　　　저희에게 자비를 베풀어 주소서.

그러나 배는 점점 육지에 있는 암벽으로 계속 밀려가고 있었다. 만약 바람과 파도가 잔잔해지지 않는다면, 배는 해안을 빠져나가지 못할 것만 같았다. 그럴 때였다. 토아스 왕이 수많은 군사들을 거느리고 해안으로 오면서 ...

토아스 지금이 기회다. 어서 좌초된 그리스 배를 즉시 나포하라.
어서 저자들을 사로잡아 암벽에서 떨어뜨리고,
저자들의 몸에 말뚝을 박아 죽여 버리자.

그런데 그때였다. '아테나' 여신이 하늘에서 나타나 왕을 제지하며 ...

아테나 토아스 왕이여! 난 아테나 여신이다.
어서 추격을 멈추고 군대를 철수해라.
오레스테스는 아폴론의 명령에 따라,
자기 누나와 여신상을,
아테네로 가져가기 위해 온 것이다.
그러니 노여움을 풀어라, 알았느냐?

토아스 여신이여! 명령에 복종하겠습니다.
그들이 여신상을 아테네에 가져가,
부디 잘 모시길 바랍니다.
그럼 저는 당장 군대를 철수하겠습니다.

아테나 잘 생각했다. 자, 순풍아 불어라!
아가멤논의 자식들을 배에 태워,
어서 아테네로 인도하라.
나도 같이 동행하며,
여신상을 지켜줄 것이다.

아테나 - 바르젤로 미술관

이리하여, 여신상은 아테네에 잘 모셔졌고, 이피게네이아는 그곳의 여사제가 되었다. 또한 미케네 왕이 된 오레스테스는 헬레네와 메넬라오스 딸인 '헤르미오네'와 결혼하여, 행복하게 살다가 90살에 죽었다. 또 그의 누나 엘렉트라도 포키스 왕이 된 오레스테스 친구인 필라데스와 결혼해, 행복한 가정을 이루었다.

이렇게 탄탈로스로부터 시작해서, 5대에 걸친 아가멤논 가문의 저주는 이들 세대에 마침내 막을 내렸다. 끄 ~ 읕! 디 엔드!

에필로그

그리스 신화에서 피로 얼룩진 저주 받은 3대 집안이 있다. 맨 먼저, 아버지를 죽이고 어머니와 결혼한 '오이디푸스' 집안이고, 두 번째가 50명 딸이 첫날밤 각자의 남편들을 죽인 '다나오스' 집안이다. 그리고 마지막 세 번째가 가족 간에 피비린내 나는 복수극을 펼친 '탄탈로스' 집안이다.

오이디푸스가 스스로 자기 눈을 찌르자, 딸들이 안겨 울부짖고 있다 - 가네로 그림

이 중에서 탄탈로스 가문의 저주는 가장 끔찍하고, 잔인하다고 해도 과언이 아니다. 신들의 권능을 시험하기 위해 자기 아들의 고기를 내놓았던 탄탈로스로부터 시작해, 이 저주받은 가문은 무려 5대에 걸쳐, 근친상간과 존속살해, 또 서로 간의 복수와 복수로, 피비린내가 진동한다.

이 가문의 이야기는 그리스 고전 작가들의 흥미로운 단골 소재가 되어 많은 작품을 남겼다. 아이스킬로스는 3부작 시리즈인 '오레스테스'를 남겼고, 소포클레스는 '엘렉트라'란 걸작을, 또 에우리피데스는 '엘렉트라'와 '오레스테스', 그리고 또 '타우리스의 이피게네이아'를 후세에 전했다.

소포클레스 - 바티칸 박물관

스킬라를 사랑한 글라우코스

등장 인물

스킬라 　　：처녀 괴물 (하체에 6개의 개 머리가 달린)
글라우코스 ：바다의 신으로 변한 인간
키르케 　　：마법을 하는 여신 (태양신 딸)
헤카테 　　：마법의 여신

이 신화는 다음 편 오디세우스 모험과 아이네이아스 모험에 등장하는 괴물 스킬라와
마법의 여신 키르케에 관한 이야기다.

스킬라가 괴물이 된 사연

이탈리아 시칠리아 연안의 메시네에는 폭이 좁고, 험난한 뱃길이 있었다. 이 위험한
뱃길의 오른쪽엔 괴물 '스킬라'가, 왼쪽엔 '카리브디스'란 커다란 소용돌이가 지나가는
배들을 위협했다.

이중 '스킬라 Scylla'는 허리 위는 예쁜 여자 모습인데, 허리 아래는 6개의 뾰족한 턱을
가진 개 모습으로, 12개의 다리를 가진 무시무시한 괴물이다. 이 괴물은 어두운 동굴에
숨어 있다가, 지나가는 돌고래와 뱃사람들을 닥치는 대로 잡아먹었다.

원래, 스킬라는 많은 남자들이 쫓아다니는 아름다운 처녀였다. 그런 그녀가 어쩌다가
그딴 괴물이 되었는지, 사연은 이러하다.

인간에서 바다의 신이 된 글라우코스와 괴물이 되기 전 쭉쭉 빵빵 아름다운 처녀였던 스킬라 - 빈 미술사 (스트랭거 그림)

스킬라를 사랑한 글라우코스

어느 날, 미모의 스킬라는 알몸으로 해변을 걷다가 지치자, 한적한 바닷속에 들어가 몸을 적시고 있었다. 그런데 그때, 바다의 신 '글라우코스 Glaukos'가 바닷물을 가르면서 쨘하고 나타났다. 그는 바다의 신이 된 지 얼마 안 된 초짜 신이었는데, 아름다운 그녀를 보고 사랑의 포로가 되었다. 글라우코스가 은근히 그녀에게 다가오더니 …

글라우코스　　아름다운 아가씨! 저와 잠깐 얘기 좀 나눌까요?
스킬라　　　　(그의 모습을 보고 너무 놀라) 움마야, 넘 무시라!

　　스킬라는 너무 두려워, 얼른 해변 가까이 산꼭대기로 도망쳤다. 그리고는 그곳에서 그의 푸른 피부색과 어깨까지 덮은 치렁치렁한 머리카락, 또 마치 남자 인어같이 꼬리가 달려있는 모습을 보고 놀랐다. 그런데 글라우코스가 바위에 기댄 채 …

스킬라에게 사연을 말하는 글라우코스 - 자크 두몽 그림　　　스킬라에게 다가가 얘기하는 글라우코스 - 로랑 그림

글라우코스   뷰티플한 아가씨!

난 괴물도 아니고 맹수도 아닌, 바다의 신입니다.

바다에서는 '트리톤'보다, 내가 더 권한이 있지요.

근데 난 과거엔 인간이었어요. 난 한때 바다에서 고기를 잡거나,

바위에 앉아 낚시하는 사람이었죠.

그런데 내가 이렇게 바다의 신이 된 사연은 요렇습니다.

글라우코스가 바다의 신이 된 사연

어느 해안가와 맞닿은 풀밭이 있었다. 그 풀밭은 여태까지 소, 염소 등이 한 번도 풀을 뜯은 적이 없었고, 사람들이 낫으로 벤 적이 없는 그런 곳이었다. 어느 날, 글라우코스는 풀밭에 앉아 젖은 그물을 말리면서, 낚싯바늘에 걸린 물고기를 세고 있었다.

그런데 그때, 신기한 일이 벌어졌다. 잡힌 물고기들이 풀에 닿자 팔딱거리더니, 마치 물속에서 헤엄치듯, 풀밭 위를 헤엄치는 것이 아닌가! 그가 너무 놀라 멍 때리는 사이, 물고기들은 잽싸게 물속으로 쏙 도망쳐버렸다. 그는 한동안 얼떨떨하다가, 그 이유를 생각했다.

글라우코스   뭐지? 어떤 신이 그렇게 한 거지?

아니면, 이 풀에 어떤 신비한 효능이 있는 거 아닐까?

그러며 풀을 뜯어, 이빨로 씹어보았다. 그런데 그가 풀의 액즙을 삼키자마자, 이상한 일이 벌어졌다. 갑자기 가슴이 쿵쾅거리면서 떨리기 시작하더니, 바닷물이 그리워지기 시작한 것이다. 그러더니 그는 그 유혹을 견디지 못하고, 땅에 작별하며 ...

글라우코스   아아 .. 다시 밟지 못할 땅이여!

그럼, 안녕 ~ ~

그러며 바닷속으로 첨벙 뛰어들었다. 바다의 신들은 그를 자신들 무리에 속할 자격이 있다며, 따뜻이 맞아주었다. 또 바다의 신들은 대양의 신인 '오케아노스'와 그의 아내인 '테티스' 여신에게, 글라우코스의 모든 인간적 요소를 없애달라고 부탁을 했다. 그러자 그분들이 100개의 강물을 쏟아부어, 자기를 정화시켜 주었다 한다.

글라우코스   난 여기까지 기억할 뿐입니다.

내가 의식이 돌아와, 정신을 차리고 보니까,

내 몸과 마음은 이미 예전의 내가 아니었어요.

난 그때 처음으로 내 녹색 수염과 머리털,

이 떡 벌어진 어깨와 검푸른 팔,

물고기의 지느러미가 된 다리를 보았지요.

하지만 이런 멋진 모습이,

또 내가 바다의 신이란 것이 뭐가 중요하겠어요.

당신이 관심을 가져주지 않는다면 말이에요.

오, 뷰티풀한 아가씨여! 난 당신을 사랑 ..

그때, 스킬라는 도망쳤다. 그가 무슨 말을 더 하려 하자, 잽싸게 줄행랑을 친 것이다. '우씨!' 글라우코스는 단칼에 퇴짜를 맞더니 화가 나, 멀리 '키르케'의 마법의 궁전으로 헤엄쳐 갔다.

글라우코스를 사랑한 키르케

'키르케 Circe'는 태양신 '헬리오스' 딸로, 정말 눈부시게 아름다운 마녀였다. 그녀의 아름다운 육체를 보고, 홀딱 빠지지 않는 남자가 없었다. 그래서 지금까지 서양에서는 남자가 여자의 육체에 홀라당 정신을 다 빼앗겼을 때, '키르케의 마법에 홀렸다!'라고 할 정도로 그녀는 쭉쭉 빵빵 예뻤다.

키르케는 태양신의 딸로, 자신의 궁을 찾아온 사람들을 동물로 바꾸는 눈부시게 아름다운 마법의 여신이다 - 바커 그림

　　그녀는 지중해의 외딴섬에 홀로 살며, 그곳을 찾아온 사람들을 동물로 바꾸는 마법의
여신으로 유명했다. 그런 그녀에게 글라우코스가 찾아가 간청하며 ...

글라우코스	여신이여! 제발 절 불쌍히 여겨, 내 상사병을 고쳐주세요.
	그대만이 내 상사병을 고칠 수 있기 때문이지요.
	난 그대가 만든 약초의 효능을 잘 알고 있거든요.
키르케	근데 .. 상사병이오?
글라우코스	예! 그럼 내 상사병의 이유를 말씀드리지요.
	전 시칠리아의 해안에서 아름다운 스킬라를 보았는데,
	이거 참! 내가 그녀에게 했던 말들과,

그녀에게 퇴짜 맞은 것을 다시 얘기하려니까,

그건 .. 좀 거시기 하네요.

키르케 어머나! 이렇게 멋진 분을 뻥 차다니요.

그래서요, 저에게 원하는 게 뭐죠?

글라우코스 혹시, 그대의 주문에 영험이 있다면,

아니, 주문보다 약초가 더 효험이 있다면,

제게 잘 듣는 약초를 좀 지어주면 안 될까요?

아 참! 난 내 상사병을 고쳐달라는 게 아니고요,

그 여자도 상사병을 걸리게 해주면 안 될까요?

그녀도 상사병에 걸려, 날 사랑하게 말입니다.

키르케는 욕정이 강한 마녀였다. 그냥 아무 남자한테나 마구 들이대는 스타일이었다.
그녀는 글라우코스가 마음에 들었는지, 그를 유혹하기 시작하며 ...

키르케 이보세요, 미남 아저씨!

그대는 당신을 싫다고 하는 그딴 여자를 쫓아다니지 말고,

당신과 똑같이 욕정에 사로잡힌 그런 여자를 사랑하세요.

그래요! 당신은 사랑받기에 충분한 자격이 있는 분이고,

틀림없이 사랑받을 거예요.

그러니까 내 말을 믿고 희망을 가지세요.

지금이라도 당장 구애받을 수 있거든요.

글라우코스 지금이라도요? 그게 누군데요?

키르케 누구긴요, 바로 나죠! 호호호 ...

전 태양신 딸이고, 주문과 약초로 큰 힘을 발휘하지만,

전 당신의 여자가 되는 게 소원이거든요.

당신을 깔보는 여자는 이제 버리고, 저를 사랑하세요.

　　　　　그러니까 당신은 그녀를 사랑하고,

　　　　　난 그녀를 사랑하는 당신을 사랑하고. 참, 쉽죠?

　　　　　그럼 저와 불같은 사랑을 한번 나눌까요?

글라우코스　노,노, 노우! 난 그렇게 할 순 없어요.

　　　　　내 사랑 스킬라가 살아있는 한,

　　　　　바닷물에 나뭇잎이 자라고, 산에 해초가 자란다 해도,

　　　　　그녀에 대한 내 사랑은 변치 않을 겁니다.

　그 말을 듣자, 그녀는 분개했다. 성질 같아서는 그냥 확 어떻게 하고 싶었지만, 그를 사랑하기에 해치고 싶지 않았다. 그녀는 그 대신, 자신의 연적인 스킬라에게 분풀이를 하기로 마음먹었다.

키르케의 질투와 복수

　그녀는 밖으로 나가, 독초를 모아서 액즙을 만들고, 거기에 마법의 여신 '헤카테 Hekate'의 주문을 섞었다. 그리고 맹수들이 우글대는 자신의 궁전을 빠져나와, 바다 수면 위를 쏜살같이 달렸다.

　시칠리아 섬에 활처럼 굽은 해안이 있었다. 그곳은 스킬라가 한낮의 뜨거운 태양을 피해, 항상 목욕하는 곳이었다. 키르케는 그곳에 독약을 뿌리고, 알아먹기 힘든 마법의 주문을 9번씩, 3차례 외웠다.

　얼마 후, 스킬라가 그 해안을 찾아와, 허리까지 물에 들어갔을 때였다. 그런데 그녀는 하반신이 6개의 개 (dog) 머리로 변하자, 너무 놀라 소리치며 …

마법의 여신 키르케 - 워터하우스 그림

스킬라   으악 ~ 이게 뭐지? 왜 물속에 개가 있지?

그녀는 처음에는 그것들이 자기 몸의 일부란 것이 믿기지 않아, 도망치기 시작했다. 그런데 함께 딸려오는 것이 아닌가! 그녀는 자기 다리와 발을 더듬어 찾았지만, 그녀가 찾은 것은 저승의 개인 케르베로스처럼 주둥이를 벌리고, 미쳐 날뛰는 개들이었다.

이때, 그러한 모습을 본 글라우코스는 눈물을 흘렸다. 그리고는 그녀를 괴물로 만든 키르케의 프러포즈를 피해 멀리 달아났다.

괴물로 변한 스킬라는 바위 동굴로 숨어버렸다. 그 후, 그녀는 그 해협에서 돌고래와 뱃사람을 잡아먹고 살았다. 그러다 나중엔 암초로 변했다. 그 암초는 지금까지 그곳에 솟아있는데, 아직도 배의 선원들은 그녀가 무서워 피해간다고 한다.

글라우코스가 하반신이 개로 변하는 스킬라를 보며 놀라고 있다. 이후 스킬라는 동굴에서 사람을 잡아먹고 산다 - 루벤스 그림

에필로그

그리스 로마 신화의 괴물들 총집합

가이아 자식인 괴물들

기간테스

헤카톤케이레스 - 가이아와 우라노스 자식으로,
　　　　　　　　머리가 50개, 팔이 100개인 3형제

기간테스 - 가이아 자식으로, 상반신은 인간이나,
　　　　　　하반신은 뱀 모습을 한 24명의 거인족

티폰 - 가이아와 타르타로스 자식으로, 머리가 하늘까지
　　　　닿고, 100개의 머리를 가진 괴물들의 최강자

포르키스와 케토 자손의 괴물들

그라이아이 - 백발 노파인 3자매로, 하나뿐인 눈을 번갈아 사용하는 괴물들

메두사 - 고르곤 3자매 중 유일하게 불사신이 아니며,
　　　　그녀와 눈을 마주치면, 돌로 변하게 만드는 괴물

게리온 - 크리사오르 자식으로, 한 몸에 3개의 몸통과 다리를 가진 괴물

티폰과 에키드나 자손의 괴물들

케르베로스 - 머리가 3개, 꼬리는 뱀 모양의 저승 입구를 지키는 개

스핑크스 - 오르토스와 에키드나 자식으로, 아름다운 얼굴과 가슴이 있으며,
　　　　　　사자 몸에 날개가 달린 괴물

키마이라 - 머리는 사자, 몸통 위는 양, 꼬리는 뱀인 괴물

스킬라 - 허리 위는 처녀지만, 하체는 6마리 사나운 개 모양을 한 괴물

히드라 - 머리가 9개 달린 커다란 뱀

네메이아 사자 - 오르토스와 에키드나 자식인 사자

그 밖의 괴물들

하르피이아 - 얼굴은 처녀인데, 몸통은 새인 괴물

그리핀 - 독수리 머리와 날개, 앞다리를 가지고 있으며, 뒷다리는 사자 모습을 한 괴물

세이렌 - 반은 여자고 반은 새 모습인데, 매혹적인 노래로 배들을 좌초시키는 괴물

페가수스 - 메두사 목에서 나온 하늘을 나는 천마

갈라테이아를 짝사랑한 폴리페모스

등장 인물

폴리페모스 : 외눈박이 거인
갈라테이아 : 바다의 요정
아키스   : 미소년 양치기 목동
텔레모스   : 예언가
키클롭스   : 거인 외눈박이 족속들
네레우스   : 바다의 신
도리스   : 네레우스 아내

이 신화는 외눈박이 거인 폴리페모스의 짝사랑 이야기다. 그의 짝사랑 상대는 바다의 요정 갈라테이아인데, 그녀를 향한 그의 사랑의 세레나데는 재미있고, 또 웃음을 짓게 한다. 관전 포인트는 그의 찌질한(?) 대사다.

연애 중인 갈라테이아와 아키스

바다의 요정 '갈라테이아 Galatea'는 바다의 신 '네레우스'와 '도리스'의 50명의 딸 중에 한 명이었다. '우유 빛깔 여인'이란 뜻의 이름을 가진 그녀는 해마(海馬)와 돌고래 등을 타고 노래와 춤을 추며, 바다를 누비는 아름다운 요정이었다.

그런 갈라테이아가 사랑한 상대는 목동인 '아키스 Acis'였다. 아키스는 목동의 신인 '판 Pan'과 강의 요정 아들이었다. 16살의 미소년 아키스 역시, 그녀를 사랑하고 있었다. 이들은 항상 숲이 우거진 바위틈에서 사랑을 속삭였다.

갈라테이아와 아키스가 사랑을 속삭이고 있고, 그림 왼쪽 위의 산에 있는 거인이 폴리페모스다 - 알렉산드르 길레모트 그림

외눈박이 거인 폴리페모스

한편, 갈라테이아를 짝사랑한 이가 있었는데, 그자는 바로 외눈박이 거인 '키클롭스 Cyclops'인 '폴리페모스 Polyphemus'였다. 그러면 키클롭스는 또 뭐고, 폴리페모스는 또 무엇인가? 간단히 설명하면 이렇다.

먼저, '키클롭스 Cyclops'는 이마 한가운데에 눈이 하나 박힌 덩치 큰 거인족이다. 키클롭스 이름 자체도 '둥근 눈을 가진 자'란 뜻이다.

'폴리페모스'가 바로 이 거인 족이다. 이자는 포세이돈 아들로 시칠리아 섬 동굴에 사는데, 오디세우스 모험과 아이네이아스 이야기에도 나중에 다시 등장하는 중요 인물이다. 이참에 잘 알아두시도록! OK?

외눈박이 거인 폴리페모스 - 모로 그림

아무튼, 폴리페모스는 바다의 요정, 갈라테이아를 혼자 짝사랑했다. 그것도 상대가 싫다는데도 일방적으로 들이대며, 줄기차게 구혼했다. 이런 친구를 스토커라고 하나? 사랑에 빠진 그는 ...

폴리페모스   오, 아프로디테 여신이여! 이딴 걸 사랑이라고 합니까?

왜 난 그녀만 보면, 왜 이리 가슴이 두근두근하죠?

와 이리, 가슴이 활활 달아오르죠? 으헤헤헤 ...

그는 원래 사람까지 잡아먹는 포악하고, 야만적인 자였다. 그런 그가 사랑을 하더니, 확 달라졌다. 예전 TV 프로그램인 '우리 아이가 달라졌어요!' 같이, 우리 폴리페모스가 확 달라진 것이다.

이 야만적인 자도 사랑을 하자, 양 떼고 동굴이고 모두 잊어버리고, 자기 외모에 대해 관심을 가지기 시작했다. 간단히 말해, 갈라테이아에게 잘 보이고 싶었던 것이다.

그래서 생전 머리도 빗지 않던 이 지저분한 친구가 이제는 커다란 갈퀴로 억센 머리를 빗는가 하면, 긴 낫으로 뻑뻑한 수염을 면도하고 다녔다. 그뿐만이 아니었다. 물에 비친 자신의 못생긴 얼굴을 유심히 살펴보며, 웃었다 울었다가 배우처럼 각종 표정 연기를 연습하며 …

폴리페모스　　역시 난 웃는 게 매력적이야. 으헤헤헤 ….

이자는 뱃사람들의 골칫덩어리였다. 지나가는 배에게 바위를 던져 배를 난파시키고, 사람까지 잡아먹었기 때문이었다. 그러던 그가 사랑에 빠지자, 신기하게도 피에 굶주린 폭력성과 야만성이 사라졌다. 그래서 지나가던 배들도 무사히 통과할 수 있었다.

그런데 한때, 예언가 '텔레모스 Telemos'가 시칠리아에 왔다가, 이자에게 이런 예언을 한 적이 있었다. 그의 예언은 한 번도 빗나간 적이 없는 것으로 유명했다.

텔레모스　　그대 중앙에 있는 하나밖에 없는 눈은,

　　　　　　　조만간 오디세우스가 와서 빼앗아 갈 것이오.

폴리페모스　　(그러자 비웃으며) 그딴 소리 마, 이 멍청한 예언가야!

　　　　　　　나의 이 한 쪽 밖에 없는 눈과 마음은,

　　　　　　　이미 예쁜 처녀가 빼앗아 갔걸랑! 으헤헤헤 ….

그러면 그 예언은 진짜일까? 그렇다! 그의 한 쪽밖에 없는 눈은 나중에, 그러니까 다음 이야기에 나오는 오디세우스가 진짜 뺐어갔다. 그러나 사랑에 눈먼 그에게 그런 예언은 들리지 않았다. 그저 그는 '오오, 갈라테이아, 갈라테이아!'만 부르며, 하루 종일 해안을 날뛰며 돌아다녔다. 미친놈이 따로 없었다.

폴리페모스의 사랑의 세레나데

해안에 툭 튀어나온 언덕이 하나 있었다. 폴리페모스는 언덕에 앉아, 배의 돛대만한 커다란 지팡이를 발 앞에 내려놓더니, 갈대 피리를 불기 시작했다.

그런데 이때, 그의 사랑 갈라테이아는 아키스 품에 안겨, 바위 뒤에 숨어있었다. 그는 그런 줄도 모르고, 그녀를 향한 사랑의 세레나데를 부르기 시작했다.

폴리페모스　　오오 .. 마이 달링, 갈라테이아여! ♪~

　　　　　　　하얀 쥐똥나무 잎보다 피부가 더 하얗고,

　　　　　　　수정보다 더 빛나고, 오리나무보다 키가 더 훤칠하며,

　　　　　　　새끼 염소보다 더 천진난만한 그대여!

폴리페모스가 있는 풍경이란 그림. 거인 폴리페모스가 언덕에 앉아, 사랑의 세레나데를 열심히 부르고 있다
- 에르미타주 박물관 (니콜라 푸생 그림)

바닷물에 씻긴 조개보다 더 부드럽고,

겨울철 햇볕과 여름날 그늘같이 반갑고,

사과처럼 상큼하고 얼음보다 투명하며,

잘 익은 포도보다 더 달콤하고,

백조의 깃털과 치즈보다 더 부드러운 그대여!

아아 .. 그대가 내게서 도망가지만 않는다면,

그대는 잘 가꾼 정원보다 더 아름다우련만!   ♬ ~

이보다 더한 극찬이 있을까? 그러다 그는 자기 마음도 몰라주는 그녀가 야속했던지, 이제 극찬은 원망으로 바뀌며 ...

폴리페모스   하지만, 갈라테이아여!   ♩ ~

그대는 길들이지 않은 망아지보다 더 튕기고,

참나무보다 더 단단하고, 포도덩굴보다 더 질기고,

파도보다 더 잘 속이며, 바위처럼 요지부동하며,

내 청혼에 꼼짝도 않는구려!   ♬ ~

그대는 급류보다 더 사납고, 공작보다 더 거만하고,

불보다 더 잔인하며, 가시보다 더 날카롭고,

어미 곰보다 더 거칠며,

독이 있는 뱀보다 더 무자비한 것을 알고 있소?

오오 .. 그대여!   ♬ ~

그대는 왜 사냥개에 쫓기는 사슴처럼,

날개 달린 바람처럼 내게서 도망치는 것이요.

왜? 왜? 왜?

그러다 이번엔 자신이 가진 허접한(?) 재산을 자랑하기 시작하며 ...

폴리페모스　그러나, 오 마이 달링이여! ♪ ~

그대가 나를 알게 되면 도망친 걸 후회하고,

나를 잡지 못해 안달할 것이오.

난 바위 속 천연 동굴을 갖고 있는데,

그 동굴 안은 여름엔 시원하고,

겨울엔 엄청 따뜻하다오.

내겐 사과나무와 포도나무가 있소.

또 만일 그대가 내 아내가 된다면,

그대는 딸기, 버찌, 자두, 밤, 산딸기도 갖게 될 것이오.

자, 보시오! 이 양 떼도 모두 내 것이오. ♬ ~

혹시 그대가 양들이 얼마나 많은지 묻는다면,

난 고것을 대답해줄 수 없소. 왜냐고?

그딴 걸 세는 건 가난뱅이나 하는 짓이니까! 으헤헤 …

한번 와서 구경하겠소?

양들이 젖통이가 팅팅 불어, 뒤뚱거리는 모습을 말이오.

또 내 가축우리 안엔 새끼 양과 새끼 염소도 있어,

내겐 항상 우유가 풍부하다오.

난 그중 일부는 마시고, 나머진 치즈로 해먹는다오.

그대는 구하기 어려운 애완동물을 선물로 갖게 될 거요.

사슴, 산토끼, 비둘기, 새들을 말이오.

아 참! 난 얼마 전에 산에서 새끼 곰 2마리를 발견했는데,

당신과 결혼하면 고놈들을 선물로 줄 것이오.

오, 마이 달링, 갈라테이아여! ♩ ~

자, 이제 깊고 푸른 바다에서 모습을 보여주시오.

내 선물을 무시 말고, 어서 와 받아주시오!

아아! 사랑받지 못하는 것은 얼마나 슬픈 일인가! 그러나 이런 노래도 있다. '사랑은 아무나 하나 ~ ♬'

폴리페모스   오, 마이 허니! ♪ ~

난 나 자신을 확실히 알고 있소.

난 얼마 전 물속에 비친 내 모습을 보았는데,

정말 난 내 모습에 반하고 말았소.

자, 내 키가 얼마나 큰지 보겠소?

하늘의 제우스도 나보다 몸집이 크지 않소.

또 숱 많은 머리털이 잘생긴 내 얼굴을 지나,

숲처럼 내 어깨까지 그늘진 것이 보이시오?

그대는 내 몸의 뻣뻣한 털을 추하게 보지 마시오.

화면 아래쪽에 갈라테이아와 아키스가 있고, 그림 오른쪽 위에는 폴리페모스가 노래를 부르고 있다 - 클로드 로랭 그림

나무도 잎이 없으면 추하고,

말도 갈기가 없으면 추한 법이오.

새의 깃털과 양의 털도 같은 이치 아니겠소?

그렇소! 수염과 몸에 난 털은 남성미의 상징이오.

그리고 난 이마 한복판에 눈이 하나밖에 없지만,

이 눈은 커다란 방패만큼 크다오.

근데, 그게 대체 뭐가 어쨌다는 거요?

태양신은 하늘에서 만물을 내려다보고 있지만,

그 태양신의 눈도 하나뿐 아니오. 안 그렇소?

거기다 내 아버지는 바다의 신 포세이돈이오.

난 그대를 그분의 며느리로 만들어줄 것이오! 으헤헤헤 ....

자가당착(自家撞着)! 착각은 자유라고 했던가? 그런데 난 왜 이 친구가 귀엽지? 나만
그런가? 암튼, 그는 이제 질투와 분노에 찬 노래를 부르며 ...

폴리페모스　　　오, 마이 달링! ♩~

난 오직 당신에게만 이렇게 머리 숙이는 것이오.

난 제우스의 벼락도 무섭지 않지만, 난 그대가 무섭소.

그대가 화내면, 난 벼락보다 더 두렵기만 하다오.

그대가 모두에게 똑같이 퇴짜를 놓는다면,

그래도 난 그런 멸시는 참을 수 있소.

그런데 왜 난 뺑 차면서, 아키스는 사랑하는 것이오?

나보다 그놈을 좋아하는 이유가 대체 뭐요?

(완전히 삐져서) 홍, 칫! 좋아하고 싶으면 좋아하라지, 뭐!

아키스란 놈은 언젠가 알게 될 거요.

내가 덩치만큼 힘도 엄청 세다는 걸 말이오.

난 산 채로 그놈의 사지를 찢고 내장을 꺼내,

저 들판과 바다 위에 확 뿌려버릴 것이오.

으아악 ~~ ! 내 사랑, 갈라테이아여!

지금 내 가슴은 사랑에 불타고 있소.

그대가 거절하면 할수록 더 맹렬히 타오르고 있소.

그런데 그대는 나한테 눈길 한 번 주지 않는구려!

우 ~ 씨! 우 ~~ 씨

그러며 갑자기 벌떡 일어나더니, 암소를 빼앗긴 발정 난 황소처럼 마구 찾아다녔다.
그러다 우연히 바위 뒤에 숨어있는 갈라테이아와 아키스를 발견하고는 ...

폴리페모스　어쭈! 요것들이 여기 숨어 있었구먼.

　　　　　　오냐! 너희들의 사랑도 오늘이 마지막이 될 것이다.

그가 우렁차게 소리치자, 산들이 쩌렁쩌렁
울렸다. 그 순간 갈라테이아는 잽싸게 바다로
뛰어들었지만, 아키스는 그에게 등을 보이며
도망치면서 소리쳤다.

아키스　갈라테이아! 날 좀 도와줘요.

　　　　　부모님! 저를 피신시켜 주세요.

그러나 폴리페모스가 쫓아가며, 산을 왕창
뜯어서 던졌다. 그러자 아키스는 살짝 맞았을
뿐인데, 바위 덩어리에 완전히 깔려버렸다.

도망치는 아키스에게 바위를 던지는 폴리페모스 - 카라치 그림

아키스는 바위 밑에 깔려, 붉은 피를 흘렸다. 그런데 그 피는 얼마 후에, 붉은색에서 흙탕물로 되었다가 다시 맑아졌다. 그러더니 바위가 쩍 갈라지며, 그 속에서 물이 솟아 나왔다.

그뿐 아니었다. 이번엔 더 큰 기적이 일어났다. 갑자기 웬 소년이 머리에 뿔이 달린 갈대 관을 쓰고, 물속에서 떠오르는 것이었다. 아키스였다. 아키스가 강의 신으로 변한 것이었다.

이탈리아 시칠리아에 있는 이 강은 지금도 아키스 강이라 불리고 있다. 아키스 강은 아이트나 산에서 시작되어, 시칠리아의 동쪽으로 흘러가는 강으로, 물이 매우 찬 것으로 유명하다.

갈라테이아 승리란 작품 중 가장 유명한 라파엘의 갈라테이아 승리

갈라테이아의 승리 - 루브르 박물관

지오다노의 갈라테이아 승리 - 에르미타주 박물관

에필로그

키클롭스의 모든 것

'키클롭스'는 이마 가운데에 방패만 한 커다란 눈을 가진 거인 족이다. '키클롭스 Cyclops'라는 단어 자체가 '하나의 둥근 눈을 가진 ...'이란 뜻이다.

그런데 신화를 읽다보면, 헷갈리는 경우가 있다. 이 외눈박이 거인 키클롭스가 3가지 전혀 다른 유형으로 등장하기 때문이다. 외눈박이라는 점은 공통적이지만, 신화에 나오는 3가지 유형의 키클롭스는 확연히 그 성격과 역할이 다르다.

외눈박이 거인 키클롭스 - 팔라조

먼저, 이번 이야기와 다음 편의 '오디세우스 모험'에 나오는 그들은 폴리페모스같이 섬 동굴에 사는 거인족으로 등장한다. 이들은 사람을 잡아먹는 식인종으로, 야만적인 괴물들이라 해도 과언이 아니다.

그러나 '헤시오도스'의 '신들의 계보'란 책에 나오는 키클롭스 3형제는 이와 다르게, 무시무시한 힘을 가진 하늘의 신으로 등장한다. 헤시오도스에 따르면, 이들 '브론테스 Brontes - 천둥', '스테로페스 Steropes - 번개', '아르게스 Arges - 벼락' 3형제는 가이아와 우라노스의 아들이라고 한다.

이들은 태어날 때부터 아버지 우라노스의 미움을 받아서 타르타로스에 감금되는데, 나중에 조카 제우스가 구출해 준다. 그래서 그에 대한 답례로 이들 3형제는 제우스에게 천둥, 번개, 벼락을 만들어주었다.

또 '베르길리우스'의 '아이네이스 이야기'에 나오는 키클롭스들은 이들과 전혀 다르게, 대장장이 신 헤파이스토스의 대장간에서 일을 도와주는 캐릭터로 등장한다.

오디세우스의 모험과 귀향

1. 오디세우스의 모험

등장 인물

오디세우스 : 이타케 왕
페넬로페 : 오디세우스 아내
텔레마코스 : 오디세우스 아들
키르케 : 마녀
칼립소 : 바다의 요정

이 이야기는 오디세우스가 트로이 전쟁이 끝난 뒤, 10년간 귀향 도중에 겪는 모험과 귀향 후에 가족을 괴롭힌 자들에게 복수하는 흥미진진한 내용이다.

꾀가 많고 지략이 뛰어난 오디세우스

오디세우스 인물상

잔꾀가 많은 '오디세우스 Odysseus'는 라이에테르와 안티클레이아의 아들로, 그리스 이타케 섬 왕이었다. 라틴 이름은 '울릭세스 Ulyxes', 영어 이름은 '율리시스 Ulysses'로 '화난 자'란 뜻이다. 그는 키는 크진 않지만, 떡 벌어진 어깨와 건장한 체격의 미남이었다.

그의 아내는 헬레네 사촌인 '페넬로페 Penelope'로, 그녀 사이에 아들 '텔레마코스 Telemachus'를 두었다. 트로이 전쟁 때 잠시 소개했지만, 그가 결혼한 사연은 이렇다.

트로이 전쟁 중, 남편 오디세우스한테서 온 편지를 아들 텔레마코스에게 읽어주는 페넬로페 - 루이스 장 라그레네 그림

그는 원래 이 세상 최고 미녀인 헬레네의 구혼자 중 한 명이었다. 그러나 헬레네에게 수많은 구혼자가 구름처럼 몰려들자, 그는 일찌감치 그녀를 포기했다. 그리고는 그녀와 사촌인 미모의 '페넬로페'를 아내로 점찍었다.

그 당시 헬레네 아버지(스파르타 왕)는 구혼자들끼리 서로 치고받고 싸움을 할까 봐, 노심초사하고 있었다. 그럴 때 오디세우스가 문제를 해결해 주고, 대가로 페넬로페와 결혼한 것이다.

그가 아들까지 두고 알콩달콩 신혼 생활을 하고 있을 때에, 트로이 전쟁이 발발했다. 그러나 그는 전쟁에 참전하지 않으려고, 일부러 미친 사람 흉내를 내며 잔꾀를 부렸다. 그러니까 밭에 씨앗 대신에 소금을 뿌리는 등.. 살짝 맛이 간 사람처럼 연기했던 것이다. 그러다 결국 속임수가 탄로나, 어쩔 수 없이 전쟁에 참가하게 되었다.

하지만, 그는 일단 트로이 전쟁에 참여하자, 특유의 술수와 웅변으로 명성을 날렸고, 군에 위기가 닥칠 때마다 지략을 발휘해 혁혁한 공을 세웠다. 트로이 전쟁에서의 그의 활약상은 트로이 함락의 3가지 문제를 해결하고, 목마를 고안한 것이다.

즉 아킬레우스 아들을 전투에 참여시키고, 헤라클레스의 화살을 가진 필록테테스를 데려온 일, 또 아테나 여신상 팔라디온을 탈취하기 위해 목숨을 걸고, 적진에서 신상을 가져온 일이다. 그렇지만 최고 업적은 목마를 고안해, 전쟁을 종식시킨 것 아닐까?

자, 그럼 이제 본격적인 이야기로 들어가 보자. 오디세우스 모험과 귀향은 제목에서 알 수 있듯, 크게 그의 모험과 귀향 후에 벌어진 사건들로 나누어진다. 그럼 지금부터 제1부 '오디세우스의 모험' 편으로, 그의 10년 동안의 모험 이야기가 펼쳐진다.

트로이 전쟁 업적 중 목마를 고안하고, 그 목마 속에 들어가 성을 함락시킨 오디세우스의 활약으로 트로이가 불타고 있다.

오디세우스의 험난한 귀향

트로이 전쟁이 끝나자, 그리스인들은 배에 전리품들을 가득 싣고, 하나둘씩 고향으로 출발했다. 그러나 그들은 거의 대부분 폭풍을 만나 물에 빠져 죽거나, 순조롭게 고향에 돌아가지 못했다.

그 이유는 그들이 트로이를 함락할 때, 남녀노소를 가리지 않고 닥치는 대로 죽이고, 이 밖에 '소(小) 아이아스'가 아테나 신전에서 '카산드라'를 겁탈하는 만행을 저질렀다. 그러자 분노한 아테나 여신이 포세이돈에게 부탁해, 귀향하는 배에 무시무시한 폭풍을 일으켜 응징했다.

오디세우스 역시 도중에 폭풍을 만나, 10년 동안 지중해 연안을 떠돌아다녀야 했다. 트로이 전쟁이 10년 동안 벌어졌으니까, 그는 자그마치 20년 동안 집에 돌아가지 못 한 셈이었다.

고향의 아내와 아들이 처한 상황

한편, 고향에서는 그가 귀국하지 않자, 모두 죽었다고 생각했다. 그래서 그의 미모의 아내 '페넬로페'에게 청혼하기 위해, 무려 108명의 구혼자들이 몰려들었다. 그런데 이들 구혼자들은 오만불손하고, 파렴치한 자들이었다. 이들은 청혼을 구실 삼아 마냥 궁전에 머물면서, 제멋대로 소, 돼지, 양들을 잡아 파티를 열며 재산을 탕진했다.

페넬로페가 구혼을 거절해도 막무가내였다. 그들이 노리는 것은 막대한 재산이었다. 그러자 페넬로페는 그들을 따돌리기 위해, 한 가지 기발한 생각을 했다. 어느 날, 그녀는 자기 방에 베틀을 갖다 놓고 구혼자들에게 ...

페넬로페   전 지금부터 시아버님의 수의를 짜려고 하니까,

                  수의가 완성될 때까지 제게 결혼을 재촉하지 마세요.

                  제가 옷을 다 짜면, 그때 한 분을 선택하겠어요.

그녀는 낮에는 베틀에 앉아 수의를 짰지만, 밤에는 실을 한 올 한 올 다시 풀어 시간을 끌었다. 그렇게 3년이 지나서 4년째 되는 어느 날, 하녀 한 명이 그 비밀을 구혼자들에게 고자질했다. 그러자 그녀는 어쩔 수 없이 수의를 완성하지 않을 수 없었다.

이것이 서양 속담에 나오는 '페넬로페의 베 짜기'다. 이 말은 '언제 끝날지 모를 일'과 '해도 해도 끝나지 않는 일'을 말한다.

당시, 오디세우스 아들 '텔레마코스'는 14살 밖에 되지 않았다. 그래서 아직은 수많은 구혼자들과 대항해, 어머니를 지켜줄 힘이 없었다. 아들은 아버지가 꼭 살아있을 거라 믿고, 하루빨리 돌아오셔서 뻔뻔한 구혼자들을 처단해 주길 바라고 있었다.

그러던 어느 날, 아들은 구혼자들 몰래 배 한 척을 빌려, 필로스와 스파르타로 향했다. 아버지와 함께 트로이 전쟁에 참전했다가 돌아온 '네스토르'와 '메넬라오스'에게 아버지 소식을 물어보기 위해서였다.

베틀에 앉아 시아버지 수의를 짜는 페넬로페에게 청혼하는 수많은 파렴치한 구혼자들 - 워터 하우스 그림

이때, 아테나 여신은 오디세우스의 오랜 친구인 '멘토르 Mentor'로 변신하여, 아들과 동행해 주었다. '멘토르'는 오디세우스가 트로이 전쟁을 떠나면서, 그에게 집안 일들과 어린 아들의 교육을 부탁하자, 이후 아들의 스승이자 조언자가 되어 보살펴주던 사람이었다.

우리가 흔히 사용하는 '멘토 Mentor'란 말은 바로 '멘토르'에서 나온 말로, '인생을 이끌어 주는 스승', '조언자'를 뜻한다. 즉 멘토는 현명하고 신뢰할 수 있는 상담자, 지도자, 스승, 선생 등을 의미하는데, 교육학에서 1 : 1 교육을 뜻하는 '멘토링 Mentoring' 역시, 멘토르에서 유래한 말이다.

텔레마코스와 그의 스승 멘토르

암튼, 텔레마코스가 아버지를 찾아 몰래 궁을 떠나자, 구혼자들은 나중에 그 사실을 알고 깜짝 놀랐다. 그자들은 긴급회의를 소집하더니, 귀찮은 아들을 돌아오는 해협에서 매복하고 있다가, 죽이기로 작당을 했다. 여기까지가 오디세우스가 귀향 전까지, 그의 고향인 이타케에서 벌어지고 있는 상황이었다.

그럼 오디세우스는 어디에 있을까? 그가 과연 살아 돌아와, 오만불손하고 파렴치한 구혼자들을 처단할 수 있을까? 자, 그럼 오디세우스 행적을 따라가 보자. 이제부터 그의 파란만장한 모험이 시작된다.

키코네스족과 로토파고이족

오디세우스는 전쟁이 끝나자, 12척의 함선에 많은 전리품을 싣고, 부하들과 고향으로 향했다. 함선이 제일 먼저 도착한 곳은 '키코네스족' 나라였다. 부하들은 그곳에서 많은 보물을 약탈하고, 전리품을 나눠 가졌다. 그러자 오디세우스는 부하들에게 …

오디세우스   자, 그만하면 충분하니까,

              적들이 몰려오기 전에 빨리 출발하자, 어서!

    그러나 부하들은 말을 따르지 않았다. 더 많은 전리품에 눈이 멀어, 시간을 지체했던 것이다. 그러자 아니나 다를까! 도망갔던 키코네스족이 이웃들을 규합해 공격해 왔다. 이 싸움에서 오디세우스 일행은 수적인 열세에도 용감하게 싸웠지만, 배 한 척당 6명의 병사를 잃고 도주할 수밖에 없었다.

    일행은 항해를 계속했다. 그러나 도중에 폭풍을 만나 돛이 갈기갈기 찢어지자, 근처 육지에 상륙하여 이틀 밤을 보내야 했다. 그 후, 폭풍이 멎고 순풍이 불기를 기다리다가, 드디어 배를 출발시켜 그리스의 본토를 바로 코앞에 두고 있었다.

    함선들이 그리스의 펠로폰네소스 남단을 통과하려 할 때였다. 그런데 갑자기 너울을 동반한 북풍이 함선을 넓은 바다로 밀어내기 시작했다. 일행은 9일간 표류하다, 간신히 도착한 나라는 '로토파고이 Lotophagoi' 족이 사는 나라였다. 이 부족은 '로토스 열매를 먹는 자'란 뜻으로, 선량한 부족이었다.

    먼저 오디세우스는 부하 3명을 시켜, 그곳 사람들이 어떤 사람들인지 정찰을 보냈다. 부하들이 그 부족을 방문하자, 그들은 친절히 환대하며, 자기들이 먹는 로토스 열매를 내놓았다. 로토스 열매는 꿀처럼 달콤했다. 그런데 이 열매를 먹은 사람은 고향을 잊고, 그곳에 머물고 싶게 만드는 묘한 마력을 지닌 열매였다.

오디세우스   (정찰병들이 오지 않자) 이 친구들이 왜 아직까지 안 오지?

    오디세우스는 아무리 기다려도 정찰 나간 부하들이 돌아오지 않자, 직접 찾아 나섰다. 그리고는 가지 않겠다고 울고불고, 징징 짜는 부하 3명을 억지로 함선으로 데리고 왔다. 그런 다음, 행여 다른 부하들이 그 열매를 먹기 전에 서둘러 그곳을 떠났다.

외눈박이 거인 폴리페모스

일행이 다음에 도착한 곳은 외눈박이 거인 '키클롭스 Cyclops' 족들이 사는 나라였다. 키클롭스는 '둥근 눈을 가진 ..'이란 뜻으로, 각자 산꼭대기 동굴에 살며, 자기들끼리는 서로 간섭하지 않고 살았다.

일행은 칠흑 같은 밤에 그들이 사는 곳에서 조금 떨어진 무인도에 도착했다. 다음 날, 일행은 야생 염소를 잡아 포식하며 잔치를 벌였다. 그런데, 섬의 건너편에서 모락모락 연기가 나고, 양들이 우는소리가 들렸다. 그러자 오디세우스는 부하들에게 ...

오디세우스　자네들은 모두 이곳에 머물러 있게.
　　　　　　난 몇 명과 함께 저 건너편 섬에 가서,
　　　　　　저자들이 어떤 자들인지 알아보고 올 테니까!

그는 12명의 부하들과 함께 배를 타고, 건너편 해안에 도착했다. 그곳에는 월계수로 덮인 동굴이 하나 있었고, 주위에는 돌, 전나무, 참나무로 된 높은 담장이 있었다.

그 동굴 주인은 앞전의 '갈라테이아를 짝사랑한 폴리페모스'에서 나왔던 '폴리페모스 Polyphemus' 였다. 포세이돈 아들인 이자는 엄청나게 덩치가 큰 외눈박이 거인으로, 자기 부족과 떨어져 홀로 살면서, 온갖 악행을 일삼고 있었다.

오디세우스는 가죽 부대에 포도주를 가득 담아, 부하들과 동굴로 들어갔다. 동굴 안에는 주인은 없고, 새끼 양과 염소들이 가득했다. 또 광주리와 그릇엔 우유와 치즈가 가득 담겨있었다. 부하들이 그것을 보더니 오디세우스에게 ...

바위를 던지려는 외눈박이 폴리페모스 - 귀도 레니 그림

부하들　어서 양과 염소를 몰아 여기를 빠져나갑시다. /

뭔가 불길한 예감이 드는데요?

　그러나 오디세우스는 부하들의 말을 듣지 않았다. 동굴 주인이 누군지, 어떻게 생겨먹었는지, 호기심이 생겼던 것이다. 일단 일행은 치즈를 먹으면서, 주인이 돌아오기를 기다렸다.

　얼마 후, 폴리페모스가 엄청난 무게의 장작을 어깨에 메고 들어오더니, 동굴 안으로 휙 던졌다. 그러자 일행은 겁을 먹고, 얼른 동굴 구석으로 몸을 숨겼다. 그자는 염소와 양을 동굴 안으로 몰아넣더니, 엄청 크고 무거운 바위로 동굴 입구를 막았다. 그리고는 불을 피우기 위해 화덕으로 가다가, 구석에 숨어있던 일행을 발견했다.

폴리페모스　(놀래며) 얼라! 늬덜은 누구냐?

어디서, 어떻게 여기까지 왔지?

너희들은 장사치냐, 아님 해적이냐?

　일행은 그자의 우렁찬 목소리와 거대한 모습에 잔뜩 겁을 먹었다. 그때 오디세우스가 얼른 정신을 차리고 침착하게 ...

오디세우스　하이, 안녕하세요!

우린 그리스인이고 트로이에서 오는 길인데,

고향으로 가다가 폭풍을 만나, 이곳에 오게 되었거든요.

우린 혹시 당신이 대접을 잘 해주고,

손님의 당연한 권리인 선물을 줄까 해서 왔는데,

제우스 신을 두려워한다면, 우리 부탁을 들어주시겠습니까?

폴리페모스　(그러자 가소롭다는 듯) 우헤헤헤 ....

뭐, 나더러 신을 두려워하라고?

이봐! 넌 정말 몰라도 한참을 모르는 놈이구먼.

우리 키클롭스는 제우스든 누구든 두렵지 않걸랑.

왜냐고? 헤헤헤 ...

우리가 그들보다 훨씬 더 강하기 때문이지.

내 마음에 안 들면, 너희들 모두 죽일 거야. 알았냐?

자, 어서 좋은 말로 할 때 순순히 말해 봐.

너희들이 타고 온 배는 어디에 숨겨놓았어?

이 섬의 끝이야, 아니면 섬에서 가까운 곳이야?

그러며 슬쩍 떠보려 하자, 영리한 오디세우스가 그자의 의도를 간파하고 ...

오디세우스 어이구! 우리 배는 이 섬 암초에 산산조각이 나고 말았어요.

그래서 나와 이 부하들만이 간신히 살아서 여기 왔습니다.

그러자 그자는 아무 말도 없다가, 갑자기 부하 2명을 마치 강아지처럼 확 움켜쥐더니, 바닥에 패대기쳤다. 그리고는 부하 둘을 저녁거리로 뼈까지 먹어치우고, 우유로 목을 축이더니, 큰 대자로 벌렁 누웠다. 그러자 오디세우스는 자기 부하들의 끔찍한 죽음에 분개하며 ...

오디세우스 (속으로) 으으 .. 저놈의 심장을 칼로 확 찔러버릴까?

(그러다) 아니지, 아니야.

그럼, 입구를 막아놓은 저 무거운 돌을 치우지 못할 거고 ...

그날 밤, 일행은 공포에 떨며 밤을 새웠다. 다음 날 아침이 되자, 이 악당은 이번에도 부하 2명을 움켜잡더니, 아침거리로 맛나게 뜯어 먹었다. 그리고는 가축을 밖에 내몰고, 입구를 바위로 쿵 막더니, 휘파람을 불면서 산으로 가축을 몰고 갔다.

오디세우스는 부하들의 원수를 갚고, 그 동굴에서 탈출할 방법을 궁리하기 시작했다. 좋은 아이디어가 떠올랐다. 마침 동굴엔 커다란 몽둥이가 하나 있었다. 아마도 그자가 지팡이로 사용하기 위해 베어놓은 것 같았다. 오디세우스는 그 몽둥이를 적당히 잘라, 부하들에게 주며 …

오디세우스   자, 어서 이 나무의 한쪽 끝을 뾰족하게 다듬고,
            불에 단단하게 달구어라. 알겠지?

그러자 부하들이 한쪽 끝을 뾰족하게 다듬고, 불로 달구었다. 그리고 그것을 배설물 속에 감춰두었다.

저녁 무렵에, 그자는 가축들을 몰고 동굴로 들어오더니, 또다시 부하 2명을 움켜쥐고, 열심히 뜯어먹기 시작했다. 그때 오디세우스가 가죽 부대에 담아왔던 포도주를 대접에 가득 담아, 그자에게 내밀며 …

오디세우스   저, 거인 아저씨! 이 포도주 한번 맛 좀 보시겠어요?
            사람 고기에는 이 포도주가 딱 이거든요.
            이 술은 혹시 당신이 우리를 고향으로 보내줄까 해서,
            당신을 주려고 스페셜하게 가져온 술입니다. 헤헤헤 …
            근데, 왜 그렇게 난폭하고 무섭게 그러세요?
            이래서야 누가 당신을 찾아오겠습니까?
            우리를 이렇게 취급하면, 도리에 어긋나는 거 아녜요?
            당신의 광란은 정말 더 이상 참을 수가 없거든요?
            (그러다) 아! 그건 그렇고.. 어서 쭈욱 ~ 마셔보세요!

그가 술을 건네자, 거인은 받아마셨다. 달콤한 포도주 맛에 매우 흡족한 표정이었다. 그자는 한 잔 더 달라고 잔을 내밀며 …

폴리페모스　　근데, 넌 이름이 뭐냐?

　　　　　　　내가 보답으로 너에게 선물을 줄게.

　　　　　　　(마시며) 캬아 .. 포도주 맛이 굿이다, 굿!

　　오디세우스가 또다시 포도주를 따라주자, 그자는 3번이나 계속해서 대접을 비웠다.
마침내 그자가 알딸딸해졌을 때 ...

오디세우스　　아 참! 아까 내 이름을 물어보셨죠?

　　　　　　　내 이름을 말하면, 약속대로 선물을 주실 건가요?

폴리페모스　　고럼! 암, 주고말고.

오디세우스　　내 이름은 '우티스'라고 하는데,

　　　　　　　'아무도 아니다'란 뜻이에요.

　　　　　　　사람들은 모두 나를 '아무도 아니야'라고 부르죠.

술에 취해 자고 있는 폴리페모스의 하나밖에 없는 눈을 불에 달군 몽둥이로 퍽 찌르는 오디세우스 - 펠레그리노 티발디 그림

폴리페모스 으응! 그럼 약속대로 너한테 선물을 주지.

선물은 말이야 ... 다른 놈들을 먼저 잡아먹고,

널 맨 마지막으로 먹는 게 선물이야. 우혜헤헤 ...

어때, 선물이 마음에 드니? '아무도 아니다'야?

그러더니 자빠져서 코를 골기 시작했다. 그러자 일행은 재빨리 숨겨놓았던 몽둥이를 꺼내서, 끝을 불속에 달구었다. 그리고는 모두 힘을 합쳐, 외눈박이 거인 눈에 몽둥이를 밀어 넣고, 대롱대롱 매달려서 빙빙 돌렸다.

그러자 거인은 눈에서 피를 엄청 흘리며 비명을 질렀다. 그러다가 눈에서 몽둥이를 뽑고, 큰 소리로 동료들을 불렀다. 잠시 후, 비명 소리를 들은 다른 키클롭스들이 우르르 동굴 주변에 몰려들며 ...

키클롭스 1 야! 이 밤중에 무슨 일이야?

왜 한밤중에 고함을 질러서 잠도 못 자게 만드냐고?

키클롭스 2 설마, 인간들이 니 가축을 몰고 간 거냐?

키클롭스 3 누가 널 죽이려고 한 거야?

폴리페모스 으으 .. 친구들아!

날 죽이려는 놈은 '아무도 아니야'. 아무도 아니라고.

그러자 모였던 키클롭스들이 혀를 끌끌 차며 ...

키클롭스 1 뭐? 널 죽이려는 놈이 아무도 아니라고?

폴리페모스 응. '아무도 아니다'야!

키클롭스 2 미친놈! 하여튼 미친놈이 따로 없다니까.

키클롭스 3 야 인마! 너 그렇게 혼자 있으면, 그 병 언제 고칠래?

가자고! 원 미친놈 때문에 잠만 설치고, 에잇!

오디세우스의 계략이 통쾌하게 먹힌 순간이었다. 폴리페모스는 동료들이 투덜대며 돌아가자, 고통스러운 듯 비틀거리며, 동굴 입구 쪽에 두 팔을 쫘악 벌리고 앉았다. 혹시 일행이 동굴 밖으로 나가려고 하면 붙잡으려는 생각이었다.

폴리페모스 하여간, 늬덜 잡히면 죽었어.
우씨 .. 야, 이놈들아!
늬덜이 동굴에서 빠져나갈 수 있을 거 같아?

한편, 오디세우스는 동굴을 탈출할 방법에 대해서 궁리하기 시작했다. 좋은 생각이 떠올랐다. 동굴 안에는 털이 복슬복슬하고, 살이 통통한 숫양이 많았다. 그는 숫양들을 3마리씩 버들가지로 묶고, 가운데 숫양 배에 부하들을 각각 묶어주었다. 그리고 자기도 그중에서 가장 튼튼한 왕초 양의 배 밑에 찰싹 매달렸다.

오디세우스가 숫양 배 밑에 부하들을 묶어 탈출시키고 있고, 숫양의 등을 더듬어 확인하는 눈 먼 폴리페모스 - 요르단스 그림

다음 날 아침, 동굴 안의 양들이 우르르 나가기 시작했다. 그러자 눈먼 폴리페모스는 밖으로 나가는 양들의 등을 일일이 손으로 더듬어 확인했다. 설마 일행이 배에 매달려 있을 줄은 꿈에도 몰랐던 것이다.

부하들이 모두 무사히 나가고, 이제 마지막으로 오디세우스를 가운데 매단 숫양들이 뒤뚱이며, 나가려 할 때였다. 그때, 거인이 왕초 숫양을 손으로 더듬으며 …

폴리페모스   오잉? 야, 왕초 숫양아!

오늘은 왜 니놈이 맨 마지막에 나가냐?

맨 날 아침이면 제일 먼저 나가서 풀을 뜯고,

저녁이면 제일 먼저 들어오던 녀석이 말야.

오라! 너 주인이 눈을 다쳤다고, 슬퍼서 그러는 거야?

(양에게 고자질하며) 애, 왕초야!

글쎄 '아무도 아니다'란 악당 놈이,

내 이 멋진 눈을 이렇게 멀게 만들어 놓았지 뭐냐.

고놈이 어디에 숨어있는지, 니가 말해주면 얼마나 좋겠냐.

그럼 내가 고놈을 박살 내서, 복수할 텐데 말이야.

오디세우스가 달아나며 약을 올리자, 화난 폴리페모스가 엄청난 바위를 들어 달아나는 배에 던지려 하고 있다 - 아몰드 그림

그러면서 왕초 양을 밖으로 나가게 해주었다. 오디세우스와 일행은 동굴을 벗어나자, 가축을 몰아 배에 싣고 잽싸게 출발했다. 그리고 어느 정도 배가 해안에서 멀어졌을 때 오디세우스가 소리치며...

오디세우스 야, 이 바보 멍청한 악당아!

보다시피, 우린 그렇게 약한 자들이 아니다.

넌 네가 저지른 악행 때문에 벌을 받는 거야.

제우스와 신들이 벌을 내리신 거라고. 잘 있어라, 이 눈먼 악당아!

이렇게 약을 올리자, 화가 난 폴리페모스가 산봉우리에서 커다란 바위를 뜯어, 배를 향해 던졌다. 다행히 날아간 바위는 배 코앞에 떨어졌다. 오디세우스는 다시 배가 점점 해안에서 멀어지자 ...

오디세우스 잘 들어라, 이놈아! 누가 네놈의 눈을 멀게 했냐고 묻거든,

트로이의 정복자, 오디세우스님이라고 말해라. 알겠냐?

폴리페모스 (그러자 놀라며) 뭐, 니놈이 오디세우스라고?

아아 .. 옛날에 어떤 예언가가,

내가 오디세우스의 손에 눈을 잃게 될 거라 했는데,

이제야 그 예언이 이루어진 건가?

그래서 난 늘 키 큰 용맹한 사내를 기다리고 있었는데,

웬 쪼그맣고 별 볼일 없는 놈이 찾아와, 내 눈을 멀게 하다니!

(그러다 꼬드기며) 이리 와, 오디세우스야!

내가 이번엔 대접도 잘해주고, 또 선물도 왕창 줄게.

또 우리 아버지 포세이돈에게 부탁드려서,

안전하게 고향으로 보내달라고 할 테니까, 이리 와 오디세우스야, 응?

오디세우스 무슨 씨도 안 먹힐 개뼈다귀 같은 소리냐, 인마!

그럼 이만 굿바이다, 이 악당아! 하하하 ...

폴리페모스 (그러자 기도하며) 오, 아버지 포세이돈이여!

부디, 저 오디세우스를 집에 돌아가지 못하게 하소서.

만약 저놈이 집에 돌아갈 운명이라면,

부하들을 다 잃고, 비참하게 돌아가게 해주시고,

집에 돌아가서도, 고통받게 해주소서!

포세이돈은 자기 아들의 기도를 들어주었다. 그래서 이후, 포세이돈은 오디세우스가 집에 갈 때까지 끊임없이 폭풍우를 몰아쳐 괴롭혔다.

바람의 신, 아이올로스

일행이 다음에 도착한 곳은 풍신, '아이올로스 Aeolus'가 다스리는 바람의 나라였다. 아이올로스는 바람의 지배자, 바람의 신인 풍신이었다. 그는 바람을 커다란 동굴 속에 가두었다가, 마음대로 바람을 조절하는 힘을 가진 신이었다. 제우스로부터 그 직책을 부여받았던 것이다.

물 위에 떠있는 그의 섬나라는 암벽 위에 청동으로 된 성벽이 둘려져 있었고, 궁에는 부부와 12명의 자녀가 함께 살고 있었다. 12명 자녀는 아들과 딸이 각각 6명씩이었는데, 그는 6명의 딸을 6명의 아들에게 각각 아내로 주었다.

아이올로스는 일행을 한달 동안 극진히 접대하며, 트로이 멸망과 그리스인의 귀향에 대해 물었다. 오디세우스가 물음에 답해주고, 무사히 고향까지 호송해 달라고 부탁하자, 그는 즉각 준비를 해주었다.

아이올로스는 황소 가죽을 벗겨 자루를 하나 만들더니, 그 안에 온갖 나쁜 바람들을 모아 넣었다. 그리고는 나쁜 바람들이 새어나가지 못하도록 끈으로 자루를 단단히 묶어, 배 안에 놓아두었다. 그러더니 부드러운 서풍을 불어주며 ...

오디세우스 일행의 안전한 귀향을 위해 온갖 나쁜 바람들을 자루에 꽁꽁 묶어주는 바람의 신, 아이올로스 - 아이작 모이용 그림

아이올로스   그럼 좋은 여행 되십시오. 해브 어 나이스 트립!

아 참! 이 자루의 바람은 절대 풀지 마시고요. 알았죠?

대충 눈치채셨는가? '절대로, 자루 안의 바람은 풀어보지 마시오!' 요것이 함정이다. 신화에서 절대로 풀어보지 말라고 하면, 항상 인간들은 절대로 풀어본다. 그래서 항상 절대로(?) 망한다. 그렇다! 오디세우스 일행도 경고를 무시하고 불행을 자초했다.

바람의 신이 순풍을 불어 주자, 함선들은 9일 동안 순조로운 항해를 계속했다. 마침내 10일째 되는 날, 일행은 고향에서 피우는 불을 볼 수 있을 정도로 근접하고 있었다.

그 당시 오디세우스는 몹시 지친 나머지, 달콤한 잠에 빠져있었다. 조금이라도 빨리 가기 위해 손수 돛을 조작하여, 피곤했기 때문이었다. 그 사이, 부하들은 그가 자루 안에 막대한 황금과 은을 선물로 가져간다고 생각했다. 그래서 삼삼오오 모여 …

부하 1   이 자루 안에 들어있는 게 뭐지?

부하 2   저 사람은 보물을 많이 가져가는데, 우린 뭐야?

        똑같이 고생하고, 우린 뭐냐고?

부하 3   궁금해 죽겠네. 어서 자루 안을 한번 풀어보지, 응?

        얼마나 많은 금은보화가 들어있는지 말야.

부하들이 호기심에 자루를 열자, 그 속에서 온갖 바람이 나오더니, 순식간에 배들을 멀고 먼 바다로 밀어내기 시작했다. 그렇게 함선들은 온갖 바람에 밀려, 다시 출발했던 아이올로스 섬으로 되돌아가고 말았다. 오디세우스는 어쩔 수 없이 다시 아이올로스를 찾아가 부탁했다. 그러자 바람의 신이 화를 내며 …

아이올로스   이런 수치스러운 자들! 당장 이 섬에서 꺼지시오.

        난 신들께 미움받는 인간을 호송해 줄 수 없소.

        당신들이 여기 다시 컴백한 것은 신들의 미움을 샀기 때문이오.

식인종 거인, 라이스트리고네스족

그래서 일행은 힘들게 노를 저어, 항해를 해야만 했다. 그들이 밤낮으로 노를 저어서 7일째에 도착한 곳은 거인 '라이스트리고네스족'이 사는 식인종 나라였다.

그곳 포구는 가파른 암벽에 둘러싸여, 입구가 매우 좁은 편이었다. 부하들은 함선을 그 포구 안에 나란히 정박시켰지만, 오디세우스는 왠지 불길한 예감이 들었다. 그래서 자기 배는 포구 밖에 정박시킨 후, 부하 3명을 정찰 보냈다.

부하들은 도시로 가다가, 샘에서 물을 기르던 한 소녀를 만났다. 그 소녀는 그곳 왕의 딸이었는데, 친절하게 궁까지 안내해 주었다. 궁전에 들어서자, 부하들은 깜짝 놀랐다. 산처럼 덩치 큰 왕비가 그들 앞에 마치 전봇대처럼 우뚝 서 있었기 때문이었다. 왕비는 그들을 보더니, 반갑게 남편을 소리쳐 불렀다.

식인종 왕비   여보, 빨리 오세요! 점심이 자기 발로 스스로 도착했어요.

식인종 왕   (와서, 부하 한 명을 움켜 죽이더니) 이게 웬 떡, 아니 웬 놈이야!
　　　　　　　　요놈 참 맛나게 생겼다. 그치, 여보?

식인종 왕비   그럼 요놈으로 뚝딱 점심 준비를 할게요, 여보!

이들은 사람을 잡아먹는 거인 식인종이었다. 동료가 끔찍이 죽자, 부하 2명은 '걸음아 나 살려라'하며 함선으로 도망쳤다. 그러자 엄청난 몸집의 식인종들이 함성을 지르며, 사방에서 우르르 함선으로 몰려왔다. 그러더니 그자들은 암벽 위에서 커다란 돌덩이를 함선을 향해 던지기 시작했다.

그러자 함선에선 '으악, 퍽, 에고, 꽝!' 죽어가는 부하들의 비명 소리와 배가 부서지는 소음이 이어졌다. 식인종들은 죽은 부하들을 마치 물고기처럼 작살로 꼬치를 만들어서, 식사하기 위해 가져갔다.

그 와중에 오디세우스는 급히 칼로 밧줄을 끊고, 부하들에게 탈출할 것을 명령했다. 다행히 그가 탄 배는 간신히 달아날 수 있었지만, 나머지 배들은 모두 침몰하고 말았다.

함선에 큰 돌덩이를 던지는 거인 식인종들 - 바티칸 박물관

마녀 키르케

이제 12척의 함선 중, 오디세우스의 배만 남게 되었다. 일행이 또 다음에 도착한 곳은 '아이아이에' 섬이었다. 그 섬에는 마법의 여신인 마녀 '키르케 Circe'가 살고 있었는데, 그녀는 태양신 헬리오스와 바다 요정 사이의 딸이었다.

오디세우스는 언덕에 올라, 주변을 살폈다. 그런데 숲속에서 연기가 피어오르는 것이 아닌가! 그는 부하를 2개 조로 갈라서 한 팀은 자신이 맡고, 다른 팀은 에우릴로코스에게 지휘를 맡겼다. 제비뽑기에 진 에우릴로코스는 22명의 부하와 함께 정찰을 나갔다.

정찰대는 전망 좋은 곳에 대리석으로 지은 궁전을 발견했다. 그런데 주변에는 사자와 늑대가 어슬렁 돌아다녔다. 그 맹수들은 키르케의 마법으로 모습이 변한 인간들이었다. 그래서 그런지 그놈들은 덤비지 않고, 꼬리를 살랑살랑 흔들었다.

일행이 온갖 짐승과 맹수들이 우글대는 멋진 궁전에 들어서자, 키르케가 일행을 들어오라며 안내하고 있다 - 칼 안드레아스 그림

일행들이 입구에 들어서자, 키르케는 베틀을 짜며, 감미로운 목소리로 노래를 부르고 있었다. 그러다 그녀는 일행이 외치는 소리에 문으로 달려 나와, 배시시 웃으며 ...

키르케   어머머, 반가워요! 여기는 어쩐 일들이죠?
          일단 안으로 들어오세요. 컴언 인!

일행들은 아무 생각 없이 그녀를 따라서 안으로 들어갔다. 그러나 에우릴로코스만은 들어가지 않고 뒤에 남았다. 아무래도 뭔가 불길한 예감이 들었기 때문이었다. 아니나 다를까? 키르케는 일행을 안으로 안내하더니, 안락의자를 권하며 ...

키르케   잠깐, 여기 편안히 앉아 계세용 ~
          제가 마실 것을 준비해드릴 테니까용 ~ 호호호호 ....

그러면서 포도주, 치즈, 보릿가루, 꿀, 그리고 고향을 잊게 하는 약을 섞어, 일행에게 주었다. 키르케는 일행이 벌컥벌컥 마시고 있을 때 마법의 지팡이로 때려, 일행을 모두 돼지로 만들어버렸다. 그리고는 그들을 돼지우리에 가두고, 도토리와 층층나무 열매를 먹이로 던져주었다.

에우릴로코스는 그런 장면을 몰래 지켜보다, 급히 배로 돌아가 모든 사실을 전했다. 그러자 화가 난 오디세우스가 부하들을 구출하기 위해, 홀로 무장하고 궁전을 향했다. 그런데 도중에, 전령의 신 '헤르메스'가 그를 도와주려고 나타나 ...

헤르메스   잠깐, 스톱하시오! 당신도 이대로 가면 돼지가 될 게 분명하오.
          자, 내가 이 마법의 약을 줄 테니, 가지고 가시오.

그러며 뿌리가 검은 약초인 몰리를 풀밭에서 뽑아주었다. 그리고는 키르케가 앞으로 꾸밀 음모에 대한 대처법을 알려주었다.

헤르메스 이 약초를 먹으면, 마법에 걸리지 않을 것이오.

그리고 키르케가 당신에게 지팡이로 마법을 걸려 할 때,

재빨리 칼을 뽑아들고 죽일 듯이 덤비시오.

그럼 그녀는 겁이 나, 당신과 사랑을 나누자고 꼬드길 것인데,

그때 부하들을 살리고 싶으면 잠자리를 거절 말고,

일단 수작을 부리지 않겠다는 맹세부터 하라고 하시오.

그럼, 그녀가 부하들을 풀어줄 것이오. 이상이오!

그러며 홀연히 사라지자, 오디세우스는 두근두근 떨리는 마음으로 궁전을 찾아갔다. 키르케는 부하들에게 써먹었던 똑같은 수법을 사용했다. 그러나 오디세우스가 마법의 약초를 먹어 끄떡없는 줄도 모르고, 그녀는 지팡이로 톡 때리며 …

키르케 얍! 이제 돼지가 되어라.

그리고 너도 부하들과 함께 얌전히 착하게 있어, 응?

그럴 때, 오디세우스는 헤르메스가 알려준 대로 칼을 빼들고, 죽일 듯이 달려들었다. 그러자 키르케가 놀라 비명을 지르며 …

키르케 어머나, 당신은 누구죠?

내 마법의 약을 마시고, 견딘 자는 한 사람도 없었는데 …!

맞다! 당신은 오디세우스가 틀림없어요. 맞죠?

언젠가 당신이 트로이에서 돌아갈 때,

여기 방문할 거라고 헤르메스가 말해 주었거든요.

자, 어서 칼을 칼집에 예쁘게 넣으시고,

우리 서로 믿고, 침대로 가서 한바탕 사랑을 나눌까요?

오디세우스 이보세요! 내 부하들을 돼지로 만든 당신을 내가 어떻게 믿소?

키르케가 마법의 약초를 먹이며 수작을 부리자, 헤르메스가 알려준 대로 칼을 뽑아 위협하려는 오디세우스
- 캄피돌리오 박물관 (지오바니 시라니 그림)

어서 내 부하들을 다시 사람으로 돌려놓고,

나한테 마법을 부리지 않겠다고 맹세하기 전엔,

난 당신과 사랑을 나누고 싶지 않소.

키르케   (지체 없이) 알았어요. 흥칫뿡!

당신이 시키는 대로 맹세할게요. 허니 ~ 오케이?

그녀가 맹세하자, 오디세우스는 그때서야 침대에서 그녀와 사랑을 나누었다. 그리고 키르케는 약속대로, 돼지로 변한 부하들을 다시 인간으로 돌려놓았다.

그런 후, 일행은 1년 동안 날마다 고기와 술로 잔치를 벌이며 시간을 보냈다. 그렇게 1년이 지난 어느 날, 부하들이 이제 그만 고향으로 돌아가자고 충고했다. 오디세우스도 정신이 들었다. 그날 밤, 오디세우스는 키르케에게 고향으로 돌려보내 주겠다던 약속을 지키라고 했다. 그러자 키르케는 어쩔 수 없다는 듯이 ...

'허니'하며 안겨 붙는 키르케를 의심스런 눈으로 보는 오디세우스   침대에 같이 올라가는 오디세우스와 키르케 - 빈 미술사

키르케   그래요! 더 이상 있기 싫으면 가세요.

　　　　　하지만, 당신들은 먼저 다른 여행을 해야만 해요.

　　　　　하데스와 페르세포네의 나라인 저승에 가서,

　　　　　눈먼 예언가인 '테이레시아스'의 혼령에게,

　　　　　당신들 앞으로의 행로에 대해 물어봐야만 해요.

　　오디세우스는 저승을 가야 한다는 말에, 그만 맥이 쫙 풀리고 두려웠다. 그런 모습을 보더니 키르케가 ...

키르케   길을 안내하는 사람이 없다고 염려 마세요.

　　　　　그냥 돛만 펼쳐놓고 앉아 있으면,

　　　　　북풍이 당신 배를 밀어서 데려다줄 거예요.

　　　　　배가 페르세포네의 숲에 닿거든, 배에서 내려 저승 세계로 가세요.

　　　　　저승은 플레게톤강과 스틱스강의 지류인 코키토스강이,

　　　　　아케론강으로 흘러드는 곳이에요.

　　　　　그곳의 2개의 강이 만나는 곳에 바위가 하나 있는데,

　　　　　그 근처에 45cm 정도의 구덩이를 파고,

　　　　　주변에 죽은 망자를 위해 꿀, 우유, 포도주를 뿌리세요.

　　　　　그리고 당신이 귀향하면, 망자를 위해서는 암소 한 마리를,

　　　　　테이레시아스에게는 검은 수소를 바치겠다고 약속한 뒤,

　　　　　암수 한 쌍의 양을 잡아, 제물로 바치세요.

　　　　　그럼 얼마 후, 수많은 혼령들이 다가올 것인데,

　　　　　그때 당신은 칼을 뽑아들고, 예언자 말을 듣기 전까지,

　　　　　다른 혼령들이 가까이 접근 못하게 막아야 해요.

　　　　　그럼 곧 예언가가 나타나, 당신에게 귀향길과,

　　　　　앞으로의 여정에 대해 상세하게 말해줄 거예요. 아셨죠?

다음 날 아침, 모든 준비를 마친 오디세우스와 일행이 배에 오르자, 키르케가 순풍을 불어주었다. 그러자 배는 유유히 저승 세계로 향했다.

오디세우스의 저승 여행

일행은 해 질 무렵, 세상 끝에 있는 킴메리오이족 해안에 도착했다. 그곳에서 일행은 키르케가 알려 준대로, 두 강이 합류하는 바위로 가서 제물을 바쳤다.

양의 피가 구덩이에 떨어지고, 죽은 혼령들이 피 냄새를 맡더니 몰려들기 시작했다. 남녀노소, 전쟁에서 죽은 피투성이 남자들과 많은 혼령들이 무시무시한 고함을 지르며, 사방에서 몰려왔다.

오디세우스는 칼을 뽑더니, 예언자 말을 듣기 전까지 그들이 접근하는 것을 막았다. 그러자 얼마 후, 눈먼 예언가 '테이레시아스'의 혼령이 황금 홀을 들고 다가와, 구덩이의 피를 마시고는...

테이레시아스	지략이 뛰어난 오디세우스여!
	그대는 앞으로 편안한 귀향을 바라고 날 찾아왔소?
	하지만, 포세이돈은 당신에게 힘든 귀향을 정해 놓았소.
	당신이 자기 아들 폴리페모스의 눈을 멀게 하자,
	그가 화가 나서, 원한을 품고 있기 때문이오.
	그러나 당신은 고생은 해도, 고향엔 돌아갈 것이오.
오디세우스	그게 정말입니까?
테이레시아스	그렇소! 앞으로 당신들이 트리타키 섬에 도착하면,
	태양신 헬리오스의 소 떼와 가축을 발견할 것이오.
	당신들이 그 짐승들을 해치지 않으면, 고향에 돌아갈 거지만,
	만약 가축을 헤치면, 당신들은 배와 함께 파멸할 것이오.

오디세우스가 양을 잡아 제물로 바치자, 앞으로의 행로와 귀향에 대해 알려주는 테이레시아스 - 헨리 퓨즐리 그림

설령 그대는 간신히 죽음에서 벗어난다 해도,

부하들을 다 잃고 비참하게 귀향할 것이며,

집에 돌아가더라도 고통을 받게 될 것이오.

지금 고향에서는 오만불손한 자들이 그대 아내에게 구혼하고,

당신의 재산을 좀먹듯 갉아먹고 있소.

그러나 그대가 귀향하면, 그들을 응징할 수 있을 것이오!

예언가가 이러한 예언을 해주고 돌아가자, 이번엔 그의 어머니 혼령이 나타나서 피를 마셨다. 그러더니 그녀는 아들을 알아보고 눈물을 흘리며 …

어머니　사랑하는 내 아들아!

살아있는 네가 어떻게 이곳 죽은 자들의 나라에 왔니?

트로이 전쟁이 끝나고, 아직 고향에 돌아가지 못 한 거니?

그러자 오디세우스는 이유를 자세히 설명한 뒤, 어머니는 어떻게 해서 돌아가셨는지 물어보았다. 그가 트로이로 떠날 때, 어머니는 그때까지 살아계셨기 때문이었다. 또한 고향의 아내와 아들, 그리고 아버지에 대해서 묻자 …

어머니　네 처는 지금 굳게 정절을 지키고 있지만,

매일 눈물 속에 괴로운 날을 보내고 있고,

네 땅과 재산은 너의 아들이 잘 관리하고 있다.

또 너의 아버지는 시골에 계시는데,

네가 돌아오기를 학수고대하며, 슬픔에 잠겨 계신단다.

아들아! 사실 나도 병에 걸려 죽은 게 아니라,

너를 그리워하고 걱정하다가 죽은 거란다.

사랑하는 아들아! 정말 보고 싶었다.

오디세우스는 어머니를 한번 껴안아 보고 싶었다. 그래서 3번이나 계속 시도했지만, 그때마다 어머니의 혼령은 손에서 날아가 버렸다. 다음엔 '아가멤논'이 피를 마시더니, 그를 알아보고 눈물 흘렸다. 오디세우스가 깜짝 놀라, 어떻게 죽었는지를 묻자 ...

아가멤논   오디세우스여! 아직 모르고 있었소?

난 비참하게 내 아내와 정부의 칼에 죽었소.

그러니, 그대는 아내에게 너무 잘해주지 말고,

또 모든 걸 다 말하지 말고 비밀은 숨기시오.

그리고 고향에 도착하면, 배를 몰래 대고 집으로 가시오.

여인들은 더 이상 믿을 수 없으니 말이오.

트로이 전쟁 당시 이피게네이아를 희생 제물로 바치려 할 때, 화가 나 아가멤논에게 칼을 뽑으려는 아킬레우스.
왼쪽에서 두 번째가 악녀 클리타임네스트라고, 그 다음이 이피게네이아다 - 자크 루이 다비드 그림

이럴 때 아킬레우스와 파트로클로스, 아이아스 혼령이 다가왔다. 먼저 오디세우스가 아킬레우스에게 …

오디세우스   영웅 아킬레우스여!
당신은 살아생전에도 존경을 한 몸에 받더니,
죽어서도 여기 망자들의 통치자가 되었으니 좋겠소.
그러니 죽었다고, 너무 슬퍼하지 마시오.

아킬레우스   그런 식으로 나를 위로하지 마시오.
난 죽은 사람을 통치하는 왕이 되느니,
차라리 시골에서, 재산도 땅도 별로 없는 사람 집에서,
밭일하는 머슴으로 살고 싶소이다!

바로 아킬레우스의 이 말이 유명한 대사다. '죽어서 죽은 자들의 왕이 되느니, 차라리 남의 집에 머슴으로 사는 것이 낫다.'란 말이다. 과연 그런가?

그런데 '아이아스'의 혼령은 멀리 떨어져 있다가, 말 한마디 없이 어둠 속으로 사라져 버렸다. 아직도 자신과 아킬레우스의 무구를 놓고 설전을 벌이다 자살한 원한을 품고 있는 것일까?

또 오디세우스는 그곳에서 크레타 왕 '미노스'가 죽은 자들을 심판하는 것을 보았고, '헤라클레스'도 보았다. 헤라클레스는 다만 환영에 불과했다. 실제로 그는 청춘의 여신 '헤베'의 남편이 되어, 신들과 함께 하늘에 살고 있기 때문이었다. 헤라클레스는 화살을 시위에 얹은 채, 금방이라도 쏠 것처럼 무섭게 노려보고 있었다.

이 밖에도 많은 혼령이 고함을 지르며 몰려왔다. 오디세우스는 혹시 무서운 메두사가 나타나지 않을까 겁이 났다. 그래서 급히 배로 가, 부하들에게 빨리 출발하라고 명령을 내렸다. 그리하여 일행은 오던 길을 되돌아, 다시 키르케 섬에 도착했다.

세이렌의 유혹

다음 날 아침, 마침내 일행은 키르케 섬을 떠났다. 키르케는 떠나기 전, 지나갈 항로에 대한 대처법을 알려주었다. 일행이 먼저 지나갈 곳은 '세이렌 Seiren' 자매들의 섬이었다.

세이렌은 노래를 잘하는 요정들로, 바닷가 풀밭 위에 앉아 아름다운 노래로 지나가는 사람들을 유혹했다. 누구든 그녀들 노래를 들으면 가까이 가고 싶은 충동을 느끼는데, 그녀들의 주변엔 온통 썩어가는 시체와 뼈가 가득했다.

'세이렌(영어는 사이렌 Siren)'은 '휘감는, 묶는'이란 뜻이다. 우리가 민방공 훈련이나 화재 등을 알리는 위험한 경고 신호인 사이렌도 바로 그녀들의 이름에서 유래한 것이다.

일행이 세이렌 섬을 지나갈 때, 바다는 바람 한 점 없이 잔잔했다. 이때 오디세우스는 문득 키르케가 들려준 충고가 생각났다.

세이렌들이 아름다운 노래로 오디세우스 일행을 유혹하고 있고, 그녀들 옆엔 맛있게 먹은 시체들이 널려있다 - 윌리엄 에티 그림

기둥에 묶인 오디세우스 주변으로 세이렌들이 아름다운 노래로 유혹하고 있다 - 빅토리아 국립 미술관 (워터 하우스 그림)

키르케   세이렌 섬을 지나갈 때는,

부하들의 귀를 밀랍으로 막아, 노래를 듣지 못하게 하세요.

만일 당신이 노래를 듣고 싶으면,

부하들에게 부탁해서, 당신의 손발을 돛대에 묶어달라고 하세요.

그럼 당신은 그녀들의 노래를 들을 수 있는데,

노래를 듣다가 당신이 풀어달라고 해도,

부하들에게 더 꽉 묶어달라고 하고요. 아셨죠?

오디세우스는 충고대로 부하들의 귀를 밀랍으로 막고, 자기는 돛대에 꽉 묶어달라고 했다. 드디어 배가 가까이 가자, 세이렌은 달콤한 목소리로 노래를 부르기 시작했다.

세이렌 노래   이리 오세요. 오디세우스여! ♪ ~

이곳에 배를 세우고, 우리 노래를 들어보세요.

우리들의 감미로운 소리를 듣지도 못하고,

이곳을 통과한 배는 아직 한 척도 없어요.

우린 트로이 전쟁에서 그리스와 트로이가,

신의 뜻에 따라 겪었던 모든 것을 알고 있어요. ♬ ~

이렇게 감미로운 목소리로 노래하자, 오디세우스는 밧줄을 풀어달라고 몸부림쳤다. 그러나 부하들은 지시받은 대로, 그를 더욱 꽁꽁 묶었다. 마침내, 배가 세이렌을 지나쳐 더 이상 노래가 들리지 않자, 부하들은 귀에서 밀랍을 떼더니, 그를 풀어주었다.

아름다운 노래로 세이렌들이 유혹하자, 오디세우스가 맛이 갔는지, 눈이 풀려 밧줄을 풀어달라고 하고 있고, 그러자 그 옆의 부하가 밧줄을 돛대에 더욱 더 꽁꽁 묶고 있다 - 허버트 제임스 드래퍼 그림

소용돌이 카리브디스와 괴물 스킬라

이제 일행은 성난 파도와 물보라를 만났다. 바로 하루에 3번씩 바닷물을 들이켰다가 뱉어내며, 거대한 소용돌이를 일으키는 '카리브디스'였다.

'카리브디스 Charybdis'가 물을 내뿜으면, 바닷물은 밑부터 소용돌이치면서 물보라를 일으켰고, 다시 물을 빨아들이면, 시커먼 바다 모래가 보일 정도였다. 부하들이 그것을 보고 겁이 나서 노를 놓아버리자, 오디세우스가 부하들을 격려하며 ...

오디세우스　　자, 어서 힘차게 노를 저어, 저 파도를 넘자!
　　　　　　　　배를 저 파도와 떨어진 바위 옆에 붙여서 통과하자.

그러나 바위 옆쪽이라고 해서, 더 안전한 것은 아니었다. 맞은편 바위 동굴에는 괴물 '스킬라 Skylla'가 살고 있었다. 배들이 성난 파도를 피해, 바위 옆을 통과하려 할 때였다.

그때 갑작스레 스킬라가 나타나, 부하 5명을 물고 갔다. 스킬라에게 물린 부하들은 이빨 사이에서 손과 발을 버둥대며, 도와달라고 비명을 질렀다.

스킬라는 버둥대는 그들을 동굴 입구에서 맛나게 씹어 먹어버렸다. 오디세우스는 그때까지 정말 온갖 고생이란 고생은 다했지만, 그러한 끔찍한 장면은 그가 본 가장 참혹한 광경이었다.

오른쪽이 소용돌이를 일으키는 카리브디스고, 맞은편 바위 동굴에서
스킬라가 부하들을 물어가고 있다 - 알렉산드로 알로리 그림

헬리오스의 소들

일행이 다음에 도착한 곳은 바로 문제의 태양신 '헬리오스 Helios' 섬이었다. 그곳에는 헬리오스의 소와 양이 많았는데, 도착 전부터 가축의 울음소리가 들려왔다.

오디세우스는 그 섬을 피해 가라고 했던 예언가와 키르케의 경고가 생각났다. 그래서 부하들에게 그 얘기를 해 주었더니, 부하 중에 에우릴로코스가…

에우릴로코스   정말 너무하시는 거 아닙니까?

우린 지금 지칠 대로 지쳐 초주검 상태인데,

저녁도 못 해 먹고 계속 가자고요?

그러다 밤에 역풍이나 폭풍을 만나면 어쩔 겁니까?

오늘 밤은 그냥 여기서 저녁을 해먹고,

내일 아침에 출발합시다! 이보게들, 내 의견이 어때?

부하들   옳소! / 빙고! / 그럽시다.

오디세우스   (어쩔 수 없이) 좋아! 할 수 없군.

그러나 태양신의 소나 양을 보더라도,

절대 죽이지 않겠다고 맹세들 하게.

우린 키르케가 준 음식을 먹는 걸로 하고! OK?

부하들   옛썰! / 그러면 되겠네, 뭐. / 오케바리!

일행은 배를 정박하고, 저녁을 먹은 후 잠에 빠졌다. 그런데 밤에 폭풍이 불어오더니, 한 달간 계속 역풍이 불어, 일행은 꼼짝없이 섬에 갇혀있어야 했다. 그러다 식량이 몽땅 떨어지자, 물고기와 새들을 닥치는 대로 잡아먹어 허기를 때웠다.

그런 어느 날, 오디세우스는 신에게 기도를 드리기 위해 섬의 언덕에 올라갔다. 혹시 어떤 신이 귀향길에 대하여 알려줄까 해서였다. 그러다 그만, 깜빡 잠이 들었다. 그런데 그 사이, 에우릴로코스가 부하들을 꼬드겼다.

에우릴로코스 이보게들! 인간에게 죽음은 다 무서운 거지만,

그중에 굶어죽는 게 가장 비참한 죽음 아닌가?

아, 배고파! 우리 그러지 말고,

여기 소 중에 최상품의 소들을 신께 제물로 바치고,

그 고기를 배 터지게 실컷 먹자고, 응?

까짓 거, 신이 화가 나서 배를 박살 내라고 하지 뭐.

난 이런 외딴섬에서 굶어죽느니,

차라리 실컷 먹고 물에 빠져 죽는 게 낫겠다. 안 그래?

부하들 맞아. / 그래, 케세라 세라다! / 아 .. 배고프당. /

먹다 죽은 귀신은 때깔도 곱다고 하잖아?

오디세우스가 잠든 사이, 허기진 부하들이 스테이크를 해 먹기 위해 헬리오스 소들을 약탈하고 있다 - 펠레그리노 티발디 그림

그들은 소들을 몰고 와서 신에게 기도를 올리더니, 고기를 꼬챙이에 굽기 시작했다. 잠에서 깬 오디세우스가 배에 가까이 가자, 고기 굽는 냄새가 진동했다. 그는 부하들을 꾸짖었지만, 이미 엎질러진 물이었다.

그러자 이에 분노한 태양신이 올림포스를 찾아가, 부하들을 엄벌에 처해달라고 했다. 만약 그러지 않을 경우, 태양 마차를 타고 저승 세계로 내려가, 다신 돌아오지 않겠다며 위협했다. 그러자 제우스가 달래며 …

제우스　　알았소! 내가 그자들의 배를 번개로 깔끔하게 부숴버릴 테니까, 자, 진정하고, 앞으로도 계속 햇볕을 환하게 비춰주시오, OK?

그런 줄도 모르고, 부하들은 에헤라디어 ~ ! 6일 동안 비프스테이크 파티를 열었다. 일행은 다음 날 폭풍이 멎자, 다시 배를 몰고 넓은 바다로 나갔다. 그곳 섬이 시야에서 사라졌을 때였다.

그때, 제우스가 배 위에 검은 구름을 쫙 펼치더니, 세찬 돌풍을 보냈다. 그러자 돛대가 부러지면서 키잡이 머리를 강타해, 그의 두개골을 박살 내버렸다. 이어 제우스가 천둥과 번개를 던지자, 일행은 모두 바다에 떨어져 둥둥 떠다니다, 결국 물에 빠져 죽고 말았다. 그러나 오디세우스는 간신히 용골과 돛대를 묶어, 뗏목을 만들었다. 그리고는 9일 동안 정처 없이 바다를 표류했다.

칼립소 섬에서 7년을 보낸 오디세우스

마침내, 오디세우스는 10일째 날에 '칼립소 Calypso'가 사는 오기기아 섬에 도착했다. 다행히 칼립소는 그를 반갑게 맞으며, 정성껏 간호해 주었다.

'칼립소'는 티탄 족인 아틀라스의 딸로, '숨기는 여자'란 뜻의 이름을 가진 여신이다. 그녀는 오디세우스에게 반해, 그를 붙잡아두고 싶었다. 그래서 영원히 늙지도, 죽지도 않게 해주겠다며, 그를 무려 7년이나 놓아주지 않았다.

오디세우스는 그녀의 신비스런 동굴에 기거하며, 밤에는 그녀의 연인으로 동침했다. 하지만 낮엔 매일 바닷가의 바위에 앉아, 고향의 아내와 아들을 생각하며 보냈다. 그는 고향으로 돌아가지 못한다면, 차라리 죽기를 바라고 있었다.

그러자 제우스를 비롯한 모든 신들이 그의 귀향을 결정하기 위해서 올림포스 회의에 모였다. 신들은 모두 그를 불쌍히 여겼지만, 포세이돈만은 달랐다. 그런데 이날 회의에 포세이돈은 참석하지 않았다. 그는 멀리 다른 곳에 황소와 양의 제물을 받기 위해 출타 중이었다.

이날 회의에서 아테나는 그의 고생을 호소하면서, 빨리 귀향시켜야 한다고 역설했다. 그러자 제우스는 헤르메스를 시켜, 신들의 결정을 칼립소에게 알리라 했다.

그림 위쪽에 있는 신들의 명령을 받고, 칼립소를 찾아가 오디세우스를 귀향시키란 명령을 전하는 헤르메스 - 제라드 래레스 그림

명령을 받은 헤르메스가 황금 샌들을 신고 날아가, 칼립소에게 신들의 결정을 알렸다. 칼립소는 헤르메스의 전갈을 듣더니 ...

칼립소   정말 당신네 남자 신들은 너무하는 거 아니에요?

여신이 인간을 좀 애인으로 삼으면, 질투하니까 말이에요.

좋아요! 제우스의 명령이라면 할 수 없죠.

저도 이제 그만 그를 놓아줄게요. 됐죠?

그녀는 헤르메스가 돌아가자. 바닷가에 홀로 앉아 있는 오디세우스를 찾아가 ...

칼립소   오, 불쌍한 마이 달링!

그래요! 더 이상 이곳에서 슬퍼하며, 허송세월하지 마세요.

이제 당신을 보내드릴 테니까, 어서 뗏목을 만드세요.

그럼 전 물과 음식을 싣고, 순풍을 보내드릴게요.

그러자 신바람 난 오디세우스는 4일 만에 뚝딱 뗏목을 완성해, 바다를 향해 나아가기 시작했다. 그는 하늘의 별의 위치를 보며, 17일 동안 항해를 계속했다. 그러자 어렴풋이 육지가 보이기 시작했다.

그런데 그때였다. 포세이돈이 출장을 마치고, 막 돌아오던 길에 그를 발견한 것이다. 오디세우스가 뗏목 타고 가는 것을 본 포세이돈은 뿔따구가 났다. 그는 자기가 자리를 비운 사이, 신들이 그의 귀향을 도왔다는 것을 알아차리고는 ...

포세이돈   내가 없는 사이에 작당을 했다 이거지?

흥! 그런다고 내가 가만있을 줄 아나?

내가 누구야? 모든 바다를 다스리는 바다의 신 아니던가!

잔뜩 뿔이 난 포세이돈은 그 즉시 삼지창을
들고 구름을 모아서, 바람 폭풍을 일으켰다.
그러자 동풍과 남풍, 또 북풍과 서풍이 서로
부딪치더니, 무시무시한 파도와 바람이 불기
시작했다.

오디세우스는 세찬 파도가 무섭게 덮치자,
뗏목에서 튕겨 바다에 빠졌다. 그러다 한참
후 수면에 떠올라, 간신히 돛과 활대가 꺾인
뗏목에 올라탔다. 하지만, 포세이돈이 다시
엄청나게 큰 파도를 일으키자, 결국 뗏목은
산산조각 나고 말았다.

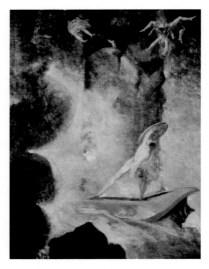

뗏목 위에서 버티는 오디세우스 - 헬리 퓨젤리 그림

오디세우스는 마치 말을 타듯, 통나무에 올라가 무거워진 옷을 모두 벗었다. 그리고
알몸으로 바다에 풍덩 뛰어들어, 무작정 헤엄치기 시작했다. 그러자 포세이돈이 그런
모습을 보며 ...

포세이돈   옳지! 그렇게 시원한 알몸으로, 신나게 바다를 떠돌아다녀라.
　　　　　　짜식! 이만하면 혼쭐이 좀 났겠지? 흐흐 ..

오디세우스는 이틀 밤낮을 파도에 시달리며, 떠돌아다녀야 했다. 그러다 파도가 조금
잠잠해졌을 때, 필사적으로 헤엄쳐 어느 강의 하구에 도착했다. 그리고 한참을 초주검
상태로 누워 있다가, 대지에 입을 맞추었다.

알몸의 오디세우스는 싸늘한 강바람에 추위를 느꼈다. 우선은 근처 숲속에 들어가는
것이 좋을 거 같았다. 그는 올리브나무가 촘촘히 엮여있는 곳에 기어 들어가, 잠자리를
만들었다. 나뭇잎으로 몸을 덮자, 피곤이 살살 몰려왔다. 정말로 힘든 하루였다! 어느새
졸음이 쏟아지기 시작했다.

공주 나우시카아

그가 도착한 곳은 파이아케스족이 사는 섬나라였다. 그 섬나라의 왕 '알키노오스 Alcinoos'는 현명하고 공정한 왕으로, 백성들의 사랑과 존경을 받고 있었다.

오디세우스가 숲속에서 달콤한 잠을 자고 있는 동안, 그의 수호신 '아테나'는 왕궁을 향했다. 오디세우스의 빠른 귀향을 돕기 위해서였다. 여신은 '나우시카아 Nausikaa' 공주 방을 찾아갔다. 그리고는 공주의 꿈에 그녀의 친구로 나타나 ...

아테나   애! 넌 왜 그렇게 칠칠치 못하니?

너도 결혼하려면 이제 얼마 남지 않았는데,

옷들을 손질도 안 해놓으면 어떡하니?

날이 밝는 대로 빨래하는 게 좋겠다, 애!

나도 네가 빨리 빨래를 끝낼 수 있게 도와줄게. 알았지?

다음 날 아침이었다, 나우시카아는 잠에서 깨자 아버지를 찾아가 ...

나우시카아   아빠! 짐수레 마차 좀 준비해 주시겠어요?

모아놓은 옷들을 강에 가져가서 세탁하려고요.

아빠도 깨끗한 옷을 입으시면 좋고,

오빠들도 무도장에 새 옷을 입고, 가고 싶어 하거든요.

빨래는 지금까지 모두 제가 도맡아 했잖아요. 헤헤헤 ...

그녀는 자기 결혼 얘기는 부끄러워 하지 못했다. 그러나 아버지는 금방 알아차리고, 빙그레 웃으며 짐마차를 준비해 주었다. 공주와 하녀들은 강가에 도착해 빨래를 한 후, 옷들을 조약돌 위에 널어놓았다. 그리고는 빨래가 마를 동안 목욕하고, 점심을 맛있게 먹은 뒤, 공놀이를 했다. 일종의 피구 같은 게임이었다.

공주가 하녀에게 공을 던졌지만, 상대를 맞히지 못하고, 공이 강물로 빠지고 말았다. 그러자 '어머나! 어떡해!'하며, 일제히 큰소리를 질렀다. 그 소리에 근처 숲에서 잠자던 오디세우스가 눈을 떴다. 그는 잠에서 깨어나 몸을 일으키며 …

오디세우스   응? 내가 또 어떤 사람들이 사는 곳에 온 거지?

혹시, 야만인들이 사는 곳에 온 거 아냐?

(그러다) 방금, 앳된 소녀들의 목소리가 들린 거 같은데 …

산이나 강에 사는 요정들의 목소리였나?

암튼, 사람이 사는 곳에 온 게 틀림없군.

어디 직접 나가서 한번 확인해 볼까?

알몸의 오디세우스는 수풀에서 기어 나왔다. 그리고 잎이 많이 달린 나뭇가지 하나를 톡 꺾어 주요 부위를 가린 다음, 소녀들을 향해 다가갔다. 그의 모습은 짠 바닷물과 개펄 흙을 뒤집어쓴 상태였기 때문에 꼭 야수 같았다.

오디세우스가 그런 모습으로 나타나자, 하녀들은 '으으악! 에그머니나! 미친놈이다!' 질겁하며 달아났다. 그러나 공주는 달아나지 않고, 그 자리에 서 있었다. 아테나 여신이 그녀 마음에 용기를 불어넣었던 것이다. 오디세우스는 순간 망설였다. 그녀에게 다가가 옷을 달라고 부탁해야 할지, 어떡해야 할지 갈등이 생겼다. 아무래도 조금 멀리 떨어져, 공손하게 부탁하는 것이 좋을 거 같았다.

오디세우스   저 .. 여신인지, 아가씨인지는 모르겠지만,

만일 여신이라면, 그쪽은 아르테미스 여신을 닮았군요.

당신을 보고 있자니, 그저 놀라울 따름이라 그렇습니다.

나우시카아   (얼굴이 빨개지고) …

오디세우스   난 20일 동안 폭풍 속에 바다를 표류하다,

간신히 파도에 밀려 이곳에 왔습니다.

여신님, 아니 아가씨!

난 이 나라에 아는 사람이 한 명도 없는데,

제발 날 불쌍히 여겨, 알몸을 가릴 헌 옷 한 벌만 주시고,

이 나라에 대해서 좀 얘기해 주겠어요?

나우시카아   당신은 나쁘거나, 어리석은 사람 같지는 않네요.

그래요! 우리나라에 왔으니까 옷은 물론이고,

그 밖의 무엇이든 원하는 것을 알려드릴게요.

우리나라는 파이아케스족이 사는 나라고,

전 알키노오스 왕의 딸이에요.

오디세우스   예? 왕의 따님이시라고요?

알몸의 야수 같은 오디세우스가 불쑥 나타나자, 하녀들이 기겁하며 달아나고 있고, 얼어붙듯 서있는 나우시카아 - 장 베버 그림

나우시카아   (하녀들에게) 얘들아! 어서 이리 와.

                      남자를 좀 봤다고, 어딜 그렇게 도망치는 거니?

                      너희들 설마 이분을 적으로 생각하는 건 아니겠지?

                      자, 어서 이분을 목욕시켜드리고, 먹을 것 좀 갖다 드려라.

    그러자 하녀들은 그를 강가로 데려가더니, 옷 한 벌과 몸에 바를 올리브유를 주었다.
오디세우스는 하녀들이 빤히 자기를 보고 있자 괜히 민망해서 ...

오디세우스   저기요 .. 저만치 좀 떨어져 있으면 안 될까요?

                      처녀들이 보는 앞에서 벌거벗고 목욕하려니까,

                      쪼매 남부끄러워서 ...

오디세우스가 알몸을 가릴 옷 한 벌을 부탁하고 있고, 나우시카아와 하녀들이 호기심으로 쳐다보고 있다 - 요르단스 그림

하녀들이 자리를 비켜주자, 그는 강물로 온몸의 묵은 때를 씻더니, 몸에 올리브유를 바르고 옷을 입었다. 이때 아테나 여신은 그의 얼굴과 어깨에 우아함을 듬뿍 주어, 그를 매력남으로 보이게 해주었다. 그러자 공주는 그의 확 달라진 모습을 보더니 감탄하며, 하녀들에게 …

나우시카아   어머머, 얘들아!
저 남자는 좀 전엔 볼품이 없었는데,
신과 같이 정말 멋지지 않니?
(속으로) 아, 저 남자가 내 남편이라면 얼마나 좋을까!
또 그가 여기 계속 살면 얼마나 좋을까!

오디세우스는 하녀들이 음식을 갖다 주자, 체면 불고하고 게걸스럽게 먹었다. 음식을 먹어 본 지 너무 오래되었기 때문이었다. 공주는 빨래를 챙겨 마차에 오르더니 …

나우시카아   제가 궁전으로 모셔다드릴게요.
근데, 전 사람들의 입방아에 오르내리는 건 싫거든요.
도시에 가면, 제가 알려주는 곳에서 기다리다가,
제가 궁에 들어간 후, 잠깐 있다가 들어오세요.
아 참! 그리고 궁에 들어오면,
제 어머니의 무릎을 잡고 애원하세요.
어머니에게 점수 따면, 고향에 갈 수 있을 거예요.
그럼 저희 먼저 출발할게요.

그러며 먼저 마차를 출발시켰다. 이윽고 해 질 무렵, 일행은 도시에 도착했다. 거기서 오디세우스는 공주가 궁에 들어간 후, 잠시 기다렸다가 궁을 향해 걸어갔다.

파이아케스족

그는 화려한 궁 앞에서 입이 쩍 벌어졌다. 높다란 궁전은 번쩍번쩍 빛났고, 문턱부터 안쪽까지 청동 담으로 되어있었다. 또 궁전 문은 황금으로, 문설주는 전부 은으로 되어 있었는데, 대문 좌우에는 금과 은으로 만든 개가 문지기처럼 서있었다.

오디세우스는 감탄을 하다, 안으로 들어갔다. 궁전 안엔 왕과 귀족들이 헤르메스에게 헌주를 하고 있었다. 오디세우스는 공주가 알려준 대로 다가가, 왕비의 무릎을 잡고 …

오디세우스　　존경하는 왕비시여!

　　　　　　　전 천신만고 끝에 바다를 표류해 이곳에 왔습니다.

　　　　　　　전 오랫동안 가족과 떨어져 고통을 받고 있는데,

　　　　　　　저를 제발 고향으로 돌아갈 수 있게 도와주십시오.

오디세우스가 나우시카아 공주가 알려준 대로 왕비의 무릎을 잡고, 고향으로 돌아갈 수 있도록 도와달라고 애원하고 있다.

그러자 사람들은 갑작스런 그의 등장에 깜짝 놀라, 입을 다물지 못했다. 이때 현명한 알키노오스 왕이 그를 일으켜 자리에 앉히며 …

알키노오스 혹시, 당신은 하늘에서 내려온 신이 아니오?

　　　　　　　신들은 우리가 제물을 바칠 때면,

　　　　　　　항상 우리와 나란히 앉아, 식사를 하시니 말입니다.

오디세우스 전 몸매나 체격으로 보나, 신이 아닌 인간입니다.

그럴 때, 왕비는 그가 입고 있는 옷이 궁금했다. 그 옷은 다름 아닌, 왕비 자신이 손수 만든 옷이었기 때문이었다.

왕비 대체 당신은 누구며, 어디서 오셨죠?

　　　　또 입고 있는 그 옷은 누가 줬죠?

오디세우스 아, 이 옷이오? 이 옷은 따님이 준 옷입니다.

　　　　　　　그럼 제가 자초지종을 모두 말씀드리죠.

그는 18일 동안 뗏목을 타고 바다를 표류하다, 강가에서 잠자던 중에 공주를 만나서, 도움을 받은 사연을 말해주었다. 그러자 왕이 …

알키노오스 허허허 … 알겠소!

　　　　　　　당신같이 훌륭한 사람이 여기 머물며,

　　　　　　　내 딸과 결혼해, 내 사위가 되었으면 얼마나 좋겠소.

　　　　　　　그럼 난 당신에게 내 왕권과 재산을 물려줄 것이오.

　　　　　　　물론 자진해서 머물러 있겠다면 말이오.

　　　　　　　하지만, 난 억지로 붙들어 두지는 않을 것이오.

　　　　　　　그래요! 당신을 고향으로 돌려보내 주겠소.

내일이면 그리운 고향 땅을 밟을 수 있을 것 같은데,

그럼 당신은 우리 배들이 얼마나 뛰어나며,

또 우리 선원들이 얼마나 노를 잘 젓는지 알게 될 것이오.

자, 그나저나 피곤할 텐데, 오늘은 푹 쉬시지요.

다음 날 아침이었다. 왕은 귀족들을 비롯한 모든 남자들을 광장으로 부르더니 …

알키노오스   여러분! 난 이분이 누군지,

또 어디서 왔는지는 모르지만,

이 사람은 우리에게 집에 데려다주기를 간청하고 있소.

그러니 우리가 항상 그랬듯, 그를 무사히 호송해 줍시다.

자, 얼른 배 한 척을 준비시켜 바다에 띄우고,

노를 저을 52명의 베스트 선원을 선발하시오.

난 이분을 위해 궁에서 파티를 열 것이니,

모두 거절 말고 참석해 주시오.

얼마 후, 궁전에서 성대한 파티가 열렸다. 왕은 양, 돼지, 황소를 잡아, 훌륭한 잔치를 준비했다. 그때에, 전령이 눈먼 가인(歌人) '데모도코스'를 데리고 왔다. 가인은 식사가 끝나자 하프를 연주하며, 트로이 전쟁에 관한 노래를 부르기 시작했다.

오디세우스는 자신에 관한 노래를 듣고, 옷으로 얼굴을 슬쩍 가렸다. 흐르는 눈물을 주체할 수 없었던 것이다. 그때 다른 이들은 몰랐지만, 옆에 앉은 왕은 그의 신음 소리를 들었다. 왕은 분위기 전환을 위해 노래를 중지시키며 …

알키노오스   자자! 이제 밖으로 나가 경기를 해봅시다.

이분이 우리들이 경기하는 것을 보고 집에 돌아가,

우리 실력이 얼마나 뛰어난 지 알려주게 말입니다.

가인이 하프를 치며 트로이 전쟁에 대한 노래를 부르자, 얼굴을 가리고 눈물을 흘리는 오디세우스 - 프란체스코 하예즈 그림

광장에서 달리기, 레슬링, 멀리뛰기, 원반던지기, 권투 경기가 열렸다. 권투 경기에선 왕의 아들 '라오다마스'가 월등한 실력으로 승리를 거두었다. 그런데 그때, 왕의 아들이 친구들에게 ...

라오다마스　이보게들! 이분 실력을 한번 시험해 보면 어떨까?
　　　　　　 이분 허벅지와 체격을 보니까, 힘이 셀 거 같은데, 어때?

오디세우스는 귀향 생각에 근심이 많아, 정중히 사양했다. 이때 왕자의 친구가 은근히 심기를 건드렸다. 오디세우스가 선장이나 탐욕스런 상인처럼 보이지, 경기를 잘 못할 거 같다며 은근히 성질을 건드린 것이다. 그러자 오디세우스가 그를 노려보며 ...

오디세우스　　왕자님의 친구분은 좀 무례한 분 같군요.

　　　　　　　좋소! 그대가 경우에 어긋나게 도전한 이상,

　　　　　　　그럼 나도 경기를 한번 해보겠소.

　그러며 자리에서 일어나, 크고 두꺼운 원반을 집어 들었다. 그 원반은 그곳 사람들이 던진 것보다 더 크고 무거운 것이었다. 오디세우스가 힘차게 원반을 던지자, 그 원반은 위이잉 소리를 내며 날아가, 전에 던졌던 사람보다 훨씬 더 멀리 떨어졌다.

오디세우스　　자, 누구든 내가 던진 원반보다 더 멀리 던져보시지요.

　　　　　　　또 권투, 레슬링, 어떤 경기든,

　　　　　　　나와 시합을 하고 싶은 분은 앞으로 나오십시오.

　　　　　　　사실, 제가 가장 자신 있는 것은 활쏘기입니다.

　그 말에 모두 조용히 침묵했다. 분위기가 좀 썰렁해지자 왕이 수습하며…

알키노오스　　이제 아무도 당신의 힘을 의심하는 자는 없을 것이오.

　　　　　　　자, 우리 훌륭한 무용수들이여!

　　　　　　　이분에게 우리들의 솜씨와 재주를 마음껏 보여주겠소?

　그러자 무용수들이 9명의 연주자를 둘러싸더니, 발로 바닥을 치며 춤추기 시작했다. 오디세우스는 그들의 현란한 발 놀림에, 경탄을 금치 못했다. 이번에는 왕이 자신의 두 아들에게 춤을 추라고 했다. 춤에 관한 한, 타의 추종을 불허했기 때문이었다.

　두 아들은 한 사람이 몸을 뒤로 젖혀서 공을 높이 던지면, 다른 사람이 높이 뛰어올라, 발이 땅이 닿기 전에 공을 잡았다. 두 아들의 춤이 끝나자, 왕이 귀족들에게…

알키노오스　　여러분! 우리 이분에게 작별의 선물을 줍시다.

이 나라엔 나를 포함해 모두 13명의 왕이 있으니까,

각자 외투 한 벌씩과 황금 1달란 톤씩을 주면 어떻습니까?

이 제안에 모두 찬성하며, 각자 전령을 시켜 선물을 가져왔다. 그 사이 '나우시카아'가 기둥 옆에 있다가, 오디세우스에게 작별 인사를 했다.

나우시카아   귀한 손님! 부디 편히 가세요.

               고향에 가더라도 가끔 저를 생각해 주세요.

               전 당신의 생명의 은인이니까요.

오디세우스   물론이지요, 고귀한 공주님!

               고향에 가면 매일 당신을 위해 기도할게요.

               또 날 살려준 것을 잊지 않을게요. 고맙소!

짧은 만남, 긴 이별이라 했던가? 두 사람은 아쉬움을 남긴 채, 그렇게 헤어져야 했다. 고별 파티가 끝나자, 왕은 오디세우스에게 ...

알키노오스   내가 묻는 말에 솔직히 대답해 주시오.

               당신 이름은 무엇이고, 고향은 어딥니까?

               우리가 당신의 고향을 알아야 데려다줄 것 아니오.

               또 당신이 그동안 겪은 모험담을 들려주겠소?

오디세우스   예, 좋습니다!

               먼저, 제 이름은 오디세우스라 합니다. 그리고 고향은 ...

그는 자신의 고향부터 시작해, 트로이 전쟁이 끝난 후에 10년 동안 겪었던 모험담을 들려주었다. 그의 이야기가 끝나자, 사람들은 감동받아 한동안 말을 잊었다. 이때 왕이 정적을 깨며 ...

알키노오스   얘기를 들어보니까, 정말 고생이 많았습니다.

그럼 무사히 고향에 돌아가기를 바라겠소.

부디 행운이 있기를! 굿 럭!

오디세우스   존경하는 왕과 왕비님! 안녕히 계십시오.

그동안 베풀어준 은혜에 감사드립니다.

에브리바디, 땡큐입니다!

그가 작별 인사를 하고 바닷가로 가자, 호송 선원들이 먹고 마실 것과 선물을 배 안에 가득 실었다. 오디세우스는 배에 올라, 담요 위에 누웠다. 그러자 선원들이 마치 4마리 말이 끄는 마차가 경주를 하듯, 파도를 헤치며 나아가기 시작했다. 오디세우스는 점점 깊은 잠에 빠져들었다.

그리고 동틀 무렵, 배는 그리스 이타케 포구에 도착했다. 포구 안쪽엔 쾌적한 동굴이 하나 있었다. 선원들은 그곳에 배를 몰더니, 자고 있던 오디세우스를 담요와 함께 번쩍 들어 모래 위에 살며시 놓고, 다시 자기 나라로 돌아갔다.

오디세우스의 10년간의 모험 경로

2. 오디세우스의 귀향

등장 인물

오디세우스 : 이타케 왕
텔레마코스 : 오디세우스 아내
페넬로페 : 오디세우스 아들
에우마이오스 : 충직한 돼지치기
이로스 : 거지 (악역)
안티노오스 : 구혼자 (악역)

거지로 변신한 오디세우스

오디세우스는 잠에서 깨어났지만, 자신의 고향을 알아보지 못했다. 20년 동안 고향을 떠나있었기 때문에, 모든 것이 낯설어 보였던 것이다. 그럴 때 '아테나' 여신이 나타나, 그곳이 고향이란 것을 알려주었다.

여신과 오디세우스는 올리브나무 밑에 앉아, 오만불손한 구혼자들을 처벌할 방법을 의논했다. 일단, 여신이 지금 궁에서 주인 행세를 하는 자들의 작태를 설명한 뒤 ...

아테나   먼저, 나는 그대를 아무도 알아보지 못하게 만들 것이다.
그러니까, 살갗은 쭈글쭈글한 늙은 노인으로 만들고,
옷도 사람들이 보면, 혐오감을 느끼고 추해 보이도록,
더럽고, 찢어지고, 연기에 그을린 누더기를 입힐 것이다.
그런 다음, 그대는 제일 먼저 돼지치기 하인을 찾아가라.
그는 진심으로 그대와 아내, 아들을 따르는 사람이다.

영웅들의 수호신인 아테나가 구혼자들을 파멸시킬 방법을 알려주고, 오디세우스의 머리를 톡 쳐 노인으로 변신시켜 주고 있다.

일단 그곳에 머물며, 그에게 모든 것을 물어보라.
난 그동안 스파르타에 가서, 아들을 불러올 것이다!

그러며 여신이 지팡이로 그의 몸을 톡 건드렸다. 그러자 오디세우스 온몸이 순식간에 누더기를 걸친 늙은 거지 모습으로 바뀌었다. 여신은 그에게 지팡이와 군데군데가 찢긴 배낭 하나를 주고 사라졌다.

돼지치기 에우마이오스

거지로 변신한 오디세우스는 돼지치기가 살고 있는 숲이 우거진 오두막을 찾아갔다. 오두막 뜰엔 12개의 울타리가 있었고, 각 울타리엔 50마리 돼지들이 꿀꿀대고 있었다. 돼지는 수놈이 암놈보다 적었는데, 그 이유는 구혼자들이 매일 살찐 수놈을 먹어치웠기 때문이었다. 그래도 수놈은 아직 360마리나 남아있었다.

오디세우스가 안으로 좀 들어가자, 사나운 개 4마리가 요란하게 짖으며 덤벼들었다. 그러자 돼지치기 '에우마이오스 Eumaeos'가 재빨리 달려와서, 개들을 말리고 돌을 던져 쫓아버렸다. 돼지치기는 거지를 안으로 데리고 들어가 자리에 앉히더니, 돼지우리에서 새끼 2마리를 잡아서 잘게 썰더니, 꼬치에 끼웠다. 그 꼬치고기가 노릇노릇 잘 구워지자, 돼지치기는 포도주와 함께 내놓으며 …

에우마이오스　　자 드세요, 노인장!

오디세우스　　이거 정말 고맙습니다!

에우마이오스　　원 별말씀을 …
　　　　　　　아무리 행색이 초라해도, 손님을 업신여기면 안 되죠.
　　　　　　　오디세우스 나리가 살아계셨어도, 똑같이 했을 겁니다.
　　　　　　　근데, 우리 나리께서는 안타깝게도 돌아가셨지요.

오디세우스　　아, 예! 잘 먹겠습니다.

에우마이오스　　드시는 건 새끼 돼지인데,
　　　　　　　살찐 수돼지들은 구혼자들이 먹어서 남아나질 않아요.
　　　　　　　또 파렴치한 그자들은 매일 살찐 염소 한 마리와,
　　　　　　　멋대로 포도주도 마구 퍼마셔, 재산을 없애고 있지요.
　　　　　　　근데 노인장은 뉘시며, 어디서 오셨수?

　　그러자 지략이 뛰어난 오디세우스는 그럴싸하게 거짓말로 둘러댔다. 자기는 크레타 부잣집의 아들인데 집안은 망했고, 트로이 전쟁에 참전해, 그때 오디세우스를 만났다고 했다. 그러다가 귀국 도중에 폭풍을 만나 어느 섬에 표류했는데, 그 섬의 왕한테 그분의 소식을 들었다고 꾸며댔다.

　　또 오디세우스는 지금 그 섬의 왕에게 많은 재물을 받고, 어떻게 고향에 귀향할 것인지 제우스의 조언을 듣기 위해, 잠시 도도네 신전에 갔다고 뻥을 쳐댔다. 돼지치기는 그의 긴 이야기를 듣더니 …

에우마이오스   이보쇼, 노인장!

그쪽의 온갖 고난과 방랑 얘기는 감동적이었지만,

오디세우스 나리의 얘기는 믿을 수가 없네요.

아니, 무엇 때문에 그딴 엉터리 뻥을 쳐요?

전에도 어떤 이가 보상을 바라고 그딴 뻥을 쳤는데,

나한테는 거짓말로 환심을 살 필요도 없으니까,

자, 이제 배불리 먹었으면, 그만 잡시다!

그러며 침상을 준비하더니, 그 위에 염소 가죽을 깔아주었다. 그리고는 오디세우스가 눕자, 자신의 두툼하고 커다란 외투를 잘 덮어주었다. 돼지치기는 오두막 안에서 자지 않았다. 폭풍이 몰아치는 날씨 때문에, 돼지들이 걱정되었던 모양이었다. 그래서 모피 외투를 걸치고, 칼과 창을 들더니, 돼지들이 자는 울타리 앞에 벌렁 누웠다.

오디세우스는 그런 그의 모습을 보며 흐뭇했다. 주인이 없는 사이에도 자신의 재산을 잘 보살피고 있었기 때문이었다.

아버지와 아들의 해후

한편, 아테나 여신은 스파르타에 머물던 텔레마코스를 찾아가 조언을 해주었다. 지금 구혼자들이 돌아오는 도중에 매복을 하고 있으니까 조심할 것과, 고향에 도착하면 먼저 돼지치기를 찾아가라고 알려주었다.

텔레마코스는 밤중에 매복 지점을 피해 항해한 후, 무사히 이타케 해안에 도착했다. 그가 오두막집을 찾아갔을 때, 돼지치기와 오디세우스는 아침을 준비하고 있었다.

텔레마코스를 반기는 돼지치기

돼지치기는 텔레마코스를 보고 달려가더니, 마치 죽었던 사람이 살아돌아온 것처럼 머리와 손에 입을 맞추었다.

에우마이오스　돌아오셨네요, 도련님!

　　　　　　도련님이 배 타고 가셨을 땐, 다신 못 뵐 줄 알았거든요.

텔레마코스　그동안 궁에도 별일 없었죠?

　　　　　　(그러다 오디세우스를 보고) 아저씨! 이분은 누구죠?

에우마이오스　크레타 출신인데 .. 어떤 섬에서 도망쳐 왔대요.

　　　　　　도련님께 넘길 테니까, 좋으실 대로 하세요.

텔레마코스　아저씨만 좋다면, 여기서 보살펴 주죠, 뭐.

　　　　　　아 참, 아저씨! 어서 빨리 가서, 어머니께 전해주세요.

　　　　　　제가 무사히 돌아왔다고요. 알았죠?

돼지치기가 서둘러 떠나고, 아테나 여신이 모습을 나타냈다. 그러나 여신의 모습은 텔레마코스에게는 보이지 않았다. 여신이 오디세우스에게 밖으로 나오라 하더니, 그가 밖에 나오자 ...

아테나　이제 아들에게 정체를 숨기지 말고, 모두 진실을 말한 다음,

　　　　　두 사람은 구혼자들을 없앨 방법을 연구해서 궁에 가라.

　　　　　나도 이제 그대들과 함께 같이 싸울 것이다!

그러며 여신이 지팡이로 톡 치자, 오디세우스는 예전의 깨끗한 의복을 입은 모습으로 돌아왔다. 그런 모습으로 오디세우스가 안으로 들어가자, 아들은 깜짝 놀라며 ...

텔레마코스　헉! 아니, 방금 전과 전혀 다르게,

　　　　　　옷도 피부도 확 달라졌는데, 대체 어떻게 된 거죠?

그러고 보니, 틀림없는 신이 시군요.

오, 신이시여! 저에게 자비를 베풀어주소서!

오디세우스　아들아! 난 신이 아니다. 난 네 아버지란다.

그는 아들에게 입을 맞추며, 참았던 눈물을 흘렸다. 그러나 아들은 도무지 믿을 수가 없었다.

텔레마코스　아녜요! 당신은 내 아버지가 아니에요.

어떤 신이 지금 장난하는 거라고요.

인간이 어떻게 그렇게 마음대로 몸을 바꿀 수 있죠?

오디세우스　이렇게 모습을 바꾼 건, 아테나 여신이 하신 거란다.

여신께서는 나를 어떤 때는 거지로 만들었다가,

또 어떤 때는 이렇게 젊게 바꾸어 주신단다.

지금 네가 보고 있는 사람이 바로 너의 아버지야.

20년 만에 천신만고 끝에 돌아온 네 아버지다.

그때서야 아들은 아버지를 끌어안고 울기 시작했다. 아버지도 아들을 붙잡고, 펑펑 울고 난 뒤...

오디세우스　아들아! 난 지금 아테나 여신의 명령을 받고,

우리가 적들을 어떻게 죽일지 의논하러 왔다.

대체 그들이 몇 명이나 되고, 어떤 자 들인지,

또 우리 둘만으로 대적할 수 있는지, 그게 궁금하거든?

텔레마코스　아버지! 우리 둘만으로 싸우는 건 역부족이에요.

그놈들은 무려 108명이거든요.

그러니까, 우리와 함께 싸울 사람을 찾는 게 중요해요.

오디세우스	아테나 여신과 제우스께서 우리 편이란 걸 잊지 마라.
	궁에서 싸움이 일어나면, 두 신이 분명히 우릴 도와주실 것이다.
텔레마코스	그래요? 두 분이라면 정말 든든한 협력자죠.
오디세우스	넌 내일 아침에 궁에 돌아가, 적들과 같이 있어라.
	나도 거지 노인으로 변신해, 그곳에 갈 테니까!
	아 참! 혹시 그자들이 내게 어떤 모욕을 주더라도,
	넌 꾹 참고 있어야 한다. 알았지?
텔레마코스	예. 알았어요, 아버지!
오디세우스	그리고 내가 돌아왔다는 걸, 아무에게도 말하지 마라.
	어머니와 돼지치기든, 누구든 알아서는 안 된다.
	그리고 이참에 하인과 하녀들 중에서,
	누가 우리를 존중하고, 또 누가 우리를 무시하는 지 시험해 보자!

염소치기와 충견 아르고스

다음 날 아침, 오디세우스와 돼지치기는 오두막을 출발하여 궁전을 가다가, 샘가에서 '염소 치기'를 만났다. 배신자 염소 치기는 잔치에서 먹을 염소를 몰고 가다, 두 사람을 보더니 욕설을 하며 ...

염소치기	야, 이 재수 대가리 없는 돼지치기 놈아!
	그 식충이 같은 거지 놈을 음식 청소부로 모셔가는 길이냐?
	(그러다 오디세우스에게) 비켜, 이 거지새끼야!

그러면서 오디세우스의 엉덩이를 발로 뻥 차고 지나갔다. 순간 오디세우스는 그놈을 쫓아가서, 몽둥이로 박살 내 죽일까? 아니면 번쩍 들어서, 땅바닥에 그냥 짓이겨 버릴까? 순간 망설였다. 그러나 그냥 꾹 참았다.

이때, 돼지치기가 두 손을 모으더니, 어서 오디세우스님이 살아 돌아와서, 저 오만한 염소 치기를 혼내주라며 기도를 드렸다. 그러자 염소 치기가 …

염소치기 저놈이 또 무슨 개똥 같은 소리를 하는 거야?
야 인마! 오디세우스는 죽은 게 확실해. 아직도 몰랐냐?
텔레마코스도 오늘 구혼자들에게 확 죽었으면 좋겠구먼!

그러며 궁 안으로 가자, 오디세우스도 발걸음을 옮겼다. 그는 실로 오래 만에 자신의 궁전을 보고 있자니, 감회가 새로웠다. 궁 안에선 고기 굽는 냄새와 연주 소리가 들리고 있었다. 근데 그때였다. 문 옆에 누워있던 늙은 개 한 마리가 머리를 들더니, 귀를 쫑긋 세웠다. 그 개의 이름은 '아르고스'였다.

'아르고스'는 그가 트로이 전쟁에 참전하기 전부터 기르던 녀석이었는데, 사슴과 토끼 사냥을 할 때 항상 데려가던 사냥개였다. 그러나 이젠 나이 먹고, 돌보는 사람이 없자, 가축들 배설물 위에 벌레들이 잔뜩 붙은 상태로 누워있었다.

아르고스는 자기 주인을 알아보고, 꼬리를 살랑살랑 흔들었다. 그러나 너무 늙고 병들어, 주인에게 가까이 갈 힘이 없었다. 그것을 본 오디세우스가 고개를 돌려 눈물을 닦자, 돼지치기가 …

20년 만에 주인을 만나고 저승으로 가신 개

에우마이오스 사실, 이 개는 주인님이 아끼던 사냥개였어요.
예전에 일단 이놈이 사냥감을 추격하면,
이 개한테 벗어날 수 있는 짐승은 없었으니까요.
근데, 지금은 하인들이 돌보지 않아 이렇게 됐지요.

그러며 돼지치기가 궁으로 들어가는 순간이었다. 그때 아르고스는 20년 만에 주인을 만나고, 스르르 눈을 감았다.

오디세우스의 모욕과 각설이 이로스

오디세우스는 궁에 들어가, 구혼자 사이를 돌며 구걸하기 시작했다. 그래도 그자들은 거지가 불쌍한 지, 음식을 조금씩 나눠주었다. 그러나 그자들 중에서 최고 악랄한 악당 '안티노오스'가 잔치의 흥을 깬다며 발판을 집어던져, 오디세우스의 등을 맞추었다.

오디세우스는 자리에 꼼짝 않고 서서, 마음속에 복수를 다짐했다. 아들 역시, 마음이 몹시 괴로웠다. 아들도 분노를 억누르며, 복수심을 불태웠다.

이때였다. 악명 높은 거지 한 녀석이 쓱 들어왔다. 이 각설이 이름은 '이로스 Irus'였다. 거지 이로스는 '심부름꾼'이란 뜻으로, 누가 부탁하면 돈을 받고 심부름을 했기 때문에 붙여진 이름이었다. 이 녀석은 덩치가 크고 허우대는 멀쩡했지만, 근력과 힘은 없었다. 그러니까 이자는 텃세 부리기 위해 온 것이었다.

이로스	어쭈구리! 이 영감탱이 각설이 자식아! 당장 네놈의 발을 잡고 끌어내기 전에, 어서 여기서 빨리 꺼지지 못해? 내 주먹맛을 보기 전에, 빨리 꺼지란 말이야, 이놈아!
오디세우스	(그러자) 허참! 별 이상한 사람을 다 보겠구먼. 이보쇼! 당신도 나처럼 각설이고, 같은 동종업자 같은데, 나한테 싸움하자고 도전해서, 이 몸을 화나게 하지 마시오.
이로스	얼씨구? 좋아. 네놈의 이빨을 몽땅 뽑아줄 테다. 야, 이 늙다리 비렁뱅이 놈아! 자, 어서 덤벼라.

두 각설이가 티격태격하자, 구혼자들은 재미있다는 듯, 상품으로 염소 밥통을 걸고 싸움을 부추겼다. 오디세우스가 입은 누더기를 벗어던졌더니, 굵고 단단한 넓적다리와 넓은 어깨와 가슴, 묵직한 팔과 알통이 드러났다. 그러자 이로스는 겁을 먹고 부들부들 떨었다.

두 사람이 한가운데로 나가, 대결 자세를 취했다. 이때, 오디세우스는 이자를 목숨이 끊어질 때까지 패버릴 것인지, 아니면 옥수수를 왕창 입 밖으로 쏟아지게 만들 것인지, 잠시 망설였다. 아무래도 이자에게는 사람들이 눈치채지 않게, 살짝 치는 것이 좋을 것 같았다.

구혼자들이 싸움을 붙이는 가운데, 오디세우스가 텃세를 부리는 거지 이로스의 얼굴을 강타하려 하고 있다 - 로비스 코린스 그림

두 사람이 주먹을 동시에 쭈욱 뻗었다. 이로스 주먹은 상대방의 오른쪽 어깨를 쳤고, 오디세우스가 뻗은 주먹은 귀밑을 쳤다. 그러나 빗맞아도 한방이라고 했던가?

이로스는 입안에서 옥수수를 와장창 토하더니, 비명과 함께 바닥에 대자로 쓰러졌다. 그러자 오디세우스가 그자의 발목을 잡고 질질 끌고 나가, 대문에 기대놓으며 …

오디세우스　자넨 여기 앉아, 개나 돼지를 쫓게.
　　　　　　또 이제부터 더 큰 봉변을 당하지 않으려면,
　　　　　　나그네나 걸인에게 주인 행세하지 말게나, 응?
　　　　　　알아먹었지, 거지 양반?

페넬로페와 유모와의 만남

그날 밤, 오디세우스는 아들과 함께 궁전 안에 있던 구혼자들의 무기를 숨겨놓았다. 그리고 아들은 방에 들어가서 잠을 잤지만, 그는 혼자 홀에 남았다. 구혼자들을 어떻게 죽일까, 생각하기 위해서였다.

그런데 그때, 페넬로페가 남편에 대해서 물어보기 위해 홀로 나왔다. 아내는 남편을 어떻게 만났는지, 또 남편을 만났을 때 남편이 어떤 옷을 입었는지 물었다. 그러자 그는 돼지치기에게 했던 진짜 같은 거짓말을 비슷하게 해주었다.

또한 오디세우스가 당시 자줏빛 외투에 황금 브로치를 했다고 하자, 그녀는 하염없이 눈물을 흘렸다. 그 옷과 브로치는 그녀가 트로이 전쟁에 참전하는 남편에게 입혀주고, 달아준 것이었기 때문이었다.

아내는 자신의 옆에 앉아 있는 남편을 위해 울었다. 남편도 마찬가지였다. 그는 울고 있는 아내가 불쌍했지만, 교묘하게 눈물을 감추었다. 그러다 아내에게 남편이 꼭 살아 돌아올 거라며 위로해 주었다. 아내는 자기 남편을 잠시라도 알았던 거지에게 잘해주고 싶었다. 그래서 하녀들에게 …

페넬로페	애들아! 이분의 발을 씻어드리고, 잠자리를 살펴드려라.
	또 따뜻한 침상과 담요도 준비해 드리고!
오디세우스	(그러자) 저 .. 왕비님!
	전 하녀들이 내 발을 만지는 것은 싫습니다.
	혹시, 나만큼 세상 풍파를 겪은 노파가 있다면 몰라도요.
페넬로페	아, 그러세요? 나이가 든 노파가 한 명 있죠.
	그녀는 제 남편을 키우고, 보살폈던 유모거든요.
	(늙은 유모에게) 유모! 이분의 발 좀 씻겨드리세요.

그러자 늙은 유모는 얼른 대야를 가져와, 찬물에 더운물을 섞으며 ...

늙은 유모	근데, 참 이상하네유! 그동안 수많은 사람들이 여기 왔지만,
	당신처럼 목소리와 체격이,
	우리 오디세우스 나리를 닮은 사람은 없었거든유.
오디세우스	(당황해 둘러대며) 아, 그래요? 하하하 ...
	우리 둘을 본 사람은 모두 그렇게 말하더라고요. 크음 ..

그러며 얼른 얼굴을 어두운 쪽으로 돌렸다. 유모가 자기 발을 씻기다가, 발의 흉터를 알아보고, 정체가 탄로 날까 두려웠기 때문이었다. 그런데 아니나 다를까? 유모는 발을 씻기다가, 단번에 흉터를 알아보았다.

그 발 흉터는 그가 어릴 때 외할아버지 집에 놀러 갔다가, 멧돼지에게 물린 상처였다. 〈외할아버지는 그 당시 화가 난 상태여서, 아이에게 '화낸 자'란 뜻의 '오디세우스'라는 이름을 붙여주었던 것이다. 〉

아무튼 유모는 너무 놀라, 잡았던 발을 손에서 놓쳤다. 그러자 대야가 기울어지면서, 바닥에 물이 엎질러졌다. 유모는 기쁨과 동시에 두 눈에 눈물이 고이며 ...

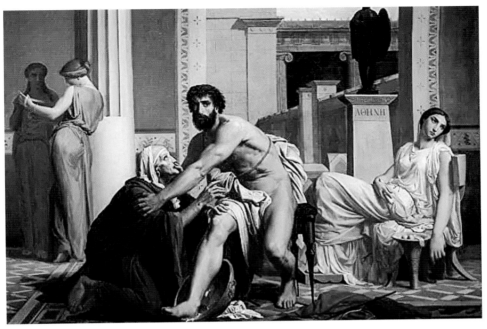

유모가 발을 씻기다가 오디세우스의 흉터를 보고 놀라 대야를 쏟자, 오디세우스가 얼른 눈치 못 채게 유모의 입을 막고 있다.

늙은 유모 맞쥬? 내 도련님, 오디세우스 맞쥬?
 흉터를 만져보긴 전엔 알 수가 없었어유, 나리! 흑흑흑…

유모는 페넬로페 쪽으로 얼굴을 돌렸다. 그녀에게 남편이 돌아왔다는 것을 알려주고 싶어서였다. 페넬로페는 전혀 눈치를 채지 못한 것 같았다. 바로 그 순간, 오디세우스가 재빨리 유모의 입을 틀어막고 속삭이며…

오디세우스 쉬잇! 유모, 모든 걸 망치려고 이러세요?
 그래요, 접니다! 당신 젖으로 키운 오디세우스예요.
 쉬~잇! 이 집안 다른 사람은 아무도 알아서는 안 돼요.
 제가 복수할 때까지 절대 비밀로 해주세요. 알았죠?

유모가 고개를 끄덕이고, 그는 얼른 누더기 옷으로 흉터를 덮었다. 이때 페넬로페가 다가오더니 ...

페넬로페　　저 .. 제가 이런 의논을 해도 될까요?

　　　　　　　전 요즘 마음이 두 갈래로 갈라져, 오락가락하거든요.

　　　　　　　계속 여기 아들 곁에 머물며 재산을 지켜야 할지 ...

　　　　　　　아니면, 가장 좋은 조건의 구혼자를 따라가야 할지 ...

　　　　　　　전 밤마다 침대에 누워도 도통 잠이 오질 않아요.

　　　　　　　더구나, 아들이 어렸을 때는 제 결혼을 허락 안 했는데,

　　　　　　　성년이 된 지금은 그들이 재산을 탕진할까 봐,

　　　　　　　제가 집을 나가기를 은근히 바라는 눈치인 거 같고요.

오디세우스　　... ?

페넬로페　　아아 .. 내가 이 집을 떠나야 할 아침이 다가오고 있네요.

　　　　　　　난 오늘 구혼자들에게 시합을 시킬 거예요.

　　　　　　　우리 남편은 도끼 12개를 멀리 일렬로 세워놓고,

　　　　　　　화살로 도끼 구멍을 모두 통과시키곤 했지요.

　　　　　　　만일 오늘 누구든, 화살로 12개의 도끼 구멍을 뚫으면,

　　　　　　　난 그 사람과 결혼해, 이 집을 떠날 거예요.

오디세우스　　왕비님! 당장 시합을 여세요.

　　　　　　　그자들이 12개의 구멍을 뚫기 전에,

　　　　　　　남편분은 반드시 이곳에 올 겁니다.

　　그러자 페넬로페는 잘 자라는 말과 함께 자신의 이층 방으로 올라갔다. 오디세우스도 잠자리에 들려 했다. 그런데 그때 구혼자들과 동침했던 하녀들이 나오더니, 자기들끼리 깔깔대며 웃었다. 그는 달려가 그녀들을 죽이고 싶었지만, 꾹 참고 잠을 청했다.

12개의 도끼 구멍 뚫기

아침이 되자, 페넬로페는 하녀들을 데리고 2층 창고로 갔다. 그곳에는 황금을 비롯해, 오디세우스의 활과 화살이 고이 보관되어 있었다. 그녀는 활과 화살을 무릎에 올려놓고, 한동안 울음을 터트렸다. 그러다가 구혼자들이 모여 있는 홀에 가더니 ...

페넬로페   자, 여기 오디세우스의 큰 활을 내놓았으니까,

누구든 이 활로 12개의 도끼 구멍을 모두 뚫으면,

난 그분을 남편으로 맞아, 이 집을 떠나겠어요.

그러며 방으로 올라갔다. 그러자 텔레마코스가 자리에서 일어나 ...

텔레마코스   자, 여러분! 주저 말고 활을 당기세요.

그럼, 어디 내가 먼저 해볼까요?

아들은 우선 도랑을 길게 판 다음, 12개의 도끼를 질서정연하게 똑바로 세워놓았다. 그리고는 사선에서 3번이나 활을 당기려고 시도해 보았지만, 아무래도 힘이 모자랐다.

텔레마코스   난 아무래도 약골인 거 같소.

자, 그럼 나보다 힘센 당신들이 해보겠습니까?

첫 번째 나온 선수가 활을 당기려고 했지만, 결과는 실패였다. 그러자 '안티노오스'가 염소 치기를 부르더니, 불을 피우고 비계 덩어리를 가져오라 했다. 활을 좀 더 부드럽게 불로 데우고, 기름을 칠해서 당겨볼 생각이었다.

그들이 그렇게 하여 활을 당겨보았지만, 모두 헛수고였다. 이제 남은 사람은 구혼자 중에서, 2명의 최고 악당뿐이었다.

그 사이, 오디세우스는 돼지치기와 소치기를 밖으로 데리고 나갔다. 그리고는 둘에게 오디세우스가 돌아오면 그를 도울 것인지, 아니면 구혼자들 편인지를 물었다. 두 사람 모두 오디세우스를 돕겠다고 말하자, 그는 그때서야 흉터를 보여주면서 정체를 밝혔다. 그들은 서로 얼싸안고 눈물을 흘린 뒤...

오디세우스   이제 그만 울어라. 들키면 안 되니까 말야.
저자들은 내게 활과 화살을 주지 않으려고 할 것이다.
그때 자네 돼지치기는 내게 활과 화살을 갖다주고,
또 자네 소치기는 궁전 바깥 대문의 빗장을 지르고,
밧줄로 단단히 묶어라. 내 말, 알았지?

이렇게 지시하고, 다시 홀 안에 들어갔다. 그동안 에우리마코스가 활을 불에 데우고 시도했지만, 그자 역시 활을 당길 수 없었다. 이제 마지막으로 최고 악당인 '안티노오스' 만이 남았다. 그런데 그는 다음날 아폴론에게 제물을 바친 다음, 시합을 하자고 우겼다. 바로 그때, 오디세우스가 나서며...

오디세우스   잠깐! 그 활을 내게 좀 주시겠소?
당신들 앞에서 내 힘을 한번 시험해 보고 싶소.

그러자 약속대로, 돼지치기가 잽싸게 활을 가져다줬다. 오디세우스는 그 활을 이리저리 돌리며, 그동안 벌레가 갉아먹지 않았는지, 자세히 살펴보았다.

구멍을 향해 화살을 쏘는 오디세우스

그러더니 시위를 힘들이지 않고 쑤욱 당겨, 손으로 줄을 팅팅 튕기며, 팽팽한 정도를 알아보았다. 그러자 구혼자들은 모두 놀라, 얼굴이 창백해졌다. 오디세우스는 화살을 하나 집어 시위에 얹더니, 목표를 향해 쏘았다. 날아간 화살이 12개의 도낏자루 구멍을 정확하게 꿰뚫고 지나가자, 오디세우스는 아들에게 ...

오디세우스   아들아! 이제부터 이자들에게 만찬을 대접할 시간이다.
                자, 그럼 이제 잔치를 한번 즐겨 볼까나?

이러며 눈으로 신호를 보내자, 텔레마코스가 재빨리 칼과 창을 들더니, 아버지 옆에 버티고 자리를 잡았다.

구혼자들의 최후

드디어, 오디세우스는 누더기 옷을 벗어던지더니, 화살이 가득 들은 화살통을 들고, 높은 문턱 위로 올라가 ...

오디세우스   자, 이것으로 쇼, 아니 시합은 끝났다.
                난 이제 다른 표적을 찾아낼까 하는데 .. 자, 기대하시라!

그러며 악당 안티노오스를 향해 화살을 겨냥했다. 그때, 그자는 막 포도주를 마시려던 순간이었다. 아무도 살인이 일어날 것이라고 생각하지 않았다. 오디세우스가 쏜 화살이 그자의 목을 관통하자, 그자는 술잔을 떨어뜨리고, 바닥에 쿵 하며 쓰러졌다.

그러자 구혼자들이 벌떡 일어나, 우왕좌왕 고함치며 무기를 찾으면서 ...

구혼자 1   (꽥 소리치며) 야, 이놈아! 왜 사람을 쏘는 거야?
구혼자 2   각설이 네놈은 이제 끝장이야, 알았어?

오디세우스가 활을 쏘아 죽이자, 놀란 구혼자들이 허둥대며 무기가 될 만한 것들을 집어 들고 대항하고 있다 - 로빈 배이트 그림

그때까지 그자들은 사태의 심각성을 몰랐다. 단지 각설이 놈이 본의 아니게, 실수로 사람을 죽였다고 생각한 것이다. 오디세우스가 그자들을 무섭게 노려보며 …

오디세우스   이 개 같은 자식들아. 난 오디세우스다!

내가 트로이에서 다시 돌아오지 못할 줄 알았냐?

네놈들은 내 재산을 탕진하고, 하녀들을 겁탈하고,

내가 살아있는데도, 내 아내에게 구혼한 놈들이다.

네놈들은 신들도, 후손들의 비난도 두렵지 않았냐?

오냐! 이제 너희들은 파멸을 면치 못할 것이다.

그러자 그자들은 너무 놀라 서로 쳐다보더니, 각자 도망갈 곳을 찾아 두리번거렸다. 그럴 때 에우리마코스가 …

에우리마코스   잠깐! 당신이 정말 오디세우스라면 화낼 만 하오.

근데, 이 모든 일을 꾸민 자는 안티노오스고,

그자는 이미 벌써 죽었소.

자, 이제 그가 벌을 받고 죽었으니, 우릴 살려주시오.

그동안 우리가 당신 집에서 먹고 마신 것은,

전부 배상할 테니까 좀 봐 주시오. 헤헤헤 …

오디세우스   이런 미친 자식!

네놈들과 네놈들 아버지의 재산을 모두 준다 해도,

난 이 복수의 화살을 멈추지 않을 것이다.

자, 맞서 싸우겠느냐, 도망치겠느냐?

어서 네놈들이 선택해라.

에우리마코스   (그러자) 여러분!

아무래도 저놈이 활을 멈추지 않을 거 같소.

어서 칼을 뽑아 식탁을 방패로 삼고,

한꺼번에 밀어붙여 시내로 빠져나갑시다.

자, 모두 공격 ~

오디세우스가 활을 쏘고 텔레마코스가 창을 던지려는데, 칼과 단지 등을 들어 던지려는 구혼자들 - 크리스토퍼 엑커버그 그림

이 말과 함께 쌍칼을 뽑아들고 덤벼들었다. 그러나 그자는 오디세우스 화살을 맞고, 식탁 위에 꼬꾸라졌다. 이번엔 암피노오스가 칼을 빼들고 덤벼들었지만, 텔레마코스가 재빨리 창으로 찔러 죽이고는 …

텔레마코스   아버지! 제가 얼른 가서 창, 방패, 투구를 가져올게요.
                아무래도 돼지치기와 소치기도, 무장하는 게 좋겠습니다.

그러며 무기 창고로 달려가서, 창 8자루, 방패와 투구를 각각 4개씩 가지고 돌아왔다. 오디세우스는 화살이 떨어지자, 아들이 가져온 투구를 쓰고, 창을 집어 들었다.

그런데 그때, 염소 치기 놈이 무기고에서 창과 칼을 꺼내, 구혼자들에게 나눠주었다. 그러자 돼지치기와 소치기가 그 배신자 놈을 붙잡아 손발을 꽁꽁 묶더니, 높은 기둥에 매달았다. 그리고 두 사람이 오디세우스에게 달려가자, 아직 적들이 많이 남아있었다. 그렇게 4사람은 문턱에서 적들과 대적했다.

이때부터, 아테나 여신이 이 4사람을 돕기 시작했다. 여신은 적들이 창을 던질 때마다, 전부 빗나가게 만들었다. 반대로 4사람이 창을 던지면, 상대는 어김없이 바닥에 머리를 처박고 쓰러졌다.

이번엔 접근전이 벌어졌다. 아테나 여신이 무적의 방패인 아이기스를 높이 쳐들자, 적들은 마음이 산란해져, 이리저리 흩어지기 시작했다. 그때 4사람이 달려들어, 닥치는 대로 마구 무기를 휘둘렀다. 홀 안은 끔찍한 신음 소리가 이어졌고, 바닥엔 피가 시내를 이루었다.

배신자들의 처벌

오디세우스는 집안을 전부 뒤졌다. 살아남은 자는 없었다. 적들은 어부들이 그물에서 털어낸 물고기처럼 겹겹이 쌓여있었다. 오디세우스는 유모를 불러 …

귀스타프 모로의 구혼자들의 죽음이란 추상적인 그림. 구혼자들의 많은 시체가 예술적으로 여기저기 널브러져 있다
- 모로 박물관 (귀스타프 모로 그림)

오디세우스	유모! 이제 궁전의 하녀들 중에서,
	누가 나를 무시했고,
	누가 충성했는지 알려주시겠어요?
늙은 유모	예, 도련님!
	궁전엔 모두 50명의 하녀들이 있는데,
	그중 사악한 하녀 12명이,
	저와 마님을 존중하지 않았답니다.
오디세우스	그럼 그 하녀들을 여기로 보내주시겠어요?

잠시 후, 구혼자 편이었던 하녀들이 눈물을 흘리면서 몰려나왔다. 텔레마코스는 먼저 그녀들에게 죽은 시체를 전부 밖으로 나르게 하고, 궁전을 말끔히 정리시켰다. 그리고 그녀들을 밖으로 데리고 나가, 안마당에 몰아넣으며 …

텔레마코스   야, 이 나쁜 것들아!

너희들은 나와 어머니에게 치욕적인 모욕을 가했고,

뻔뻔하게 놈들과 잠자리를 같이 했다.

내 너희들을 결코, 쉽게 죽게 하진 않을 것이다.

그러며 밧줄을 대들보에 걸고, 목에 올가미를 씌워, 차례로 교수형에 처했다. 이번엔 염소 치기 차례였다. 그는 염소 치기를 데려오더니, 두 귀와 코를 베고, 가운데 거시기를 잘라 개먹이로 던져주었다. 그리고도 성이 풀리지 않는지, 그자의 두 손과 두 발을 모두 잘라버렸다.

오디세우스는 궁전 안쪽과 마당을 유황으로 구석구석 정화했다. 그러는 동안 유모는 충실한 하녀들을 데려왔다. 하녀들은 오디세우스를 보더니, 너무 반가워서 빙 에워싸고, 어깨와 손에 입을 맞추었다.

남편과 아내의 해후

한편, 유모는 이층 방에 있던 페넬로페에게 달려가 …

늙은 유모   마님! 어서 빨랑 내려오셔서,

마님께서 날마다 고대하던 일을 직접 보세유.

드디어 오디세우스 나리께서 집에 오셨어유.

그리고 그분께서 그동안 뻔뻔하게 재산을 먹어치우고,

마님과 도련님을 괴롭히던 나쁜 구혼자를 모두 죽이셨어유!

페넬로페 예? 유모, 갑자기 실성한 거 아녜요?

　　　　왜 가뜩이나 마음이 심란한 저를 놀리고 그래요?

늙은 유모 놀리는 거 아니에유, 마님!

　　　　정말 주인님이 돌아오셨다니까유.

　　　　홀에서 사람들이 조롱했던 거지가 바로 그분이에유.

　　　　아드님은 이미 벌써부터 알고 있었지만,

　　　　그분이 구혼자들을 응징할 때까지 숨기신 거예유.

　　왕비는 그때서야 벌떡 일어나, 노파를 끌어안고 눈물을 흘렸다. 그러다 다시 의심이 드는지 …

페넬로페 아냐! 난 아직도 믿을 수 없어.

　　　　그분은 멀리 떨어진 곳에서 벌써 죽었을 거야, 유모!

늙은 유모 마님! 무슨 그런 말씀을 하세유?

　　　　그럼 제가 확실한 증거를 말씀드릴게유.

　　　　그분이 어릴 때, 멧돼지의 이빨에 물린 흉터 아시쥬?

　　　　지가 그분의 발을 씻겨드리다가, 그 흉터를 봤거든유.

　　　　그때 제가 말씀드리려 했는데,

　　　　그 순간, 그분께서 제 입을 막고 못하게 하신 거예유.

　　　　자, 제가 목숨을 걸 테니까, 절 따라오세유.

　　　　아, 어서유. 빨리 오서유!

　　왕비가 이층에서 내려오더니, 오디세우스 맞은편에 앉았다. 오디세우스는 기둥 옆에 앉아, 시선을 아래로 둔 채 아내의 말을 기다렸다. 그러나 아내는 계속 그의 얼굴을 빤히 쳐다볼 뿐, 도무지 실감이 안 나는지 아무 말이 없었다.

아내는 여전히 자신의 남편을 알아보지 못하는 것 같았다. 그가 더러운 누더기 옷을 입고 있었기 때문이었다. 그러자 아들이 핀잔주며…

텔레마코스   어머니! 어쩌면 그렇게 냉담하고 무정하세요?
　　　　　　　어서 아버지 옆에 앉아 좀 물어보세요.
　　　　　　　아버지께서 천신만고 끝에, 20년 만에 돌아왔는데,
　　　　　　　이렇게 쌀쌀맞게 대하는 분은 아마 어머니밖에 없을 거예요.
페넬로페   난 지금 하도 얼떨떨해서, 무슨 말을 해야 할지…
　　　　　　　또 무엇을 물어야 할지 모르겠다.
　　　　　　　그러나 이분이 정말 내 남편이라면,

페넬로페가 거지 옷을 입고 너무 변한 남편의 모습에 반신반의하자, 자신을 시험해 보라고 말하는 오디세우스
- 피티 궁전

우리 두 사람은 다른 사람들이 모르는 징표가 있으니까,

서로를 확실히 알아볼 수가 있거든?

오디세우스   허허 .. 아들아! 그럼 네 어머니가 날 한번 시험해 보라고 해라.

아마 내가 이런 누더기를 입고 있어서, 믿지를 않나 본데,

내 그럼 말끔히 씻고, 의복을 입고 오겠소.

그러며 목욕하고 멋진 의복을 입자, 아테나 여신은 우아한 기품을 넣어주었다. 그는 얼마 후, 마치 불사신 같은 모습으로 아내의 맞은편 의자에 앉더니 ...

오디세우스   정말 이상한 여인이로군. 허허허 ...

유모! 그럼 나 혼자라도 잘 테니, 침상을 펴주시겠어요?

페넬로페   (은근히 시험해 보며) 그래요, 유모!

내 남편이 손수 만든 침대를 밖으로 옮기세요.

오디세우스   (그러자 놀래며) 아니, 여보!

그 사이, 누가 내 침대를 다른 데로 옮겼소?

내 침대는 아무리 힘센 자도 옮길 수 없을 텐데 ...!

그 침대는 내가 만든 것이고, 거기엔 비밀이 숨어있지.

원래 이 궁전 앞마당엔, 올리브나무가 자라고 있었는데,

난 그 굵은 나무 둘레에 방을 만들고 지붕을 덮었지.

그리고 뿌리를 다듬은 후,

침대 기둥부터 시작해서, 침대를 완성했거든.

우리 침대는 금, 은, 상아로 장식한 게 특징인데,

근데 여보! 누가 밑을 베어서, 다른 곳으로 옮겼소?

그가 이렇게 확실한 증거를 말하자, 아내는 심장이 두근대고 무릎이 떨렸다. 그녀는 울면서 남편에게 달려가 계속 입을 맞추며 ...

페넬로페   여보! 당신을 처음부터 알아보지 못했다고 화내지 말아요.

전 또 사기꾼이 날 속이는 게 아닐까, 불안했거든요.

여보! 당신은 정말 내 남편이에요.

우리만이 알고 있는 침대의 비밀을 알고 있으니까요.

오디세우스는 아내를 와락 끌어안았다. 부부는 20년 동안 있었던 이야기들을 나누며, 긴긴밤을 보냈다. 그리고는 침대에서 달콤한 사랑을 나누었다.

20년 만에 만나 긴긴 지나간 이야기를 나누며, 아내 페넬로페의 턱을 만지는 오디세우스 - 프란체스코 프리마티초 그림

에필로그

'호메로스 Homeros'는 위대한 시인이며, 전설적인 인물이다. 학자마다 의견이 다르지만, 그는 대략 기원전(BC) 8세기경, 지금의 터키 서남부 스미르나(또는 키오스 섬)에서 출생해, 이오스 섬에서 사망했다고 한다. 영어로는 '호머 Homer'라 부른다.

호메로스 - 바르젤로 미술관

그는 유럽 최초의 문학 작품인 대서사시 '일리아스'와 '오디세이아'를 남긴 작가로, 일설에 의하면 눈이 보이지 않는 음유 시인으로 알려져 있다. 그가 시각 장애인이란 전설은 기원전 460년에 만든 그의 눈먼 조각상 때문인지 모른다.

호메로스의 서사시 '일리아스'와 '오디세이아'는 서구 문학 최초이자 최고 걸작으로, 기원전(BC) 8세기경에 구전으로 떠돌다, 기원전(BC) 6세기경 문자로 기록되었다고 추정한다.

일리아스

호메로스의 '일리아스'는 그리스와 트로이의 10년간 전쟁 중, 마지막 해의 49일간에 일어난 이야기다. 일리아스는 트로이 별명인 '일리오스'에서 유래된 것으로, '일리오스 이야기'란 뜻이다. 전체 내용은 그리스의 영웅 아킬레우스의 분노로 시작해, 트로이의 명장인 헥토르의 죽음으로 끝난다.

일리아스 주인공은 단연 아킬레우스다. 아킬레우스는 총사령관 아가멤논이 자신의 애인을 빼앗는 모욕을 당하자, 그 즉시 전투에서 이탈한다. 그러자 그리스는 전투에서 트로이에게 연전연패하고, 함선까지 불에 타는 위기에 봉착한다.

그런데 아킬레우스는 절친한 친구가 헥토르에게 죽었다는 비보를 듣고, 아가멤논과 화해를 한 후 헥토르를 죽이고 시체를 욕보인다. 그러자 프리아모스 왕이 아킬레우스를 찾아가, 아들 헥토르의 시신을 가져와서, 장례식을 하는 것으로 막을 내린다.

일리아스는 현존하는 고대 그리스 문학의 가장 오래된 서사시며, 또 그 이후 로마와 서양의 정신과 사상, 문학과 예술에 지대한 영향을 끼쳤다.

트로이 전쟁 중, 함선을 사이에 둔 그리스군과 트로이군의 치열한 전투 장면

오디세이아

호메로스의 '오디세이아'는 오디세우스가 10년간에 걸쳐 표류하며 겪는 해상 모험과 귀향에 관한 이야기다. 오디세이아는 크게 2부분으로 나눈다. 하나는 그가 10년 동안에 겪는 진기한 해상 모험과 또 하나는 그가 귀국하여 구혼자들을 응징하고, 마침내 아내와 해후하는 내용이다.

오디세이아도 일리아스와 함께 그리스의 국민적 서사시가 되었으며, 이후 로마 시대 베르길리우스의 '아이네이아스'뿐 아니라, 유럽 문학과 사상에 큰 영향을 끼쳤다.

오디세우스의 10년간의 모험 중
항해하는 일행에게 아름다운 노래로 유혹하는 세이렌
오디세우스는 돛대에 묶인 채 보고 있다.
- 아돌프 벨리 그림 -

아이네이아스 이야기

1. 7년간의 유랑 생활

등장 인물

아이네이아스 : 트로이 영웅 (안키세스 아들)
안키세스 : 아이네이아스 아버지
폴리도로스 : 트로이 왕자
헤카베 : 폴리도로스 어머니
디도 : 카르타고 여왕
시빌레 : 쿠마이 무녀

이 이야기는 트로이 장군 아이네이아스 이야기다. 그는 트로이가 멸망하자, 피난민을 이끌고 이탈리아로 건너가, 위대한 로마를 건국한다. 1화는 그가 이탈리아로 건너가기 전까지의 모험 이야기다.

트로이 멸망과 탈출

주인공 '아이네이아스 Aeneas'는 트로이 왕족 '안키세스'와 '아프로디테'의 아들이다. 그리고 프리아모스 왕의 딸 '크레우사'와 결혼해, 아들을 하나 두었다.

그는 트로이 전쟁에서 사촌인 헥토르 다음으로 용맹을 떨치며, 혁혁한 공을 세웠다. 그러나 트로이가 함락되고 성안이 온통 불바다가 되었을 때, 그는 아버지 '안키세스'를 어깨에 메고, 아내와 아들과 함께 간신히 탈출을 했다. 그런데 그만, 그의 아내는 도중에 실종이 되고 말았다.

트로이가 함락되고 성안이 불바다가 될 때, 아버지를 어깨에 메고, 아내와 아들과 함께 성을 탈출하는 아이네이아스
- 보르게세 미술관 (바로치 피오리 그림)

　　그가 지금의 터키 서쪽 끝 항구에 도착하자, 나라를 잃은 트로이 피난민들이 우르르 몰려들었다. 그들은 아이네이아스를 지도자로 삼아, 새롭게 정착해 살 곳을 찾기 위해 우선 배를 건조하기 시작했다. 그리고 1년 후, 20척의 배들이 완성되자, 그들은 눈물을 머금고 조국을 떠나 먼바다로 향했다.

트라키아에서 생긴 일

　　일행이 맨 처음으로 도착한 곳은 트로이에서 조금 떨어진 트라키아였다. 트라키아는 전부터 트로이와 우호적인 동맹국이었다. 아이네이아스는 그곳 해안에 정착해, 새로운 도시를 건설하기 시작했다.

그는 그곳에서 우선 제우스와 자신의 어머니 아프로디테에게 황소를 제물로 바쳤다. 그리고 근처에 무성한 도금양나무가 빽빽이 자라고 있어, 그 나무로 제단을 장식하기 위해 무심코 관목 하나를 뽑았다. 그런데 놀랍게도, 그 뿌리에서 핏방울이 뚝뚝 흐르는 것이 아닌가!

그는 순간 등골이 오싹하며, 피가 얼어붙는 것만 같았다. 원인을 알아보기 위해 다른 나무를 뽑으려 할 때였다. 그때, 땅속에서 애처로운 신음 소리가 나며 ...

폴리도로스   대체 왜 나를 괴롭히는 것이오?
　　　　　　　난 프리아모스의 아들 '폴리도로스'고,
　　　　　　　나무에서 흐르는 피는 내 피요.
　　　　　　　어서 이 잔혹한 나라를 피해 떠나시오, 빨리!

'폴리도로스 Polydoros'는 프리아모스 왕과 헤카베 막내아들이었다. 프리아모스 왕은 트로이 전쟁이 일어나자, 막내만은 살리기 위해, 이웃 나라의 트라키아 왕에게 수많은 재산과 함께 아들을 맡겼다. 그러나 재산에 눈이 먼 트라키아 왕은 트로이가 함락되자, 막내아들을 죽여 바다에 던져버렸다.

그런데 헤카베가 해안에 밀려온 막내아들의 시신을 우연히 발견했다. 그러자 분노에 찬 헤카베는 아들에게 줄 황금을 많이 가져왔다고 속이며 궁전을 찾아가, 트라키아 왕의 눈알을 손가락으로 뽑아 죽였다.

이 막내아들에게는 바로 이런 사연이 있었던 것이다.

왕의 눈을 손으로 뽑는 헤카베 - 크레스피 마리아 그림

아이네이아스는 어느 정도 충격에서 벗어나자, 아버지와 지도자에게 의견을 물었다. 그들은 모두 같은 생각이었다. 저주받은 범죄의 땅을 빨리 떠나자는 것이었다. 그래서 일행은 억울하게 죽은 막내아들의 제사를 지내주고, 그곳을 떠났다.

델로스 섬에서의 신탁

일행이 다음에 도착한 곳은 아폴론 성지인 델로스 섬이었다. 델로스 왕은 마중 나와, 일행을 환영해 주었다. 일단 아이네이아스는 아폴론 신전을 찾아가, 어느 곳에 정착해야 좋을지를 물었다. 그랬더니, 아폴론 신전의 문턱과 월계수나무가 흔들리며 ...

아폴론 신탁   트로이 백성들이여!
너희들은 처음 너희 선조가 태어난 곳, 즉 어머니의 땅을 찾아가라.
그럼 그곳에서 아이네이아스의 집안이,
대대손손 모든 나라를 지배할 것이다!

이러한 신탁을 듣자, 트로이인들은 환호성을 지르며 기뻐했다. 그러나, 정작 신탁이 말한 선조가 태어난 곳을 알지 못했다. 그때, 아이네이아스 아버지인 안키세스가 옛날 조상으로부터 전해 들은 얘기를 곰곰이 생각하다가 ...

안키세스   여러분! 내 기억이 틀림없다면,
우리 선조는 크레타 섬에서 트로이로 왔다고 들었소.
자, 그럼 신탁이 말한 크레타로 갑시다.
그곳은 멀지 않고, 3일이면 도착할 수 있는 거리입니다.

그래서 일행은 델로스를 떠났다. 그리고 수없이 흩어져 있는 섬들을 지나, 3일 만에 크레타 섬에 도착했다.

크레타가 아닌가 벼!

아이네이스는 크레타 섬에 도착하여, 다시 그곳에 새로운 도시를 건설하기 시작했다. 그리고 예전 트로이 성 이름을 따서, '페르가몬'이라 불렀다. 또 그가 새로운 집과 경작할 농지를 나누어주자, 벌써 피난민 사이에서는 결혼하는 젊은이들도 생겨났다.

그런데 갑자기 원인을 모를 전염병이 돌더니, 사람들이 하나둘씩 쓰러져 죽어갔다. 더구나 그곳은 물이 모자라, 논밭과 풀이 말라죽고, 애써 지은 농사도 수확되지 않았다. 아이네이아스가 어떻게 해야 좋을지, 고민하고 있을 때였다. 그런데 그의 꿈에 신성한 신상들이 나타나 ...

신상 목소리　　아이네이아스여!

아폴론은 나를 대신 보내, 이 말을 전하라고 하셨다.

이 섬은 델로스에서 아폴론이 말씀한 그 섬이 아니다.

그분께서 말한 곳은 '헤스페리아'란 곳으로,

지금은 '이탈리아'라 부르며, 땅이 기름진 나라다.

너희 최초의 조상은 그곳에서 태어났고,

그곳 이탈리아가 너희들이 가야 할 목적지다.

아이네이아스는 꿈에서 깨어나자, 아버지에게 꿈 얘기를 해주었다. 그러자 아버지는 사실 트로이의 선조가 한 분이 아니라 두 분이라며, 자신이 착각했다는 말과 함께 ...

안키세스　　아차차, 맞다! 쏘리, 쏘리! 한때 예언자 카산드라가 말하길,

우리가 정착할 곳은 '이탈리아'라고 했던 말이 생각난다.

그런데 그땐 우리가 그곳에 가리라곤 생각도 못 했고,

또 누가 그녀의 말을 믿었냐? 아무도 안 믿었지?

자, 그럼 아폴론의 말씀대로 이탈리아로 가자!

하르피이아 새

일행은 그곳에 남기를 바라는 몇몇 사람을 남겨놓고, 다시 함선에 올라 바다를 향해 나아갔다. 그런데 더 이상 육지가 보이지 않고 사방이 하늘과 바다뿐이었을 때, 갑자기 시커먼 비구름이 머리 위를 덮더니 폭풍이 몰려왔다.

폭풍우는 4일간 계속됐다. 일행은 암흑 속에 바다를 헤매다, 마침내 육지가 나타나자, 힘껏 노를 저어 해안에 도착했다. 그 섬은 '하르피이아'들이 사는 곳이었다.

'하르피이아 Harpieas'는 아르고호 모험에 이미 등장한 새로, 날개 달린 새의 몸에 처녀 얼굴을 한 괴물이었다. 이 새들은 바람처럼 빨리 날아다니며, 갑자기 나타나서 음식을 빼앗아 먹었다. 그리고는 고약한 악취 나는 배설물로 음식과 주변을 오염시켰다.

새의 몸에 처녀 얼굴을 한 하르피이아가 음식을 마구 훔쳐 먹자, 일행이 칼과 활로 쫓고 있다 - 루브르 박물관 (페리에르 그림)

일행이 섬에 도착하자, 들판엔 수많은 야생 소와 염소들이 풀을 뜯고 있었다. 그래서 그들은 신나게 바비큐를 해서 먹었다. 그런데 아니나 다를까? 갑자기 하르피이아들이 무시무시한 날개 소리를 내며 덮치더니, 음식을 빼앗아 먹고 악취를 풍겼다. 일행들이 바위 밑으로 자리를 옮겨도 마찬가지였다.

아이네이아스는 칼을 숨기라고 지시했다. 다시 올 때 칼을 뽑아서 죽일 생각이었다. 그러나 하르피이아는 아무리 칼로 내리쳐도, 상처 하나 입지 않았다.

하르피이아   이 트로이 놈들아! 너희들은 우리 소와 염소를 마구 죽이더니,

                    왜 죄 없는 우리를 내쫓으려고 하는 거냐?

그러면서 일행의 앞길에 무서운 재앙이 있다는 것을 예언하고 날아가 버렸다. 일행은 그 소리에 서둘러 섬을 떠났다. 다음에 잠시 들른 곳은 '부트로툼'이란 나라였다.

안드로마케와 헬레노스

일행은 그곳에서 도저히 믿을 수 없는 두 사람을 만났다. 바로 프리아모스 아들이자, 예언가인 '헬레노스'와 헥토르의 아내 '안드로마케'가 부부가 되어, 그 나라를 통치하고 있었다.

한때, 형수와 시동생이었던 그들이 부부가 된 사연은 이러했다. '안드로마케 Andro-mache'는 트로이 멸망으로 인생의 나락을 경험한 불행한 여인이었다. 그녀의 아버지와 7명의 오빠, 남편 헥토르는 모두 아킬레우스에게 죽었고, 어린 아들마저 그리스군에게 살해당했다.

그녀는 전쟁이 끝나자, 아킬레우스 아들의 아내가 되어서 그리스로 끌려갔다. 그러다 아킬레우스 아들이 헬레네 딸과 결혼하면서, 그녀를 헬레노스에게 넘겨주었다. 그래서 부부가 된 그들은 아들까지 낳고, 트로이를 모방한 새 나라를 건설했던 것이다.

아이네이아스와 친척 관계인 두 사람은 일행을 환대했다. 그리고 다음날, 헬레노스는 이탈리아로 떠나는 일행에게 앞으로의 험난한 일정을 예언해 주고, 많은 선물을 주면서 아쉬운 작별을 했다.

외눈박이 거인 폴리페모스

일행은 이탈리아로 가는 가장 짧은 코스를 선택했다. 그리고 밤새도록 항해한 끝에, 저 멀리 이탈리아 언덕이 나타나자, 환호성을 질렀다.

트로이 사람들   이탈리아다! / 와, 마침내 도착했다. /
드디어 우리 선조들의 땅이다. 야호~

함선들이 동쪽으로 향하자, 시칠리아 섬과 바다 위에 솟은 아이트나 화산이 보였다. 그런데 저 멀리 파도가 바위에 부딪히는 엄청난 소리가 들려왔다. 그곳은 하루에 3번씩 바닷물을 들이켰다가, 다시 하늘 높이 내뿜어 배를 난파시키는 곳이었다.

안키세스   이곳이 바로 그 악명 높은 '카리디브스'다.
어서 여기를 빠져나가야 한다, 어서.
있는 힘껏 노를 저어라. 노를 저어라, 빨리!

배는 거대한 파도에 실려 하늘 높이 올라갔다가, 다시 파도가 물러가자, 저승 세계로 내려가는 것처럼 바다 깊숙이 내려갔다. 배가 그렇게 3번이나 올라갔다 내려갔다 하는 사이에, 일행은 거인들이 사는 키클롭스 해안에 도착했다.

키클롭스 해안 옆에는 아이트나 화산이 어마어마한 불덩이를 하늘 높이 쏘아 올리며, 천둥소리를 내고 있었다. 전설에 의하면, 그 화산 밑엔 거인 '티폰'이 누워있는데, 티폰이 허리가 아파 돌아누울 때마다, 섬이 진동하고 연기가 하늘을 가린다고 한다.

일행이 그곳을 막 빠져나가려 할 때였다. 그런데 갑자기 숲속에서 웬 이상한 사람이 불쑥 나왔다. 그는 수염이 긴 초췌한 모습으로 누더기를 걸친 채, 일행을 향해 애원하듯 두 손을 내밀었다. 그런데 입고 있는 복장을 보니까, 적군이었던 그리스 병사였다.

그는 멀리서 다가오다가, 트로이 군복과 갑옷, 무기들을 보더니 멈칫했다. 그러다가 어쩔 수 없다는 듯, 눈물을 흘리면서 달려와 애원하며 ...

그리스 병사 오, 트로이 사람들이여!

제발 나를 어느 나라든 데려다주십시오.

물론 난 그리스 병사로서, 트로이를 공격한 사람이지만,

그것이 그토록 중대한 범죄라면,

그 대가로 나를 갈기갈기 찢어, 바다에 버려도 좋습니다.

난 차라리 괴물한테 죽느니, 사람한테 죽는 게 나으니까요.

여기서 잠깐! 앞서 나온 오디세우스 모험의 외눈박이 '폴리페모스'를 기억하시는가? 그러니까 이자는 다름 아닌, 오디세우스와 부하들이 동굴에 갇혔을 때, 미처 탈출하지 못한 그리스 병사였다.

그러다 이자는 나중에 간신히 동굴에서 빠져나와, 폴리페모스와 키클롭스들을 피해 다니며, 3개월 동안 열매와 풀을 먹고 지냈던 것이다.

그리스 병사 빨리 이 해안에서 도망쳐야 합니다, 빨리요!

폴리페모스를 비롯한 무시무시한 거인들이,

이 해안가에 떼 지어 살며, 산 위를 돌아다니거든요.

그러는 사이, 거인 폴리페모스가 산꼭대기에서 양 떼를 몰고 나타났다. 눈먼 거인은 소나무 지팡이로 길을 더듬으면서 바닷가로 오더니, 아직도 눈에 흐르는 피를 바닷물로 씻으며 신음했다.

일행은 얼른 그리스 병사를 배에 태우고, 노를 힘껏 저어 달아나기 시작했다. 그러자 폴리페모스가 소리 나는 쪽으로 달려가, 배를 손으로 움켜잡으려 했다. 그러나 배들이 모두 빠져나가 버리자, 폴리페모스는 약이 올라서 엄청나게 큰 소리로 고함을 질렀다. 그 고함 소리는 멀리 아이트나 산까지 메아리쳤다.

그 소리에 키클롭스들이 해안으로 우르르 몰려왔다. 이자들은 떠나가는 배를 보면서, 맛있는 먹거리를 놓쳐서인지 입맛을 쩝쩝 다시며, 아쉬운 표정을 짓고 있었다.

일행은 다시 많은 섬을 지나, 시칠리아로 향했다. 그런데 항해 도중, 늙은 안키세스가 노환과 누적된 피로로 인하여 그만 죽고 말았다. 일행은 시칠리아에서 성대한 장례식을 치르고, 다시 배를 몰아 바다로 향했다.

헤라와 바람의 신 아이올로스

그런데 이때, 오래전부터 트로이한테 앙심을 품고 있던 '헤라'가 하늘 위에서 그들을 내려다보고 있었다. 헤라가 트로이를 싫어하고, 그녀 가슴에 영원한 상처를 입은 일은 자신의 아름다움을 모욕한 파리스의 심판 때문이었다.

한때, 헤라는 아테나와 아프로디테와 함께 여신 중 최고 미녀를 뽑는 '미녀 올림포스 대회'에 참가한 일이 있었다. 이때 심판을 본 파리스가 최고 미녀로 아프로디테를 뽑자, 헤라는 그 일로 트로이 사람들을 미워하며, 노여움을 풀지 않았던 것이다.

헤라 흥! 저 원수 같은 트로이 놈들을,
   곱게 이탈리아로 가게 할 수는 없지.
   신들의 여왕이자, 제우스의 아내인 내가,
   이렇게 한 민족과 여러 해 동안 전쟁을 해야 하다니 ...!

그녀는 즉시, 바람의 신 '아이올로스'를 찾아가 ...

헤라　　바람의 지배자인 바람의 신이여!

　　　　어서 저 트로이 배들을 뒤집거나, 흩어지게 해주세요.

　　　　그럼 내가 14명의 요정 중에, 가장 예쁜 요정을 줄게요. OK?

　　그 소리에 신바람 난 '바람의 신'은 동굴 속에 가두었던 바람을 전부 내보냈다. 그러자 동풍, 남풍, 또한 돌풍을 동반한 회오리바람이 바다를 뒤집으며 풍랑을 일으켰다. 이어 하늘이 별안간 깜깜해지더니, 갑자기 천둥과 번개가 치기 시작했다.

　　높은 파도가 배들을 정면으로 덮치자, 3척의 배는 빙빙 돌다가 암초에 부딪혔고, 다른 3척은 높은 파도로 인해 해안가로 밀려갔다. 또 다른 배 한 척은 거대한 파도가 덮치자, 그 자리에서 뱅글뱅글 돌다가, 소용돌이 속으로 빨려 들어갔다.

헤라의 지시로 아이올로스가 바람을 가두었던 동굴 문을 열자, 각종 바람이 꾸역꾸역 나오고 있다 - 마누엘 사마니에고 그림

그때였다. 포세이돈은 자기 명령 없이 바다가 요동치고, 폭풍이 몰아치는 걸 알았다. 그는 상당히 불쾌한 표정으로 바다 위로 고개를 쑥 내밀어 살펴보더니, 그것이 헤라의 계략과 원한이란 것을 알았다. 그래서 동풍과 서풍, 북풍을 부르더니 …

포세이돈   야, 이놈의 바람들아!

어서 썩 꺼지지 못해?

너희들이 감히 내 허락도 없이, 하늘과 바다를 뒤섞고,

산더미 같은 파도를 일으켜? 요런 건방진 것들 …!

어서 너희 주인 '아이올로스'에게 가서 전해라.

이 바다의 통치권은 삼지창을 가진 내 것이라고 말이다.

빨리 가서 바람을 몽땅 동굴에 가두라고 전하라, 어서!

그러며 마차를 타고, 파도 위를 달렸다. 그가 검은 구름들을 몰아내고 무섭게 바다를 바라보자, 성난 파도가 가라앉고 다시 하늘이 맑아졌다. 포세이돈은 아들 '트리톤'에게 암초에 걸린 배들을 무사하게 밀어내라고 명령하고, 자신은 삼지창으로 해안에 좌초된 배들을 다시 바다로 돌려보냈다.

이윽고 파도가 점점 잠잠해지자, 아이네이아스는 가장 가까운 해안에 배들을 대라고 지시했다. 일행이 도착한 곳은 이탈리아와 정반대에 있는 북아프리카의 카르타고였고, 20척의 배 중에서 남은 배는 고작 7척이었다. 지칠 대로 지친 일행은 일단 배에서 내려 휴식을 취했다.

그 사이, 아이네이아스는 산 위에 올라갔다. 혹시라도 난파된 배나 생존자가 있는지, 살펴보기 위해서였다. 그러나 난파된 배는 보이지 않았고, 그 대신 사슴 무리가 바닷가 산골짜기에서 풀을 뜯고 있는 것을 발견했다. 그는 배의 숫자와 똑같이 7마리의 사슴을 화살을 쏘아 잡았다. 그리고는 일행에게 포도주와 함께 먹게 해주며 …

아이네이아스   여러분! 우린 지금껏 이보다 더한 일도 겪었소.

                    아마 신께서 계속 우리를 도와줄 것이고,

                    이 고생도 언젠가는 즐거운 추억이 될 것이오.

                    그러니까 모두 힘을 내고, 용기를 가집시다!

그는 자신만만한 표정을 지었지만, 속으로는 근심에 싸여 마음이 착잡했다. 어쨌든, 일행은 사슴 고기와 포도주를 배불리 먹고, 잃어버린 전우들과 앞으로의 행로에 대해서 걱정스러운 얘기를 주고받았다.

제우스가 결정한 로마의 운명

제우스는 그런 트로이 인들을 올림포스에서 내려다보고 있었다. 이때 아프로디테가 다른 때보다 더 슬픈 표정으로 다가오더니 …

아프로디테   오, 인간과 신들을 다스리는 아버지시여!

                    내 아들 아이네이아스가 무슨 큰 잘못을 했기에,

                    그토록 많은 죽을 고비를 넘기고도,

                    왜 아직도 이탈리아에 도착하지 못하게 하는 거죠?

                    약속하셨잖아요? 트로이의 혈통에서 새롭게 로마 민족이 태어나,

                    온 세상을 지배하게 될 거라고요.

                    난 트로이가 비참하게 망해도, 그것을 위안으로 삼았는데,

                    왜 갑자기 생각이 바뀌셨지요?

                    내 아들과 트로이인들의 시련은 언제쯤 끝내실 거죠?

그러자 제우스가 씨익 미소를 짓더니, 아프로디테에게 입을 맞추었다. 그리고 앞으로 아이네이아스와 트로이인들의 정해진 운명에 대해 말해주었다.

제우스 걱정 마라, 내 딸아!

너의 아들과 트로이인들의 운명은 변함이 없다.

이제 곧 아이네이아스는 이탈리아에서 치열한 전쟁을 벌여,

여러 부족을 제압하고, 법률을 정하고, 성벽을 쌓을 것이다.

그가 3년 동안 '라티움'을 통치한 뒤에는,

그의 아들이 왕궁을 '알바 롱가'로 옮기게 된다.

그곳에서 트로이 민족이 300년간을 다스리게 될 것인데,

어느 날, 베스타 여사제가 아레스의 아들을 임신해,

쌍둥이 아들 '로물루스'와 '레무스'를 낳는다.

그런데, 늑대 젖을 먹고 자란 쌍둥이 중에서,

로물루스가 자기 아버지를 위해 성벽을 쌓고,

나라 이름을 자기 이름을 따와, '로마'라 부를 것이다.

또한 그의 자손 중에서 '율리우스 카이사르'가 태어나,

그의 명성은 온 세상에 미칠 것이다.

그럼 전쟁은 끝나고, 영원한 평화가 찾아올 것이다.

여기서 로마의 시조 '로물루스 Romulus'와 '레무스 Remus' 사연을 소개하면 이렇다. 이들의 어머니 '일리아'는 화로와 가정의 수호신이자, 결혼할 수가 없는 '베스타 Vesta' 여신의 여사제였다. 그런데 그녀는 '아레스'의 쌍둥이를 임신하자, 태어난 아이들을 티베리스강에 버렸다.

그렇게 버려진 쌍둥이들은 지금의 로마로 둥둥 떠내려가, 늑대 젖을 먹고 자라다 양치기에게 발견된다. 그러다 장성한 쌍둥이는 자신들이 강물에 떠내려가다, 도착한 곳에 새로운 도시를 세운다.

베스타 여신 - 대영박물관

로마를 건설한 쌍둥이 형제인 로물루스와 레무스가 늑대 젖을 먹는 유명한 청동 조각 - 캄피돌리오 박물관

그런데 쌍둥이는 의견 충돌로, 로물루스가 레무스를 죽이고 만다. 이후, 로물루스는 새로운 도시를 자기 이름을 따서, '로마'라 부르며 초대 왕이 된다. 이렇게 하여 위대한 로마가 탄생한 것이다.

암튼, 제우스는 이렇게 아이네이아스와 그의 자손들의 운명을 미리 말해주더니, 전령 헤르메스를 불렀다. 그리고 그를 카르타고로 보내, 여왕 '디도 Dido'가 트로이 사람들을 내쫓지 않고, 호의를 베풀게 만들었다.

카르타고 여왕, 디도

다음 날 아침, 아이네이아스는 도착한 낯선 땅을 정찰하기 위해 홀로 나섰다. 그러다 그는 숲속에서 여자 사냥꾼으로 변신한 어머니 '아프로디테'를 만났다. 아이네이아스가 변신한 여신에게 ...

아이네이아스	저 .. 실례지만, 대체 이곳이 어떤 곳입니까?
아프로디테	(그러자 아들에게 자세히 설명해 주며) 여기요?

여기는 아프리카의 카르타고란 나라에요.

이곳은 '디도' 여왕이 통치하고 있는데,

그녀는 소아시아 페니키아의 티로스 태생으로,

원래는 부자 남편의 아내였어요.

그런데 그녀의 오빠이자, 잔인한 티로스 왕은,

황금에 눈이 멀어, 그녀의 남편을 몰래 칼로 죽였지요.

근데 어느 날, 디도의 꿈에 죽은 남편의 혼령이 나타나,

자기가 칼에 찔려 죽은 끔찍한 범죄를 모두 폭로했어요.

그러며 그 혼령은 서둘러 그곳을 도망치라고 하면서,

왕이 몰래 숨겨놓은 보물 창고를 알려주었지요.

디도가 도주를 준비하며, 같이 갈 사람들을 모으자,

잔인한 폭군을 증오하는 많은 사람들이 몰려들었고,

그리하여 그들은 황금을 싣고, 이곳 카르타고에 도착해,

높은 성과 성곽을 세운 것이예요.

(그러다) 아 참! 어서 여왕의 궁전으로 가보세요.

표류했던 함선과 동료들이 무사히 돌아왔거든요.

그럼 전 이만 …

    여신이 이렇게 말하며 돌아서는데, 그녀의 머리와 장밋빛 목덜미에서 신의 향기로운 냄새가 풍겼다. 또한 그녀의 발밑까지 흘러내린 옷차림과 걸음걸이는 영락없는 여신의 모습이었다.

    그때서야, 아이네이아스는 자신의 어머니를 알아보고 '어머니'하면서 불러 보았지만, 그녀는 모른 척하며 하늘로 올라갔다.

그러나 여신은 자신의 아들이 다시 성으로 걸어가자, 걸어가는 아들을 두꺼운 안개로 감싸주었다. 아무도 그를 방해하지 못하게 만들기 위해서였다.

아이네이아스는 길을 걸어, 높은 언덕 위에 올라갔다. 그곳에선 한눈에 성과 도시가 내려다보였다. 그는 웅장한 성과 포장된 도로, 벌떼같이 열심히 일하는 사람들을 보고 깜짝 놀랐다.

아이네이아스   아, 저들은 얼마나 행복할까?
          벌써 저런 성벽과 도시를 세웠으니 ...!

그는 또다시 안개에 싸인 채 일하는 사람들을 지나, 도시 한가운데 있는 숲으로 갔다. 그곳에는 거대한 헤라 신전을 세우고 있었다. 그는 신전을 빙 둘러보며 훌륭한 솜씨에 감탄하다가, 벽에 그려진 트로이의 전투 장면 그림들을 보았다.

그림 속엔 자신과 아가멤논, 프리아모스, 아킬레우스도 있었다. 또한 페르가몬 성을 둘러싸고 양쪽 군대가 싸우고 있었는데, 이쪽에서는 트로이군이 달아나는 그리스군을 추격하고 있었고, 또 다른 쪽에서는 아킬레우스가 달아나는 트로이군을 전차로 맹렬히 추격하고 있었다.

이 외에도, 아킬레우스와 헥토르와의 싸움도 있었고, 아마존의 여왕 펜테실레이아가 가슴을 드러낸 채 남자들과 싸우고 있었다.

아이네이아스가 그러한 놀라운 장면들을 열심히 보고 있는데, 아름다운 여왕 디도가 호위병을 거느리고, 신전 안으로 들어왔다. 여왕은 중앙에 위치한 높은 의자에 앉더니, 사람들에게 여러 가지 공사할 것을 지시했다.

그런데 그때 놀랍게도, 폭풍에 밀려 뿔뿔이 흩어진 동료들이 무리를 지어, 여왕에게 다가왔다. 그들은 여왕에게 제발 좌초된 배를 육지로 끌어와서, 보수하는 것을 허락해 달라고 간청했다. 그러자 디도 여왕이 ...

디도 트로이 여러분! 너무 걱정 마세요.

우린 끔찍한 트로이 전쟁과 트로이 멸망에 대해 잘 알고 있으니까요.

그래요! 당신들이 어디로 가든,

우리가 안전하게 호송하고, 필요한 식량도 드릴게요.

아 참! 그러지 말고, 그냥 이곳에 정착하는 건 어떠세요?

(그러다) 암튼, 일단 함선들을 해안으로 끌어올리세요.

근데, 말로만 듣던 아이네이아스도 같이 왔으면 좋을 뻔했군요.

그분은 어디에 있죠?

그 순간이었다. 아이네이아스를 감싸고 있던 구름이 서서히 사라지더니, 그가 실제 모습을 드러냈다. 그의 얼굴과 모습은 신과 같았다. 아프로디테가 아들에게 우아함과 광채를 주었기 때문이었다. 아이네이아스는 그런 멋진 모습으로 나타나 여왕에게 ...

아이네이아스가 멋진 모습으로 뿅 하고 나타나자, 여왕 디도를 비롯해 움칫 놀라는 주변 사람들 - 테이트 브리튼 (홀랜드 그림)

아이네이아스   제가 바로 아이네이아스입니다.

                  여왕이여! 당신만이 우리 트로이 사람들을 불쌍히 여기고,

                  온갖 재앙으로 지친 우리를 맞아주는군요.

                  분명 신께서 당신에게 합당한 보답을 주실 것이고,

                  당신의 이름과 명예는 영원히 알려질 것입니다.

그러자 디도가 그의 잘생긴 얼굴과 외모에 놀라 입을 다물지 못하다가, 조금 마음이 진정되자…

디도   여신의 아들이여! 나도 이 땅에 정착하기 전까지는,

            당신들처럼 고생도 많이 했고, 온갖 풍상도 겪었거든요.

            전 고생이 어떤 것인지 잘 알기 때문에, 도움을 드리고 싶어요.

            자, 그럼 모두 우리 궁전으로 가실까요?

그러며 일행들을 자신의 궁전으로 안내했다. 호화롭게 장식된 궁에서는 잔치 준비가 한창이었다. 아이네이아스는 함선에 있는 아들이 보고 싶어, 부하에게 데려오게 했다. 그러면서 돌아올 때, 트로이의 보석과 여러 귀중한 선물도 가져오라고 지시했다.

디도와 아이네이아스의 사랑

아프로디테는 이 틈을 타, 작전을 세웠다. 바로 사랑의 신 '에로스'를 아이네이아스의 아들로 변신시켜 궁에 보낸 뒤, 변신한 에로스가 잔치 도중에 디도를 상사병에 걸리게 할 작전이었다.

명령을 받은 '에로스'는 선물을 가지고 궁에 갔다. 여왕은 선물을 보더니 감탄하다가, 아이네이아스의 사랑스런 아들에게 시선이 쏠렸다. 아들로 변신한 에로스는 아버지의 목에 매달려 온갖 재롱을 부리다가, 은근슬쩍 여왕에게 다가갔다.

어린 귀여운 아들로 변신한 에로스가 손을 뻗어 안기려 하자, 디도 역시 귀여운 꼬맹이를 손을 벌려 반기고 있다
- 런던 내셔널갤러리 (프란세스코 솔리메나 그림)

여왕은 사랑스런 아이를 끌어안더니, 귀여워해 줬다. 여신이 꾸민 작전을 알지 못한 것이다. 이때, 에로스는 여왕의 마음에서 죽은 남편의 기억을 다 지우고, 사랑의 정염을 불타오르게 만들었다. 이어 잔치 분위기가 무르익자, 여왕은 황금 잔에 포도주를 가득 채우더니 건배를 외치며 …

디도   자, 모두 즐거운 날을 위해 건배합시다.
          이날을 우리와 트로이의 후손들이 기억되게 하소서! 건배 ~

술잔이 돌고 식사를 하는 사이, 장발의 가수가 나와, 리라 연주에 맞춰 노래를 불렀다. 노래가 끝나자, 디도는 아이네이아스에게 트로이 전쟁과 그동안 있었던 모험 이야기를 해달라고 부탁했다.

디도에게 트로이 전쟁과 자신의 모험담을 들려주는 아이네이아스. 오른쪽은 디도의 여동생과 아들로 변신한 에로스
- 피에르나르시스 게랭 그림

아이네이아스는 여왕에게 트로이의 종말과 그간 자신이 겪은 모험담을 모두 상세히 들려주었다. 그러자 에로스의 화살에 맞아 상사병에 걸린 디도는 그의 이야기에 마음을 홀랑 빼앗기고, 그의 용모와 달변에 불같은 사랑을 느꼈다.

어느 날, 아이네이아스와 디도는 귀족들과 함께 사냥을 나갔다. 사냥터에 도착하자, 염소와 수사슴들이 떼를 지어 도망치기 시작했다. 그런데 사냥 도중, 갑자기 하늘에서 우박이 섞인 비를 뿌렸다. 사람들이 피신할 곳을 찾아, 뿔뿔이 흩어졌다.

그때 아이네이아스와 디도는 단둘이 동굴에 들어갔다. 번개가 번쩍이고, 천둥이 치는 속에 두 사람은 사랑을 나누었다. 디도는 자신의 불타는 사랑을 고백하며 …

아이네이아스와 디도가 있는 풍경. 사냥 도중 비가 오자, 아이네이아스가 동굴로 피신하자며 손짓하고 있다.
- 에르미타주 박물관 (토마스 존스 그림)

디도　사랑해요! 죽도록 …

소문의 여신 파마

소문의 여신 '파마 Fama'는 두 사람의 썸씽에 관한 소문을 여기저기 퍼트리고 다녔다. '파마'는 '가이아'의 막내딸로, 발이 빠르고 날개가 달린 여신이었다.

그녀는 절대 잠들지 않는 두 눈과 싼 입을 가지고 온 세상을 날아다니며, 사람들에게 진실도 전하지만, 조작되고 왜곡된 유언비어와 가짜 뉴스도 전하고 다닌다. 이 파마가 신바람이 나서, 그들의 온갖 이야기를 퍼트리고 다니며 …

파마   글쎄, 디도 여왕이 아이네이아스에게 반해서, 결혼하려고 한다지, 뭐야!
두 사람은 애욕의 포로가 되어서, 요즘 신나는 생활을 하고 있데! 고거 몰랐지?

페가수스를 타고, 나팔을 불며 소문을 퍼트리는 파마
루브르 박물관

그러며 사람들 입에 계속 이야기를 옮기더니, 이번엔 얼마 전 디도에게 청혼했다가 퇴짜 맞은 옆 나라의 왕에게 갔다. 그리고 상처 입은 그의 마음에 염장을 지르고, 분노를 일으켰다.

그 왕은 제우스와 요정 사이의 아들이었는데, 그는 디도에게 땅을 내주고, 도시를 세우게 해준 은인이었다. 소문을 들은 왕은 너무 화가 나서, 제우스 제단을 찾아가 간절히 간청했다.

그녀가 어떻게 그렇게 뻔뻔하게 자기 구혼을 거절하고 그딴 놈을 선택했냐면서, 엄청 분통을 터트렸다. 그러자 제우스가 그의 기도를 듣더니, 헤르메스를 불러 ...

제우스   빨리 카르타고에 가서, 아이네이아스에게 전해라.
왜 민족의 운명을 잊어버리고,
무엇 때문에 빈둥거리고 있냐고 혼을 내어라.
그는 나를 위해 이탈리아와 로마를 창건해야 한다.
당장 배를 몰아, 그곳을 떠나라고 해라!

그러자 헤르메스가 황금 샌들을 신고 지팡이를 들더니, 바람을 가르고 날아서 명령을 전했다. 아이네이아스는 제우스의 경고와 명령에 충격을 받았다. 그는 어떻게 할까 하고 고민하다, 아무래도 디도 몰래 슬쩍 떠나는 것이 좋을 거 같았다. 그래서 자기 부하들을 비밀리에 불러 출항 준비를 시켰다.

그러나 누가 사랑하는 사람을 속일 수가 있겠는가? 여왕은 속임수를 눈치챘다. 또한 소문의 여신 '파마'가 지금 함선들이 출항할 준비를 하고 있다는 것을 디도에게 전하자, 자제력을 잃은 디도는 아이네이아스를 찾아가 ...

디도   이런 배신자 같은 사람!
정말 날 속이고, 한마디 말도 없이 도망칠 생각이었나요?
이 한겨울에 북풍을 뚫고, 바다를 건너겠다고요?
아, 무정한 사람! 왜 내게서 도망치려 하는 거죠?
(그러다) 내가 이렇게 눈물로 간청할게요.
내가 당신에게 호의를 베푼 적이 있다면,
또 당신이 날 사랑한 적이 있다면, 나를 불쌍히 여겨주세요.
그리고 늦지 않았다면, 당신의 계획을 단념하세요.
당신 때문에 모든 나라 사람들이 날 미워하고,
또 당신 때문에 내 정절과 명성은 사라져버렸어요.
그럼 전 내 오빠가 쳐들어 와서, 이 도시를 파괴하고,
제게 청혼했던 왕이 날 잡아갈 때까지, 그때까지 그냥 기다려야 하나요?

그러자 아이네이아스는 마음의 괴로움을 애써 참으며, 제우스가 한 경고를 명심하고 단호하게 ...

아이네이아스   여왕이여! 내가 그대의 고마움을 왜 모르겠소.
난 살아있는 동안 당신을 결코 잊지 않을 것이오.
사실 난 결코 도망칠 생각이 없었고,
난 또 당신과 결혼 계약을 맺은 적도 없소.
내 첫 번째 관심사는 우리 트로이 민족의 장래인데,
지금 아폴론께선 나더러 이탈리아로 가라고 하시며,

제우스께서도 전령을 보내, 그러한 명령을 내리셨소.

이탈리아의 로마가 앞으로의 내 조국이기 때문이오.

그러니까 그런 불평으로 날 괴롭히지 마시오.

내가 이탈리아로 가는 것은 내 뜻이 아니오. 알겠소?

그가 말하는 동안 그녀는 돌아 있다가 몸을 휙 돌리더니, 그를 위아래로 노려보았다. 그러더니 갑자기 열이 나서 ...

디도   나쁜 남자! 난 당신이 해안에 거지처럼 버려졌을 때,

당신과, 당신 동료들과, 또 표류한 함선들을 구해주었어요.

근데 이제 와서 아폴론의 계시며, 제우스의 명령은 또 뭐죠?

그래요! 난 더 이상 당신을 붙잡지 않겠어요.

어서 폭풍을 뚫고, 이탈리아나 찾아가세요.

내가 바라는 것은 정의의 여신이 당신을 암초에 빠트리고,

당신이 죽으면서, 디도란 내 이름을 부르는 거예요.

홍, 비열한 자! 당신은 벌받게 될 거예요. 흑흑흑 ...

그녀는 더 이상 말을 하지 못하다가, 집으로 뛰어갔다. 그리고는 집에 도착하자마자, 발라당 뒤로 기절하고 말았다. 다음날, 그녀는 여동생을 시켜, 아이네이아스에게 조금 더 있어 달라고 눈물겨운 사연을 전했다. 그러나 그의 마음은 요지부동이었다.

그러자 디도는 죽기로 결심했다. 그녀는 자기 계획을 숨긴 채 여동생에게 ...

디도   동생! 궁전 뜰에 화장용 장작을 쌓아놓고,

그 위에 그 신의 없는 남자가 내방에 남겨놓은 무기들과,

또 그가 입었던 옷가지와 같이 잤던 침대를 올려놓아 줄래?

그 배신자를 생각나게 하는 것들은 다 태워버리고 싶거든!

여동생은 설마 언니가 죽기로 결심한 줄은 꿈에도 모르고, 시키는 대로 했다. 그러자 디도는 산더미처럼 쌓인 장작에 화환을 장식하고, 위에 아이네이아스의 옷과 초상화를 올려놓았다. 그리고는 먼바다를 바라보았다. 벌써 함선들이 돛들을 활짝 펼치고, 바다 한가운데를 달리고 있었다.

장작 위에 올라가 자살하는 디도와 저 멀리 떠나가는 아이네이아스 일행의 하얀 배 - 에르미타주 박물관 (세바스티앙 부르동 그림)

디도는 가슴을 치면서 머리를 쥐어뜯더니, 높은 장작 위를 기어 올라가 칼을 뽑았다. 그리고는 아이네이아스의 옷가지와 추억이 담긴 침대를 보고, 눈물을 흘리며 …

디도   아아 .. 달콤하고 행복했던 유품들이여,

이제 날 고통에서 풀어주고, 내 혼백을 받아다오.

난 운명의 여신들이 정해 준 대로 살았고,

난 이제 지하 세계로 내려갈 거라네.

오오, 무정한 아이네이아스는,

저 멀리 바다 위에서 내가 불타는 이 장작을 보면서,

나쁜 전조를 가져가기를 … !

아, 배신자! 아, 나쁜 남자!

그러며 그녀가 칼 위에 푹 쓰러지자, 붉은 피가 뿜어져 나왔다. 소식을 들은 여동생은 얼른 달려와, 언니를 안으며 흐느껴 울었다. 디도는 무거운 눈을 들어, 3번씩이나 몸을 일으키다가 다시 쓰러지면서, 마지막 숨을 거두었다.

얼마 후, 아이네이아스는 먼바다에서 디도의 장례식 화염을 뒤돌아보았다. 그러나 왜 그렇게 큰불이 타오르는지 알 수 없었고, 왠지 불길한 예감을 떨쳐버릴 수 없었다.

키잡이 팔리누루스와 잠의 신 히프노스

일행이 망망대해에 들어섰을 때, 바다에 폭풍이 불기 시작했다. 그래서 일단 안전한 시칠리아에 배를 정박시켰다. 다행히 당시 그곳은 트로이 왕가의 피를 이어받은 왕이 다스리고 있었다.

그곳에서 일행은 환대를 받으며, 안키세스를 추모하는 달리기, 권투, 활쏘기 경기를 열었다. 며칠 후, 아이네이아스는 시칠리아를 떠날 때, 나이가 많은 노인과 몸이 허약한 사람은 남겨놓고, 가장 용감한 청년들만 골라 이탈리아로 향했다.

이때 아프로디테가 포세이돈에게 배들이 무사히 도착할 수 있게 해달라고 부탁했다. 포세이돈은 승낙했지만, 조건이 있었다. 단 한 사람만 희생 제물로 바치라는 것이었다. 희생 제물이 된 자는 키잡이인 '팔리누루스'였다.

팔리누루스는 함선의 선두에서 별을 길잡이 삼아 함대를 이끌었다. 어느 늦은 밤에, 모두 쓰러져 자고 있을 때였다. 이때 포세이돈이 보낸 잠의 신 '히프노스 Hypnos'가 동료 선원으로 변장하고 나타나 …

히프노스   이보게! 이제 자네도 잠깐 눈을 좀 붙여야지.
                이제 바다도 잔잔하고 순풍이 불고 있으니까, 그만 쉬어!
                내가 대신 키를 잡고 있을 테니까, 잠깐 쉬라고. 응?

잠의 신 히프노스와 잠의 신과 형제인 죽음의 신이 같이 자고 있다. 그렇다. 영원한 잠은 죽음이다 - 윌리엄 워터하우스 그림

팔리누루스　무슨 소리 하는 거야?

내게 바다가 잔잔하고, 또 순풍이란 말은 하지 말게.

난 청명한 하늘에서도, 바다한테 수없이 배신당했으니까!

　그러더니 그는 키를 꽉 잡고, 계속 별들을 쳐다보며 배를 몰았다. 그러나 '잠의 신'이 망각의 강 '레테'에서 적셔 온 나뭇가지를 그의 머리 위에 흔들었다. 그러자 그가 버티지 못하고 스르륵 눈을 감았을 때, 잠의 신이 그를 물속으로 밀어버렸다. 그런데 그가 키를 꽉 잡고 놓지 않아, 키도 같이 바다에 떨어져 나갔다.

　그런데도 함대는 바다 위를 계속 순항하고 있었다. 포세이돈이 무사 항해를 약속했기 때문이었다. 이제 함대는 아름다운 노래로 뱃사람들을 유혹하는 '세이렌'이 있는 곳에 다가가고 있었다. 위험한 순간이었다. 그러나 그때, 아이네이아스가 함선이 키잡이도 없이 가는 것을 알고, 재빨리 자신이 배를 직접 몰기 시작했다.

쿠마이 무녀, 시빌레

　마침내, 일행은 지금의 나폴리 부근인 '쿠마이' 해안에 도착했다. 그들은 배를 육지에 정박시키고, 환호성을 지르면서 해안으로 달려갔다. 부하들이 그곳에서 야영하는 동안, 아이네이아스는 아폴론 신전과 가까이 있는 '시빌레' 동굴을 찾아갔다.

쿠마이의 무녀 시빌레 - 카피톨리노

'시빌레 Sibyl'는 아폴론에게 예언의 능력을 받아, 황홀경한 상태에서 신탁을 전해주는 무녀(巫女)였다.

한때, 아폴론은 그녀를 몹시 사랑하여, 무슨 소원이든 들어주겠다고 했다. 그러자 시빌레는 손에 모래를 가득 쥐면서, 모래알 수만큼 살 수 있게 해달라고 했다.

하지만, 아폴론은 그녀가 자기 구애를 받아들이지 않자, 그녀에게 모래알만큼 수명은 주었지만, 계속 늙게 놓아두었다. 아이네이아스가 찾아왔을 때 시빌레는 이미 700년을 살았고, 300년의 수명이 남아 있었다. 아이네이아스는 그런 그녀를 찾아가 …

아이네이아스 시빌레여! 한 가지 청이 있어, 이렇게 찾아왔습니다.
이곳에 저승으로 들어가는 입구가 있다고 들었는데,
저승에 가서, 아버지를 한번 만나게 해주세요.
꿈에 아버지께서 당신을 찾아가라고 하셨거든요.

시빌레 아니, 살아서 저승을 가겠다고요?
사실, 저승으로 내려가는 문은 항상 열려있어 가기는 쉽지만,
다시 올라오는 것은 정말 어렵답니다.
(그러다 방법을 알려주며) 그럼 먼저 저승 입구의 숲에 가서,
줄기가 황금으로 된 잎과 열매를 따서 가져오세요.
그것을 페르세포네의 선물로 가져가면 갈 수 있지요.

아이네이아스가 근처 저승 입구를 찾아가자, 비둘기 한 쌍이 날아오더니, 풀밭 위에 앉았다. 비둘기는 아프로디테의 상징새인데, 여신이 자기 아들을 도와주기 위해 보내준 것이었다. 그 비둘기 한 쌍이 앞장서 날아가다, 황금 가지 위에 사뿐히 앉았다. 그러자 아이네이아스는 그 가지를 꺾어 시빌레에게 가져갔다.

시빌레는 황금 가지를 보더니, 아이네이아스를 즉시 저승 입구로 안내했다. 그곳에는 어둠으로 가려진 바위 동굴 하나가 아가리를 쫙 벌리고 있었다. 그녀는 먼저 그곳에서 마법의 여신 '헤카테'를 불렀다.

그러는 사이에, 아이네이아스는 저승의 왕과 여왕에게, 소와 양들을 제물로 바쳤다. 그러자 갑자기 발밑 땅이 울리고 산이 움직이더니, 동굴의 어둠 사이로 개 짖는 소리가 울려 퍼졌다. 그러자 무녀 시빌레가 …

시빌레　자, 이제 칼을 뽑고, 저승 여행을 하시지요.

여기서부터는 용기와 담력이 필요해요. 아셨죠?

저승 여행

두 사람은 어둡고 황량한 저승 궁전을 지나, 저승 입구에 도착했다. 입구 바로 앞에는
〈슬픔, 후회, 병, 노년, 공포, 기아, 가난, 고통, 죽음〉등.. 보기에 끔찍한 형상들이 살고
있었다. 그다음에는 죽음과 친구인 〈잠, 쾌락, 전쟁〉 등이 있었고, 또 그곳에는 '복수의
여신들'과 피 묻은 머리띠로 뱀 머리를 묶은 '불화의 여신'도 있었다.

그 밖에도 여러 야수들 형상이 있었는데, 반인반마의 '켄타우로스', 반은 여자고 반은
개인 '스킬라', 무시무시한 소리를 내는 '히드라', 화염으로 무장한 '키마이라', 뱀머리의
'메두사' 망령이 있었다. 아이네이아스가 놀라 칼을 뽑자, 시빌레가 그들은 실체가 없는
허상에 지나지 않는다며 얼른 제지했다.

어둡고 무시무시한 저승의 지하 세계를 함께 여행하는 아이네이아스와 무녀 시빌레 - 브뤼겔 그림

그들은 다음에 '통곡의 강'에 갔다. 사람이 죽으면 여러 강을 건너야 저승에 이른다. 아케론 (통곡의 강), 코키토스 (시름의 강), 플레게톤 (불의 강), 레테 (망각의 강)를 건넌 뒤, 스틱스 (증오의 강)를 거쳐야, 비로소 하데스의 궁전에 도착하는 것이다.

먼저, 죽은 자들이 이승을 떠나 저승에 가려면, 저승의 뱃사공인 '카론 Charon'의 배를 타고 강을 건너야 한다. 이 카론의 배는 반드시 장례식을 치르고, 통행료를 내는 사람만 탈 수 있다. 그래서 고대 그리스에서는 죽은 자들을 매장할 때 카론의 배를 타기 위하여, 입에 동전을 물려주는 풍습이 있었다.

그들이 저승의 강에 가자, 누추한 차림에 긴 수염을 기른 카론이 배에 승객을 태우고 있었다. 승객 중엔 영웅들과 소년, 소녀들도 있었는데, 그들은 서로 먼저 가게 해달라고 아우성이었다. 하지만, 무뚝뚝한 뱃사공은 선택한 사람만 태우고, 나머진 쫓아버렸다. 아이네이아스가 이 광경을 보고 궁금해서 ...

아이네이아스   왜 어떤 이들은 남고, 어떤 이들은 강을 건너는 거죠?
시빌레   배를 탈 수 있는 사람은 장례식을 치른 사람들이고,
그렇지 않은 사람은 강을 건널 수 없어요.
그들은 100년이 지난 다음에야, 배를 탈 자격이 있답니다.

아이네이아스는 그곳에서 폭풍을 만나 죽은 동료들을 보았고, 얼마 전에 물에 빠져 죽었던 키잡이도 만났다. 뱃사공은 승객들을 건너편에 내려주고 다시 돌아오더니, 놀란 눈으로 아이네이아스를 보며 ...

카론   여보쇼! 왜 무장을 하고 여기 오는 것이오?
살아있는 사람은 이 배를 못 타는 거 몰라요?
시빌레   이분은 아버지를 만나러 저승에 가는데,
(황금 가지를 보여주며) 자, 이 황금 가지를 보세요. 됐죠?

뱃사공은 저승의 여왕에게 선물할 황금 가지를 보더니, 깜짝 놀랐다. 그러더니 얼른 그들을 배에 태워, 강 건너편의 갈대 사이에 내려주었다.

그곳엔 저승 입구를 지키는 개 '케르베로스'가 요란하게 짖고 있었다. 그때 시빌레가 수면제가 섞인 과자를 던져주었다. 그러자 저승의 개는 3개의 아가리를 쩍 벌려서 덥석 먹더니, 그냥 대자로 곯아떨어졌다.

그들이 저승 문을 지나가자, 그곳에는 태어나자마자 죽은 갓난아이와 무고하게 죽은 사람들이 있었다. 그곳에서 죽은 망자들은 추첨으로 재판관에게 차례를 배정받았는데, 재판관은 크레타 왕이었던 '미노스'였다. 미노스는 배심원과 함께 망자의 전생의 삶과 과실을 심문하고 있었다.

다음에는 스스로 목숨을 끊고, 자살한 사람들이 있었다. 이들은 다시 살 수만 있다면, 가난뿐 아니라 어떠한 어려움도 극복하고, 잘 살 수 있을 것 같았다. 하지만 이들 소원과 달리, 자살자들은 죽음의 강인 스틱스의 9개의 원 안에 갇혀있었다.

그다음으로 〈슬픔, 비애의 들판〉이 사방으로 뻗어 있었다. 그 들판에는 짝사랑하다 죽은 자들이 지금도 오솔길과 숲을 고통스럽게 배회하고 있었다. 그들 중에 '파이드라, 프로크리스, 파시파에'도 볼 수 있었다.

그런데 이때, '디도'가 아직도 마음에 상처가 아물지 않은 채, 숲속을 헤매고 있었다. 아이네이아스는 그녀를 보더니 깜짝 놀라 ...

아이네이아스   이보시오, 불행한 디도여!
그대가 죽었단 소문이 사실이었소?
나 때문에 죽은 것이오? 정말 신들께 맹세하지만,
난 떠나기 싫었지만, 제우스의 명령으로 떠난 것이오.
내가 떠난 것이 당신에게 큰 고통을 줄지는 몰랐소.
(디도가 가려 하자) 왜 도망치는 거요?

디도여! 잠깐, 걸음을 멈추시오.

이것이 당신과 말할 수 있는 마지막 기회란 말이오.

디도, 기다려요!

그는 디도를 달래보려 했지만, 아직도 화가 난 그녀는 적의를 품은 채, 숲속으로 급히 달아났다. 그런데 숲속에는 그녀의 전 남편이 그녀의 고통을 이해한다는 듯이 기다리고 있었다. 아이네이아스는 한참 동안 멀어지는 그녀를 측은하게 바라보다, 다시 무겁게 발걸음을 옮겼다.

그다음 들판은 전쟁터에서 전사한 자들이 살고 있었다. 그곳에는 그리스와 트로이의 많은 병사들이 긴 대열을 이루어 신음하고 있었는데, 트로이 유령들은 아이네이아스를 보더니, 떼 지어 몰려들었다. 그러나 그리스 유령들은 그를 알아보더니, 질겁하며 부들부들 떨다가 도망쳤다.

아이네이아스는 그곳에서 얼굴이 무자비하게 박살이 나고, 전신이 칼들로 난도질당한 '데이포부스'를 만났다. 그들이 이런저런 이야기를 주고받는 사이 시빌레가 ...

시빌레 이제 그만 가지요. 주어진 시간이 얼마 없으니까요.

자, 여기서부터는 길이 두 갈래로 갈라지는데,

하나는 천국인 '엘리시움'으로 가는 길이고,

다른 하나는 지옥인 '타르타로스'로 가는 길이에요.

그럼 먼저 지옥부터 가볼까요?

그들이 지옥으로 가는 길을 조금 가자, 절벽 아래에 3겹의 성벽으로 둘러싸인 도시가 있었고, 도시 주위를 '플레케톤 강(불의 강)'이 불을 휘감으며 흐르고 있었다. 성벽 문은 아무도 열 수 없는 금강석 문이었는데, 문 옆의 무쇠탑 위에는 복수의 여신 '티시포네'가 입구를 지키고 있었다.

그런데 성문 안에서 사람의 신음 소리, 채찍 소리, 쇠사슬이 끌리는 소리가 들려왔다. 아이네이아스가 그 소리에 놀라, 시빌레에게 묻자...

시빌레 저곳은 미노스와 형제인 '라다만티스' 법정인데,
망자들이 생전에 저지른 죄를 자백하는 곳입니다.
흔히 범죄를 저지르고, 들키지 않았다고 좋아하지만,
그건 어리석고 소용없는 일이에요.
단지, 그 처벌이 죽은 뒤로 연기된 것이니까요.
저곳에서 '티시포네'는 유죄 선고를 받은 망자를 채찍으로 휘두르고,
그런 다음, 자기 자매들인 '복수의 여신들'을 부르지요.
그럼 저 무거운 지옥문이 삐걱하며 열리는데,
지옥문 안은 누가 지키고 있는지 보실래요?

아이네이아스가 문쪽 안을 쓱 들여다보자, 지옥 입구는 50개의 머리를 가진 히드라가 지키고 있었다. 이어, 시빌레는 지하 감옥인 '타르타로스'에 대해 설명해 주었다.

시빌레 '타르타로스'는 어둠을 향해 수직으로 입을 쫙 벌리고 있고,
그곳 깊이는 땅에서 올림포스를 볼 때보다 2배나 더 깊지요.
그곳엔 지금 제우스의 벼락을 맞은 티탄족이 몸부림치고 있고,
제우스의 흉내를 내다, 벼락 맞아 죽은 '살모네우스'도 있어요.
그자는 자기가 제우스 못지않게 위대하다고 떠벌리다,
결국 제우스의 분노를 사서, 번개를 맞고 죽었지요.
또한 그곳엔 형제를 미워한 자, 아버지를 폭행한 자,
불륜을 저지른 자, 조국을 배신한 자,
부자면서도 가난한 사람을 돌보지 않은 자들이 있는데,
아마도 마지막 사람들이 제일 많지요.

그러면서 또 그곳에는 '익시온, 탄탈로스, 시시포스, 다나오스 50명의 딸들'이 형벌을 받고 있다고 말해주었다.

시벨레   자, 그럼 저기 입구에 준비해 온 황금 가지를 꽂고,
               이번엔 축복받은 이들이 사는 행복의 나라로 가 볼까요?

축복받은 행복의 나라, 엘리시움

그들은 황금 가지를 꽂고, 이번에는 행복한 이들이 사는 '엘리시움 Elysium'으로 갔다. 엘리시움은 눈부신 들판이 훤히 펼쳐져 있었고, 그들만의 태양과 별을 가지고 있었다. 또 그곳 사람들은 레슬링 등의 운동 경기를 하거나, 더러는 '오르페우스'의 리라 연주에 맞춰, 노래와 춤을 추고 있었다.

이 밖에도, 그곳엔 트로이 조상과 고매한 영웅들이 있었는데, 아이네이아스는 그들의 무기와 전차를 볼 수 있었다. 그들의 말들은 들판에서 풀을 뜯고 있었고, 그들은 생전에 느꼈던 즐거움을 지금도 그곳에서 영위하고 있었다.

또한 거기에는 조국을 위해 싸우다 부상한 자, 사제들, 예언자들, 기술을 발명해 삶을 향상시킨 자들, 남을 위해 봉사했던 자들이 이마에 흰 머리띠를 두르고 있었다.

이번에 그들은 '찬란한 들판'으로 내려갔다. 이때, 아이네이아스의 아버지 안키세스가 아들이 다가오는 것을 보고 반갑게 맞더니, 눈물을 흘리며 ...

안키세스   내 아들아! 다시 만나서 반갑다.
아이네이아스   아버지! 마침내 아버지를 다시 뵙네요.
안키세스   온갖 어려움을 극복하고 왔구나.
               내가 그동안 너를 얼마나 걱정했는지 아니?
아이네이아스   전 항상 아버지의 환영이 떠올라, 이곳까지 왔습니다.

그곳 골짜기 뒤편에는 호젓한 숲과 바람에 살랑거리는 덤불 옆을 망각의 강 '레테'가 흐르고 있었다. 그런데 망각의 강 주변엔 수많은 부족과 민족들이 마치 벌 떼같이 날아 다니고 있었다. 아이네이아스는 그 놀라운 광경을 보고 놀라 ...

아이네이아스   아버지! 저 강은 어떤 강이고,

　　　　　　　강가에 무리를 이룬 사람들은 누구죠?

안키세스　　저들은 때가 되면, 다시 육체를 받을 영혼들이다.

　　　　　　　지금 레테의 강에서 근심을 잊는 강물을 마시는 거란다.

아이네이아스   아니 왜 이런 행복한 곳을 떠나, 지상으로 가려 하죠?

아이네이아스는 이해할 수 없었다. 왜 이런 행복한 곳을 두고, 저들은 다시 지상으로 가려 하는 것일까? 그러자 아버지가 허허 웃으며 ...

행복한 사람들이 춤추고 노래하는 엘리시움에서 아버지를 만나 대화를 나누는 아이네이아스 - 알렉산드르 우벨레스키 그림

안키세스 　사람이 생명의 마지막 빛이 꺼져 죽는다 해도,

모든 악과 병에서 완전히 해방되는 건 아니다.

그래서 죄를 지은 사람은 죽어서도 벌을 받는 것이고,

전생의 죄에 따라, 나중에 죗값을 치른단다.

그중 더러는 바람에 죄가 마르도록 허공에 매달려 있고,

또 더러는 죄가 소용돌이에 없어지거나, 불에 타버리지.

우리는 죽은 뒤, 저마다 자신의 운명을 받아들이게 되는데,

우리 중 소수만이 이 넓은 행복의 들판에서 살게 된단다.

그러나 저자들은 자신의 죄를,

천년 동안 수레바퀴를 굴려 씻은 후,

신이 다시 레테의 강으로 부른 것이다.

저들은 아무것도 기억하지 못하고, 지상으로 돌아가는데,

다시 자신의 육신을 보고, 소중함을 느끼게 하는 거란다.

아버지는 이렇게 설명한 후, 아들과 무녀를 데리고, 망령들 무리 한가운데에 자리를 잡았다. 그리고 긴 행렬을 지어 다가오는 그의 자손들을 하나하나 지적하면서, 앞으로 300년 동안 그들이 이룰 공적에 대해 이야기해 주었다.

아버지는 또 아들의 운명에 대해서도 알려주었다. 머지않아 아이네이아스가 치르게 될 전쟁과 그 위기를 극복하는 방법을 알려주었다. 그런 후, 아버지는 아들과 시빌레를 상아 문을 통해, 지상으로 올려주었다.

이렇게 저승에서 돌아온 아이네이아스는 다시 함선으로 돌아가, 전우들과 합류했다. 그리고는 해안을 따라, 라티움항으로 직행했다.

2. 이탈리아의 아이네이아스

등장 인물

아이네이아스 : 트로이 영웅
라티누스 : 라티움 왕
투르누스 : 루툴리 왕 (적장)

두 번째 이야기는 이탈리아에 도착한 아이네이아스가 여러 부족들과 치열한 싸움을 벌인 끝에, 마침내 세계를 정복한 로마의 모태가 되는 도시를 세우는 내용이다.

라티투스와 딸 라비니아

아이네이아스 일행은 티베리스 강의 해안에 정박했다. 그들이 도착한 곳은 나이가 든 '라티누스 Latinus' 왕이 다스리는 '라티움'이었다. 라티누스 왕은 목동의 신인 '파우누스(그리스 신화의 판)'와 숲의 요정 사이에서 태어났으며, '아마타'와 결혼하여 외동딸인 '라비니아 Lavinia'를 낳았다.

아름다운 라비니아는 주변의 많은 왕들로부터 구혼을 받았는데, 그중 미남은 루툴리 왕인 '투르누스 Turnus'였다. 그래서 왕비는 그를 자기 사위로 삼고 싶어 했지만, 신들은 여러 가지 전조를 보내 그들의 결혼을 막았다. 임자가 따로 있다는 말씀이다.

라티누스 왕과 아마타

예전에 라티누스 왕은 궁전을 세울 때, 월계수나무를 아폴론 신에게 봉헌했다. 그런데 어느 날, 놀라운 일이 벌어졌다. 벌 떼가 구름처럼 윙윙거리며 몰려오더니, 나뭇가지에 새까맣게 매달린 것이었다. 그러자 이를 본 예언가가 ...

예언가   제가 보기엔 한 영웅이 다른 나라에서, 벌 떼 같은 군대를 이끌고 찾아와,
이 성의 주인이 될 징조입니다.

그 밖에도 또 다른 징조가 있었다. 왕이 제단에 횃불을 피우고 있었는데, 그 횃불의 불씨가 옆에 있던 라비니아의 머리카락과 장신구들을 모조리 태웠다. 그러자 예언가가 이런 징조를 보더니 ...

라비니아 공주

예언가   그녀의 이름은 찬란히 빛날 것이나,
그녀 때문에 큰 전쟁이 일어날 것입니다.

이뿐이 아니었다. 왕이 신탁소를 찾아갔지만, 결과는 마찬가지였다. 타국에서 사위가 찾아와, 그 자손들이 세계를 정복할 것이란 예언을 해주었던 것이다.
한편, 라티움에 도착한 아이네이아스는 그곳 사람들이 누구며, 또한 왕이 누구인지를 알아보라고 했다. 그리고는 100명의 사절단에게 선물을 주면서, 왕에게 화친을 청했다. 이때 라티누스 왕은 아이네이아스가 바로 운명에 의해 타국에서 온 사위로, 앞으로 자기 나라를 통치할 사람이란 것을 직감하며 ...

라티누스   난 당신들에게 비옥한 토지를 제공할 것이오.
단 조건은, 아이네이아스가 직접 여기로 오는 것입니다.

그러며 왕은 답례로, 명마 300마리와 전차 1대를 선물로 주어 돌려보냈다.

라티움 왕인 라티누스가 아이네이아스에게 화친의 의미로 영예의 월계관을 씌워주고 있다.

헤라의 이간질

한편, 헤라는 아이네이아스의 일이 순조롭게 척척 돌아가고, 트로이인들이 집을 짓기 시작하자, 그냥 두고 볼 수는 없었다. 그래서 저승에 사는 3명의 복수의 여신들 중에서, 재앙을 주는 '알렉토 Alekto'를 불러 명령을 내렸다.

명령받은 알렉토는 먼저 왕비를 찾아가서 그녀를 미치게 만들고, 트로이와의 동맹을 반대하게 했다. 또 공주의 약혼자인 투르누스에게 날아가, 타국에서 온 자가 신붓감을 빼앗으려 한다는 소식을 전했다.

그러자 분노한 투르누스는 부하들을 집결시켜, 전쟁을 준비시켰다. 그가 전쟁 준비를 하는 동안, 알렉토는 이번엔 트로이 사람들에게도 날아가 음모를 꾸몄다.

알렉토는 아이네이아스 아들이 사냥하는 것을 발견하고, 사냥개들 코에 사슴 냄새를 발라주었다. 그러자 사냥개들이 왕 소유의 사슴 냄새를 맡고 뒤쫓기 시작했고, 아들이 활로 왕의 사슴을 명중시키고 말았다. 결국, 부상당한 사슴은 피투성이가 되어, 자기를 키우던 목동 집에 가서 죽고 말았다.

감히 왕의 사슴을 죽이자, 화가 난 목동들이 무기를 들고 모여들었다. 그러자 트로이 사람들도 아이네이아스 아들을 돕기 위해 몰려들었고, 급기야 양측은 싸움이 시작되어, 수많은 사상자를 내는 사고가 발생했다. 부상한 목동들이 궁을 찾아가, 왕에게 호소할 때였다. 그때, 투르누스도 라티누스의 왕궁에 도착하여 ...

투르누스　왕이시여! 트로이인들이 사람을 죽였습니다.
　　　　　그리고 정말 제 약혼녀를 그자에게 주실 겁니까?
　　　　　이 나라를 트로이인들에게 그냥 넘겨줄 거냐고요?
　　　　　이대로 그냥 있을 수는 없습니다. 전쟁밖에 없습니다!

이렇게 라티누스는 투르누스와 백성들이 몰려와 계속 전쟁을 요구했지만, 바위처럼 요지부동이었다. 그러다 더 이상 그들을 제지할 힘이 없자 ...

라티누스　아아 .. 우리의 운명은 폭풍에 떠내려가고 있구나.
　　　　　이 불쌍한 백성들아!
　　　　　당신들은 신들의 운명을 모독해서,
　　　　　결국은 피로 대가를 치를 것이다.
　　　　　그리고 의롭지 못한 투르누스여!
　　　　　너에겐 가혹한 처벌이 기다리고 있을 것이다.

야누스 문과 전쟁의 시작

이 나라에는 전쟁을 시작할 때 지키는 관습이 있었다. 바로 전쟁의 문 '야누스 Janus' 관습이다. '야누스'는 문의 수호신으로, 옛날 로마인들은 문에 앞뒤가 없다고 생각하여, 보통 2개의 머리를 가진 모습으로 표현했다.

이러한 야누스의 두 얼굴을 가진 모습을 인용하여, 우리가 이중적인 사람을 가리킬 때, '야누스 얼굴을 한 자'라고 표현하는 것이다. 또한 야누스 문은 시작을 뜻하는 의미로서, 영어의 1월 '재뉴얼리 January'는 '야누스의 달'을 의미하는 라틴어에서 유래했다.

이 2개의 야누스 문은 100개의 빗장이 있는데, 이 문은 평화 시에는 굳게 닫혀있었다. 그러나 전쟁이 결정이 나면, 왕이 예복을 입고, 그 2개의 문을 직접 열어야 했다. 그러면 나팔 소리와 함께 전군이 전쟁을 선포하는 것이다.

라티누스 왕도 이런 관습에 따라 야누스 문을 열고, 전쟁을 선포하기를 강요받았다. 그러나 왕이 전쟁을 거절하고 잠적해 버리자, 대신 헤라가 하늘에서 내려와, 굳게 닫힌 전쟁의 문을 활짝 열어젖혔다. 그러자 백성들이 환호하며 ...

2개의 다른 얼굴을 가진 야누스 - 캄피돌리오 박물관

백성들 야누스 문이 열렸다. /
전쟁이다, 전쟁이야 ~ /
무기를 들어라, 무기를. /
적을 무찌르자 ~ 가즈아 ~

바야흐로, 전쟁이 시작되었다. 지금까지 조용하고 평온했던 이탈리아가 곧 전쟁의 불길로 활활 타올랐다. 사람들은 너도나도 집에서 투구를 가져왔고, 또 방패와 갑옷을 입고, 허리에 칼을 찼다.

아이네이아스와 맞서 싸우는 이탈리아의 부족 중에서 중요 인물은 대략 3사람이다. 먼저 빼어난 체구의 '투르누스'는 다른 이보다 머리가 하나 더 컸다. 다음은 에트루리아 왕이었던 '메젠티우스 Mezentius'다. 그는 난폭하고 잔인한 자로, 폭정을 펼치다가 자기 나라에서 백성들에게 쫓겨난 인물이다. 이자는 아들과 함께 출정했다.

평상시에 굳게 닫혀있던 야누스 문이 활짝 열리자, 전쟁을 선포하고 있다
- 에르미타주 박물관 (루벤스 그림)

마지막은, 아마존 여전사와 비슷한 처녀 왕 '카밀라 Camilla'다. 그녀는 논밭 위를 달려도 이삭이 상하지 않고, 발을 물에도 젖지 않고 바다 위를 달릴 정도로 빠른 발을 자랑했다. 그런 그녀가 기마병을 이끌고 합류했다.

마침내, 이탈리아의 전 부족의 총사령관인 투르누스가 전쟁의 깃발을 높이 쳐들었다. 그러자 전쟁을 개시하는 나팔이 울리고, 병사들은 무기들을 부딪치며, 미친 듯이 열광하기 시작했다.

적장 투르누스

동맹군의 규합

아이네이아스는 전쟁 소식을 듣고, 곧 2척의 배와 선원들을 선발했다. 일행은 이틀을 쉬지 않고 노를 저으며, 강을 따라 올라갔다. 저 멀리 성벽이 눈에 들어왔다. 그 도시는 나중에 세계를 제패한 로마가 싹튼 곳이지만, 그때는 '에반데르 Evander' 왕이 다스리던 가난한 나라였다. 그리스에서 건너온 그 왕은 일행이 도착하자, 깜짝 놀라며 …

에반데르 아니, 무슨 일로 왔소?

우리와 싸우기 위해 왔습니까?

아이네이아스 아닙니다. 우린 트로이 사람들이고,

당신들에게 호의를 가지고 있으며,

리툴리 인과는 적대적인 사람들입니다.

우리 서로 동맹을 맺는 게 어떻겠습니까?

그렇다. 적의 적은 나의 친구라고 했던가? 투르누스와 대립하고 있던 에반데르 왕은 아이네이아스와 동맹을 맺었다. 그리고는 아이네이아스에게 정보를 주었다.

에반데르　사실 우린 전쟁에서 그쪽을 도울 힘은 그다지 많지 않소.

그러나 수많은 왕국을 가진 강력한 나라를 소개해 주겠소.

그 나라는 바로, 여기서 그리 멀지 않은 에트루리아입니다.

원래 그 나라는 포악한 '메젠티우스' 왕이 백성들을 억압하고 있었는데,

참다못한 백성들이 궁을 불사르고, 왕 주변의 악당들을 죽이자,

메젠티우스는 자기 친구 '투르누스'에게 도망쳤지요.

그러자 에트루리아인들은 당장이라도 전쟁을 불사하겠다며,

투르누스에게 도망친 왕을 내놓으라고 요구했는데,

그들이 대규모 함선으로 공격하려고 할 때,

신탁의 예언은 타국 출신의 지도자라야, 승리한다고 했습니다.

그래서 그들은 그리스에서 온 내게 왕권을 인수하라고 했지만,

난 너무 늙었고, 반면에 당신은 나이도 젊고, 또 여신의 아들이니까,

당신이 가면, 분명 지도자로 추대 받을 것이오.

난 내 아들 '팔라스'를 그대 편에 보내겠소.

당신의 지도 아래, 전술과 무공을 본받게 말입니다.

그러며 기병과 보병을 합쳐 400명과 수많은 말들을 주었다. 그러자 아이네이아스는 선발된 몇몇 부하만을 데리고, 에트루리아를 향해 말을 몰았다.

헤파이스토스가 만든 무구와 방패

한편, 아프로디테는 헤파이스토스 대장간을 찾아가, 아들 아이네이아스가 전쟁에서 승리할 수 있는 막강한 무기를 만들어 달라고 부탁했다.

그러자 헤파이스토스는 달인답게, 하루 만에 뚝딱 완성했다. 아프로디테는 무구들을 가지고, 목적지로 가는 도중에 쉬고 있는 아이네이아스에게 건네주며 ...

아프로디테　자, 헤파이스토스가 만들어 준 선물이다.

앞으로는 누가 싸우자고 도전해도 망설이지 마라.

　아이네이아스는 훌륭한 선물을 받더니, 너무나 기분이 좋아서 몇 번이고 살펴보았다. 깃털 장식이 달려있는 투구, 칼, 창, 크고 단단한 청동 갑옷, 황금으로 된 정강이 보호대, 또 말로 표현할 수 없는 방패를 보고, 입을 다물지 못했다.

　방패 안엔 미래에 있을 이탈리아의 역사적인 사건과 로마의 개선 행렬, 가문의 족보, 그들이 싸우게 될 전쟁이 새겨 있었다. 그중 로물루스와 레무스의 쌍둥이 형제가 늑대 젖을 먹는 모습도 있었고, 사비니 여인들이 납치되는 장면, 악티움 해전을 비롯한 많은 그림도 들어있었다.

헤파이스토스가 만든 투구 등의 멋진 무구들을 아들 아이네이아스에게 전해주는 아프로디테 - 루브르 (푸생 그림)

니소스와 에우리알루스의 전우애

반면에, '헤라'는 자신의 전령 '이리스'를 투르누스에게 보내, 아이네이아스가 자리를 비운 트로이 진영을 기습하라고 지시했다. 그러자 투르누스를 선두로, 이탈리아 군대가 들판을 달려 공격을 개시했다.

이때, 트로이인들은 재빨리 자기 진영으로 들어와서 방벽을 지켰다. 아이네이아스가 자신이 없는 사이에 싸움이 일어나면, 절대로 들판에서 같이 대항해 싸우지 말고, 우선 안전하게 방벽을 지키라고 지시했던 것이다. 그래서 그들은 일단 완전 무장한 상태로, 방벽에서 적군과 대치했다.

이탈리아 군대들은 트로이 사람들의 소심함에 놀랐다. 아무리 유인해도 평야로 나와 싸울 생각은 않고, 방벽만을 지키고 있었기 때문이었다. 그러자 약이 오른 투르누스는 방벽 주변에 숨겨진 함선을 발견하고...

투르누스　자, 그럼 횃불을 들어, 저 배들을 모두 불태워라!

그들은 배들을 모두 불태우더니, 방벽 주변을 둘러싸 봉쇄했다. 그리고는 밤이 되자, 기세등등하게 감시병들을 남겨두고, 술을 퍼마신 후 들판에서 잠이 들었다.

한편, 트로이 진영은 사정이 달랐다. 보초병들은 벌벌 떨며, 아이네이아스의 귀환을 초조히 기다리고 있었다. 그들 보초병 중에 '니소스 Nisus'와 그의 친구인 '에우리알루스 Euryalus'란 병사가 있었다. 이들은 절친한 친구였고, 싸움터에는 항상 같이 나가곤 했다. 이들은 같이 보초를 서다가...

니소스　이봐! 난 이런 심심한 일은 딱 질색이거든.
　　　　저놈들은 지금 자기들이 한 수 위라고 생각하고,
　　　　드문드문 횃불을 피워놓고, 술을 처먹고 곯아떨어져 있구먼.

(그러다) 근데 자네도 알다시피, 지금 사람들과 원로들은,

아이네이아스에게 전령을 보내 이 위기를 알리고,

그분에 관한 소식을 가져오길 바라고 있잖은가!

이봐! 난 포위망을 뚫고 저기 저 언덕을 지나,

아이네이아스가 있는 곳을 찾아가려고 하네.

이 말에 친구는 어안이 벙벙하다가, 자기도 명예욕에 사로잡혀 ...

에우리알루스   그런 중요한 모험에 날 안 끼워주겠다는 거야?

또 그런 위험한 모험에 자네를 혼자 보내란 말이야?

이봐, 친구! 우리 아버지는 날 그런 식으로 키우지 않으셨어.

난 자네를 위해서라면, 목숨도 아깝지 않네.

두 사람은 보초를 교대하고, 트로이 사령부 막사를 찾아갔다. 그때 트로이 장군들은 막사에 모여, 어떻게든 아이네이아스에게 전령을 보내, 사태의 심각성을 알려야 한다고 의논하던 중이었다.

두 친구의 제안에 장군들은 찬사를 아끼지 않았다. 특히, 에우리알루스가 만약 살아 돌아오지 못할 경우, 자신의 홀어머니를 부탁한다고 말하자, 장군들은 굳게 약속하면서 그의 효성에 감동했다.

무장한 두 사람은 야음을 이용해 방벽을 나가더니, 살금살금 적진을 향해 나아갔다. 그리고는 곯아떨어진 적들을 죽이고, 포위망을 통과했다. 그런데 이때 에우리알루스는 적에게 뺏은 칼을 차고, 멋진 깃털 장식의 투구를 쓰는 실수를 범했다.

그들이 적진을 벗어나, 안전한 장소를 찾고 있을 때였다. 그때 '볼켄스'를 지휘관으로 300명의 적 기병대가 멀리서 그들을 발견했다. 바로 에우리알루스가 쓰고 있던 투구가 달빛에 반사되어, 위치를 노출시킨 것이다.

볼킨스　누구냐? 거기 서라!

　　　　지금 무장하고 어디 가는 거야?

　두 친구는 대답을 못하다가, '에라 모르겠다.'하고, 잽싸게 숲속으로 도망쳤다. 그리고 무조건 앞만 보고 달렸다. 하지만, 그곳 지리에 밝은 적의 기병대가 도주로를 봉쇄하고 포위했다. 그런데 에우리알루스는 컴컴한 숲을 앞만 보고 달리다, 그만 친구와 헤어져 길을 잃고 말았다.

　하지만, 니소스는 간신히 포위망을 벗어나, 강가에 도착했다. 그리고 비로소 안심하고 뒤돌아 보았지만, 친구가 보이지 않았다. 그는 그 즉시 왔던 길을 되돌아, 숲속을 헤매며 친구를 찾았다. 그런데 그때, 추격자들의 말발굽 소리와 웅성거리는 소리가 들리더니, 그들에게 포로로 잡혀 끌려가는 친구의 모습이 보였다.

니소스　어떻게 하면 좋지? 어떻게 친구를 구하지?

　　　　그냥 죽기를 각오하고, 뛰어들어 싸울까?

　그는 잠시 고민하다가 창을 들더니, 던질 자세를 취했다. 그리고는 달의 여신을 향해 기도를 드리며 …

니소스　오, 아르테미스 여신이여!

　　　　제발 제 창을 인도하여, 저들을 혼란에 빠뜨리게 해주소서!

　그러며 힘껏 창을 던져, 기병대 한 명을 죽였다. 그는 놀란 적군이 사방을 둘러보면서 당황하는 사이, 또 하나의 창을 던져, 한 명을 더 쓰러뜨렸다.

　이때 기병 대장 불켄스는 창을 던진 자가 보이지 않자, 에우리알루스 목에 칼을 대며, 어서 숲속에서 나오지 않으면, 친구를 죽이겠다고 위협했다. 어쩔 수 없었다. 니소스는 친구의 목숨이 위태로워지자, 얼른 숲에서 나와 고함쳤다.

친구의 손을 잡고 같이 죽는 니소스 - 루브르 박물관

니소스 잠깐! 나를 죽여라.

내가 한 거니까 날 죽여라.

모든 범행은 내가 한 짓이고,

저 친구는 아무것도 안 했다.

그의 잘못은 오직 친구를

너무 좋아한 것뿐이다.

이때 불켄스가 에우리알루스의 가슴을 칼로 찔러 죽였다. 니소스는 격분하더니, 적진으로 뛰어들어 적군들을 쓰러뜨리고, 볼켄스의 입에 칼을 밀어 넣었다.

하지만 자신도 창에 찔리자, 그는 죽은 친구의 몸에 자기 몸을 던지며, 장렬하게 전사했다.

한편, 다음 날 적들은 방패를 서로 밀착시켜 지붕을 만들고, 트로이 방벽을 공격했다. 그중 일부는 방어선이 좀 느슨한 곳에 사다리를 걸치고, 방벽을 기어오르려 했다. 이에 트로이인들은 옛날에 트로이 성을 방어했던 경험을 살려, 돌과 무기들을 던지며 적들을 밀어냈다. 그러자 적들은 일단 후퇴하며, 멀리서 화살을 쏘았다.

트로이 방벽엔 줄다리로 연결된 높은 탑이 있었다. 적은 이번엔 전력을 다해 그 탑을 공격했다. 투르누스가 횃불을 던지자, 곧이어 나무에 불이 붙었다. 그러자 안에 있었던 병사들과 탑이 무너지며, 어마어마한 소음을 일으켰다.

또다시 방벽을 둘러싸고, 치열한 전투가 전개되었다. 무수히 많은 화살과 투석기에서 발사한 돌들이 하늘을 날아다니고, 창과 방패가 부딪히면서 굉음을 냈다. 트로이인들은 탈출할 희망도 없이, 그렇게 방벽 안에 갇혀있었다.

동맹군과 돌아온 아이네이아스

그러는 사이, 아이네이아스는 에트루리아 왕을 찾아가, 자기 이름과 가문을 밝히고, 동맹을 맺어 같이 싸울 것을 호소했다. 또 한때 그들 왕이었다가 도망친 메젠티우스가 적군으로 참전했다고 전하자, 왕은 지체 없이 동맹을 맺었다. 이 밖에도 에트루리아의 모든 동맹국도 아군이 되어, 전투에 참여하게 되었다.

아이네이아스는 에트루리아의 많은 군사들과 30척의 함선을 이끌고, 전투 현장으로 출발했다. 그러다가 마침내, 트로이 진영과 백성들이 시야에 들어오자, 아이네이아스는 함선 위에 우뚝 서서 방패를 번쩍 들어 올렸다. 그러자 방벽 위에 있던 트로이 병사들이 환호성을 질렀다.

아이네이아스는 배에서 뛰어내리자, 적진을 뚫고 들어가 수많은 적장과 적군을 쓰러뜨렸다. 한동안 양측의 전투는 백중지세를 이루었다. 병사와 병사가 서로 마주 달려와, 발과 발이 버티며 혼전을 벌였다.

이때, 트로이 편인 '팔라스'는 싸움터 한쪽에서 아르카디아 인들을 이끌며 분전했다. 그런데 적장 투르누스가 그를 발견하더니 …

투르누스　　오냐, 너는 내가 대적해 주마.
　　　　　　너의 목숨은 내 것이다. 알았냐, 애송아?

팔라스는 투르누스가 사정거리 안에 들어오자, 있는 힘을 다해 창을 던졌다. 날아간 창은 방패를 뚫고 들어가, 상대에게 찰과상을 입혔다. 그러자 이번엔 투르누스가 무쇠 창끝을 겨누며 …

투르누스　　어디 내 창이 네놈 창보다 잘 뚫는지 한번 볼래?
　　　　　　자, 그럼 내 창을 받아봐라.

그러며 투르누스가 창을 던지자, 날아간 창은 방패 한복판을 맞추고 더 깊이 들어가, 팔라스의 가슴을 뚫었다. 팔라스는 창을 뽑으려다, 결국 쓰러져 죽고 말았다.

팔라스가 죽었다는 소식을 듣더니, 아이네이아스는 앞에 걸리적거리는 적들을 칼로 베며, 투르누스를 찾았다. 자신을 환대하고 많은 병사들을 주었던 에반데르 왕과 그의 아들 팔라스가 눈에 선했던 것이다.

그는 8명의 적장 아들을 사로잡았다. 그들의 피를 팔라스 제물로 바치기 위해서였다. 격분한 아이네이아스는 닥치는 대로 마구 살육했다. 그 기세는 마치 범람하는 강물이나, 휘몰아치는 회오리바람과 같았다.

폭군 메젠티우스와 여전사 파밀라

적군인 폭군 '메젠티우스'는 투르누스를 대신해, 트로이 병사들을 공격했다. 그러자 에트루리아 병사들이 일제히 폭군에게 달려들어 창들을 날렸다. 그렇지만 그자는 꿈쩍 않고 버티고 서서, 거대한 창으로 병사들을 마구 죽였다.

그때 아이네이아스가 그자를 발견하고, 급히 다가갔다. 그자도 겁먹지 않고 버티고 있더니, 멀리서 창을 던졌다. 날아간 창은 방패를 튕기더니, 옆에 있던 병사를 맞췄다. 이번에는 아이네이아스가 창을 던지자, 날아간 창은 3겹 소가죽을 뚫고, 그자 아랫배에 깊숙이 박혔다.

아이네이아스는 재빨리 칼을 빼들고, 팔을 들어 찌르려 했다. 그런데 이때 메젠티우스 아들이 칼을 막으며 제지했다. 그 순간 적들이 함성을 지르며, 아이네이아스에게 창을 집중적으로 던졌다. 아이네이아스는 방패로 몸을 가리다가 아들에게 ...

아이네이아스 넌 왜 죽지 못해 안달이야?
아무리 효성이 중요하지만, 목숨이 아깝지 않냐?

그러며 그 아들의 가슴 한가운데를 칼로 쑤욱 찌르자, 아들은 땅에 푹하고 쓰러졌다. 아이네이아스는 죽어가는 소년의 창백한 얼굴을 보더니, 측은한 마음과 소년의 효심에 감동했다.

아이네이아스   이런 불쌍한 녀석!

너의 지극한 효성에 상이라도 주었으면 좋았겠지만,

그 대신, 너의 갑옷과 무기는 빼앗지 않겠다.

그러며 소년의 시신을 적들에게 가져가라 했다. 그러자 부상당한 메젠티우스는 죽어 돌아온 아들의 시신을 보더니 흐느끼며 …

메젠티우스   아아, 내 아들아!

나 때문에 네가 죽다니 …

이 아비가 널 죽이고, 살아남아야 한단 말이냐?

아들아! 난 벌 받아 마땅하다.

그래! 이 죄 많은 목숨, 너와 함께 하겠다.

그러며 부상한 몸을 일으키더니, 창을 가득 집어 말을 탔다. 그리고는 아이네이아스 주위를 크게 원을 돌며, 계속 3개의 창을 던졌다. 그러나 아이네이아스가 날아온 창을 방패로 막더니, 그자가 탄 말의 양 미간을 향해 창을 던졌다. 그러자 말은 앞발을 높이 휙 처들며, 그자를 땅으로 내동댕이쳤다. 그때 아이네이아스가 칼을 빼들고 달려가 …

아이네이아스   자, 이제 내 복수의 칼을 받아라.

메젠티우스   (신음하며) 으으 .. 내 한 가지 부탁하겠다.

제발 나를 아들과 함께 묻어다오.

결국 그자는 목을 내밀어, 칼을 맞고 죽고 말았다. 이후, 양측은 죽은 자들을 매장하기 위해 12일 동안 휴전했다. 그동안 아이네이아스는 투르누스에게 일대일 대결로 승부를 가리자고 했지만, 대결은 쉽게 이루어지지 않았다.

휴전 기간이 끝나자, 이번에는 아이네이아스와 동맹군이 적의 성벽을 향해 총공세를 시작했다. 그러자 적군에는 '카밀라'를 주축으로 한 기병대가 들판에 모습을 드러냈다. 그들이 돌진하며 눈보라처럼 무기를 던지자, 하늘이 금방 어두워졌다.

카밀라는 아마존의 여전사처럼 한쪽 가슴을 드러낸 채 양날 도끼를 휘둘렀다. 그녀가 도끼를 한 번 휘두를 때마다, 트로이 병사가 한 명씩 쓰러졌다. 그러다 그녀는 프리기아 키벨레 여신의 신관을 쫓았다.

아마존 여전사처럼 용맹한 파밀라가 말을 타고 달리며, 우후죽순처럼 상대방 병사들을 쓰러뜨리고 있다 - 지아코모 델포 그림

그 신관은 황금 갑옷과 황금 투구, 또 황금 화살을 쏘고 있었다. 카밀라는 그 전리품을 갖겠다는 욕심으로 그자만을 계속 추격했다. 이때에 트로이 병사 아룬스가 아폴론에게 기도를 올리며, 힘껏 창을 던졌다.

카밀라는 날아오는 창을 전혀 알아차리지 못했다. 그러다 날아온 창이 그녀의 젖가슴 아래를 뚫자, 고삐를 놓으며 땅에 쓰러져 죽었다. 그러자 카밀라의 수호신 아르테미스 여신이 화살을 쏘아 아룬스를 죽였다.

운명의 일대일 대결

양쪽 군대는 들판에서 계속 서로 맞서 싸웠다. 서로 있는 힘을 다해 휴식도 전혀 없이 전투를 벌이고 있었다. 그럴 때, 아이네이아스는 아이디어가 떠올랐다. 부대를 이끌고 성으로 달려가, 적을 혼란에 빠뜨리는 작전이었다. 그는 투르누스를 찾아 둘러보다가, 도시 성벽이 너무 평화롭게 한가한 것을 발견한 것이다.

아이네이아스는 그 즉시 3명의 지휘관을 불러, 성벽과 마주한 언덕 위에 자리 잡았다. 그러자 군사들이 그곳으로 속속 몰려들었다. 아이네이아스는 언덕 위에 서서 ...

아이네이아스　여러분! 제우스 신은 우리 편이오.

만일 저들이 오늘 항복하지 않는다면,

난 투르누스가 나와 일대일로 대결할 때까지,

저 성벽 안의 집들을 모두 잿더미로 만들 것입니다.

자, 이제 전쟁의 목표는 저 성벽 안의 도시입니다.

어서 횃불을 가져와, 도시를 불지릅시다. 공격 ~ 가즈아 ~

그의 공격 명령에 트로이 군들이 쐐기 모양의 대열을 이루어, 성벽 쪽으로 몰려갔다. 그러더니 무방비 상태의 성벽에 사다리를 놓고 올라가, 적을 제압하고 횃불을 던지기 시작했다.

그때, 왕비는 궁에서 트로이군이 성벽을 공격하고, 햇불이 머리 위로 휙휙 날아오는 것을 보았다. 그런데도 맞서 싸우는 자기 군대가 보이지 않자, 그녀는 모든 재앙이 자기 죄라고 울부짖더니, 목을 매 자살했다.

그 사이, 투르누스는 한가롭게 적의 낙오병들을 추격하고 있었다. 이때 전령이 말을 타고 달려와서…

전령 큰일 났습니다, 장군! 이제 당신이 우리의 마지막 희망입니다.

아이네이아스가 지금 성을 정복하고,

성 안에 햇불을 던지며, 전부 파괴하겠다고 위협하고 있습니다.

왕은 누구를 사위를 삼아야 할지 망설이고 있고,

당신을 가장 신뢰하던 왕비는 자살해 버렸습니다.

그 소식에 투르누스는 한동안 멍하니 있었다. 마음속에 굴욕감과 질투심이 솟구쳤다. 그가 성벽을 바라보자, 성에서는 불기둥이 활활 솟아오르고 있었다. 그는 즉시 격전이 벌어지는 성벽으로 달려갔다. 그리고 큰 소리로…

투르누스 자, 양쪽은 모두 싸움을 멈추시오.

내가 아이네이아스와 일대일로 결판을 낼 것이오.

그러자 양쪽 병사들이 전투를 멈추고 물러서더니, 한가운데에 빈 공간을 남겨두었다. 아이네이아스도 소식을 듣고, 결투장으로 향했다.

마침내, 탁 트인 들판에서 두 사람은 창을 던지며 덤벼들었다. 먼저 투르누스가 칼을 빼들어 힘껏 내리쳤다. 그러나 불행히도 칼이 부러지자, 그는 뒤로 도망치기 시작했다. 곧바로 아이네이아스가 그자를 따라붙자, 투르누스는 5번이나 원을 그리며 도망쳤다. 그러자 아이네이아스가…

아이네이아스　　언제까지 도망칠 셈이냐? 하늘로 날거나, 아니면 땅으로 숨을 거냐?

　투르누스는 주위를 둘러보다가, 12명이 들어야 할 정도의 거대한 바위를 집어던졌다. 그러나 상대를 맞히지 못했다. 이번엔 아이네이아스가 창을 집어, 상대의 약점을 찾아 힘껏 던졌다. 날아간 창은 방패를 뚫고 지나가더니, 넓적다리 한가운데를 뚫어버렸다. 그러자 거구의 투르루스가 무릎이 꺾이고, 쿵 하고 쓰러졌다.

투르누스　　내가 이렇게 된 것은 자업자득이니, 관용을 바라지 않겠소.
　　　　　　　하지만, 불쌍한 내 아버지를 배려해 줄 마음이 조금 있다면,

창에 찔러 쓰러진 투르누스를 발로 제압하고, 상대를 증오의 눈으로 노려보는 아이네이아스 - 루카 지오다노 그림

내 시신은 내 가족에게 돌려보내 주시오.

그대가 이기고, 내가 졌소.

이제 공주는 당신의 아내요. 그러니 이제 그만 분노를 거두시오.

아이네이아스는 번쩍 들었던 칼을 멈추고, 잠시 망설였다. 동정심이 일어난 것일까? 그러나 순간, 아이네이아스는 그자가 뺏어 차고 있던 전리품이 눈에 들어왔다. 그것은 안타깝게 죽은 팔라스 것이었다. 아이네이아스는 그 전리품을 보자, 비통함에 분통을 터트리며...

아이네이아스　　뭐라고? 내 전우에게서 빼앗은 전리품을 두르고 살기를 바래?
　　　　　　　　이 칼은 팔라스가 피의 복수를 하는 것이다. 자, 받아라!

그러며 분노에 찬 칼로, 적의 가슴을 깊숙이 찔렀다. 그러자 투르누스는 신음 소리와 함께 죽음을 맞이했다. 여기까지가 '베르길리우스'의 '아이네이아스'다.

루벤스의 로마의 승리

그 이후, 아이네이아스는 '라비니아'를 아내로 맞고, 그녀 이름을 따서 나라의 이름을 '라비니움'이라 불렀다. 〈그리고 그 아들이 알바롱가를 건설하는데, 이곳이 바로 로마 시조인 '로물루스'와 '레무스'의 탄생지다.〉

이제 아이네이아스는 라티니족과 힘을 합쳐, 라비니움이란 도시를 세운 뒤, 3년 동안 통치를 하다가 세상을 떠난다. 그 뒤, 그의 아들이 그곳을 떠나 알라롱가 시를 세우고, 아이네이아스를 계승한다.

그리고 그 자손들이 300년 동안 다스리다가, 로물루스와 레무스라는 쌍둥이 아들이 태어난다. 그중에 '로물루스'가 자신의 이름을 따서, 새로운 도시인 '로마'를 창건한다. 이상, 끄읕!

에필로그

'베르길리우스 Vergilius'의 영어 이름은 '비질 Vigil'이다. 그는 기원전(BC) 70년 10월 15일, 북 이탈리아의 피에톨레에서 태어나, 기원전(BC) 19년 9월 20일 세상을 떠났다. 오늘날까지 전해지는 그의 작품은 '전원시'와 '농경시', 그리고 그 유명한 장편 서사시인 '아이네이아스'다.

베르길리우스의 아이네이아스 이야기의 전반부는 아이네이아스가 트로이를 떠나서, 이탈리아에 도착하기까지 지중해를 헤매는 것처럼, '호메로스'의 '오디세이아' 전통을 계승했다. 또한 후반부는 그가 그곳 토착 부족들과 싸워 이긴 뒤, 그들과 힘을 모아 로마 건국의 기틀을 마련함으로써, '일리아스'의 전통을 함축적으로 수용했다.

베르길리우스는 시인으로서 큰 명성을 얻고 로마인들의 찬사를 한 몸에 받았다. 또한 사후에는 미신적인 명성을 누리게 된다. 그의 작품들은 학교 교재로 널리 애용되었고, 이후의 서사 시인들은 모두 그를 모범으로 삼았다 한다.

이 밖에도, 단테는 '신곡'에서 그를 지옥에서 연옥을 지나 천국에 이르기까지 자신을 이끌어주는 인도자로 삼을 만큼, 그를 시인뿐 아니라 예언자로서 매우 높이 평가했다.

베르길리우스가 아이네이아스를 읽어주는데, 그 내용에 혼절한 왕비를 보고 아우구스투스 황제가 중단시키고 있다 - 위카 그림

참고 문헌

변신 이야기 (Metamorphoses Ovidius) 오비디우스 지음 / 천병희 옮김

신들의 계보 (Theogonia Hesiodos) 헤시오도스 / 천병희 옮김

헤로도토스의 역사 (Historiae Herodotus) 헤로도토스 / 박현태 옮김 - 동서문화사

아폴로도로스의 신화집 - 아폴로도로스 / 강대진 옮김 (민음사)

일리아스 (Ilias) - 호메로스 지음 / 천병희 옮김 (도서출판 숲)

오디세이아 (Odysseia Homeros) - 호메로스 지음 / 천병희 옮김 (도서출판 숲)

아이네이아스 (Aeneis Vergilius) - 베르길리우스 지음 / 천병희 옮김 (도서출판 숲)

소포클레스 (Sophokles) 비극전집 - 소포클레스 지음 / 천병희 옮김 (도서출판 숲)

그리스 비극 소포클레스 편 - 소포클레스 지음 / 조우현 옮김 (현암)

에우리피데스 (Euripides) 비극전집 1, 2 - 에우리피데스 지음 / 천병희 옮김 (도서출판 숲)

그리스 비극 에우리피데스 편 - 에우리피데스 지음 / 여석기 옮김 (현암)

아이스킬로스 (Aischylos) 비극전집 - 아이스킬로스 지음 / 천병희 옮김 (도서출판 숲)

그리스 비극 아이스킬로스 - 아이스킬로스 지음 / 이근상 옮김 (현암)

로마의 축제들 - 오비디우스 지음 / 천병희 옮김 (도서출판 숲)

서양 문화의 역사 1,2 - 로버트 램 지음 / 이희재 옮김 (사군자)

그리스와 로마사 - 맥세계사 편찬위원회 (느낌이 있는 책)

벌핀치의 그리스 로마신화 - 토마스 벌핀치 지음 / 이윤기 편역 (창해)

장영란의 그리스 신화 - 장영란 지음 (살림)

서양 미술사 (The Story of Art) - 곰브리치 지음 / 백승길, 이종승 옮김 (예경)

황금당나귀-루키우스 아플레이우스 지음 / 송병선 역 (매직 하우스)

The Age of Fable - Thomas Bulfinch

Myths of Greece and Rome - Thomas Bulfinch / Bryan Holme (Penguin Books)

The Trojan War - Barry Strauss 지음

The Metamorphoses Ovid - Horace Gregory 지음

The Greek and Roman Myths - Philip Matyszak 지음 (Thames and Hudson)

Greek Mythology - Elizabeth Spathari 지음 (Papadimas Ekdotiki)

Sculpture - Georges Duby and Jean-Luc Daval 편집 (Taschen)

Myths Tales of the Greek and Rome Gods - Lucia Impelluso 지음 (Abrams)

Jason and Argonauts - Aron Poochigian 번역 (Penguin Classics)

The Odeyssey - Robert Fagles 지음 (Penguin Classics)

Aenerid - H. R. Fairdough 번역 (Penguin Classics)

[최초 신들의 가계도]

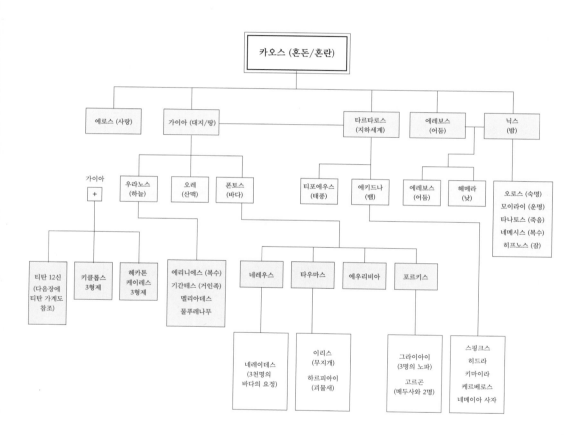

[가이아와 우라노스 자식들인 12명의 티탄 가계도]

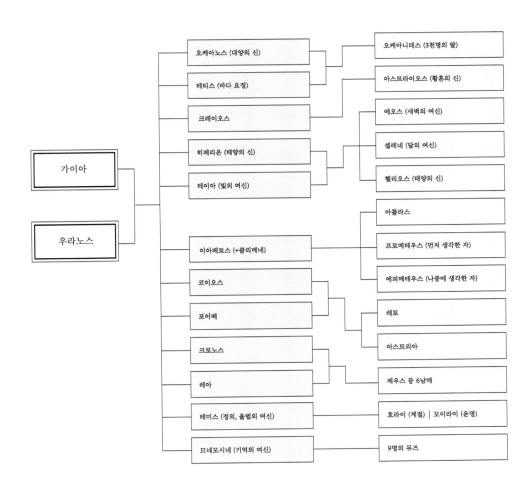

[크로노스와 레아 사이의 자식인 올림포스 12신]

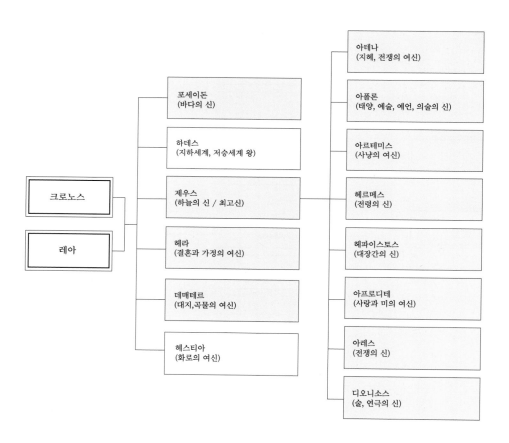

[가이아와 폰토스 자식과 포르키스와 케토 사이의 괴물 자식들]

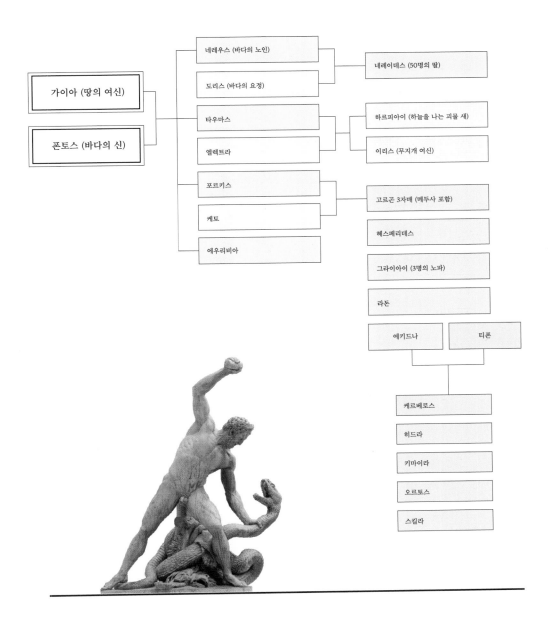

475

▌1권 차례

신들의 탄생과 제우스

인간의 탄생과 대홍수

헤라의 질투 편

달달하면서 감동적인 사랑 이야기

| 2권 차례

강남길의 명화와 함께 후루룩 읽는

그리스 로마 신화 3권

초판인쇄 발행 1쇄 | 2023년 1월 25일
초판인쇄 발행 2쇄 | 2023년 3월 28일

엮은이 | 강남길
펴낸 곳 | 델피 스튜디오
펴낸 이 | 데이비드 강 (강경완)

주소 | 경기도 고양시 일산동구 중앙로 1322
홈페이지 | www.delphistudio.co.kr
출판등록 | 2021년 11월 12일

ISBN | 979-11-976783-5-6
값 | 22,000원